Le Livre de Poche Jeunesse

B.B. Alston

B.B. Alston vit en Caroline du Sud, aux États-Unis. Lorsqu'il n'écrit pas, il mange des bonbons et explore les routes américaines. *Amari et le Bureau des affaires surnaturelles* est son premier roman.

B. B. ALSTON

AMARI

et le Bureau
des affaires surnaturelles

Traduit de l'anglais (États-Unis)
par Sidonie Van den Dries

Pour mon épouse, Quinteria, qui a toujours cru.

Publié avec l'accord de Brandon Alston et The Bent Agency
via l'agence littéraire Marotte et compagnie, France.

Ouvrage initialement publié par Balzer + Bray,
un département de HarperCollins Publishers,
sous le titre *Amari and the Night Brothers*

1

Je suis convoquée dans le bureau du principal. Encore ! Dans le couloir, derrière la porte vitrée, la mère d'Emily Grant passe un savon à Mr Merritt. En la voyant gesticuler, on pourrait croire que j'ai commis un crime, alors que j'ai juste poussé un peu fort sa petite princesse, alias Miss Pimbêche. C'est Emily qui m'a provoquée, pas l'inverse. Je n'y suis pour rien si elle a perdu l'équilibre, et si elle est tombée sur les fesses devant tout le monde.

Emily est derrière sa mère, entourée de sa bande. Les filles discutent à voix basse et me lancent des regards assassins. Elles sont impatientes de régler leurs comptes avec moi. Je me renverse sur ma chaise pour ne plus les voir.

Je contemple la photo du garçon à la peau brune accrochée au mur, derrière le bureau, et je fronce les sourcils. Quinton brandit fièrement le trophée qu'il a gagné au concours de mathématiques de l'État. On ne nous voit pas sur le cliché, mais maman et moi l'applaudissons en coulisses.

Aujourd'hui, il n'y a plus grand-chose à fêter.

La porte s'ouvre et Mrs Grant entre d'un pas raide, suivie par Emily. Elles prennent place sur les chaises les plus éloignées de la mienne, sans m'accorder un regard. Leur antipathie emplit le bureau, tel un nuage menaçant. C'est réciproque. Je me renfrogne et je croise les bras.

Maman entre à son tour, dans sa blouse bleue. Elle a encore dû quitter l'hôpital à cause de moi. Je me redresse, prête à plaider ma cause, mais le regard qu'elle me lance me dissuade de parler.

Le principal s'assied en dernier et promène sur nous un regard las.

– Je sais qu'il y a un contentieux entre les filles. Mais comme c'est le dernier jour d'école...

– J'exige que l'on supprime sa bourse ! explose Mrs Grant. Je ne paie pas une fortune en frais de scolarité pour que ma fille se fasse agresser dans le couloir !

– Agresser... ?

Maman m'interrompt d'un geste.

– Amari sait parfaitement qu'elle ne doit pas lever la main sur ses camarades, déclare-t-elle. Mais le problème ne date pas d'hier. Ces jeunes filles la harcèlent depuis son premier jour au collège. Elles ont publié des messages si odieux sur les réseaux sociaux qu'on a envisagé de supprimer ses comptes.

– Nous avons réglé cette question dès qu'elle a été portée à notre attention, déclare le principal. Les quatre filles ont reçu des avertissements écrits.

– Et les choses qu'elles me disent en face ?

Je me penche en avant, le visage brûlant.

– Elles me surnomment « Secours populaire » ou « Restos du cœur », et me rappellent à la moindre occasion que les gens comme moi n'ont rien à faire ici.

– Parce que c'est vrai ! s'écrie Emily.

– Silence ! réplique sa mère.

Emily lève les yeux au ciel. Mrs Grant se lève et s'adresse à maman :

– Je parlerai à Emily de son comportement, mais votre fille l'a agressée physiquement. Je pourrais porter plainte. Estimez-vous heureuse que j'en reste là.

Maman se hérisse, mais se mord la langue pour éviter de répondre. La mère d'Emily mettrait-elle sa menace à exécution ? Tout le collège ou presque a assisté à la scène.

– Lève-toi ! ordonne Mrs Grant à sa fille.

Elles se dirigent vers la porte. Avant de partir, Mrs Grant s'arrête et se retourne vers nous.

– Je souhaite être informée personnellement du retrait de sa bourse ; faute de quoi, l'association des parents d'élèves réfléchira aux mesures à prendre lors de sa prochaine réunion.

La porte claque derrière elles.

Je suis si furieuse que j'ai du mal à rester assise. C'est tellement injuste ! Les gens comme Emily et Mrs Grant ne savent pas ce que c'est que de manquer d'argent. Elles peuvent faire ce qu'elles veulent sans en redouter les conséquences, alors qu'on doit prendre garde à tout ce qu'on dit.

– Vous allez vraiment supprimer la bourse d'Amari ? demande maman d'une petite voix.

Le principal baisse les yeux.

– Nous avons une politique de tolérance zéro concernant les atteintes physiques. Le règlement du collège m'imposerait de la renvoyer. Lui supprimer sa bourse est la plus petite punition que je puisse lui infliger.

– Je vois...

Maman s'enfonce dans son fauteuil.

Ma colère se transforme en honte. Maman est déjà malheureuse à cause de Quinton. Je ne devrais pas en rajouter, juste parce que je suis incapable de gérer une petite bande de pestes.

– Je sais que tu vis des moments... difficiles depuis la disparition de ton frère, me dit Mr Merritt. C'était un jeune exceptionnel, promis à un brillant avenir. Le lien entre cet évènement et le début de tes problèmes de comportement est évident, Amari. Je peux te conseiller un thérapeute. Gratuit, bien sûr.

– Je n'ai pas besoin de thérapeute.

Le principal se rembrunit.

– Tu devrais parler de ta colère à quelqu'un.

– Vous voulez savoir pourquoi j'ai poussé Emily. Parce qu'elle s'amusait à dire que mon frère est mort. Sauf qu'il n'est pas mort ! Je me fiche de ce que disent les gens. Il est là, quelque part. Et quand je le retrouverai, vous verrez !

Je tremble, les larmes ruissellent sur mon visage. Le principal se tait. Maman se lève et me prend dans ses bras.

– Va m'attendre dans la voiture, Babygirl. Je te rejoins dès que j'ai terminé.

Nous rentrons à la maison en silence. Voilà presque six mois que Quinton a disparu, mais j'ai l'impression que ça fait beaucoup moins longtemps. Comme s'il venait d'appeler maman pour lui annoncer qu'il rentrerait à la maison pour Noël. C'était une grande nouvelle, car on ne le voyait plus beaucoup depuis qu'il avait décroché un boulot prestigieux, après le lycée. Le genre de job où l'on vous interdit de dire ce que vous faites.

J'étais convaincue que Quinton était un agent secret, un espion comme James Bond. Quand je le taquinais avec ça, il me disait avec un petit sourire en coin : « Tu te trompes, mais pas complètement. » Mais lorsque j'essayais d'en savoir plus, il riait et me promettait de tout me révéler quand je serais plus grande.

Quinton est hyper intelligent. Brillantissime. Il est sorti major de sa promo de l'Académie Jefferson et a reçu des offres de bourses de deux facs très prestigieuses, qui couvraient l'intégralité des frais de scolarité. Il les a refusées pour accepter ce mystérieux job. Je suis sûre que sa disparition a un rapport avec son boulot secret. Ou, du moins, que ses collègues pourraient nous en dire plus. Mais quand on a parlé de son travail aux policiers, ils nous ont prises pour des folles, maman et moi.

Ils ont eu le culot de nous dire que Quinton n'avait pas d'emploi. Qu'on n'avait trouvé aucun dossier fiscal indiquant qu'il avait déjà travaillé. C'était incompréhensible. Jamais Quinton ne nous aurait menti sur ce genre de chose. Quand maman leur a répondu qu'il envoyait de l'argent à la maison pour l'aider à payer les factures, les inspecteurs ont suggéré qu'il faisait des choses illégales. C'est toujours ce que les gens soupçonnent, quand vous habitez au Bois (alias le lotissement HLM du Bois Vert).

Au grondement des pneus sur la voie ferrée, je devine qu'on entre dans notre quartier. Je ne vais pas mentir : le changement est brutal quand on arrive ici, en revenant du centre-ville. Comme si le monde était plus lumineux autour de l'Académie Jefferson et des grandes maisons colorées du quartier. Ici, tout est gris.

Nous passons devant des épiceries et des échoppes de prêteurs sur gages. Les dealers adossés aux panneaux de signalisation ont des airs menaçants. Ils se prennent pour les maîtres du monde. Jayden, un pote de l'école primaire, traîne avec une bande de mecs plus âgés, une grosse chaîne en or autour du cou. Il reconnaît la voiture et me sourit.

J'essaie de lui rendre son sourire, mais je ne suis pas très convaincante. On ne s'est pas parlé depuis la disparition de Quinton. Depuis qu'il traîne avec les gars qu'il lui avait promis d'éviter.

Lorsque nous nous arrêtons devant notre immeuble, maman se prend le visage entre les mains et se met à pleurer.

– Je... Ça va ?

– J'ai l'impression de ne pas assurer avec toi, Babygirl. Je travaille douze heures par jour, cinq jours par semaine. Il te faudrait quelqu'un à qui parler.

– Je vais bien. Je sais que tu travailles beaucoup parce que tu es obligée.

Elle secoue la tête.

– Je ne veux pas que tu galères comme moi. Cette bourse d'études à l'Académie Jefferson t'aurait permis d'entrer dans une bonne université. D'avoir une vie meilleure. Qu'est-ce qu'on va faire, maintenant ?

– Je suis désolée. Je n'ai vraiment pas réussi à m'intégrer dans ce collège.

Je croise les bras et regarde par la fenêtre. Ça avait l'air tellement facile pour mon frère. Pourquoi est-ce aussi difficile pour moi ?

– Je ne suis pas Quinton, dis-je.

– Je ne t'en demande pas tant, riposte maman. Juste de faire un petit effort. Cette école t'aurait permis d'élargir tes horizons. De voir que le monde ne se limite pas à ce quartier.

Elle soupire.

– Je sais que c'est injuste, mais la vérité, c'est que les gens ont des préjugés sur toi, parce que tu es une jeune fille noire, pauvre et domiciliée au Bois. Tu ne peux pas leur donner raison.

Je ne réponds pas. Elle me l'a répété un million de fois.

– Quand tu ne te bagarres pas au collège, tu passes des heures assise devant ton ordinateur. C'est mauvais pour ta santé, Amari.

Je sais qu'elle a raison. Mais j'ai du mal à me concentrer sur mes cours quand j'entends les autres élèves chuchoter dans mon dos. Et publier des photos de Quinton sur un maximum de sites web me donne l'impression de participer aux recherches. Même si ça a peu de chances d'aboutir, ça me donne de l'espoir.

Maman continue :

– En arrivant, tu vas glisser ton ordinateur sous la porte de ma chambre et tu n'y toucheras plus.

– Mais, maman...

Elle lève une main.

– Ne discute pas. Tu n'auras plus d'ordi tant que tu n'auras pas décidé de prendre ton avenir au sérieux. On en reparle demain. Je dois retourner à l'hôpital.

Je claque la portière de la voiture et je marche vers notre immeuble sans me retourner.

Une fois dans l'appartement, je m'affale sur le canapé et j'enfonce la tête dans les coussins. Quelle journée pourrie !

Je me rassieds en grognant et je sors mon vieil ordinateur portable de mon sac. Quinton l'a gagné quand il est arrivé deuxième à un concours scientifique international, il y a une éternité. Il me l'a donné l'année suivante, après en avoir gagné un autre, plus puissant.

Je ne suis même pas surprise que l'écran reste noir quand je l'ouvre.

Je recommence plusieurs fois, sans succès. Habituée à ses caprices, je le pose pour aller grignoter un truc dans la cuisine.

Quand je reviens, le ventre plein, l'ordinateur refuse toujours de s'allumer. Je ferme les yeux et l'approche de mon front.

– Maman veut que je t'abandonne, et je ne sais pas quand je pourrai te récupérer. S'il te plaît, marche.

Cette fois, il s'allume instantanément. Ouf !

Le wi-fi des voisins est super lent, mais je parviens quand même à déposer l'avis de recherche de Quinton sur une dizaine de sites.

D'habitude, j'enchaîne en consultant sa boîte mail (j'ai trouvé son mot de passe il y a plusieurs mois : « Super-Amari », mon surnom de super-héroïne quand j'étais petite). Mais je ne résiste pas à la curiosité. Je vais sur l'Instagram d'Emily Grant, pour voir si elle rapporte ce qui s'est passé aujourd'hui. Sur son profil, je découvre une photo de moi, commentée :

Vive les grandes vacances ! Et devinez quoi ?
Jefferson a enfin sorti les poubelles. Elle est renvoyée !

Le post est suivi d'une tonne de commentaires d'autres élèves. J'en lis seulement quelques-uns avant de rabattre l'écran. *Elle n'avait rien à faire ici... Il paraît qu'elle volait dans les casiers... Ça n'a pas traîné, après la mort de son imbécile de frère.*

Je n'ai pas été renvoyée, et mon frère n'est pas mort. La mâchoire crispée, je rouvre l'ordi, décidée à écrire une réponse cinglante, quand je me fige. Une notification vient d'apparaître en haut à droite de l'écran. Quinton a reçu un mail.

Message électronique de : Distributions Discrètes

Ça peut paraître anodin. Sauf que Quinton n'a pas reçu un seul mail depuis sa disparition. Je vérifie chaque jour, maintenant que j'ai accès à sa messagerie.

J'ouvre le message :

Livraison en cours.

Conformément à vos souhaits, vous recevrez une nouvelle notification quand Amari Peters aura signé.

Merci d'avoir utilisé le service Distributions Discrètes,
où chacun obtient ce qui lui est destiné,
qu'il le sache ou pas !

Ce message s'autodétruira dans 3... 2... 1...

Le courrier électronique disparaît. Je sursaute. Ce mail vient-il vraiment de...

Et qu'est-ce que je suis censée signer ?

Au même instant, on frappe à la porte d'entrée.

– Livraison !

2

Je cours à la porte et je l'ouvre à la volée. Un homme en haillons se tient sur le seuil, tout voûté. Je me penche pour regarder dans la rue, des deux côtés. Où est le livreur ?

– Bonjour, dit l'homme sans me regarder. Puis-je vous déranger un instant ?

Je l'avais presque oublié. Je m'excuse :

– Je n'ai pas d'argent. Mais on a un panini surgelé au congélateur. Je vous le donne, si vous voulez. Maman n'est pas encore allée faire les courses.

– C'est très aimable de votre part, mais je sors d'un très bon restaurant.

– Ah. Alors, vous n'êtes pas un SDF ?

– Un sans-abri ? Ciel, non !

Le type lève enfin la tête. Il est âgé, et sa barbe grise est soigneusement taillée. En fait, il était penché sur une tablette tactile.

– Qu'est-ce qui vous fait penser cela ? me demande-t-il.

Je jette un coup d'œil à ses vêtements dépareillés.

– Euh… rien.

Le type suit mon regard et devient écarlate.

– Sachez que ma tenue est à la dernière mode… Mais peu importe. Êtes-vous Amari Peters ?

Je recule de quelques pas et je le regarde avec méfiance.

– Comment connaissez-vous mon nom ?

– Il est noté sur l'écran, dit-il, en pointant un doigt sur la tablette. Vous n'avez qu'à signer pour accuser réception, et je m'en vais.

– Vous êtes… le livreur ? Et vous avez un colis pour moi ?

– Oui.

Il me montre l'écran.

– Envoyé par un certain Q. Peters.

Le souffle me manque.

– Vous m'apportez un colis de mon frère ?

Le type hoche la tête.

– Je serai tenté de répondre par l'affirmative, si ce Q. Peters est bien votre frère. Je vois ici qu'il vous adresse un kit « Élargir vos horizons ».

Élargir mes horizons ? J'ai l'impression d'entendre maman.

– C'est une blague ?

Il fronce les sourcils.

– Je ne pense pas. Je ne suis livreur qu'à temps partiel, mais je prends mon rôle très au sérieux.

– Bon… Donnez-moi le colis. Où est-il ?

– Vous devez signer d'abord.

Le type me tend la tablette. J'y trace un semblant de signature du bout du doigt, et j'attends. Le livreur tapote plusieurs fois l'écran.

– Alors, ce colis ?

– Je l'ai laissé dans le placard de l'ancienne chambre de Q. Peters.

– Vous êtes entré chez moi ?

– Avec la permission de Q. Peters, bien sûr.

Il se racle bruyamment la gorge.

– À présent, je vais devoir prélever le souvenir de notre rencontre. Chez Distributions Discrètes, nous respectons scrupuleusement l'anonymat de nos clients. Mais soyez sans crainte, vous recevrez quand même votre colis. À un moment de la journée, vous ressentirez une envie soudaine et inexplicable de vider ce placard, et le paquet sera là.

Je recule légèrement.

– Vous voulez prélever… quoi ?

– Juste un souvenir.

Le type sort une espèce de télécommande de sa poche. Puis il louche à nouveau sur sa tablette.

– Oh, toutes mes excuses ! Je vois que votre nom figure sur la Liste Mémoire Intacte. On dirait que quelqu'un va rentrer au Bureau ! Les trente meilleures années de ma vie. Allez, bon après-midi !

L'homme disparaît en un clin d'œil. Je n'ai pas compris la moitié de ce qu'il m'a dit.

Et qu'y a-t-il dans le placard de mon frère ?

Je m'attends presque à entendre Quinton râler lorsque je fais irruption dans sa chambre sans sa permission. Sur les murs, des posters de rap froissés côtoient des photos encadrées de Stephen Hawking et de Martin Luther King. Ses diplômes et ses récompenses scolaires ornent le mur du fond. Son lit est défait, comme toujours.

Les enquêteurs ont fouillé cette pièce de fond en comble, à la recherche d'indices, mais maman et moi avons tout remis en place exactement comme avant. On espérait secrètement trouver quelque chose qui aurait échappé à la police, un truc que seuls ses proches pourraient identifier. Mais non. Nous n'y avons pas remis les pieds depuis. C'est trop douloureux.

Je suis à peine entrée qu'un flot de souvenirs déferle sur moi. On a si souvent joué ensemble dans cette chambre. Parfois, Quinton lançait une playlist et on discutait, allongés par terre. On se voyait conquérir le monde pour faire un pied de nez à notre loser de père, qui a largué maman. On se promettait de se soutenir mutuellement, quoi qu'il arrive. Mon frère a dix ans de plus que moi, mais on a toujours été proches.

Tic… Tac… Tic…

Tiens... C'est la première fois que j'entends ce bruit ici. Mes poils se hérissent.

Peut-être que ce livreur bizarre a dit vrai. Plus je m'approche du placard, plus le bruit est net. Quinton m'a-t-il envoyé un réveil ?

Je me mords la lèvre et j'ouvre la porte. Le placard est quasiment vide, à l'exception d'un vieux coffre que Quinton a déniché aux puces quand j'étais petite. Pendant que je fouillais dans le tas de poupées, à la recherche d'une Barbie noire, il convoitait ce vilain coffre défoncé, au couvercle de cuir en lambeaux. C'était le truc qu'il lui fallait pour consigner ses grands projets, assurait-il.

Heureusement, la serrure est cassée depuis des lustres. Je n'ai qu'à soulever le couvercle pour l'ouvrir. Je farfouille au milieu d'innombrables dossiers et carnets pour remonter à la source du tic-tac.

Tout au fond, je découvre une mallette noire. C'est d'elle que vient le bruit, et elle est ornée d'un Post-it.

Pour Amari – Confidentiel

Je sors la mallette et la pose par terre. Que peut-elle bien contenir ? Je tripote la serrure sans réussir à l'ouvrir. Je force en vain sur le couvercle. Alors, seulement, je remarque un second Post-it, de l'autre côté.

S'ouvrira à minuit, après le dernier jour de cours.

J'avale ma salive, le cœur battant. Quinton ne m'a jamais parlé de cette mallette. Pourtant, c'est bien son écriture.

Peut-être veut-il m'expliquer où il est, ce qui lui est arrivé. Après six mois de folles inquiétudes, vais-je enfin avoir une piste pour le retrouver ?

Je lorgne son réveil. 16 h 13. Il reste presque huit heures avant minuit. Si seulement je savais à quoi m'attendre...

23 h 58

Assise sur mon lit, les genoux contre la poitrine, je regarde d'un air soupçonneux la mallette posée devant mes pieds.

Je me lève pour aller jeter un énième coup d'œil dans le couloir. Maman est rentrée depuis plusieurs heures, mais aucune lumière ne filtre sous sa porte. Elle doit dormir. Tant mieux. Quoi que contienne cette mallette, Quinton a précisé que j'en suis la seule destinataire.

23 h 59

J'arpente ma chambre, en plein délire. Il faut que j'arrête de me faire des films !

00 h 00

CLIC ! FSSSSSSSSSSS…

Après avoir fait un bond de cinquante centimètres, je m'approche de mon lit d'un pas prudent. Je m'assieds sur la couette. Je respire plusieurs fois pour essayer de me calmer, puis je soulève le couvercle de la mallette, et je vois apparaître des rayures vertes et violettes.

Je déplie avec précaution le tissu soyeux. C'est une veste de costume, la plus laide que j'aie jamais vue. Dessous, je découvre un pantalon assorti. C'est incompréhensible, mais je ne peux pas m'empêcher de sourire. Quinton n'a pas perdu son sens de l'humour.

La valise contient aussi une enveloppe et des lunettes de soleil à monture métallique. Une série de Post-it est collée aux branches.

#1 S'il te plaît, allonge-toi avant de les enfiler.
#2 Je suis sérieux : allonge-toi d'abord.
#3 Je te jure que je suis sérieux. Croix de bois, croix de fer...

OK, j'ai compris ! J'examine les lunettes. Elles sont hyper lourdes, mais à part ça elles ont l'air parfaitement normales. Rien ne semble justifier ces trois avertissements. Sont-elles censées me donner le vertige ? Enfin, si c'est sérieux, je veux bien obéir.

Je pousse la mallette au bord de mon lit et je m'allonge, avant d'enfiler les lunettes.

– Amari ? fait une voix que je reconnaîtrais entre mille.

3

Mon frère est debout au milieu de la chambre, un sourire nerveux aux lèvres. Je bondis de mon lit. Dans ma précipitation, je m'emmêle les pieds, et manque de tomber. L'instant d'après, je me jette à son cou. Il me serre dans ses bras. Je tremble de tout mon corps.

– Tu m'as manqué aussi, dit-il en riant.

Je relâche mon emprise et Quinton recule.

Émerveillée, je contemple son visage animé, son grand sourire bêta, ses yeux écarquillés, ses cheveux ébouriffés. Je n'ai jamais été aussi heureuse de ma vie. Mon grand frère est là. Pour de vrai.

– Comment... ? Où étais-tu ? J-je vais prévenir maman !

– Attends ! Je vais tout expliquer, mais pour l'instant je voudrais juste que tu me fasses confiance. D'accord ?

Bien sûr que je lui fais confiance. Mais comment a-t-il fait pour apparaître dans cette pièce ?

– Euh... d'accord.

– Suis-moi !

Quinton sort de la chambre au pas de course. Je m'élance derrière lui. En passant devant la chambre de maman, je m'arrête net. Je dois lui dire qu'il est revenu. Elle retrouvera sa joie de vivre. On n'aura plus à se battre. Tout redeviendra comme avant.

– Viens vite ! crie mon frère dans le salon.

Il ouvre la porte et disparaît dans le couloir.

J'hésite encore un instant devant la chambre de maman. Sa lumière ne s'allume pas. Apparemment, la voix de Quinton ne l'a pas réveillée. Puis je traverse le salon en courant. Je ne peux pas le laisser partir sans moi.

– Où tu m'emmènes ?

– Sur le toit.

Sur le toit ? Quinton et moi adorions nous réfugier là-haut, même si maman nous l'avait interdit parce que c'était trop dangereux. Comme si on était assez stupides pour s'approcher du bord.

Nous montons quatre à quatre l'escalier jusqu'au douzième étage et nous poussons la porte. Le toit est désert... ou presque. Ce soir, une surprise m'attend.

– C'est un bateau ?

Quinton me sourit par-dessus son épaule.

– Exact.

Le navire fait la taille d'un bus scolaire. On dirait que quelqu'un a déposé une petite cabane en rondins à une extrémité du pont, ceint d'un garde-corps doré. Un panache de fumée s'échappe de sa cheminée en pierre.

Je ris malgré moi, tellement tout cela me paraît invraisemblable.

– Comment est-il arrivé ici ?

– Dépêchons-nous ! me presse Quinton, avant de disparaître derrière le navire.

Je le suis en caressant du bout des doigts sa coque lisse. Le bois est si brillant que mon image s'y reflète.

Quinton actionne un levier. Une portion de la coque bascule, révélant un petit escalier. Nous montons les marches pour pénétrer dans une vaste cale. Dans la pénombre, j'ai tout juste le temps de distinguer deux lits superposés et… des épées ? Quinton s'engouffre déjà dans un autre escalier, tout au fond.

Nous émergeons sur le pont, équipé de deux gouvernails de bois. Le premier, le plus proche de nous, tourne à gauche ou à droite comme sur n'importe quel bateau. Le second est incliné de telle sorte qu'on peut seulement le tirer ou le pousser.

Je tends la main pour effleurer le premier gouvernail, et je sursaute quand le navire fait une embardée de plusieurs mètres.

Quinton s'esclaffe.

– Il faut commencer par prendre de l'altitude, me dit-il en indiquant l'autre gouvernail.

Je recule en secouant la tête, incrédule.

– Quand tu dis « altitude », tu ne penses pas à...

– Si, bien sûr !

Il empoigne le gouvernail et le tire doucement vers lui. Le navire s'élève aussitôt dans les airs à une vitesse vertigineuse. Prise de panique, je m'agrippe au bastingage.

Mon frère m'observe d'un air moqueur.

– Détends-toi. Le navire est stabilisé antiroulis. On ne peut pas tomber.

– Mais, Quinton, on vole ! Arrête de faire comme si c'était normal !

J'ai droit à un nouveau sourire narquois.

– Peut-être que ça l'est...

Il saisit le premier gouvernail à deux mains, et le navire s'élance vers l'avant. Tout devient flou autour de moi. Les étoiles dessinent des bandes lumineuses dans le ciel. Je sens le vent sur mon visage, mais malgré la vitesse, je tiens debout sans difficulté, comme si j'étais sur la terre ferme.

Quinton lâche la barre et le navire s'immobilise en douceur. Une odeur d'embruns me chatouille le nez. Nous sommes entourés d'eau.

– C'est l'océan ?

Il hoche la tête.

– Va jeter un coup d'œil dans le télescope près du bastingage. Oriente-le vers le bas et dis-moi ce que tu vois...

Depuis quand se sert-on d'un télescope pour regarder vers le bas ? Qu'importe, je fais ce qu'il me dit.

– Je ne vois que de l'eau.

– Regarde encore. C'est une lunette un peu spéciale. Il faut quelques secondes pour s'y habituer.

Je plisse les yeux, je louche un peu. Toujours rien...

Soudain, je vois apparaître une traînée blanche, qui s'efface aussitôt, tel un éclair traversant le fond de l'océan.

– Qu'est-ce que c'était ?

– Continue à regarder. Tourne la molette.

Je m'exécute. Aussitôt, mon champ de vision s'élargit et l'image gagne en netteté. Je m'aperçois alors que les bandes blanches sont des trains lumineux qui sillonnent le fond de l'océan.

– Waouh !

En dézoomant un peu, je découvre d'autres trains. Ils sont des milliers à dessiner des zigzags et des volutes au fond de l'eau. À perte de vue, l'océan s'illumine, comme pour éclipser la voûte étoilée.

Je me tourne vers Quinton, les yeux pleins de larmes.

– C'est magnifique !

Son sourire s'efface.

– Ce sont les Chemins de fer internationaux de l'Atlantide, me confie-t-il. J'aurais tellement aimé pouvoir te les montrer moi-même.

– Je ne comprends pas...

– Je voulais juste que tu saches combien le monde est vaste et merveilleux. Tout ce que tu viens de découvrir est réel, Amari. Ces trains, ce bateau... Tu pourras revenir les voir quand tu voudras. Tout sera là. Tout, sauf moi.

Je secoue la tête.

– Mais je te vois, là.

– Tu me vois grâce aux lunettes. Ce n'est qu'un enregistrement interactif. Nous appelons ça un Rêve éveillé. J'ai laissé des instructions pour qu'il te soit livré au cas où il m'arriverait malheur. J'imagine que c'est ce qui s'est passé. J'ai accepté un travail dangereux que j'aime beaucoup, et je connaissais les risques. N'empêche, j'aurais vraiment voulu être avec toi, ce soir.

Le monde autour de nous s'assombrit. Je me jette au cou de mon frère.

– Qu'est-ce qui t'est arrivé ?

– Je ne sais pas, dit doucement Quinton. Mais tu ne devais recevoir ce rêve que si le Bureau me déclarait disparu... ou mort.

Je frissonne.

– Tu as seulement disparu. Je le sens !

Il me serre plus fort.

– Quoi qu'il en soit, cela ne doit pas te décourager d'explorer le vaste monde. J'ai vu des choses qui te couperont le souffle. Je t'ai laissé une convocation, avec des instructions.

– Une convocation ? Pour quoi faire ?

Avant que Quinton ait pu répondre, tout devient noir.

– Le temps est écoulé, Chicken Little. Je t'aime !

– Moi aussi, je t'aime, dis-je tout bas. Et je te retrouverai, coûte que coûte.

4

Le lendemain matin, de bonne heure, maman frappe à la porte de ma chambre pour me proposer de prendre le petit-déjeuner avec elle. C'est notre moment à nous, une espèce de rituel mère-fille.

Mon premier réflexe est de me demander si j'ai vraiment reçu ce Rêve éveillé, ou si c'est le fruit de mon imagination. Il me suffit de jeter un coup d'œil au contenu de la mallette pour être fixée. Mon frère a fabriqué un rêve, il l'a introduit dans une paire de lunettes de soleil et me l'a fait livrer chez moi. Dans quel monde ce genre de chose est-il possible ?

J'ai bien l'intention de le découvrir.

– Tout va bien, Babygirl ?

La voix de maman m'arrache à ma rêverie.

– Ah... euh... ouais, dis-je en me servant des céréales.

Assise en face de moi, à la petite table de la salle à manger, elle me regarde attentivement. Elle s'inquiète pour moi, après ce qui s'est passé hier au collège.

J'hésite à lui parler du Rêve éveillé de Quinton, même si j'en meurs d'envie. Comment lui expliquer que j'ai reçu dans un rêve la visite de mon frère disparu, et qu'il m'a emmenée dans un bateau volant pour admirer des trains sous-marins ? Elle va penser que je délire.

Et, même si elle me croyait, cela risquerait de lui donner de faux espoirs. Il n'y a pas très longtemps qu'elle a arrêté de pleurer, le soir, dans sa chambre.

Alors, je me tais.

– Ce que j'ai fait hier, c'était pour ton bien, reprend-elle.

Elle soupire.

– Quinton me manque, à moi aussi. Énormément. Mais aujourd'hui on doit se débrouiller toutes les deux. Tu me trouves peut-être sévère, seulement c'est mon rôle. Je veux que tu aies le meilleur avenir possible, et je ne te laisserai pas le compromettre en mettant ta vie entre parenthèses. En attendant quelque chose qui risque de ne jamais arriver.

– Je comprends.

Je serais prête à dire n'importe quoi pour mettre fin à cette éternelle discussion.

– Dans ce cas, tu comprendras aussi pourquoi tu es privée de sortie jusqu'à nouvel ordre.

Je manque de recracher mes céréales.

– Quoi ?!

– Tu sais que tu ne dois pas bousculer les gens. Même s'ils l'ont mérité.

Maman se lève de table et prend son sac à main.

– Je dois aller au travail en avance aujourd'hui. Le bébé d'une de mes collègues est malade. Je ne veux pas apprendre que tu es sortie de cet appartement. Compris ?

– Oui, madame.

Elle me lance un regard soupçonneux.

– Toi, tu mijotes quelque chose.

Je prends mon air innocent et secoue la tête.

– Avant de faire des projets d'évasion, rappelle-toi que j'ai demandé à Mrs Walters de te surveiller pendant mon absence, continue-t-elle. Comme tu le sais, elle n'a rien de mieux à faire qu'épier les allées et venues des voisins.

– C'est clair.

Maman ne veut pas *apprendre* que je suis sortie. Elle n'a pas dit que je ne pouvais pas le faire.

De retour dans ma chambre, j'étale le contenu de la mallette sur mon lit : la veste et le pantalon à rayures, les deux feuilles qui étaient dans l'enveloppe, et les lunettes de soleil qui ont déclenché le

Rêve éveillé la nuit dernière. Je chausse les lunettes pour la dixième fois ce matin, mais pas moyen de les faire fonctionner.

Je consulte à nouveau les documents. La première page est troublante :

À agrafer obligatoirement sur tous les documents sortants :

AVERTISSEMENT

AVERTISSEMENT

(au cas où vous n'auriez pas vu le premier)

AVERTISSEMENT

(vous avez compris, maintenant ?)

Les informations qui suivent sont confidentielles, car elles concernent un lieu abritant d'innombrables secrets. Quiconque lira ce dossier sans disposer des autorisations nécessaires s'exposera à de terribles représailles :

– Être balancé dans un puits sans fond

– Être enfermé dans une boîte de conserve et envoyé dans l'espace

– Être livré en pâture à une créature sous-marine dont nous ne divulguerons pas le nom

– Etc.

Je relis ce paragraphe au moins trois fois.

Des puits sans fond et des créatures sous-marines… C'est une blague ?

Si vous trouvez ces documents par inadvertance, ne les consultez surtout pas ! (Sachez que nous en serons nécessairement informés.) Voici comment procéder afin d'éviter les représailles :

Glissez le dossier dans une enveloppe. Entourez-la d'au moins trois couvertures jaunes (de préférence de la même teinte), et mettez le tout dans un carton fermé par du ruban adhésif, que vous expédierez à l'adresse suivante :

Ça-ne-vous-regarde-pas,
Rue Peu Importe,
New York, NY 54321

Si vous disposez des autorisations nécessaires, ne tenez pas compte de cet avertissement et passez à la page suivante.

C. Kretts

Hier encore, cet avertissement m'aurait fait rire. Mais mon petit doigt me dit que les gens pour qui mon frère travaille ne plaisantent pas. Heureusement, Quinton a stipulé très clairement que ce document m'était destiné. La deuxième page le confirme.

Convocation à un entretien

Émise par : Quinton Javon Peters
À destination de : Amari Renée Peters
***
Date de validité : entre le douzième et
le dix-huitième anniversaire de l'intéressé(e).
***
Prière d'apporter cette convocation en personne
au :
1440 N Main Street, 30305 Atlanta, Géorgie
afin de vous soumettre à l'entretien d'usage.

En arrivant à l'adresse indiquée, entrez seul(e)
dans l'ascenseur le plus à gauche. Une fois
les portes refermées, appuyez vingt-six fois
sur le bouton du sous-sol (S),
et attendez les instructions.

Voilà. Je n'ai plus qu'à aller là-bas.

Malheureusement, la mallette me réserve une autre surprise, encore plus effrayante que les avertissements. Un Post-it est collé à la jambe du pantalon :

Enfile ce costume pour aller à l'entretien.

Quinton veut que je sorte dans cet accoutrement ? Il a perdu la boule, ou quoi ? Je n'aurai pas quitté l'immeuble que je serai déjà la risée du quartier. Et j'ai déjà eu ma dose de moqueries cette semaine. Je m'assieds sur le lit et me mords la lèvre.

Tout cela me semble tellement irréel. Pour ne pas dire complètement fou.

Mais si c'était vrai ? Si c'était ma seule chance de découvrir ce qui est arrivé à mon frère ? Le seul moyen de le ramener à la maison ?

OK. J'irai à ce rendez-vous. Dans ce costume hideux.

Je glisse la convocation dans la poche de la veste et descends furtivement le perron de l'immeuble, comme si je me cachais du méchant dans un film d'horreur. Heureusement, la rue est déserte.

Une poignée de secondes plus tard, un groupe de jeunes sort en courant du bâtiment voisin. Ils me montrent du doigt en gloussant. J'en oublie de me baisser en passant sous la fenêtre de Mrs Walters, qui griffonne quelque chose dans son petit carnet. Maman va me tuer.

Fichu costume ! J'arrive à l'arrêt de bus de très mauvaise humeur et je me laisse tomber sur le banc.

D'après mon téléphone, le bus devrait arriver d'une minute à l'autre. C'est encore trop long !

Une Camaro rouge cerise s'arrête à ma hauteur dans un crissement de pneus. Les vitres descendent toutes en même temps, et des mecs de dix-huit, dix-neuf ans sortent la tête. Le conducteur, un garçon avec de longues dreadlocks, m'interpelle, hilare :

– Salut, ma belle ! Tu es perdue ? Le cirque est reparti la semaine dernière, tu sais ?

Les passagers éclatent de rire.

– Fichez-moi la paix ! dis-je, les joues en feu.

– Où sont les autres Skittles ?

Nouveaux rires. Je grogne :

– Vous n'avez rien d'autre à faire ?

Une portière s'ouvre à l'arrière. Jayden sort de la voiture et me rejoint en trottinant.

– Laissez-la, lance-t-il à ses copains. C'est ma pote.

Ils le chambrent un peu, avant de repartir sur les chapeaux de roues.

Jayden s'assied à côté de moi sur le banc. Il a pris quinze bons centimètres depuis la dernière fois que je l'ai vu. Il est trop jeune pour être aussi grand ! Sa chaîne en or scintille au soleil, et il a des Jordan toutes neuves.

– Tu as l'air en forme, Mari.

– Merci, dis-je en souriant. Ça fait une éternité qu'on ne m'a pas appelée comme ça.

Il hausse les épaules.

– Tu ne traînes plus avec nous. On ne t'a pas revue depuis que Quinton...

– Ouais, je sais.

Jayden et moi avons le même âge, mais on n'a jamais été en classe ensemble. Je l'ai rencontré au centre de loisirs du quartier, où mon frère donnait bénévolement des cours de soutien scolaire. C'est un peu embarrassant à admettre, mais tous mes anciens amis sont des gens que Quinton m'a présentés.

Il me considère d'un air amusé.

– C'est quoi, ce costume ? C'est la nouvelle mode, dans ton bahut de riches ?

– Ha ha ! Non, c'est pour un entretien. Je... C'est difficile à expliquer.

– Tu cherches un job d'été ?

– Plus ou moins.

Jayden retrouve son sérieux. Il promène un regard autour de lui avant de me proposer :

– Si tu as besoin d'argent, je peux t'en filer.

Il sort de sa poche un rouleau de billets de vingt dollars.

– C'est pour toutes les fois où vous vous êtes occupés de moi, ton frère et toi.

Ça ne se voit pas forcément, mais Jayden a vécu des trucs bien pires que la plupart des enfants du quartier. Parfois, quand j'allais le voir, il ne savait même pas où était passée sa mère, ni ce qu'il allait manger le soir. Quand il dit que je m'occupais de lui, c'est juste que je partageais ce que j'avais avec lui. Certains jours, c'était une simple barre de chocolat. Il était toujours hyper reconnaissant.

Je cherche une trace de moquerie dans ses yeux, mais il a l'air parfaitement sérieux. Avec cet argent, maman pourrait payer les factures pendant un bon moment, sans se tuer à faire des heures supplémentaires. Mais je ne peux pas accepter.

– Je sais d'où vient cet argent. Tes copains font des trucs louches. Ils ont tout le temps des ennuis avec la police.

Jayden range les billets dans sa poche.

– Tu ne les connais pas. Au moins, eux, ils essaient de m'aider.

La mise en garde de Quinton me revient aussitôt : « Tu ne changeras le monde que si tu côtoies des gens qui veulent aussi le changer. Gagner de l'argent en vendant des trucs dangereux, ça ne te va pas. Tu vaux mieux que ça. »

– Mon frère aussi essayait de t'aider. Et je sais que ces gars ne te donnent pas toutes ces belles choses sans rien te demander en échange. J'espère que tu n'as pas arrêté le collège pour traîner avec eux.

Jayden fronce les sourcils.

– Je fais ce que j'ai à faire. Ce n'est pas avec de bonnes notes que je vais bouffer. D'ailleurs, il n'y a plus personne pour m'aider. Les mecs qui s'occupent du soutien scolaire sont nuls. Ils me prennent pour un con, en me rabâchant des trucs que je sais déjà. Quinton était différent. Quand il expliquait quelque chose, on comprenait tout de suite.

Ces mots me bouleversent. Maman et moi ne sommes pas les seules à dépendre de Quinton. Le programme de soutien scolaire figure sur la longue liste des choses qui ne fonctionnent plus depuis sa disparition.

Je me penche vers Jayden.

– Et si Quinton revenait ? Tu voudrais bien retourner en cours ?

Il me lance un regard perplexe.

– Tu sais où il est ?

Le bus apparaît au coin de la rue.

– Pas exactement... Mais j'ai peut-être trouvé un moyen de le retrouver. En attendant, promets-moi juste d'arrêter tes bêtises. Il serait trop déçu.

J'attends quelques secondes avant de monter dans le bus, mais Jayden ne me répond pas.

Une fois assise, je jette un coup d'œil par la fenêtre et je croise son regard.

Il secoue la tête, mais me fait un grand sourire.

« OK, Mari », articule-t-il en silence.

5

En descendant du bus, je découvre avec surprise que le 1440 N Main Street est un immeuble de bureaux : un petit gratte-ciel en verre et métal, très fréquenté pour un samedi. Pour un endroit censé abriter autant de secrets, je m'attendais à quelque chose de plus discret.

Je monte les marches en m'efforçant d'ignorer les regards amusés des passants. Avec un costume pareil, difficile de passer inaperçue ! Et, comme par hasard, je suis convoquée un jour d'affluence.

Je me fraye un chemin dans la foule pour rejoindre les ascenseurs, au fond du hall. D'après les instructions, je dois attendre que l'ascenseur de gauche soit vide. Facile à dire : c'est le plus sollicité.

Fatiguée d'attendre debout, je m'assieds sur un petit banc. Au bout d'un quart d'heure, la foule se dissipe et l'occasion se présente enfin. Je m'engouffre dans la cabine. Juste avant que les portes coulissent, un homme chauve à la mine renfrognée entre à son tour. Je tends une main pour empêcher la fermeture. Mécontent, il m'apostrophe :

– Qu'est-ce que vous faites ? Je suis déjà en retard à ma réunion.

– J'ai un gros rhume, dis-je en reniflant. Je suis peut-être contagieuse…

L'homme recule. Un pli inquiet creuse son front.

– Très bien. Je vais attendre le prochain.

Il sort de l'ascenseur comme si j'avais la peste.

Enfin seule ! Alors que les portes coulissent, je jette un dernier coup d'œil à ma convocation. Comme indiqué, j'appuie vingt-six fois sur le bouton du sous-sol.

Aussitôt, les lumières s'éteignent. Un rayon rouge balaie la cabine.

– Convocation détectée, fait une voix de robot. Veuillez avancer.

Un déclic retentit et le fond de l'ascenseur s'ouvre sur un couloir aux murs tapissés de métal.

On se croirait dans un film. Je me penche pour voir ce qu'il y a au bout, mais un virage m'en empêche. Domptant mon appréhension, je m'y engage d'un pas prudent, et j'arrive bientôt dans une petite salle d'attente, meublée de six chaises et d'un porte-revues.

Une dame blonde bien en chair me sourit derrière un guichet.

– Bonjour ! Que puis-je faire pour vous ? me demande-t-elle.

– Mon frère m'a envoyé une convocation pour... Pour quoi, déjà ?

– Je vois, répond poliment la dame. Malheureusement, notre recruteur est absent jusqu'à...

Un grand fracas l'empêche d'achever sa phrase.

– Ah ! Je crois qu'il vient d'arriver ! rectifie-t-elle. Poussez la porte de gauche et allez tout au fond du couloir. C'est le dernier bureau sur la droite.

Je suis ses instructions. La porte en question est entrouverte. Je frappe discrètement et, comme personne ne me répond, je me décide à passer la tête dans l'embrasure.

Dans la pièce, un type bizarre se tient au-dessus des décombres d'un bureau. Il est plus grand que moi, mais pas plus costaud. Sa tignasse brune hirsute est striée de mèches grises. Tout bien considéré, ce n'est pas lui qui est bizarre. Ce sont ses vêtements.

Il porte un pantalon orange vif, de la couleur des cônes de signalisation. Sa chemise, orange aussi, est couverte de plumes orange et marron.

L'homme me fait signe d'entrer sans me regarder.

– Venez, venez ! Je fais un peu de ménage. J'ai commandé au transporteur de me déposer « à » mon bureau, et pas « dans » mon bureau. Je crains que le message ne soit pas très bien passé !

Il se caresse le menton.

– Cela dit, je mangeais un délicieux sandwich au rosbif quand je lui ai donné cette instruction. Ça m'apprendra à parler la bouche pleine !

Son discours me laisse perplexe. Un transporteur ? Un sandwich au rosbif ?

J'entre d'un pas hésitant.

– Je m'appelle Amari...

– Et moi, Barnabus Lemarchand. Mais je suis navré, nous n'irons pas plus loin dans les présentations, me prévient-il. La formation a déjà commencé. Les enfants sont installés dans leurs chambres.

Déjà commencé ? Mon cœur se serre.

– J'arrive trop tard ? Mais je viens juste de recevoir ma convocation !

– Les règles sont les règles. La personne qui vous a convoquée aurait dû prévoir une dérogation si vos cours se sont terminés trop tard. Revenez l'été prochain.

Il daigne enfin me regarder et écarquille les yeux.

– Mille excuses ! s'exclame-t-il. Ce costume est-il un authentique Duboise ?

Je hausse les épaules, embarrassée.

– Un Duboise ? C'est quoi ?

– Vous ne connaissez pas Madame Duboise ? s'étrangle Mr Lemarchand. La styliste de mode la plus exceptionnelle au monde !

Il enjambe les débris de son bureau pour venir tâter l'étoffe de ma manche droite.

– Très bien ! Très, très bien ! Oserai-je vous demander de retirer la veste ? J'adorerais l'essayer !

– Ah ? Oui, pas de problème.

Je suis étonnée qu'on puisse s'intéresser à cette horrible chose, à part pour la brûler. En même temps, ce type porte une veste couverte de plumes orange et marron ! J'ôte la mienne et la lui tends.

Il essaie de l'enfiler par-dessus son costume, mais il mesure trente bons centimètres de plus que moi. Elle ne lui ira jamais.

Et pourtant, si. On dirait qu'elle a été faite pour lui. Je le regarde bouche bée.

– Comment... ?

– C'est une vraie ! affirme-t-il. Il existe tant de contrefaçons qu'on ne peut jamais s'en assurer au premier coup d'œil. Seules les authentiques Duboise s'adaptent à toutes les morphologies. Ma femme et moi, nous sommes des inconditionnels...

Mr Lemarchand caresse son costume avec dévotion.

– Ce modèle fait partie de la collection tropicale « Impression perroquet des sables ». Vous vous demandez peut-être pourquoi je suis en tenue décontractée. Figurez-vous que nous étions en vacances, mon épouse et moi. Nous passions des moments délicieux, quand j'ai reçu un message urgent de mon superviseur. Il m'informait qu'une jeune fille avait été ajoutée à la liste, et que personne n'était au Bureau pour la recevoir ! On devrait pourtant pouvoir compter sur ses collègues quand on est en vacances, n'est-ce pas ?

– Je… Oui, sûrement. On parlait de ma veste…

Mr Lemarchand lève les mains.

– Tout à fait ! On devrait pouvoir compter sur eux ! Sauf quand on travaille avec Thesda Ciboulette ! Il suffit qu'un de ses satanés matous soit capturé pour qu'elle s'effondre. Je peux comprendre ses voisins : ce n'est pas très plaisant de voir un tigre se promener en liberté dans le quartier. Enfin, ne la plaignons pas trop. Elle en aura dégotté un autre d'ici la fin du mois. Je ne veux même pas savoir où elle les trouve !

J'ai les oreilles qui bourdonnent, et ma tête est tout près d'exploser.

– MISTER LEMARCHAND !

– Euh… oui ? sursaute-t-il.

– Ma veste ? Comment s'est-elle adaptée à vos mensurations ?

– À votre avis ? Grâce à un enchantement breveté, bien sûr !

– Un enchantement ?

Je lève un sourcil.

– Vous voulez dire : de la magie ?

– Oui.

Mr Lemarchand croise les bras.

– Comment vous êtes-vous procuré ce costume, si ce n'est pas indiscret ?

– Il était dans une mallette que mon frère m'a laissée.

– Ah ! Je comprends mieux. Je suppose que votre frère est le premier de la famille à embrasser ce genre de métier...

– Je ne sais pas. De quel métier parlez-vous ?

Il se caresse à nouveau le menton.

– Je n'aime pas enfreindre le règlement, mais comment pourrais-je congédier une enfant qui a des goûts vestimentaires aussi splendides ? Même si c'est involontaire...

Il soupire.

– Très bien, asseyez-vous.

J'obéis. C'est bizarre de s'asseoir au-dessus d'un bureau en morceaux.

– Mon rôle consiste à vous offrir une place dans notre programme unique en son genre, reprend Mr Lemarchand. Hélas, je ne peux vous en dire plus tant que vous n'aurez pas accepté notre invitation. Réfléchissez bien. Si vous refusez, notre entretien s'achèvera instantanément, et vous pourrez reprendre vos occupations habituelles. C'est pourquoi nous vous avons convoquée ici, plutôt qu'au Bureau. En revanche, si vous acceptez, vous serez obligée d'assister aux cours dès cet été. Suis-je clair ?

J'acquiesce, même si je n'ai pas tout compris.

– En fait, cet entretien, c'est juste pour me demander si j'accepte la place ?

– En effet. Auriez-vous préféré quelque chose de plus difficile ? Je peux vous préparer des équations, si vous voulez.

Je secoue vigoureusement la tête. Mr Lemarchand éclate de rire.

– Dans ce cas, j'attends votre réponse...

J'ai envie d'accepter, mais je repense aux paroles de Quinton.

– Mon frère m'a dit que ce qu'il faisait était dangereux. C'est vrai ?

Mr Lemarchand hésite un instant, et finit par lâcher :

– Ça pourrait l'être, oui.

Mon niveau de stress monte en flèche. Je me vois déjà désamorcer des bombes et lutter contre des alligators géants.

– Dangereux comment ?

– Désolé, j'en ai déjà beaucoup trop dit. Maintenant, c'est à vous de prendre votre décision.

Je réfléchis. Quinton a affirmé qu'il voulait que je fasse les mêmes expériences que lui. Au souvenir des trains scintillants qui sillonnent le fond de l'océan, je sens une vague d'excitation me traverser. Mais, surtout, c'est peut-être ma seule chance de découvrir ce qui lui est arrivé.

– J'accepte, dis-je en soutenant le regard de Mr Lemarchand.

Et je retiens mon souffle en attendant la suite.

6

Mr Lemarchand bondit de sa chaise et me serre vigoureusement la main.

– Félicitations ! C'est une excellente décision ! J'adore introduire de nouveaux visages au Bureau des affaires surnaturelles.

Mes doigts sont à moitié engourdis quand il les libère. Mais j'ai un motif d'inquiétude beaucoup plus vif.

– Le Bureau des affaires surnaturelles ?

Mr Lemarchand sourit.

– Aux quatre coins du monde, on raconte des histoires qui semblent tout droit sorties de notre imagination. Et si je vous disais que les créatures qui peuplent ces récits, que nous avons relégués au rang de mythes, vivent en réalité parmi nous ? Des trolls, des sphinx, des sirènes... et des choses si étranges que vous refuseriez de croire à leur existence, même en les voyant de vos propres yeux. Ces créatures habitent dans nos villes et marchent dans nos rues. Votre voisine ou même votre professeur préféré pourrait parfaitement être l'une d'elles. Et ce n'est pas tout ! Des êtres surnaturels ont fondé leurs propres cités, où ils vivent entre eux, à l'écart des sentiers battus. Le Bureau des affaires surnaturelles fait le lien entre le monde connu et le monde caché. Nous sommes chargés de garder le secret.

J'hésite à le croire. C'est une chose de porter un costume extravagant. De là à faire accepter l'idée que les créatures des livres et des films sont réelles...

– OK... Mettons que ce soit vrai. Les gens n'ont pas le droit de savoir s'ils sont assis à côté d'un loup-garou dans le bus ?

– Par chance, les loups-garous préfèrent prendre le train. Mais il existe beaucoup de créatures dangereuses dans le monde surnaturel, et nous faisons notre possible pour protéger les innocents. Vous allez me demander pourquoi l'existence de ce monde est tenue secrète. Voyez-vous, les gens ont tendance à craindre ce qu'ils ne comprennent pas, et la peur se change trop facilement en haine. Je pense, entre autres, au Grand Conflit des Insectes de 1969. La Société des Insectes Sensibles avait mis au point un « spray répulsif antihumains ». On pourrait se dire que c'est de bonne guerre. Pourtant, imaginez l'hystérie collective quand les insectes ont commencé à utiliser leur invention ! Cette année-là a été particulièrement difficile pour le Bureau, croyez-moi.

Je croise les bras et je me renverse sur ma chaise.

– Je n'ai jamais lu ça. Dans aucun livre d'histoire.

Mr Lemarchand sourit.

– Nous sommes très efficaces. Et nous le sommes depuis très longtemps.

J'aurai l'occasion de le vérifier bien assez tôt. Pour l'instant, quelque chose m'intéresse davantage que les mythes ou la magie.

– Mon frère a disparu. Pouvez-vous me renseigner à son sujet ? Il s'appelle...

Mon interlocuteur se bouche les oreilles.

– Travailler pour le Bureau n'est pas sans danger. Votre frère devait être chargé d'une mission périlleuse. Je n'entends jamais parler de personnes mortes ou disparues. Il faut dire que je reste volontairement sourd à ce genre d'information. C'est moi qui les recrute, voyez-vous. Ce serait trop douloureux.

– Je comprends.

Mr Lemarchand tend un bras derrière lui. Une mallette apparaît dans sa main comme par enchantement.

– Votre Invisi-sac, me dit-il avec un clin d'œil. Vous devrez l'emmener partout.

Il me tend la mallette avant d'en ouvrir une semblable et me lance un livre sur les genoux. J'essaie en vain de lire le titre, mais il est dans une langue inconnue. Soudain, les lettres clignotent, s'effacent et réapparaissent sur la couverture : *Mille et une carrières*.

– Vous vous entraînerez chaque été jusqu'à votre dix-huitième anniversaire, date à laquelle vous deviendrez membre à part entière du Bureau, m'explique Mr Lemarchand. Si vous réussissez l'épreuve de sélection, vous recevrez une bourse d'études pour n'importe quelle université du pays, quels que soient ses modalités de recrutement et ses frais de scolarité. Si vous le souhaitez, vous pourrez changer de spécialité au début de l'été prochain, mais vous devrez repasser l'épreuve de sélection si vous voulez conserver votre bourse.

Il se penche vers moi pour feuilleter l'ouvrage et s'arrête sur une page.

– Tenez, voici en quoi consiste mon travail. Et, là, vous avez une liste de tous les postes que le Bureau peut vous proposer, selon vos capacités.

Je déchiffre la page en question.

DÉPARTEMENT DES LICENCES ET ARCHIVES SURNATURELLES

Recruteur

Badge minimum requis pour exercer la fonction :

Bois

Description du poste : Accueillir les enfants convoqués, afin de leur proposer une place dans les cours d'été, en vue de préparer une carrière au Bureau des affaires surnaturelles.

Je m'interroge :

– Ça veut dire quoi, « badge minimum requis » ?

– J'allais y venir. Les badges sont décernés en fonction de votre potentiel : intelligence, courage, curiosité... Sans vouloir m'avancer, je pense que vous recevrez un badge en carton. Vous trouverez le tableau sur la première page.

Un badge en carton ? Je fronce les sourcils et j'ouvre le livre au début.

<u>**Badges**</u>

Or

Argent

Bronze

Fer

Cuivre

Pierre

Verre

Bois

Plastique

Carton

Feuille d'aluminium
Feuille de cahier

Le carton est en bas de la liste, juste au-dessus du papier d'alu et de la feuille de cahier. Le découragement m'envahit. Évidemment ! La fille noire du lotissement HLM va recevoir un badge minable. Comment ai-je pu imaginer une seule seconde que le monde surnaturel serait différent du mien ?

Mr Lemarchand me tend un long tube en verre très fin.

– Je suppose que vous savez utiliser le Testeur ? Ça fonctionne comme un thermomètre.

Un thermomètre sans chiffres ? Bon, je ne suis plus à une surprise près...

J'insère le tube dans ma bouche. Je l'ai sous la langue depuis moins d'une seconde que, déjà, Mr Lemarchand me le réclame.

Un liquide rouge monte à toute vitesse dans le tube, qui se brise en éclats. Mr Lemarchand fronce les sourcils.

– Intéressant..., marmonne-t-il.

– C'est bon signe, ou pas ?

Au lieu de me répondre, il sort de sa mallette une petite boîte métallique où sont griffonnés les mots *Kit de démarrage*, et la pousse vers moi.

– Rendez-vous à cette adresse demain à dix-huit heures.

– Demain ? Mais...

Le recruteur me chasse de son bureau avant que j'aie pu achever ma phrase.

7

Maman fait encore plus d'heures le week-end. Comme elle va rentrer très tard, je suis obligée de l'appeler à l'hôpital pour lui parler de la formation. Voici un petit compte rendu de notre conversation :

Maman : Qu'est-ce qui t'arrive, Amari ? Tu ne t'es pas fait mal, j'espère !

Moi : Non, non. Ne t'inquiète pas, tout va bien. Maman...

Maman : Amari Renée Peters... Tu sais que tu ne dois jamais me téléphoner au travail, sauf en cas d'urgence.

Moi : C'en est une. Je dois aller quelque part demain, et j'ai besoin de ta permission.

Maman : Je te rappelle que tu as l'interdiction absolue de sortir.

Moi : Je sais, mais...

Maman : Mais quoi ?

Moi : J'ai reçu une invitation de l'ancienne colo de Quinton. Il a dû leur laisser mon nom avant… tout ça.

Maman (après un long silence) : Ah bon. Tu as leur numéro ?

Je lui dicte celui qui figure sur la brochure *Comment négocier avec des parents hors Bureau.*

Maman : Je les contacte et je te rappelle pour te dire ce que j'ai décidé.

En attendant sa réponse, je passe en revue le contenu du kit de démarrage. J'y trouve un exemplaire de *Mille et une carrières, édition confidentielle*.

Tellement confidentielle, apparemment, que toutes les pages sont blanches.

Il y a aussi une liste de ce que je dois apporter :

Matériel nécessaire :

Vous-même, tout le reste est fourni.

Et enfin, un petit flacon de liquide bleu. Sur l'étiquette, on lit :

LA VRAIE VUE

LABORATOIRES VOILÀ

Une goutte dans chaque œil. À administrer sans délai.

De très rares cas de vision aux rayons X ont été signalés. Si vous êtes concerné(e), prière de consulter un médecin.

Après plusieurs tentatives, je réussis à me mettre des gouttes dans les yeux. Ça ne me fait rien de spécial, mais je suis tellement fière de moi que je fais une petite danse devant le miroir.

Je m'interromps en entendant frapper à la porte. C'est peut-être un autre émissaire du Bureau des affaires surnaturelles ! Je me dépêche d'aller coller un œil au judas, mais ce n'est que Mrs Walters. Ma bonne humeur s'efface devant sa mine renfrognée. C'est le genre de personne qui ne sourit jamais, et qui aurait l'air mécontent en posant à la télévision avec le chèque qu'elle a gagné au loto. J'ouvre la porte et je la salue le plus poliment possible :

– Bonjour, Mrs Walters. Je peux faire quelque chose pour vous ?

– N'essaie pas de m'amadouer ! Ta mère m'a chargée de te surveiller, et je t'ai vue sortir. J'ai vu aussi avec qui tu discutais à l'arrêt d'autobus ! Attends un peu qu'elle l'apprenne...

Pendant que je cherche une excuse, le visage de ma voisine enfle et rétrécit coup sur coup. Et ce n'est pas le plus effrayant.

– Mrs Walters ? Depuis quand avez-vous la peau verte ?

Elle touche le bout de son long nez pointu et écarquille ses petits yeux de fouine.

– Tu me vois ? Tu me vois *vraiment* ?

J'opine du chef.

– Vous ressemblez à la méchante sorcière de Blanche-Neige...

La voisine pousse un cri strident et s'éloigne de la porte à reculons.

– Je n'aurais jamais dû acheter ce fond de teint en promotion ! lâche-t-elle d'une voix grinçante.

Elle jette une pincée de poudre en l'air et disparaît dans un nuage de fumée.

Je sors dans le couloir et je tâtonne devant moi. Mrs Walters n'est vraiment plus là ! Mr Lemarchand ne m'a pas raconté de salades. Il y a vraiment des créatures surnaturelles dans le monde. Dans mon quartier !

Ce n'est pas que j'en doutais, mais entendre parler d'un truc et le voir de ses propres yeux sont deux choses différentes. Je comprends maintenant à quoi servent ces gouttes oculaires. J'ai vu Mrs Walters des milliers de fois, et je ne me serais jamais doutée que c'était une sorcière.

Dans quel pétrin me suis-je fourrée ?

On est dimanche après-midi, et je trépigne d'impatience en attendant le retour de maman. Quand elle m'a enfin rappelée hier soir, elle m'a promis de quitter le travail à quinze heures aujourd'hui, pour qu'on ait une chance d'arriver à temps au Bureau, de l'autre côté de la ville.

À seize heures passées, elle arrive enfin, un sac de courses dans chaque main. Elle les laisse tomber en me voyant et me serre dans ses bras.

– C'est génial ! s'exclame-t-elle. Exactement ce qu'il te fallait. Quand Quinton est revenu de colo, à la fin du premier été, il était différent. Plus mûr.

– C'est quoi, dans les sacs ?

– Je suis passée t'acheter des bricoles... Ils disent que tu n'as besoin de rien, mais crois-moi, tu seras contente de les avoir. Je t'ai pris un nouveau pyjama, ton shampooing préféré, et des chaussettes douillettes comme tu les aimes...

J'arrête de l'écouter en apercevant le sac FNAC. Je me jette dessus et je me pâme en découvrant son contenu. L'élégante boîte abrite le téléphone portable de mes rêves. Le dernier modèle !

– Je croyais qu'on n'avait pas d'argent...

Maman sourit.

– Je ne laisse pas mon bébé partir tout l'été sans avoir un moyen de la joindre.

Elle n'a pas répondu à ma question.

– Mais maman...

Elle se campe devant moi, les mains sur les hanches.

– OK, je suis allée au centre de prêt sur salaire, mais ce ne sera pas comme la dernière fois.

Je me dégonfle comme un ballon de baudruche troué. Ma joie s'est envolée. La dernière fois que maman a contracté un emprunt, elle a dû le rembourser au lieu de régler les factures. On a failli être expulsées de notre appartement parce qu'on n'avait pas payé le loyer.

– Ne me regarde pas comme ça ! se défend-elle.

Son expression est pleine d'une tristesse que je connais bien.

– Je voulais juste te gâter un peu, pour une fois...

Je n'ai pas le cœur de me disputer avec elle. J'acquiesce et je me force à sourire. Elle sourit aussi.

– J'avais mis un peu d'argent de côté en cas d'urgence, et comme l'institut t'offre une bourse, je n'aurai pas à payer tes frais de scolarité l'an prochain.

– La bourse n'est pas garantie. Je ne suis pas sûre de l'obtenir.

– Tu es ma fille et la petite sœur de Quinton. Je ne vois pas comment ils pourraient te la refuser.

J'ouvre la bouche pour lui rappeler que je ne suis pas aussi douée que mon frère, mais je me tais. Inutile de la rendre encore plus triste.

– Rappelle-moi l'heure de ton rendez-vous, me demande-t-elle.

– Dix-huit heures.

L'horloge indique seize heures sept.

– C'est long, le trajet en voiture ?

– Non, on a largement le temps.

– Même avec le festival de musique ?

– C'est cè soir ? Mince, j'avais complètement oublié ! Il va y avoir des bouchons monstres !

Nous échangeons un regard paniqué et nous courons nous préparer.

Maman assure que l'on peut encore arriver à temps en empruntant son itinéraire bis. Elle nous fait passer par des ruelles moins fréquentées que les artères principales, mais beaucoup plus pittoresques que dans mon souvenir.

En chemin, elle coupe la route à un type qui nous menace du poing. Sauf que ce n'est pas un poing, mais une patte d'animal ! Et les cris qui s'échappent de la voiture ont tout de grognements. Stupéfaite, je me tourne vers maman, qui n'a rien remarqué. C'est forcément un effet des gouttes pour les yeux.

Je vois des trucs de plus en plus bizarres. Un homme qui patiente sous un abribus a le corps littéralement incandescent, mais il ne semble pas s'en émouvoir. Il allume une cigarette en la posant sur son front. La dame qui s'arrête pour nous laisser passer a des serpents à la place des cheveux. J'évite de croiser son regard, au cas où cette Méduse aurait l'idée de me changer en pierre. Maman la remercie d'un geste et poursuit sa route.

Après avoir patienté au feu rouge le plus long du monde, devant une ruelle sombre où luisent des dizaines d'yeux rouges, je renonce à regarder par la vitre.

Je pensais que les êtres surnaturels comme Mrs Walters étaient rares. En fait, ils sont partout. Ils se promènent en plein jour, sans se cacher, mais la plupart des gens ne les voient pas. Je me mets à trembler en pensant à l'endroit où je vais. Je ne sais pas si mon excitation l'emporte sur ma peur, ou si c'est l'inverse. Je vais bientôt avoir accès au monde surnaturel. Un monde dont j'ignorais encore l'existence il y a deux jours.

Si seulement je pouvais en parler à maman. Je déteste avoir des secrets pour elle. Surtout aussi énormes ! Mais elle ne serait pas ravie d'apprendre que je suis invitée dans l'organisation secrète responsable de la disparition de son fils. Honnêtement, ça me stresse un peu, moi aussi.

Pour me changer les idées, je sors *Mille et une carrières* de mon sac. Grâce au collyre, je vois désormais apparaître des mots et des images sur chaque page.

– Qu'est-ce que c'est ? me demande maman.

Affolée, je referme brusquement l'ouvrage, avant de me rappeler qu'elle ne peut pas le lire.

– Quel cinéma ! me taquine-t-elle. C'est ton journal intime ?

– C'est pour la formation, dis-je.

Rester évasive me permet de ne pas lui mentir.

Maman hausse les épaules et met le clignotant pour changer de voie.

Je rouvre le livre et le feuillette jusqu'à ce que je découvre une photo en pleine page d'un colosse barbu, coiffé d'un chapeau de cow-boy et vêtu d'un costume gris foncé. Il pointe une hache en flammes vers l'objectif, et son regard intense semble m'ordonner de lire le texte avant de tourner la page. Je m'exécute.

Les superhéros du monde surnaturel

Rejoignez l'agent Balthazar Magnus au département des Enquêtes surnaturelles et commencez dès aujourd'hui votre formation d'agent secret !

Sur la page d'en face figure la description du poste :

DÉPARTEMENT DES ENQUÊTES SURNATURELLES
Agent junior
Badge minimum requis pour exercer la fonction : Bronze

Description du poste : Servir et protéger humains et non-humains des menaces surnaturelles, étrangères ou intérieures.

Faire appliquer les lois qui gouvernent les entités surnaturelles vivant dans le monde connu. Les meilleurs éléments pourront accéder au rang d'agent senior, agent de surveillance, agent spécial, et plus encore.

Agents remarquables : Beowulf, le capitaine Achab, Abraham Van Helsing, le capitaine Nemo, Dr Jekyll/Mr Hyde (chercheur/agent à temps partiel), Sherlock Holmes, Maria Van Helsing et Quinton Peters.

Je n'en crois pas mes yeux ! Quinton est un agent secret. Comme ce gars sur la photo. De toutes les choses que je viens d'apprendre, c'est probablement la plus folle. L'agent Magnus est le genre de type qu'on appelle à la rescousse quand un ours s'échappe du zoo. Quinton a peur des araignées. Même les plus minuscules.

Alors que l'horloge du tableau de bord affiche dix-sept heures vingt-six, une question me traverse l'esprit.

– Maman ? Tu sais en quoi consiste cette formation ?

– Si j'ai bien compris, tu vas suivre des cours et voyager dans le monde entier pour rencontrer des P.-D.G. de grandes entreprises et des chefs de gouvernements. Ce sera l'occasion de te lier d'amitié avec des gens brillants, afin de te constituer un réseau. En grandissant, tu mesureras mieux les avantages de ce genre de programme. Pour accéder aux postes prestigieux et bien payés, ce ne sont pas tes qualités qui comptent le plus, mais les gens que tu connais.

Ainsi, maman est convaincue que je vais dans une colonie de vacances pour enfants surdoués. C'est sûrement ce qu'on lui a dit quand elle les a appelés. Et ce que Quinton lui disait aussi.

– Je voudrais que tu me fasses une promesse, continue-t-elle. Promets-moi que tu iras à l'université, et que tu ne suivras pas la même voie que ton frère...

– Tu crois que cet endroit a quelque chose à voir avec sa disparition ?

– Bien sûr que non ! Sinon, je ne te laisserais jamais y aller. Je ne sais pas ce qui est arrivé à Quinton. Ce que je sais, en revanche, c'est que ce stage te permettra d'intégrer une bonne université. Je veux juste que tu aies une vie heureuse, sans danger.

« Une vie heureuse, sans danger... » Maman ne se doute-t-elle vraiment pas que Quinton a disparu à cause de son travail ?

– Promis ! dis-je.

Je fais cette formation uniquement pour savoir ce qui est arrivé à mon frère. Quand je l'aurai découvert, ça me sera égal de ne plus jamais entendre parler du monde surnaturel.

Maman se gare sous les arbres, devant l'entrée de l'hôtel Vanderbilt, à dix-huit heures deux. On est en retard !

Le bâtiment, magnifique, est coiffé d'un dôme doré digne d'une cathédrale. Un grand homme blanc en costume gris monte l'escalier qui mène à l'entrée. Je reconnais son chapeau de cow-boy.

– C'est ton guide ! s'écrie maman. Rattrape-le vite, avant qu'il soit trop tard !

J'ouvre la portière à la volée.

– Agent Magnus ! Je suis là !

Je ne sais pas s'il m'a entendue, mais il ne s'arrête pas. Il ne se retourne même pas.

Je saute sur place en agitant les mains au-dessus de ma tête.

– Hé ! C'est moi ! La petite sœur de Quinton.

L'homme pivote vers moi et me fixe un instant de ses yeux gris perçants. Puis il redescend les marches pour venir à notre rencontre. Maman sort de la voiture et le salue. Il lui glisse quelques mots qui la font rire et lui fait un baisemain. Elle rougit. Ils se connaissent, évidemment. Maman a accompagné Quinton ici plusieurs étés de suite.

– Présente-toi, Babygirl ! m'ordonne-t-elle.

L'agent Magnus est deux fois plus intimidant en vrai que sur la photo.

– Bonjour, dis-je, sans oser rencontrer ses yeux.

– Tu es en retard, lâche-t-il d'une voix grave, à l'accent rocailleux du Sud. Mr Lemarchand ne t'a-t-il pas commandé d'être ici à six heures ?

– Si, mais il y avait des embouteillages, et...

Il m'interrompt d'un geste.

– Tu n'as pas d'excuse. Si tu étais quelqu'un d'autre, je t'aurais renvoyée chez toi. Nous te faisons une fleur parce que tu es la petite sœur de Quinton. C'est la première et la dernière fois. Entendu ?

Je hoche la tête.

– Oui, monsieur.

L'agent Magnus reporte son attention sur maman.

– C'est toujours un plaisir de vous voir, Renée. Je veillerai à ce qu'on s'occupe bien de votre fille.

Elle sourit.

– Je vous fais entièrement confiance. Quinton vous aimait beaucoup... Merci de prendre le temps d'escorter Amari pour sa première journée.

– Votre fils est un jeune homme exceptionnel, répond l'agent Magnus, visiblement ému. Je vais envoyer quelqu'un chercher les affaires d'Amari.

À mon intention, il ajoute :

– Tu es prête ?

– Je crois.

– Ça m'étonnerait fort, dit-il en souriant.

8

L'hôtel Vanderbilt est l'endroit le plus magnifique que j'aie jamais visité. Dans le hall immense, le sol brille, et des tableaux géants ornent les murs.

Les clients ont tous l'air de gens importants. Des hommes et des femmes se prélassent dans des fauteuils confortables en sirotant les cocktails que leur apportent des serveurs en uniformes blancs immaculés. Un quatuor à cordes installé devant une grande fontaine emplit la salle de musique. Mon cœur se serre. Et moi qui ne me sentais pas à ma place à l'Académie Jefferson ! J'ai l'impression de débarquer dans le palais d'une famille royale.

Je me sens comme un grain de poussière sur un tableau sublime.

La tête baissée, je traverse le hall lumineux sur les talons de l'agent Magnus.

– L'hôtel Vanderbilt est l'une des nombreuses entreprises que le Bureau exploite pour financer et dissimuler notre organisation, me dit-il. Le bâtiment est construit autour d'une source magique naturelle, qui nous procure l'énergie nécessaire à nos activités. L'hôtel est un peu kitsch à mon goût, mais il y a une impressionnante sélection de cigares.

Il s'engouffre dans un petit couloir barré par un écriteau *Réservé au personnel habilité*. Au fond se dresse une grande porte métallique munie d'un clavier. L'agent Magnus tape le code trop vite pour que je puisse le lire. Après une série de déclics, il tourne la poignée et pousse la porte.

Elle s'ouvre sur une autre porte, plus grande, équipée d'une serrure à combinaison. Magnus tourne la molette une dizaine de fois avant qu'on entende un cliquetis. La porte coulisse aussitôt.

– Bienvenue au Bureau des affaires surnaturelles ! me lance-t-il en pénétrant dans une salle gigantesque.

J'ai le souffle coupé devant le spectacle extraordinaire qui s'offre à mes yeux. Une ribambelle de fées passe devant moi en éclatant de rires cristallins. On dirait une guirlande de Noël. Un peu étourdie, je lève la main pour les rappeler, quand un grand cri retentit. Des sorcières juchées sur des balais sillonnent les airs en se querellant. Un panache de fumée noire flotte dans leur sillage. L'agent Magnus semble indifférent à leur remue-ménage.

– Suis-moi, me dit-il en se frayant un chemin dans la foule.

J'obéis en me dévissant la tête pour essayer de tout voir en même temps. À ma gauche, deux géants discutent très poliment des qualités littéraires d'Hemingway. Du moins, au début. Ils ne tardent pas à grogner et à trépigner, et leurs voisins s'écartent de crainte de se faire piétiner.

Alors que je suis convaincue d'avoir assisté au summum de la bizarrerie, je tombe sur trois créatures vertes et suintantes, avec d'innombrables yeux. Elles feuillettent une brochure intitulée *Dix panoramas à ne pas manquer sur la terre ferme*.

En arrivant devant les ascenseurs transparents, tout au fond de la salle, je me rends compte que je retiens mon souffle depuis une éternité. Je croise les bras, en proie à un léger vertige.

– Tout va bien, petite ? me demande l'agent Magnus.

J'acquiesce en souriant.

– On est tous un peu surpris, au début. Mais sois sans crainte, tu vas t'habituer...

Il pose une main sur mon épaule et me fait doucement pivoter vers la foule.

– L'un des principaux objectifs du Bureau est de permettre ce genre d'attroupement. Nous mettons à la disposition des êtres surnaturels des lieux sûrs dans les villes humaines, où ils peuvent se rencontrer, se rassembler et faire des affaires sans être obligés de se déguiser. Entre ces murs, on ne leur demande même pas de bien se tenir.

Je pense aux êtres surnaturels que j'ai aperçus en chemin. Si maman n'en a vu aucun, c'est qu'ils étaient déguisés, ou dissimulés d'une manière ou d'une autre.

– Les surnaturels ont choisi depuis longtemps de se cacher à la vue des humains pour des questions de sécurité, continue Magnus. Et pourtant, chaque jour, le monde connu et le monde surnaturel entrent en collision de mille façons. En échange du privilège de faire partie de leur monde, nous protégeons le secret de leur existence. Un département tout entier est chargé d'inventer des histoires convaincantes, afin de justifier certains évènements farfelus.

Un ascenseur s'ouvre devant nous. L'agent Magnus m'invite à y entrer et m'emboîte le pas. Aussitôt les portes fermées, une voix féminine chaleureuse emplit la cabine :

– Bienvenue au Bureau, agent spécial Balthazar Magnus et stagiaire Amari Peters. Je constate avec plaisir que vous avez taillé votre vilaine barbe, agent Magnus. C'était vraiment une horreur.

Je cherche autour de moi la source de la voix. Elle vient de partout à la fois. Magnus fronce les sourcils.

– Il m'a pourtant semblé t'entendre me complimenter, l'autre jour, dit-il.

– Non, répond la voix. Si je me souviens bien, j'ai simplement dit : « Je vous ai déjà vu moins élégant. » Ce n'est pas ce que j'appelle un compliment.

Magnus s'esclaffe. Je l'interroge :

– Je rêve, ou vous discutez avec l'ascenseur ?

Je peux comprendre. Ça m'arrive de m'adresser à mon ordinateur portable quand il ne fonctionne pas. Seulement, il ne me répond jamais.

– Exact, confirme Magnus. Amari, je te présente Lucy, mon ascenseur préféré.

Je hausse les sourcils et j'ajoute les ascenseurs parlants à ma liste de choses étranges, qui s'allonge à vue d'œil.

– Euh… Lucy… êtes-vous surnaturelle ?

– Pas le moins du monde, répond-elle. Je suis ce que vous appelez une intelligence artificielle. Vous constaterez que le Bureau exploite tantôt des technologies modernes, tantôt des objets magiques, en fonction du travail à effectuer.

– Cool !

– Agent Magnus, enchaîne Lucy, je suppose que vous accompagnez la stagiaire Peters au dortoir des jeunes recrues…

– C'est ça, confirme-t-il.

– Dans ce cas, nous descendons.

La cage de verre plonge dans le sol et les lumières s'éteignent.

– Nous arrivons au département des Licences et Archives surnaturelles, signale bientôt Lucy.

Une salle d'attente apparaît. Curieuse, je colle le nez contre la vitre. Installé sur une chaise, non loin de l'ascenseur, un épais nuage de fumée feuillette un journal. Près de lui, un cyclope regarde son ticket d'un air de profond ennui et fait rouler son gros œil proéminent. Au centre de la pièce, le numéro C26 clignote sur un panneau d'affichage numérique. Des employés occupent des guichets, derrière un long comptoir.

L'instant d'après, nous sommes à nouveau plongés dans l'obscurité.

– Nous arrivons au département du Contrôle des créatures...

Des lumières rouges clignotantes emplissent l'ascenseur. Derrière la paroi de verre, je distingue un serpent énorme, à la peau couverte d'écailles, enroulé à quelques mètres de nous. Des personnes en combinaison de protection vont et viennent dans la salle, équipées d'extincteurs. Soudain, une grosse tête aplatie surgit derrière la vitre et nous fixe de ses yeux jaunes et froids. Elle ouvre la gueule et crache une boule de feu dans notre direction.

Je fais un bond en arrière en poussant un cri de frayeur.

– Pas de panique, me dit Lucy. Je résiste au feu. Ce n'est pas la première fois qu'un Serpent Flamme s'évade.

– Si tu avais vu ta tête, petite ! s'esclaffe Magnus.

L'ascenseur prend de la vitesse.

– Nous arrivons au département des Sciences magiques, fait la voix de Lucy.

Je n'ai qu'un bref aperçu de l'immense salle, qui offre un spectacle étonnant. Tous ses occupants flottent dans les airs, comme en apesanteur. Certains ont même la tête en bas.

– Regardez-moi ces frimeurs ! grommelle Magnus. Demain, ils seront tous invisibles, juste pour le fun.

– Nous arrivons au département des Enquêtes surnaturelles, articule Lucy à toute vitesse.

Nous descendons si vite que je ne vois qu'une traînée grise. Lucy enchaîne les annonces, mais je ne comprends plus ce qu'elle dit.

Puis l'ascenseur s'arrête brusquement.

– Nous sommes arrivés aux dortoirs.

Devant nous s'étire un long couloir d'hôtel, ponctué tous les quelques mètres de portes rouges, assorties au tapis.

Les portes coulissent et une grande femme costaude, en treillis militaire, s'avance vers nous. Elle salue l'agent Magnus, qui lui rend la pareille.

– Nous arrivons un peu tard, Bertha. Pouvez-vous installer cette jeune fille dans une chambre, et veiller à ce qu'elle se repose ? Demain est un grand jour pour elle.

– Comptez sur moi, répond la femme.

– C'est là que tu descends, petite, me dit Magnus.

Je me rappelle la devise de Quinton, qu'il m'a conseillé de mettre en pratique chaque fois que j'arrive dans un lieu inconnu : « Fais semblant, et le reste viendra. » Traduction : je dois m'efforcer de paraître confiante, même si je suis morte de trouille. Je sors de l'ascenseur et je souris à la dame, malgré mon cœur qui bat la chamade. Elle me décoche un sourire forcé, qui ressemble à un rictus de douleur.

– Bonne chance ! me lance l'agent Magnus.

– Attendez !

J'ai été tellement distraite par ce que je viens de voir que j'en ai presque oublié pourquoi je suis ici. Magnus tend une main pour empêcher les portes de se fermer.

– Je sais ce que tu veux me demander, me dit-il. Les informations concernant la disparition de ton frère sont classées top secret. Il m'est strictement interdit d'en discuter avec une stagiaire. C'est un sujet très dangereux, dont tu ne devrais pas te préoccuper.

– Mais c'est mon frère !

– Et il ne voudrait pas que tu te mettes en danger à cause de lui. Concentre-toi plutôt sur ton installation.

À voir son expression, je ne le ferai pas changer d'avis. Je prends un air buté pour lui signifier que je ne me rends pas. S'il ne me révèle pas ce que je veux savoir, je le découvrirai par moi-même.

Avant que l'ascenseur l'emporte, je le vois froncer les sourcils.

– Commençons par une petite mise au point, dit Bertha, dont le sourire forcé s'est changé en rictus méprisant. Je me moque de savoir qui est votre frère. Je suis votre cheffe de dortoir et vous m'appellerez « madame ». Compris ?

Je hoche la tête. Comme si j'avais le choix…

Elle me conduit dans un dédale de couloirs en me noyant sous un flot de paroles :

– C'est déjà assez pénible de devoir tout réorganiser parce que vous vous manifestez après les autres. Je ne tolérerai aucun écart de conduite. À la moindre incartade, vous faites vos valises.

Elle s'arrête pour frapper à une porte. Comme personne ne répond, elle cogne à nouveau, plus fort. Puis, excédée, elle abat les deux poings contre le battant, qui tremble sur ses gonds. La porte s'ouvre enfin. Une jeune fille grande et mince, à la peau mate et aux cheveux bruns bouclés, sort la tête en bâillant.

– Elsie Rodriguez, je vous présente votre nouvelle camarade de chambre, Amari Peters, annonce Bertha.

La fille plisse les paupières derrière ses épaisses lunettes. Elle nous considère tour à tour, Bertha et moi. Puis elle écarquille les yeux.

– Peters ? Comme Quinton !

– C'est mon frère.

– Entre vite ! Je veux tout savoir sur toi !

– Quand on se lève tôt, on se couche tôt ! rappelle Bertha. Vous aurez tout le temps de faire connaissance demain. Extinction des feux !

Elle me pousse dans la pièce et claque la porte dans mon dos. La chambre est plongée dans le noir. J'explose :

– C'est quoi, son problème, à celle-là ?

– Chuut ! souffle Elsie.

Je me tais. Quelques secondes plus tard, les pas de la surveillante s'éloignent et une petite flamme s'allume, baignant la pièce d'une lueur verte. Le visage d'Elsie apparaît au-dessus d'une bougie torsadée. Je m'inquiète :

– Bertha va voir la lumière sous la porte.

Elsie secoue la tête.

– C'est une bougie furtive. On ne la distingue pas à plus d'un mètre. C'est moi qui l'ai inventée.

– Cool !

Je promène le regard autour de moi et je remarque trois lits.

– On est combien à dormir ici ?

Le sourire d'Elsie s'efface.

– Je partageais cette chambre avec deux autres filles, mais elles ont demandé à changer.

– Ah bon ? Tu ronfles, c'est ça ?

Elle baisse les yeux.

– Pire.

– OK, dis-je, surprise. Ça ne peut pas être si terrible...

Elsie inspire lentement avant de lâcher :

– Disons que je suis une espèce de... dragon.

– Un dragon ?

J'ai envie de rire, mais l'expression d'Elsie m'en dissuade.

– Tu es sérieuse ?

– En fait, pas tout à fait, rectifie-t-elle. Je suis un dragon-garou.

– Comme un *loup-garou* ? Genre, tu peux te transformer en dragon ?

Ses épaules s'affaissent.

– Ça fait des années que j'aurais dû connaître ma première métamorphose, mais j'attends toujours. Et, comme je suis la dernière de mon espèce, personne ne peut m'aider.

– Oh ! Alors, tes parents sont...

– Morts tous les deux, achève Elsie. On croyait les dragons-garous disparus depuis cinq siècles, jusqu'à ce que des plongeurs retrouvent mon œuf dans une épave, au large des côtes du Mexique. Il ne pouvait éclore qu'à la lumière du soleil. Un expert en dragons du département du Contrôle des créatures m'a recueillie. Il est devenu mon tuteur légal.

Elle soupire.

– Mais comme j'ai atteint mon douzième anniversaire sans me transformer, le Bureau m'a déclarée « intégralement humaine » et j'ai atterri ici.

– Ça fait quoi, d'être la dernière représentante de son espèce ?

– Tu n'imagines pas à quel point je me sens seule, soupire Elsie.

Elle me montre les deux lits vides.

– Elles ont dit à Bertha qu'elles ne voulaient pas « se faire bouffer les jambes par un dragon » en pleine nuit. Ce n'est pas complètement absurde, si on y réfléchit, conclut-elle tristement.

– Eh bien, moi, je n'ai pas peur de toi !

Je suis parfaitement sincère. Je sais ce qu'on ressent quand on est victime de préjugés, et je n'infligerai ça à personne.

– C'est vrai ? demande Elsie, rayonnante.

Je lui tends la main, un peu nerveuse quand même.

– On est amies, alors ?

Elle la prend et la serre fort.

– Absolument !

– Les amis ne se mangent pas entre eux, dis-je. Dragons ou pas.

Elsie éclate de rire.

– Ce sera notre devise !

Je remarque soudain que le mur au-dessus de son lit est couvert de photos. Elle suit mon regard.

– Tu as vu ? Je suis la plus grande fan de VanQuish du monde ! J'ai leurs six figurines, dont les éditions collector, un plein tiroir de T-shirts, une couverture, trois mugs, et une vingtaine d'affiches d'eux.

– VanQuish ?

Elsie ouvre des yeux ronds.

– Ah oui ! J'imagine que tu n'as pas entendu parler du monde surnaturel avant ta convocation. VanQuish est le surnom des deux agents les plus célèbres de ces cinquante dernières années : Maria Van Helsing et ton frère, Quinton Peters. Le *Van* vient du nom de famille de Maria et le *Qui* du prénom de Quinton. Et ceux qu'ils ont vaincus[1], c'est les méchants ! C'est cool, non ?

Je me plie en deux de rire. Mon grand frère, une célébrité ? C'est la meilleure !

– Tu me fais marcher ?

Elsie secoue la tête.

– VanQuish a capturé le dernier Frère de la Nuit. On essayait de l'attraper depuis des siècles !

1. En anglais, « vainquish » veut dire vaincre.

Avant que j'aie pu lui demander ce qu'est un Frère de la Nuit, Elsie brandit la bougie pour me montrer sa collection de couvertures de magazines, disposée autour d'un petit drapeau mexicain. Elles occupent tout le mur jusqu'au plafond, et portent des titres tels que *Elfe Magazine*, *Le Journal du Bizarre* et *Dead Book : la mode des vampires*. Un *Slime Magazine* tout poisseux côtoie un *Supernatural Geographic*. Sur toutes les couvertures, on voit poser la même jolie fille blonde à côté de mon frère souriant.

– Waouh !

Quinton m'a caché tout un pan de sa vie. Pendant que je passais mes étés à faire des bombes dans la piscine du centre de loisirs, il sauvait le monde.

– Je peux te poser une question ?

– Bien sûr, dit Elsie.

– Sais-tu ce qui est arrivé à mon frère ? On est sans nouvelles de lui depuis six mois.

Elle fronce les sourcils.

– Personne ne le sait. Maria et Quinton ont disparu sans laisser de traces.

– Il n'y a pas eu d'enquête ?

– Si, évidemment. Plein de gens se sont lancés à leur recherche, venus de tout le monde surnaturel. Le Bureau a même mis en place une ligne téléphonique spéciale pour recueillir des informations.

Tu n'imagines pas les récompenses offertes en échange de tuyaux qui permettraient de les localiser.

– Le Bureau a-t-il découvert quelque chose ?

– Si c'est le cas, ça n'a pas été rendu public. Pendant la dernière conférence de presse, la direction s'est contentée de dire que VanQuish avait disparu, et que tous les détails de l'enquête étaient confidentiels.

Le découragement me gagne. Je pensais qu'en venant ici, j'obtiendrais enfin des réponses. Mais la disparition de mon frère est un aussi grand mystère dans le monde surnaturel que chez nous.

N'empêche, je ne peux pas renoncer avant d'avoir parlé à tous ceux qui l'ont connu ici. Quelqu'un sait forcément quelque chose.

Elsie s'aperçoit que je n'ai pas le moral.

– Ça te dirait d'écouter un peu de musique ? me propose-t-elle.

Elle pose la bougie furtive par terre et rampe sous son lit. Elle ressort avec une petite boîte noire couverte de cadrans et de boutons, hérissée de deux longues antennes.

– C'est une radio ?

– Oui. Je l'ai fabriquée avec des pièces de récup'.

Je secoue la tête, admirative.

– Tu es incroyable !

Ma camarade de chambre sourit.

– Tu veux la tester ?

– Carrément !

Elsie pose le poste de radio par terre et appuie sur plusieurs boutons. Soudain, une voix d'homme tonitruante s'échappe des haut-parleurs :

« HOT FM, 159,7. LA STATION QUI VOUS INFORME DES DERNIÈRES NOUVELLES, AUX QUATRE COINS DU MONDE SURNATUREL. »

Elsie enfonce à la hâte un gros bouton rouge pour couper le son. Elle souffle sur la chandelle, et nous nous précipitons dans nos lits.

Si Bertha est dans les parages, ça va chauffer pour nous. Je me vois déjà expliquer à maman que j'ai été renvoyée au bout d'une heure…

Plusieurs minutes s'écoulent. Personne ne vient.

– Ouf ! On a eu chaud, murmure Elsie dans le noir. Tu veux réessayer ?

Maintenant que mon cœur a cessé de tambouriner, ma curiosité se réveille. J'ignore tant de choses sur ce monde.

– Seulement si tu es sûre de pouvoir régler le volume.

La chandelle se rallume et Elsie tourne les cadrans. La voix s'élève à nouveau, plus basse : « … Le Bureau n'a pas encore commenté la série d'incidents impliquant des créatures hybrides monstrueuses, mi-humaines, mi-animales, qui se sont produits aux États-Unis et en Europe ces derniers mois.

Ces créatures, d'une taille, d'une vitesse et d'une force extraordinaires, que n'égale que leur férocité, auraient été créées par des magiciens. Sachant que Raoul Moreau est incarcéré à la prison de Blackstone et que son frère d'armes, le comte Vladimir, est décédé depuis longtemps, le Congrès mondial du surnaturel craint l'émergence d'un nouveau magicien. »

– Un nouveau magicien ? répète Elsie en frissonnant. J'espère qu'ils se trompent.

– Pourquoi ?

– Les magiciens du monde surnaturel ne sont pas comme ceux qui font des spectacles dans le monde connu, m'explique-t-elle. Leur magie est beaucoup plus puissante que ce que le Congrès autorise aux humains. Tout à l'heure, je t'ai dit que VanQuish était célèbre pour avoir capturé le dernier Frère de la Nuit. Tu t'en souviens ? Eh bien, c'est le Moreau dont ils parlaient à la radio. Les Frères de la Nuit sont les deux magiciens les plus puissants qui aient jamais existé. Autrefois, ils ont déclaré la guerre au monde surnaturel, et ils ont failli gagner.

– JE CROYAIS VOUS AVOIR DEMANDÉ DE DORMIR !

La voix de Bertha résonne comme un coup de tonnerre derrière la porte. Nous rangeons tout à la hâte avant de sauter dans nos lits. Notre surveillante est à peine repartie qu'Elsie recommence à chuchoter :

– J'ai trop hâte de recevoir mon badge demain ! Je suis assez confiante : le Testeur m'a détecté un potentiel élevé.

Ma gorge se serre quand je repense à mon propre test.

– Quand le Testeur s'autodétruit, ça signifie quoi ?

J'entends Elsie hoqueter dans le noir.

– Ça veut dire que ton potentiel est si élevé que le Testeur ne peut pas le contenir ! Amari, tu vas peut-être recevoir un badge en pierre de lune !

– En pierre de lune ? Je n'ai pas vu ça sur la liste.

– Ce sont des badges extrêmement rares, réservés aux personnes qui ont un truc en plus… quelque chose de légendaire ! Quinton en a reçu un aussi.

Moi, légendaire ? Jamais de la vie ! Que va-t-il m'arriver quand on s'apercevra que je n'arrive pas à la cheville de mon frère ?

– Arrête de t'inquiéter, ajoute Elsie. Tu fais peut-être partie des héros, comme lui.

– Qui te dit que je suis inquiète ?

– Euh… J'aurais dû te préciser que je vois les émotions des gens, même dans le noir. Si tu étais un dragon, on pourrait communiquer par télépathie. Avec les humains, je distingue seulement une aura colorée. Et la brume jaune qui t'entoure prouve que tu es très inquiète.

– Tu aurais pu avoir l'honnêteté de me prévenir, dis-je, fâchée.

– C'est vrai. Pardonne-moi.

Un moment passe et elle ajoute :

– Je pense vraiment que tu vas être une héroïne.

Toujours agacée, je rétorque :

– Je ne suis pas venue pour ça. Je suis là pour découvrir ce qui est arrivé à mon frère.

Elsie ne répond pas.

Je sais que je devrais m'excuser. J'ai tendance à m'énerver trop vite. La vérité, c'est que je suis vraiment inquiète. Qui voudrait d'une héroïne comme moi ?

Mais ma camarade de chambre ronfle déjà.

Quant à moi, j'ai toutes les peines du monde à trouver le sommeil.

9

J'ouvre un œil alors qu'on tambourine à la porte. Je ne dormais pas vraiment. Comme Elsie ronfle encore, je me lève et je me traîne jusqu'à la porte. Au moment où je tourne la poignée, le panneau tremble à nouveau sous les coups furieux de Bertha.

– Vous êtes en retard ! aboie-t-elle en s'engouffrant dans la chambre. Vous ne m'avez pas entendue frapper, il y a une heure ?

– Vous n'avez pas frappé, dis-je, mi-agacée, mi-somnolente. Je vous aurais entendue.

Bertha me fusille du regard.

– Vous me traitez de menteuse ?

Je m'apprête à répondre par l'affirmative, quand Elsie me pose une main sur l'épaule.

– J'ai eu une panne d'oreiller, avoue-t-elle avec un rire nerveux.

– Suivez l'exemple de votre camarade et admettez vos erreurs, gronde Bertha. Vous devriez être à l'auditorium souterrain depuis cinq minutes. Je vous suggère d'enfiler vos uniformes, de faire ces lits et de vous secouer les puces !

Sur ces mots, elle pivote et quitte la pièce d'un pas militaire.

– Elle n'a pas frappé, dis-je à Elsie.

– Je sais, mais on n'est que des stagiaires. Elle s'en prend à nous parce qu'on ne peut se plaindre à personne. Quand on sera dans un département, les choses seront différentes, tu verras.

Dans le petit placard derrière les lits, je trouve un pantalon noir, un chemisier blanc soigneusement repassé et des chaussures noires bien cirées. Elsie et moi nous habillons, nous brossons les dents et faisons nos lits en deux minutes chrono.

Puis nous courons dans le couloir en direction des ascenseurs.

En attendant leur arrivée, je me rappelle que je dois m'excuser. Elsie est la première amie que je me suis faite depuis une éternité. Je ne veux pas tout gâcher.

– Au fait...

– Laisse tomber, me coupe-t-elle. Tu es pardonnée.

– Comment as-tu deviné ce que j'allais dire ?

– Ton aura est blanche. Ça veut dire que tu regrettes.

Je souris malgré moi.

– C'est pratique, ton truc.

– Oui, ça a plein d'avantages.

Un ascenseur apparaît enfin. Nous l'empruntons pour descendre dans une espèce de grotte abondamment éclairée. Des tunnels partent dans toutes les directions, identifiées par des enseignes au néon : « Gare ferroviaire internationale – Bureau des affaires surnaturelles », ou bien « Département des lieux cachés : par ici – ou par là ».

Une dame sort en courant du tunnel le plus large. Un badge « Secrétaire de direction » est épinglé sur sa poitrine.

– Où étiez-vous passées, toutes les deux ? nous apostrophe-t-elle. Venez vite ! La cérémonie va commencer.

Elle fait demi-tour en nous poussant gentiment jusqu'à une porte dorée, dans la paroi du tunnel. Celle-ci s'ouvre sur un long couloir étroit, terminé par une autre série de portes. Un bourdonnement résonne entre ses murs et s'amplifie à mesure qu'on approche. Les poils de ma nuque se dressent.

Notre guide nous fait entrer dans un immense auditorium, très différent de la luxueuse salle de concert de l'Académie Jefferson. Celle-ci conviendrait plutôt à une équipe de basket-ball professionnelle. Le plafond est constellé de milliers de taches lumineuses bleu-vert que j'identifie instantanément, grâce à mon cours de géographie de l'école primaire. Ce sont les vers luisants qui peuplent les grottes de Waitomo en Nouvelle-Zélande. Ils sont beaucoup plus impressionnants en vrai que dans le film poussiéreux que Mrs Varner nous a projeté en classe.

La secrétaire tire un petit coup sur ma manche pour m'inviter à avancer.

L'auditorium est plongé dans la pénombre, mais des projecteurs éclairent la scène, où une femme corpulente se tient derrière un grand podium en verre. Un écran géant retransmet l'image de son visage rond, encadré de cheveux bruns impeccablement coiffés. J'écarquille les yeux en voyant des branchies de poisson palpiter dans son cou.

Des centaines d'enfants de toutes les couleurs sont assis dans des sièges en contrebas. Ils ont tous mon âge environ, et portent le même uniforme.

Soudain, un flash m'aveugle, et je distingue une mer de visages autour de nous. Certains sont encastrés dans des cubes de verre, d'autres, couverts de fourrure, d'autres encore, pourvus de crocs acérés. Les questions fusent :

– Amari ! La rumeur dit que quelqu'un va recevoir un badge en pierre de lune aujourd'hui. S'agit-il de vous ?

– Miss Peters ! Comptez-vous marcher sur les pas de votre frère et devenir agent spécial ?

– Si vous rejoignez le département des Enquêtes, vous lancerez-vous à la recherche de VanQuish ?

Je me fige, hésitante. Je déteste être au centre de l'attention, et en même temps je voudrais dire au monde entier que je suis venue ici pour retrouver mon frère. Heureusement, la secrétaire chasse les indiscrets et nous pousse vers la scène, Elsie et moi. Le public s'agite sur notre passage. Les enfants se lèvent pour nous regarder. J'ai les joues en feu, mais je feins l'indifférence.

Notre guide nous installe à des places libres, tout au bout du premier rang, à côté d'un grand garçon blond raide comme une statue. Même les plis de son uniforme sont impeccables. Il coule un regard vers moi, puis chuchote quelque chose à sa voisine. Elle ricane.

Je m'enfonce dans mon siège. Pourquoi les gens me prennent-ils toujours en grippe ?

La secrétaire tend un poing, pouce levé, en direction de la scène. La femme aux branchies hoche la tête et s'approche du podium.

– Bien, il est temps de commencer. Je m'appelle Elizabeth Crowe, et je suis la directrice du Bureau des affaires surnaturelles. Je suis heureuse de vous accueillir ici aujourd'hui, dans la colonie de vacances la plus extraordinaire du monde.

La salle applaudit et la directrice poursuit :

– La cérémonie à laquelle vont se soumettre ces jeunes aspirants est de la plus haute importance. Chacun se verra attribuer un badge correspondant à son potentiel. Mais ce n'est pas tout. Selon la première loi, énoncée par le tout premier Congrès mondial du surnaturel, pour être admis dans notre monde, il faut être soi-même surnaturel. C'est pourquoi nous allons permettre à chacun de vous de le devenir...

Je me redresse brusquement. Ils vont nous rendre surnaturels ? Comment ça ? Je regarde autour de moi. Mes voisins n'ont pas l'air surpris.

– Vous possédez tous un talent spécial que nous allons transformer en faculté surnaturelle. Il vous suffira pour cela de toucher la Boule de Cristal, un joyau antique qui nous a été offert par le célèbre elfe Merlin. Par exemple, si l'on vous a souvent répété que vous avez un don pour l'écoute, vous pourriez acquérir la faculté d'entendre à travers les murs. Certains d'entre vous devinent déjà lequel de leurs talents sera amplifié, tandis que d'autres seront surpris. Rassurez-vous : vous avez tous votre place au Bureau, quel que soit le résultat.

Donc, chacun de nous va acquérir un don surnaturel basé sur ses talents. Mais je n'ai aucun talent particulier. Du moins, rien qui puisse être transformé en un truc super cool, comme entendre à travers les murs.

– Permettez-moi d'ajouter une dernière chose, à l'intention de ceux qui recevront les badges les moins prestigieux aujourd'hui, reprend la directrice. S'il est vrai que les badges nous permettent d'identifier dès maintenant les talents extraordinaires qui viendront grossir nos rangs, votre badge de départ ne sera pas un obstacle à votre carrière au sein du Bureau. Un travail acharné pourra vous permettre de l'améliorer. Mon poste de directrice générale en témoigne. Je n'ai reçu qu'un badge en bois à mon arrivée.

Elle tapote l'insigne doré épinglé sur sa veste.

– Vous voyez ce qu'il en est aujourd'hui. Alors, si j'ai un conseil à vous donner : visez l'excellence. Maintenant, si vous le voulez bien, nous allons procéder à la remise des badges et à l'amplification des talents.

Je formule une prière muette : « S'il vous plaît, faites qu'Elsie se trompe ! Faites qu'on ne me décerne pas un badge en pierre de lune. » L'idée d'avoir un badge plus prestigieux que celui de la directrice me donne la nausée.

Sous les applaudissements fervents du public (et les miens, plus réservés), Mrs Crowe pousse son podium jusqu'au bord de la scène. Trois hommes en costume sombre viennent y installer une imposante cage métallique, sur laquelle trône une boule de cristal d'un mètre cinquante de diamètre environ.

La cérémonie commence par la remise des badges en papier. Une fillette brune nommée Aspen Matthews est la première à monter sur scène. Elle serre la main de la directrice, qui lui tend une boîte en bois lisse contenant son badge. Puis elle pose une main sur la Boule de Cristal, qui émet une vive lumière blanche à son contact. L'écran géant clignote, et affiche :

Talent amplifié en faculté surnaturelle :

Sens de l'ordre *devient* Monstrueuse faculté d'organisation.

Je regarde Elsie, perplexe.

– Monstrueuse faculté d'organisation ?

– Je connais une fille comme ça. Si elle se casse la figure avec une pile de papiers dans les bras, ils atterrissent tous exactement dans le bon ordre.

Aspen quitte la scène sous les applaudissements du public. Elsie commente avec une grimace :

– Elle finira sûrement au département des Licences et Archives surnaturelles, à remplir des formulaires.

– Qui pourrait avoir envie de travailler dans un service aussi ennuyeux ?

– Certaines personnes préfèrent effectuer des tâches faciles et sans danger. Mais ce n'est pas la seule raison. Soit tu ne te qualifies pas pour autre chose, soit tu atteins l'âge de dix-huit ans sans avoir passé aucune épreuve de sélection, et le Bureau t'envoie dans les services qui manquent de personnel. Comme on ne se bouscule pas pour entrer aux Licences et Archives, il n'y a pas d'épreuve de sélection.

Tous les badges en plastique ont été remis, et on ne m'a pas encore appelée. Mal à l'aise, je jette un coup d'œil autour de moi. Le garçon-statue me regarde à la dérobée. Il commence par se détourner, puis se ravise.

– Je ne te regardais pas, affirme-t-il.

– Je n'ai rien dit.

– Ah... OK. Très bien.

Il reporte son attention sur la scène.

C'est quoi, son problème ?

Malgré mon trac grandissant, je commence à trouver le spectacle plus intéressant quand Mrs Crowe distribue les badges de bronze. La Boule de Cristal brille davantage lorsque les candidats la touchent, et l'on voit apparaître des facultés plus rares. Un garçon souriant nommé Billy Pogo, qui a le don d'être toujours au bon endroit au bon moment, hérite d'une chance surnaturelle. Alors qu'il est sur scène, il reçoit un appel lui annonçant qu'il va hériter de la collection de toisons d'or de sa grand-tante.

Jonathan Zhang est très doué pour se cacher, et, une fois son talent amplifié, il nous en offre une joyeuse démonstration en devenant aussi transparent que du verre. Il annonce au public qu'il se destine au département des Espions et des Secrets. Elsie me donne un petit coup de coude.

– Il ne sait pas qu'il devra faire effacer sa mémoire chaque fois qu'il quittera le service, me glisse-t-elle.

Une jeune fille aux yeux rêveurs nommée Julia Longuevue a la surprise d'apprendre qu'elle devient médium. Elsie éclate de rire quand je lui demande si c'est mieux que d'être « small ». Je comprends ma méprise quand elle lui prédit un emploi au département des Morts.

Elsie est l'une des treize personnes à recevoir un badge en argent. Cela signifie que j'ai soit un badge en or, soit l'effrayant badge en pierre de lune.

Mrs Crowe lui passe un bras sur les épaules et évoque brièvement les avantages de la diversité. Elle-même est moitié Atlante, nous révèle-t-elle. Comme mon amie ne recueille guère d'applaudissements, je me lève et je crie :

– Bravo, Elsie !

Le garçon-statue fronce les sourcils quand je me rassieds. De quoi se mêle-t-il ?

Son badge à la main, Elsie s'approche de la Boule de Cristal. Elle l'effleure, et celle-ci s'illumine comme une ampoule géante de cent watts.

Talent amplifié en faculté surnaturelle :

Inventivité *devient* Génie de l'invention.

Elsie est rayonnante. Après avoir vu fonctionner sa radio et sa bougie furtive, j'étais déjà convaincue qu'elle était géniale. Ce n'est pas étonnant que le Bureau dispose d'une technologie aussi perfectionnée, s'il change les gens intelligents en prodiges.

Je me creuse à nouveau la tête pour me trouver un talent. M'endormir sur le canapé après les cours ? Je fais ça très bien, mais je doute que le Bureau y trouve beaucoup d'intérêt.

Elsie regagne son siège et Mrs Crowe remonte sur son podium.

– Nous n'avons pas souvent l'honneur de présenter un badge d'élite, et pourtant, cette année, nous en avons trois. Dylan et Lara Van Helsing, veuillez monter sur scène pour recevoir vos badges d'or.

Van Helsing ? Pourquoi ce nom m'est-il familier ? La mémoire me revient brusquement. C'est celui de la partenaire de mon frère. Je donne un petit coup de coude à Elsie.

– Ils sont de la même famille que Maria Van Helsing ?

Elle acquiesce.

– Maria est la sœur aînée des jumeaux. Leurs parents sont là aussi. Les Van Helsing sont l'une des familles les plus importantes du monde surnaturel.

Est-ce pour cela que le garçon-statue me regardait ? Soudain, une pensée me frappe, et mon corps se tétanise. S'ils ont des badges d'or, je vais vraiment recevoir le fameux badge en pierre de lune. Moi qui voulais passer inaperçue, c'est réussi !

Lara et Dylan se dirigent vers la scène en souriant, sous les flashes des appareils photo. On voit qu'ils ont l'habitude d'être distingués. Le public les acclame. Le sourire poli de Lara s'élargit lorsqu'elle monte en sautillant les marches de la scène. Elle se jette dans les bras de Mrs Crowe, qui l'étreint affectueusement. Dylan contrôle mieux ses émotions. Il se contente de serrer fermement la main de la directrice. Elle les félicite et leur dit combien elle est fière d'eux. Le trio pose pour la photo, puis les jumeaux Van Helsing reçoivent leur badge. Dylan s'approche le premier de la Boule de Cristal. Son sourire froid a disparu. Il a l'air mort de trouille.

Je ne dois pas être la seule à me demander quelle faculté surnaturelle ils vont obtenir. Je me penche en avant, curieuse.

Dylan secoue les mains avant d'effleurer la Boule de Cristal du bout des doigts. Une lumière aveuglante fuse aussitôt, si violente que je me couvre les yeux. Une seconde plus tard, le résultat s'affiche à l'écran :

Talent amplifié en faculté surnaturelle :

Adresse au tir *devient* Visée infaillible.

Je n'ai jamais vu quelqu'un avoir l'air aussi heureux.

Sa sœur se dirige à son tour vers la Boule de Cristal. Son talent passe de « grande aptitude physique » à « capacités physiques surhumaines ». Elle nous en offre une démonstration immédiate en exécutant sur scène une série hallucinante de saltos, de flips et de vrilles. On dirait les effets spéciaux d'un film de superhéros. La foule entre en délire. Après quelques courbettes, Lara quitte la scène en bondissant, talonnée par son frère, qui affiche un petit sourire suffisant.

L'intensité lumineuse baisse quand Mrs Crowe remonte sur l'estrade.

– Je vais maintenant remettre un badge d'exception. Vous l'attendez tous, et c'est probablement pour cela que vous êtes venus aussi nombreux cette année assister à la cérémonie. Amari Peters, veuillez me rejoindre sur scène...

Tous les yeux se braquent sur moi quand je me lève. Les flashes crépitent. Je n'ai pas l'habitude d'être scrutée ainsi. En tout cas, pas pour quelque chose de positif. J'ai l'impression d'être au ralenti.

Je monte les marches, les mains tremblantes. Quand j'arrive sur l'estrade, mon visage rougissant s'affiche sur l'écran géant.

Mrs Crowe me sourit chaleureusement et me passe un bras autour des épaules.

– Il ne nous arrive que très rarement de remettre des badges en pierre de lune. En décerner deux dans la même famille est encore plus rare. Nous n'en avons distribué que treize dans toute l'histoire du Bureau, et Amari est la deuxième Peters à recevoir cet honneur.

La directrice sort un petit écrin en bois de la poche de sa veste.

– Je vous présente la quatorzième pierre de lune jamais décernée !

Elle ouvre la petite boîte, et je regarde à l'intérieur. Le badge ressemble à une médaille, le ruban en moins. Il fait la taille de ma paume et scintille dans son écrin comme une petite étoile.

C'est la chose la plus merveilleuse que j'aie jamais possédée. C'est aussi le badge qu'a reçu mon frère surdoué, et tous les membres éminents du Bureau avant lui. Je ne le mérite pas.

Je le prends quand même, sous un tonnerre d'applaudissements. Malgré mes doutes, je souris à l'auditoire. J'ai l'impression que ce n'est pas réel, comme si ça arrivait à quelqu'un d'autre. Elsie rebondit sur son siège et les jumeaux m'observent, assis avec raideur, les bras croisés.

Seraient-ils jaloux ?

À mon tour de toucher la Boule de Cristal. Je passe devant la directrice, le front plissé. Je suis stressée à l'idée de révéler quelque chose de moi à tous ces gens. Et si j'obtiens une faculté surnaturelle ridicule ? Genre : un talent surnaturel pour les travaux d'aiguille. J'étais vraiment douée en tricot quand j'étais petite. En vérité, je ne me connais pas assez bien pour deviner ce qui va m'arriver.

Tout le monde attend.

Avec hésitation, je pose la main sur le Cristal…

Aucune réaction. Pas même une minuscule lueur. Rien. L'assemblée pousse une exclamation de surprise. Les flashes crépitent à nouveau. Je me tourne vers la directrice, qui semble aussi perplexe que moi.

Soudain, un panache de fumée noire apparaît dans le Cristal et tourbillonne à l'intérieur, jusqu'à l'emplir totalement. Une fissure apparaît à la surface.

Je retire brusquement la main et recule en titubant. Mrs Crowe en fait autant.

Derrière nous, l'écran clignote.

Talent amplifié en faculté surnaturelle :

Magicienne en sommeil *devient* Magicienne active (illégal).

Le public se déchaîne.

10

Je suis assise dans une pièce glaciale, à l'extrémité d'une longue table en bois. Après m'avoir fait quitter précipitamment la scène, la directrice a demandé à deux femmes en costume gris de m'escorter jusqu'à une porte marquée « Salle de conférence ».

Que s'est-il passé ? Comment mon talent pourrait-il être magique ? Je n'ai jamais été fichue de réussir les tours les plus simples du kit de magie pour débutants que j'ai reçu une année, pour Noël.

Jusqu'à hier, je ne savais même pas que la vraie magie existait.

Je me prends le visage dans les mains. Si avoir un talent magique fait de moi une magicienne, et si les magiciens sont les ennemis du monde surnaturel comme Elsie l'a suggéré, que va-t-il m'arriver maintenant ?

Des éclats de voix et des pas pressés résonnent dans le couloir. Je me redresse sur ma chaise, le cœur battant. La porte s'ouvre, et une petite dizaine d'adultes s'engouffrent dans la salle.

Je ne reconnais que la directrice, Mrs Crowe. Elle se précipite vers moi et me prend par les épaules.

– Comment allez-vous ?

Je hoche la tête.

– Que s'est-il passé ?

– C'est ce que nous essayons de comprendre. Mais pour cela nous devrons procéder à un test très important. Est-ce que vous nous y autorisez ?

J'avale ma salive et j'acquiesce à nouveau. À voir leurs expressions inquiètes, je ne suis pas sûre qu'ils auraient accepté une autre réponse.

La directrice recule.

– Docteur Khan, si cela ne vous dérange pas...

– Non, bien entendu, répond un homme d'origine indienne, vêtu d'une longue blouse blanche.

Il s'avance pour poser un objet métallique carré sur le sol, devant ma chaise. Avec son petit écran dans la partie supérieure, on dirait une balance. Pourquoi veulent-ils connaître mon poids ?

– Enlevez vos chaussures et vos chaussettes, s'il vous plaît, m'ordonne-t-il. Vous devez être pieds nus pour que le magimètre fonctionne correctement.

Un « magimètre » ? Peut-être que la Boule de Cristal s'est trompée, et que cet instrument va démontrer qu'il y a une erreur. Oui, c'est forcément ça.

Les adultes nous fixent avec impatience, en particulier un grand type blanc à la mine sévère qui fait les cent pas devant la porte. J'ôte mes chaussures, puis mes chaussettes, et je me lève.

J'inspire profondément et je me dirige vers le magimètre.

Les chiffres défilent un instant sur le petit écran avant d'afficher 97 %. Une seconde plus tard, le score grimpe à 98 %, 99 %, et enfin 100 %.

Le docteur Khan pousse une exclamation étouffée.

– La moindre goutte de sang de cette fille est magique !

Les adultes semblent terrifiés. Le docteur Khan me regarde fixement, les yeux écarquillés. Je l'interroge :

– Qu'est-ce que ça veut dire ?

– Cela signifie que vous êtes probablement l'être le plus magique qui ait jamais existé, répond-il.

Il baisse les yeux et fronce les sourcils.

– Et aussi que votre simple existence est un crime.

Un crime ? Mais je n'ai rien fait. Je proteste :

– Le Bureau utilise des objets magiques, non ? La magie n'est pas si horrible que ça.

– Le Bureau ne voit pas d'objection à ce que des objets soient trop magiques, répond le docteur Khan.

Il s'oppose en revanche à ce que les *gens* soient trop magiques. La différence est de taille, je le crains.

Mrs Crowe revient vers moi.

– Amari, nous allons vous poser quelques questions. Vous devez être parfaitement honnête avec nous. C'est très important. Vous comprenez ?

Moi aussi, j'ai des questions à leur poser :

– Comment suis-je devenue magicienne ?

– J'espérais que vous pourriez nous le dire, rétorque l'homme au visage sévère.

Il croise les bras en levant le nez comme si ma simple vue l'incommodait. Son nom figure au revers de sa veste, sur un insigne doré : *Mr Van Helsing, directeur du département des Enquêtes surnaturelles.* Ce doit être le père de Maria et des jumeaux. Mon pouls s'accélère.

– Je ne sais pas, dis-je. J'ai touché la Boule de Cristal comme les autres.

Van Helsing abat un poing sur la table et tout le monde sursaute.

– La quatrième loi édictée par le premier Congrès mondial du surnaturel stipule très clairement que les humains ne peuvent recevoir de magie que d'une seule source : la Boule de Cristal. Une seule dose de 10 %, qui nous donne nos facultés surnaturelles. Vous êtes arrivée au Bureau avec un excès de magie de source inconnue. Où l'avez-vous obtenue ?

– Je ne sais pas. Il y a sûrement une erreur.

– Dites la vérité ! tonne-t-il.

Toute tremblante, je crie à mon tour :

– C'est ce que je fais !

Il insiste :

– Vous voulez nous faire croire que vous possédez la magie la plus puissante jamais mesurée *par hasard* ?

– Non... Enfin, s-si.

Je tremble tellement que je bredouille.

– Et je suppose que nous devons aussi croire à une coïncidence, quand vous arrivez ici au moment précis où les hybrides terrorisent nos avant-postes dans tout le pays, poursuit Van Helsing. Chacun sait que seuls les magiciens ont le pouvoir créer des hybrides. Dites-moi, jeune fille, si vous avez orchestré ces attaques.

– Je n'étais même pas au courant !

Je me ratatine sur ma chaise.

– Je vous le jure...

Il m'interrompt :

– Dans ce cas, vous pourriez peut-être nous donner le nom de votre complice ?

La porte s'ouvre à nouveau et l'agent Magnus entre dans la pièce.

– Je viens prendre la défense de la petite, déclare-t-il.

Une grande femme aux cheveux roux flamboyants attachés en queue de cheval se tient derrière lui.

Van Helsing se renfrogne.

– C'est une réunion réservée aux directeurs, signale-t-il.

Magnus lève les yeux au ciel.

– Vous m'en voyez navré ! lâche-t-il, ironique.

– Pour la dernière fois, agent Magnus, vous n'êtes pas au-dessus des règles !

Van Helsing se tourne vers Mrs Crowe, qui lui fait signe de ne pas insister.

– Ce n'est pas le moment de vous disputer, déclare-t-elle sèchement. Écoutons Magnus. Il était proche de Quinton. Il pourra peut-être nous révéler comment la petite Peters est devenue magicienne.

Elle s'adresse à la femme restée sur le seuil :

– Agent Fiona, accepteriez-vous d'utiliser votre faculté pour révéler les intentions de l'enfant ? Je pense que cela nous rassurerait tous.

La femme aux cheveux roux hoche la tête et entre dans la salle. Bien qu'elle ne soit pas directrice, tous s'écartent avec respect pour la laisser passer.

– Ne craignez rien, jeune fille, me dit-elle doucement. Si vous me le permettez, je vais examiner vos intentions. Vous aurez l'impression de ne pas pouvoir bouger ni parler pendant quelques secondes, mais rien de plus.

– Si vous n'avez vraiment rien à cacher, dit Van

Helsing en croisant les bras, vous ne verrez aucune objection à ce qu'on le prouve.

Comme si j'avais le choix. Si je refuse, ils s'imagineront le pire.

– D'accord, dis-je à l'agent Fiona.

Le silence s'installe dans la pièce, tandis qu'elle se place en face de moi. Ses yeux d'un bleu intense s'élargissent, et je suis comme paralysée. J'essaie de détourner le regard, mais mon cou refuse de bouger. Mes yeux sont rivés aux siens, je ne peux même pas fermer les paupières. Je suis complètement à sa merci. J'essaie tant bien que mal de dompter ma peur.

Puis l'agent Fiona bat des cils et je retrouve l'usage de mes membres. Elle me sourit.

– Ses intentions sont aussi faciles à déchiffrer que si elles étaient inscrites sur son front en lettres lumineuses, déclare-t-elle à ses collègues. C'est une enfant parfaitement honnête. En surface, Amari prévoit de foncer vers la porte pour se sauver si cette assemblée la traite injustement. Ensuite, et c'est le plus important, elle est venue au Bureau pour découvrir ce qui est arrivé à son frère, et si possible pour le ramener à la maison. Ses intentions n'ont rien de maléfique, pour autant que je puisse en juger.

Je cligne les yeux, surprise. Cette femme vient-elle de lire dans mes pensées ?

Les adultes échangent des regards entendus.

– En temps normal, je ferais entièrement confiance à vos capacités, Fiona, dit Van Helsing. Mais les magiciens sont connus pour leurs talents de dissimulation.

– C'est la vérité ! dis-je. Je veux juste retrouver Quinton !

– Vous estimez-vous capable de faire mieux que le Bureau ? ironise-t-il. J'ai confié les recherches à mes meilleurs agents. Magnus lui-même a mené l'enquête...

L'intéressé me lance un regard peiné.

– Le dossier étant classé top secret, le mieux que je puisse dire, c'est que nous sommes à court de pistes.

Mrs Crowe se détend visiblement.

– Nous sommes sincèrement désolés pour Quinton, et je suis soulagée d'apprendre qu'Amari ne nous veut aucun mal. J'ai toute confiance dans les facultés de l'agent Fiona. Mais cela ne répond pas à la question qui nous intéresse : comment cette enfant est-elle devenue magicienne ? Voici plus de deux siècles que le dernier magicien est apparu, et ses méfaits l'ont rendu tristement célèbre.

– Peu importe le « comment », intervient un homme pâle et mince, à la voix monocorde. Depuis plus de sept siècles, le Bureau s'est fixé une règle concernant les magiciens. On les enferme et on jette la clé.

Son nom et sa fonction figurent sur son insigne : *Mr Kript, directeur du département des Morts.*

Plusieurs directeurs hochent la tête. Une dame sérieuse avec de grosses lunettes noires suggère même de m'emmener dans son laboratoire pour m'étudier. Son insigne est cousu sur sa blouse blanche : *Mrs Fokus, directrice du département des Sciences magiques*.

– Moi vivant, ça n'arrivera pas ! déclare Magnus.

J'ai pensé la même chose, mot pour mot.

La dame aux cheveux roux vient se placer à ses côtés et toise les directeurs qui veulent me faire enfermer. Ils doivent être partenaires, tous les deux.

– S'il vous plaît, calmez-vous ! les implore Mrs Crowe. Essayons d'avoir une discussion intelligente et constructive sur la conduite à tenir.

– Pour commencer, reconnaissons que la faculté surnaturelle d'Amari ne s'est pas manifestée sous forme agressive ni menaçante, suggère Magnus. Arrêtons de la traiter comme une criminelle.

– Nous avons tous entendu des histoires effroyables, proteste Mr Cobblepot, le directeur du département des Licences et Archives surnaturelles. Il n'y a pas de bon magicien. Je vous rappelle que nous avons failli annuler la formation cet été, à cause de ces attaques d'hybrides.

Sa remarque recueille de vives approbations. Mrs Crowe ferme les yeux et secoue la tête. Quelqu'un se racle bruyamment la gorge pour réclamer le silence.

– Si je peux me permettre de vous donner mon opinion…, fait une voix feutrée.

Je regarde autour de moi pour voir qui a parlé, mais toutes les lèvres sont immobiles. Mr Kript ouvre alors la veste de son costume et dépose délicatement sur la table la tête d'un vieil homme noir, avec une moustache en guidon grise. Il me faut plusieurs secondes pour prendre conscience de ce que je vois, et je fais un bond sur mon siège.

– Où est le reste de votre corps ?

J'ai parlé sans réfléchir, mais l'homme ne semble pas s'en formaliser.

– Il est resté dans mon bureau, où il fait une sieste réparatrice. Ma souplesse exceptionnelle est devenue amovibilité quand j'ai touché la Boule de Cristal, il y a de nombreuses années.

Il me fait un clin d'œil avant de poursuivre :

– En tant que directeur de l'Inexpliqué, j'estime que la jeune Amari relève de ma compétence. Son cas soulève en effet de nombreuses questions auxquelles nous ne pouvons répondre…

Je coule un regard vers Magnus. Il n'a pas l'air plus convaincu que moi.

– Et que nous conseilleriez-vous de faire ? demande Mrs Crowe.

– Confrontés à un mystère, nous devons commencer par vérifier s'il ne présente aucun danger. Nous avons établi qu'Amari n'a pas d'intentions belliqueuses à notre égard. Du moins, pas pour le moment. L'étape suivante ne consiste pas à examiner le mystère à la lumière de nos préjugés. Laissons-lui plutôt le temps de se révéler à nous, le moment venu. Autrement dit, je pense que nous devrions permettre à cette jeune fille de rester ici, si elle le souhaite. Il faudra la surveiller, bien sûr, mais discrètement. De plus, il me semblerait judicieux de lui expliquer pourquoi nous sommes aussi bouleversés d'apprendre qu'elle est magicienne.

Tous les regards se tournent vers moi.

– Oui, ça m'aiderait beaucoup, dis-je.

– Permettez-moi..., commence Mrs Crowe. Autrefois, bien avant la création du Bureau, il n'existait pas de frontière, comme aujourd'hui, entre le monde connu et le monde surnaturel. Les humains vivaient aux côtés des êtres surnaturels, qui pratiquaient ouvertement la magie. Celle-ci circulait abondamment dans le monde, mais les humains n'y avaient pas accès. Et cela, jusqu'à l'avènement des Frères de la Nuit : Sergueï Vladimir et Raoul Moreau.

Personne ne sait comment ces deux-là accédèrent à la magie, mais ils ne se contentèrent pas des 35 % de magie d'un elfe commun, ni même des 50 % d'une sorcière des bois. Ils s'attribuèrent un pouvoir bien supérieur à ce qu'une créature était en droit de posséder. L'histoire dit qu'ils accomplirent des choses que l'on croyait impossibles. Nous savons qu'ils ont vaincu le vieillissement et la mort grâce à un sort appelé « Vampir », en consommant le sang d'innocents...

« Des vampires ? » Cette pensée me fait frissonner.

Mrs Crowe s'interrompt, visiblement bouleversée. L'agent Fiona reprend le fil de son récit :

– Comme vous pouvez l'imaginer, les êtres surnaturels n'ont guère apprécié de voir des humains semer la terreur et compromettre la paix sur la Terre. Ils se sont alliés aux humains pour combattre les Frères de la Nuit. Hélas, même ensemble, ils ne faisaient pas le poids. Il semblait inéluctable que les Frères de la Nuit prennent le contrôle du monde...

– Jusqu'à ce que *mon* ancêtre, Abraham Van Helsing, enfonce un pieu dans le cœur de Vladimir, intervient le directeur. Privé de son acolyte, Moreau, affaibli, fut contraint de se cacher. Grâce au courage de mon aïeul, certains humains eurent le privilège de rester en contact avec le monde surnaturel, afin d'appliquer les lois qui protègent le secret de son existence. Ces hommes et ces femmes de confiance ont formé le Bureau des affaires surnaturelles, qui existe désormais depuis plus de sept siècles.

Dans l'intervalle, Moreau n'a cessé de s'entourer d'apprentis magiciens, jusqu'à ce qu'il soit enfin capturé par ma fille et votre frère. Ces nouveaux magiciens ont causé nombre de désastres et de tragédies au fil des années. L'humanité n'est pas faite pour disposer d'un tel pouvoir. Il corrompt l'âme.

– Ça suffit, grommelle Magnus. Faites-nous grâce de vos croyances.

J'essaie de digérer ce que je viens d'entendre.

– Vous êtes en train de me dire que ma magie est mauvaise ?

– On dit qu'on ne le sait pas, répond la tête parlante. La magie que nous recevons de la Boule de Cristal n'est qu'une infime fraction de ce que possède le plus faible des magiciens. Nous ignorons quels effets une telle concentration de magie, maintenant qu'elle est active, peut avoir sur vous.

– Je ne me sens pas différente d'avant, dis-je.

– Cela soulève une question intéressante. Comment peut-on être sûrs que son talent a été amélioré ? demande l'agent Fiona. La boule ne s'est pas éclairée.

– Elle a failli exploser, souligne Mr Kript. C'est très grave. Comment allons-nous expliquer à Merlin que nous avons laissé une stagiaire détruire cet objet d'une valeur inestimable ?

– Ce ne sera pas nécessaire, intervient Mrs Fokus. Juste après l'incident, j'ai examiné la boule avec deux de mes meilleurs chercheurs… Elle est intacte, et sa magie fonctionne normalement.

– Que s'est-il passé, alors ? demande Mrs Crowe.

– Si vous voulez mon avis, l'incident de la Boule de Cristal révèle quel genre de magicienne est Amari.

Mrs Fokus déglutit avant de conclure :

– C'est une illusionniste. Il n'est pas exclu qu'elle possède aussi une autre sorte de magie, comme celle qui permet de façonner des hybrides. Mais cela reste à déterminer.

Les directeurs échangent des regards nerveux. Même Magnus semble inquiet.

Ce qui s'est passé sur scène avec la Boule de Cristal n'était donc qu'une illusion ? Je ne sais pas trop quoi en penser.

Mrs Crowe fronce les sourcils.

– Nous manquons d'informations. Si Horus était ici, il pourrait se pencher sur l'histoire d'Amari, et tenter de découvrir comment la magie lui a été transmise.

Elle se tourne vers Van Helsing.

– Je suppose qu'il est toujours en congé sabbatique dans les îles Errantes ?

– Hélas, oui, confirme le directeur. Les îles ont été vues pour la dernière fois au large des côtes africaines. Mais c'était il y a plusieurs jours. Elles peuvent être n'importe où dans le monde à présent.

– Demandons conseil à l'un de ses subalternes du département des Bons présages et Mauvais augures, suggère Mrs Fokus.

Mrs Crowe secoue la tête.

– Pour un sujet aussi important, je préfère consulter Horus en personne.

Van Helsing lève les bras au ciel.

– Voulez-vous vraiment prendre un tel risque ? Supposer qu'elle est inoffensive parce que son frère est un héros ? N'est-ce pas le comble de l'imprudence de laisser une magicienne aller et venir en liberté dans le Bureau, alors que tant de questions restent sans réponse ?

– Que suggérez-vous ? grogne Magnus. Voulez-vous l'enfermer pour quelque chose dont elle n'est pas responsable ? Fiona a déjà prouvé qu'Amari n'avait pas de mauvaises intentions.

– Peut-être a-t-elle été entraînée à tromper les facultés surnaturelles de Fiona, objecte Van Helsing. Le minimum serait d'effacer ses souvenirs du monde surnaturel, afin qu'elle oublie qu'elle est magicienne, puis la renvoyer chez elle, où elle sera surveillée de près. Elle redeviendrait une jeune fille ordinaire et ne présenterait aucun danger pour le Bureau ou le monde surnaturel.

– Non ! dis-je en me levant d'un bond. Vous ne pouvez pas effacer mes souvenirs. Si vous faites ça, je ne retrouverai jamais mon frère. Laissez-moi rester. Je vous prouverai que je suis comme n'importe quelle autre stagiaire. S'il vous plaît !

Van Helsing s'apprête à ajouter quelque chose, quand Mrs Crowe réclame le silence. Nous la regardons marcher de long en large pendant quelques minutes. Elle s'arrête près de moi.

– Les deux options présentent des avantages, conclut-elle. Mais n'oublions pas que c'est Quinton lui-même qui l'a nommée. S'il était ici, aucun d'entre vous ne remettrait son jugement en cause. Nous vous accorderons donc le bénéfice du doute, Miss Peters. Mais sachez que vous serez sous étroite surveillance.

– Je comprends, dis-je, partagée entre le soulagement et la nervosité.

– Bien. Prouvez que nous avons raison de vous faire confiance. Prouvez-nous que votre place est ici.

11

Après la réunion, l'agent Magnus m'escorte jusqu'à un ascenseur nommé Murmures. Contre toute attente, ce dernier nomme en braillant tous les services que l'on dépasse. Heureusement pour mes oreilles, le département des Évènements exceptionnels n'est pas très éloigné de là où nous nous trouvions. Lorsque nous quittons la cabine, une voix résonne dans l'interphone :

– Votre attention, s'il vous plaît ! Ceci est un message de votre directrice générale. Nous enquêtons toujours sur le regrettable évènement de ce matin, afin de découvrir ce qui s'est passé, et pourquoi. Nous vous tiendrons informés des conclusions dès que possible. En attendant, il convient de traiter Amari Peters comme les autres stagiaires. Merci pour votre compréhension.

– Ce sont eux qui voulaient te traiter différemment au départ, grommelle l'agent Magnus. Quelle bande de radoteurs superstitieux ! Ils sauteraient du toit si quelqu'un leur disait que l'immeuble porte la poisse.

– Merci de m'avoir soutenue, dis-je.

L'agent Magnus se caresse la barbe.

– Ne t'inquiète pas, petite. Je n'allais pas les laisser te jeter en prison ou t'enfermer dans un laboratoire pour t'étudier. Mais je ne vais pas te mentir : j'aurais préféré que la directrice te renvoie chez toi. Je ne dis pas ça pour être méchant. Je veux juste que tu comprennes bien dans quoi tu t'engages. Le souvenir de l'arrestation de Moreau par ton frère est encore vif dans les esprits. Les crimes que les magiciens ont commis depuis sept siècles sont connus de tous et attestés par des témoignages écrits. Les gens te jugeront sans te connaître. Ils diront du mal de toi. Es-tu sûre d'être préparée à cela ?

Je souris. Suis-je prête à affronter les préjugés ? Ce ne sera pas pire que de sentir Mr Jenson me suivre comme mon ombre chaque fois que j'entre dans sa boutique, seulement parce que je suis noire et que j'habite au Bois. Ou quand le jury de ma bourse d'études s'étonne que je m'exprime aussi bien. Les gens se font des idées sur moi en se basant sur des choses que je ne peux pas changer. Je m'applique à leur prouver qu'ils ont tort. J'essaie de les surprendre, afin de faire évoluer les esprits à ma manière, une personne à la fois.

– Je suis prête, dis-je. Je me suis entraînée toute ma vie.

L'agent Magnus me fait un petit signe de tête et me tape dans le dos.

Contrairement aux autres, le département des Évènements exceptionnels n'a pas de hall d'entrée. L'ascenseur s'ouvre sur un vaste couloir sinueux qui protège le service des regards. Je m'y engouffre à la suite de l'agent Magnus. Nous dépassons plusieurs portes, étiquetées « salle de bal », « salle de réunion » et « salle de réception », avant d'arriver devant l'amphithéâtre. Nous avons à peine poussé la porte qu'un jeune homme en costume gris accourt à notre rencontre.

– Vous voilà enfin ! C'est bientôt notre tour, dit-il à l'agent Magnus.

– Je vous suis, répond l'intéressé.

Il se tourne vers moi.

– Les présentations ont commencé. Entre et installe-toi au fond.

Avant de le laisser partir, je mets les choses au point :

– Tant que je pourrai rester ici, je chercherai mon frère. Avec ou sans votre aide.

L'agent Magnus fronce les sourcils.

– C'est dangereux. Quinton ne voudrait pas que tu prennes de risques.

– Ça m'est égal. Je me soucie seulement de lui.

– Et réciproquement. Ton frère parlait sans arrêt de toi. Amari ceci, Amari cela... Avant de faire quelque chose de stupide, demande-toi comment Quinton réagira si, quand on le retrouvera, on lui apprenait qu'il est arrivé malheur à sa petite sœur parce qu'elle s'est lancée à sa recherche. Il sera effondré.

Je ne sais pas quoi répondre. L'agent Magnus sait qu'il a fait mouche. Il s'éloigne déjà dans l'allée.

Les épaules voûtées, je m'avance dans l'immense amphithéâtre sombre, où des dizaines de rangées de sièges s'arrondissent autour d'une vaste scène. Je me réjouis que le spectacle ait commencé. Les gens qui fixent la scène ne pensent pas à me regarder. Je suis encore plus soulagée en voyant Elsie m'appeler à grands gestes. Elle m'a gardé une place au dernier rang.

– Ton aura est à nouveau jaune, me dit-elle. Que s'est-il passé ?

Je hausse les épaules. Elle baisse la voix.

– Le bruit court que... C'est vrai que tu es une magicienne ?

– Oui, je crois. Une illusionniste.

Elsie réfléchit quelques secondes.

– Bon. Eh bien, si quelqu'un te regarde méchamment, préviens-moi. Je...

– Je te défends de leur cracher du feu dessus ! dis-je pour la taquiner.

Elle me donne un petit coup de poing dans l'épaule.

– Je travaille sur ma métamorphose. Attends un peu, tu vas voir...

– Merci, en tout cas. C'est cool que tu ne flippes pas.

– Si tu peux dormir à côté d'une fille qui risque de se changer en dragon à tout moment, je peux être amie avec un bébé magicien. Je suis trop contente qu'ils te laissent continuer.

– Moi aussi.

Je pointe un doigt vers la scène.

– Alors, de quoi s'agit-il ?

Elsie me tend son exemplaire de *Mille et une carrières*.

– En gros, chaque service nous présente ce qu'il fait, et nous explique pourquoi on devrait le choisir.

Je fais défiler les pages.

– Qu'est-ce que j'ai manqué ?

– Pas grand-chose. Un type du département des Licences et Archives surnaturelles a failli nous endormir en nous faisant une démonstration de leurs techniques de classement. Et, tout à l'heure, Mrs Pou-Belle, la directrice du département des Demi-vérités et des Dissimulations complètes, a invité quelques stagiaires sur scène. Elle leur a fait choisir leur évènement historique préféré et leur a expliqué ce qui s'était réellement passé. Tu savais que la Première Guerre mondiale avait commencé parce que plusieurs petits ovnis se sont écrasés par accident sur l'archiduc François-Ferdinand et sa femme ? Tout le monde a cru qu'ils avaient été assassinés. Les extraterrestres retournent là-bas trois fois par an pour s'excuser.

Les présentations sont étonnantes. Un homme du département des Lieux cachés sort un chapeau haut de forme en affirmant qu'il abrite une ville entière. Une femme du département des Rêves et Cauchemars endort tout le premier rang d'un claquement de doigts, puis persuade ses cobayes qu'ils sont poursuivis par un ours en peluche géant maléfique nommé Bubulle-le-Destructeur.

Deux vieux grincheux du département de l'Inexpliqué ne nous révèlent absolument rien de ce qu'ils font, par principe. Une fille du Centre de santé surnaturelle nous fait battre des mains pendant qu'elle sort un homme du coma en chantant.

Je m'apprête à demander à Elsie depuis combien de temps ce pauvre type est inconscient, quand des cris retentissent au-dessus de nous. Toutes les têtes se tournent pour admirer des hommes et des femmes en costume gris qui courent sur les murs. Ils font des flips et des saltos dans les airs.

Waouh !

Deux d'entre eux brandissent des fouets de feu, tandis que d'autres font tournoyer des bâtons de lumière scintillante. Ils s'arrêtent tous ensemble pour lancer des assiettes dans toutes les directions. L'agent Fiona apparaît soudain au plafond, la tête en bas, et sort un arc et un carquois. La flèche qu'elle tire se change en éclair, qui se ramifie pour briser toutes les assiettes en même temps. Les agents atterrissent sur scène et saluent les stagiaires sous un tonnerre d'applaudissements.

J'applaudis aussi, le cœur battant. C'était incroyable !

L'agent Magnus rejoint les autres, l'air renfrogné, et s'adresse au public :

– Je suppose que vous avez tous reconnu les agents du département des Enquêtes surnaturelles. Et j'imagine aussi que vous serez nombreux à vouloir passer les épreuves de sélection. Ce qu'on ne vous dit pas, c'est qu'il n'existe pas de travail plus dangereux dans tout le Bureau. Des agents sont blessés. Même les meilleurs. Certains sont victimes d'accidents terribles, répugnants. Je sais que je gaspille ma salive. Vous aspirez à la gloire et au frisson que procure ce costume gris. Vous voulez tous devenir des superhéros, n'est-ce pas ? Eh bien, vous ne pourrez pas dire que je ne vous ai pas prévenus.

Sur ces mots, il se retourne et quitte la scène.

Les démonstrations continuent pendant plusieurs heures, mais je n'y prête plus attention. Je ne pense qu'à passer les épreuves de sélection pour devenir agent junior. Et pas seulement parce que j'ai adoré la présentation des Enquêtes surnaturelles. Tout ce qui concerne Quinton est en lien avec ce département. C'est là qu'il travaillait, que travaillent les gens qui le connaissent, et même ceux qui le recherchent.

J'ai l'impression que l'avertissement de l'agent Magnus m'est tout particulièrement destiné. Comme un rappel de ce qu'il vient de me dire : je ne dois pas me mettre en danger inutilement.

Quand la représentation se termine, les lumières se rallument et on nous distribue des cartes. Nous devons y noter nos cinq souhaits. Je regarde Elsie écrire « Département des Sciences magiques » en tête de sa liste, puis remplir rapidement les quatre autres cases.

Sur la mienne, je griffonne « Agent junior » en grosses lettres.

Je le barre aussitôt.

– Je suis sûre que tu ferais un excellent agent, m'encourage Elsie. Tu es une Peters. L'héroïsme, c'est génétique, chez toi.

Elle a l'air tellement convaincue que je la croirais presque. Néanmoins, je secoue la tête.

– Je ne me sens pas du tout héroïque. Peut-être que Magnus a raison. Quinton ne voudrait pas que je me mette en danger. En plus, ma faculté surnaturelle est illégale. Ils ne m'accepteraient probablement pas.

– Tu en as envie, ou pas ? me demande Elsie.

Je hoche la tête.

– Bien. Parce que, si la situation était inversée, je ne crois pas que quiconque pourrait empêcher Quinton de se lancer à ta recherche.

Elle a raison. Têtu comme il est, si mon frère décidait de me chercher, personne ne le ferait changer d'avis.

Elsie sourit.

– Dépêche-toi d'entrer au département des Enquêtes surnaturelles, qu'on puisse commencer notre propre enquête.

– Tu veux m'aider à découvrir ce qui est arrivé à Quinton ?

Elle acquiesce.

– Je ferai tout mon possible. Je te le promets.

Quel soulagement de savoir qu'au moins une personne me soutient ! Je me sens dix fois plus légère.

J'inscris « Département des Enquêtes surnaturelles » sur ma carte, aux anges. Je suis toujours rayonnante quand je la tends au type qui les ramasse, au fond de l'amphithéâtre.

Il y jette un rapide coup d'œil et manque de lâcher toute la pile, tellement il est surpris.

Non seulement j'ai noté « Enquêtes surnaturelles » en premier choix, mais j'ai laissé les quatre autres cases vides.

12

Après les présentations des départements, nous avons quartier libre jusqu'à la soirée de bienvenue, à dix-huit heures trente. Les nouveaux stagiaires en profitent pour faire connaissance, entassés dans les couloirs. Pendant qu'ils plaisantent, rient et comparent leurs tenues, Elsie et moi nous enfermons dans notre chambre pour commencer l'enquête sur la disparition de VanQuish.

– Il faut définir un plan et le suivre à la lettre, déclare Elsie. Le mieux, c'est de le consigner par écrit.

Avec sa manche, elle efface des équations de son tableau blanc avant de le poser par terre entre nos lits.

– C'était quoi, ton plan, jusqu'à maintenant ?

Je me mords la lèvre.

– Je n'en avais pas vraiment.

Elsie me lance un regard perplexe.

– Tu comptais l'improviser au fur et à mesure ?
– Ça paraît idiot, dit comme ça.
Ma camarade de chambre secoue la tête.
– Tu ne peux pas enquêter sans avoir de plan !
Elle ôte le capuchon de son marqueur et écrit :

Étape un
Trouver un plan

– Tu avais vraiment besoin de noter ça ?
– Oui. Maintenant, réfléchissons.
Nous restons un moment silencieuses, jusqu'à ce que je me décide à parler :
– Pour l'instant, j'ai surtout essayé de me renseigner sur les enquêtes du Bureau. Mais tout ce que l'agent Magnus a accepté de me dire, c'est que les infos sont classées top secret. Il n'a que ces mots à la bouche.
Elsie hoche la tête et note :

Étape deux
Découvrir ce que le Bureau sait déjà sur la disparition de VanQuish.

Je me rends compte qu'en fait, j'avais un plan. Je descends de mon lit pour m'asseoir par terre près d'Elsie. J'emprunte un de ses marqueurs, et j'écris :

Étape Trois
Utiliser les informations du n° 2 pour lancer nos recherches.

Ma camarade de chambre sourit.
– C'est un bon début.

– Ouais, dommage qu'on soit coincées pour toujours à la deuxième étape. Ce n'est pas comme s'ils allaient déclassifier le dossier VanQuish rien que pour nous.

– C'est vrai, admet Elsie. Mais on n'a pas besoin du dossier. Il suffit de trouver quelqu'un qui sait quelque chose et qui accepte de parler.

Je repense à toutes les personnes que j'ai rencontrées au Bureau jusqu'à maintenant. Soudain, une idée me frappe. Elsie lève les yeux en même temps que moi, et nous nous exclamons d'une seule voix :

– Les jumeaux Van Helsing !

Leur père dirige le département des Enquêtes surnaturelles. Ils savent forcément quelque chose.

– J'espère que tu as envie de danser, dit Elsie, parce qu'ils seront à la soirée de bienvenue tout à l'heure.

À dix-huit heures trente, ma camarade de chambre est habillée et prête à partir. Elle a enfilé une des robes magnifiques que nous avons découvertes dans notre placard après les présentations des départements. On dirait qu'Elsie s'est drapée dans l'eau bleue de l'océan. Les vagues ondulent sur le tissu, et un banc de poissons orange enserre sa taille. L'illusion est si parfaite que j'ai peur de me mouiller la main en la touchant.

Notre placard fait apparaître par magie toutes les tenues dont nous avons besoin. Ou presque. La perspective d'aller à cette soirée m'enchante si peu que je préférerais y voir apparaître un pyjama douillet.

– Tu n'es toujours pas habillée ? me lance Elsie, feignant l'exaspération.

– Il doit y avoir un autre moyen... On ne peut pas les intercepter dans le couloir, par exemple ?

– Les jumeaux vivent avec leurs parents dans l'appartement du directeur. Ils ne viennent ici que pour voir leurs amis. On peut passer plusieurs semaines sans les croiser. Le temps presse.

– Bon..., dis-je en grognant.

Elsie explore le contenu du placard.

– Hmm, cette robe blanche de Madame Duboise t'irait trop bien !

Elle décroche le cintre et me la présente. On dirait un nuage.

– Argh ! Comme si j'avais besoin d'attirer encore plus l'attention. C'est déjà assez pénible d'être la magicienne qui a reçu un badge en pierre de lune ce matin.

– Tu vois les choses à l'envers, objecte Elsie. Lara et ses amies adorent qu'on les regarde. Elles voudront te côtoyer parce que tu es la magicienne au badge en pierre de lune.

Elle brandit à nouveau la robe nuage.

– Tu es une célébrité. Autant avoir le look qui va avec.

Quinze minutes plus tard, nous empruntons un ascenseur chanteur d'opéra prénommé Luciano pour rejoindre l'étage des Évènements exceptionnels. La musique résonne derrière les portes dorées de la salle de bal. Deux hôtesses les poussent pour nous laisser entrer.

Je m'arrête net sur le seuil. Les organisateurs, qui ont travaillé sur le thème des « merveilles de l'hiver », n'ont pas fait les choses à moitié. Il neige dans l'immense salle de bal. Des sapins blancs se dressent vers le ciel et d'imposantes sculptures de glace représentant des pingouins dansants et des ours polaires hilares trônent entre les tables éclairées par des bougies. Les stagiaires dansent dans les airs en riant, au gré des rafales de vent.

Je ressens le même pétillement d'excitation que le jour où Quinton m'a montré les trains sous-marins. C'est incroyable !

– Prête ? me demande Elsie.

Je contemple son visage radieux, constellé de taches de rousseur, et je m'arme de courage.

– Prête.

Elle me prend par la main et m'entraîne entre les tables. Les têtes se tournent sur notre passage. Les gens me fixent avec des airs abasourdis. J'essaie de les ignorer, mais c'est difficile. J'ai l'impression que toute la salle me regarde. C'est exactement ce que je craignais : je me retrouve sous les projecteurs parce que je suis « différente », comme à l'Académie Jefferson.

– Là-bas, me dit Elsie.

Lara, vêtue d'une robe étincelante, évolue gracieusement dans la foule près du buffet.

– Allons lui parler pendant qu'elle est seule, suggère mon amie.

J'inspire profondément pour chasser ma nervosité. Je suis là pour obtenir des réponses. Le reste est sans importance.

– Allons-y !

– Sois confiante.

– Je suis confiante.

– Et ne fais pas attention à ce qu'elle va me dire. Il faut profiter de cette occasion.

Je n'ai pas le temps de lui demander ce qu'elle veut dire. Elsie a déjà rejoint Lara et lui tapote l'épaule.

Lara se retourne comme si elle posait pour une photo. Cette fille est incroyablement jolie. Du genre qui n'a pas besoin de mettre de filtre sur ses selfies.

Elle fronce les sourcils, puis lève les yeux au ciel quand elle reconnaît Elsie.

– Qu'est-ce que tu me veux ? Rassure-moi, tu n'es pas venue me supplier de redevenir ton amie ?

Si Elsie est blessée, elle n'en laisse rien paraître.

– Je voulais te présenter la *célèbre* Amari Peters, répond-elle.

Quand Lara m'aperçoit derrière Elsie, son visage s'illumine. Elle la dépasse comme si elle n'existait pas, me met un bras autour des épaules et fait un selfie.

– Je suis Lara Van Helsing, déclare-t-elle, pleine d'assurance. Tu ne le sais peut-être pas, mais ton frère et ma sœur étaient partenaires...

– Ils sont célèbres.

C'est tout ce que j'ai trouvé à dire. Trop nul !

– Plus que célèbres, confirme Lara en souriant. Tu devrais venir t'asseoir à notre table. Mes amis meurent d'envie de te rencontrer.

– En fait, je voulais te parler de VanQuish...

– Viens juste leur dire bonjour, m'interrompt-elle. Ça prendra deux secondes. Ensuite, on parlera de ma sœur et de ton frère. D'accord ?

Lara me regarde d'un air implorant, comme si je risquais de lui briser le cœur en refusant. Je regarde autour de moi. Elsie a disparu.

– Ne t'inquiète pas pour elle, me dit Lara. C'était ma meilleure amie, il y a une éternité. Avant qu'elle devienne aussi rasoir. Sérieusement : un dragon-garou incapable de se transformer ! Bon, tu viens ?

Pour qui cette fille se prend-elle ? Je meurs d'envie de l'envoyer balader, mais je me rappelle la mise en garde d'Elsie. Elle avait prévu que Lara la dénigrerait, et m'a conseillé de l'ignorer. Même si c'est difficile, je me force à sourire.

– OK. Juste un petit bonjour, alors.

Lara pousse un cri de joie. Elle me prend par la main et m'emmène au fond de la salle, où quelques tables ont été réunies. Les jeunes assis autour ont l'air de s'ennuyer à mourir. Lara s'éclaircit la gorge.

– Je vous présente ma nouvelle amie, Amari Peters.

La petite assemblée se tourne vers moi. Je leur adresse un salut de la main, les joues en feu. Un des garçons se lève.

– Tiens, prends ma place, me propose-t-il.

Je remarque alors Dylan Van Helsing, assis de l'autre côté de la table, les bras croisés. Comme sa sœur, il est hyper beau. Je le vois bien sillonner le monde en avion après les cours pour faire des défilés de mode. Il articule un avertissement muet à mon intention : « Fais gaffe ! »

Sans me laisser le temps de réagir, Lara me pousse littéralement sur la chaise. Dylan soupire et secoue la tête.

– Ils ne t'ont même pas renvoyée, alors que tu as cassé la Boule de Cristal ? me lance une fille vêtue d'une robe évoquant un ciel étoilé. Je m'appelle Kirsten Kurst, au fait...

Mon cœur se serre. Je m'empresse de rectifier :

– Je ne l'ai pas vraiment cassée. C'était une illusion.

Je hausse les épaules avant d'ajouter :

– Un accident.

Les autres ouvrent de grands yeux.

– Et ils savent que tu es magicienne ? demande un garçon en costume doré. Il paraît que, de tous les magiciens, les illusionnistes sont les pires.

Je hoche la tête.

– Euh... Ils me laissent faire mes preuves.

Un autre garçon, en costume bleu ciel, brandit son téléphone.

– Regardez ! La vidéo où elle touche la Boule de Cristal est devenue virale !

– C'est vrai ? Je suis sur YouTube ?

– On ne parle pas d'Internet, précise Kirsten. C'est sur l'Autrenet. La partie protégée d'Internet qu'on utilise dans le monde surnaturel.

– Ah.

– Il faut dire que tu as fait une entrée fracassante ! continue le garçon en bleu.

J'esquisse un sourire nerveux. Lara est odieuse, mais peut-être que ses amis sont différents... Peut-être qu'ils comprennent.

– J'aurais préféré faire une entrée discrète, dis-je. Et, si je pouvais, je changerais volontiers de badge.

Personne ne me rend mon sourire. Je me demande si j'ai gaffé. J'épie la réaction de Dylan, mais il évite mon regard.

– Amari, tu vas nous aider à trancher un débat, dit un troisième garçon. Si tu devais faire un dernier voyage avant de mourir, quelle ville tu choisirais : Londres ou Rome ?

– Je ne connais ni l'une ni l'autre.

Il a l'air choqué.

– Ah. Tes parents sont plutôt yacht, alors ? Saint-Tropez ?

Je fixe la table. Ces gens vivent dans un autre monde. Des yachts et des voyages dans des villes de rêve. Je ne sais rien de tout ça.

– Ma famille n'est pas riche. Je vis seule avec ma mère. Elle est aide-soignante dans un hôpital.

– Aide-soignante ? demande Brian. C'est encore pire qu'infirmière ?

Des rires fusent. Je serre les poings sous la table.

– Mais si tes parents sont fauchés, reprend le garçon en costume doré, comment vous avez atterri ici, toi et Quinton ?

– Tu n'es pas au courant ? intervient Lara, qui a contourné la table pour s'asseoir près de son frère. Quinton n'a pas été parrainé. Il a été admis au mérite.

Plus personne ne parle. Les amis des jumeaux me regardent comme une bête curieuse. Je me renseigne :

– C’est-à-dire ?

Kirsten se dévoue :

– Ça signifie que ton frère a été admis parce qu’il a fait un truc remarquable, comme sauver une famille d’un immeuble en flammes ou réussir un examen national. La plupart des enfants sont admis au Bureau parce qu’un membre de leur famille a proposé leur candidature. On les appelle les « héritiers ». Ici, on a quasiment tous des ancêtres au Bureau, depuis des siècles et des siècles.

– Ce sont les Van Helsing qui ont fondé le Bureau, rappelle Lara d’un ton faussement détaché.

– Ils ont inventé les admissions au mérite pour boucher les trous, une fois que tous les héritiers ont été admis, complète Kirsten.

– Bon, dit Lara, ça ne me dérange pas, du moment qu’ils restent à leur place.

– Qu’est-ce que tu entends par là ?

– Elle veut dire qu’ils ont tendance à viser trop haut, m’explique Kirsten. Ils devraient choisir une spécialité sans importance et être reconnaissants.

Lara lève les yeux au ciel.

– Tu sais bien que ça n’arrive jamais. Ils passent tous les épreuves de sélection pour devenir agents juniors.

– Mon frère a été admis au mérite. Et il était l’un des meilleurs agents que le Bureau ait connus.

– Même une horloge cassée donne l'heure exacte deux fois par jour, ironise Lara.

Elle penche la tête sur le côté.

– Mon père nous parle chaque année d'enfants admis au mérite, qui rêvent de carrières prestigieuses. Ils échouent à l'examen et sont renvoyés chez eux sans bourse d'études. Or, soyons réalistes : ce sont eux qui en ont le plus besoin.

– Au moins, ils se sont donnés à fond, dis-je. Pourquoi devraient-ils renoncer à leurs rêves avant même d'avoir essayé ?

– Tu as lu ça sur une affiche ?

Lara se couvre la bouche de façon théâtrale.

– Attends ! Ne me dis pas que tu t'es inscrite comme agent junior ! Je veux dire, théoriquement, tu es une héritière, mais…

– Et alors ?

Lara pouffe. Le mépris que je lis dans ses yeux me rappelle Emily Grant.

– Ben voyons… Tu crois vraiment que la foudre va frapper deux fois au même endroit ? C'est quand même assez rare qu'un gamin du ghetto devienne célèbre, non ?

Elle se penche vers moi et baisse la voix. Elle grogne littéralement :

– Sois réaliste : tu as un joli badge, mais aucune faculté surnaturelle. Pas vraiment.

Un chœur de ricanements s'élève autour de la table.

– C'est faux !

– Dans ce cas, montre-nous, suggère Lara.

Je reste assise, immobile, pendant que la petite assemblée se retient de rire. Lara étire sa lèvre inférieure d'un air moqueur.

– Oh ! C'est trop triste !

Je me lève brusquement en renversant ma chaise.

– Fichez-moi la paix !

Je tremble de tout mon corps.

– Sinon quoi ? rétorque Lara. Toi et tes potes magiciens, vous aller m'envoyer vos méchants hybrides ? Tu ne devrais même pas être là !

Je n'entends pas seulement Lara. J'entends aussi les voix d'Emily Grant et de sa bande. Alors que la colère menace de m'étouffer, une boule de feu tourbillonnante apparaît sur la table entre nous. Je retiens mon souffle, tandis que les amis de Lara se bousculent pour s'enfuir. Elle me décoche un regard assassin.

– Sale magicienne !

– Hé !

Des mains viennent de se poser sur mes épaules et me détournent de la table. Je proteste à voix haute, mais ce n'est qu'Elsie. Elle est beaucoup plus forte qu'elle en a l'air.

Je jette un coup d'œil derrière moi. La boule de feu s'est éteinte sans laisser de trace. Ouf !

Elsie accepte de me lâcher seulement quand nous atteignons l'autre côté de la salle.

– Ton aura était rouge vif, me confie-t-elle. Je me suis dit qu'il fallait te sortir de là avant que tu ne fasses un truc que tu pourrais regretter.

Elle pose une assiette devant moi.

– Tiens, mange.

– Je n'ai pas...

Un délicieux arôme de pizza au pepperoni emplit mes narines, et j'en oublie ce que j'allais dire. Je m'attaque à une grosse tranche, nappée d'une épaisse couche de fromage. Elsie attend que j'en aie dévoré la moitié avant de reprendre la parole :

– Bon. Je suppose que ça ne s'est pas très bien passé...

Je grogne.

– Je pense que Lara n'a jamais voulu me parler de Quinton et Maria. Son but, c'était juste de me ridiculiser devant ses amis.

Elsie grimace.

– Ça lui ressemble assez. Mais, comme elle admirait vraiment Maria, j'ai cru qu'elle accepterait de nous aider.

Elle secoue la tête.

– Elle n'a pas toujours été comme ça. Quand on était plus jeunes, avant qu'elle prenne la grosse tête parce qu'elle s'appelle Van Helsing, elle était très sympa.

– La fille dont tu parles n'existe plus.

Elsie acquiesce.

Après avoir fini mon assiette, je sors mon téléphone et le dépose devant elle.

– Tu veux bien me montrer comment on accède à l'Autrenet ? Je voudrais aller sur les réseaux sociaux.

– Tu es sûre que c'est une bonne idée ? Le monde surnaturel n'est pas plus sympa que le monde connu.

– Je sais. Je veux juste montrer à tout le monde qui je suis vraiment. Tu peux faire ça pour moi ?

– D'accord. Mais, en échange, tu me promets un truc.

– Marché conclu.

Elsie ne se contente pas de télécharger l'application pour accéder à l'Autrenet. Elle me crée aussi un profil sur Eurgphmthilthmsphlthm, la star des réseaux sociaux du monde surnaturel. J'essaie tant bien que mal de déchiffrer le nom.

– Comment ça se prononce ?

– Ça ne se prononce pas. Les humains n'ont pas assez de langues.

– Ah... OK.

En échange, Elsie me fait promettre de l'accompagner sur la piste de danse aérienne. Elle assure que ça me remontera le moral. Et, même si je ne lui ai rien demandé, elle s'empresse de m'expliquer comment ça fonctionne :

– En fait, c'est juste une mini-tornade, qu'ils ont contrôlée pour qu'elle ne soit pas dangereuse.

Même ici, au sol, je sens le vent sur mon visage. Les danseurs font des cercles rapides dans les airs et redescendent.

– Dès qu'une place se libère, on y va ! décide Elsie.

Je trouve ça un peu stressant, mais, après cette journée éprouvante, j'ai envie de faire un truc amusant. La joie d'Elsie est contagieuse. Ma camarade de chambre se trémousse au rythme de la musique, et je ne tarde pas à en faire autant.

Notre tour arrive enfin.

– Prête ? me demande-t-elle.

Je m'apprête à lui répondre, quand je sens une main sur mon épaule. Je me retourne et découvre Dylan Van Helsing. Je me secoue pour me dégager, agacée.

– Tu n'as pas compris le message ? Fiche-moi la paix !

Il lève les mains en signe de reddition.

– Ce n'est pas moi. C'est mon père qui veut te parler.

Je lui emboîte le pas en soupirant. À tous les coups, Lara est allée rapporter à son père l'incident de la boule de feu. J'espère que je ne vais pas me faire renvoyer pour ça. Mrs Crowe m'a bien fait comprendre que j'étais à l'essai. J'interroge mon guide :

– Qu'est-ce qu'il me veut, ton père ?

Dylan hausse les épaules.

– Aucune idée.

Malgré mon cœur qui bat la chamade, je songe que c'est l'occasion d'interroger un autre Van Helsing.

– Bon. Et sinon, tu ne saurais pas ce qui est arrivé à mon frère et à ta sœur, par hasard ?

– Mon père a promis de nous tenir au courant dès qu'il apprendrait quelque chose, grommelle-t-il. C'était il y a six mois.

Je secoue la tête. Encore une impasse.

Dylan s'arrête pour me regarder.

– Mais... j'ai mené l'enquête et découvert quelques trucs.

– Dis-moi.

Il me lance un regard interrogateur.

– Pourquoi je ferais ça ?

– Parce que ta sœur n'est pas la seule à avoir disparu. Il y a mon frère, aussi. Tu dois savoir ce que je ressens. S'il te plaît...

Je n'ai plus qu'à espérer qu'il est moins odieux que sa jumelle.

Dylan fronce les sourcils. Il hésite un moment à répondre, et finit par concéder :

– D'accord. Mais pas ici...

Il m'entraîne dans une partie déserte de la salle de bal.

– Le Bureau sait qui a enlevé Quinton et Maria, me confie-t-il lorsque nous sommes à l'abri des oreilles indiscrètes. Ça fait des mois qu'ils ont l'info.

– C'est vrai ? Qui est-ce ?

Dylan baisse la voix.

– Un des hommes de Moreau. Quelques mois après la disparition de VanQuish, une lettre est arrivée au Bureau pour proposer un échange. Elle affirmait que, si le Bureau refusait, plus personne ne serait en sécurité. Elle était signée : « le fidèle apprenti de Moreau ».

Je retiens mon souffle.

– Ça veut dire que Quinton et Maria sont vivants ? Qu'ils vont bien ?

– Je l'espère, répond Dylan.

Peut-être que Maria et Quinton ont été enlevés pour servir de monnaie d'échange, afin d'obtenir la libération de Moreau.

– Qu'a fait le Bureau après avoir reçu cette lettre ?

– Apparemment, rien ! dit Dylan avec colère. Et, depuis, il y a eu les attaques des hybrides.

Les hybrides ? Mon cerveau essaie de traiter ces informations. Le magicien qui attaque le Bureau serait aussi celui qui a enlevé Quinton.

Je n'en reviens pas que Van Helsing m'ait accusée.

Me soupçonne-t-il vraiment d'avoir kidnappé mon propre frère ?

– Le Bureau a ignoré la lettre ?

– À ma connaissance, oui.

Dylan plonge ses yeux dans les miens.

– Ne répète à personne ce que je viens de te dire. C'est top secret.

– Je ne dirai rien. Promis.

Dylan hoche la tête.

– Allez, viens. Mon père est là-bas, avec les autres accompagnateurs.

– Attends une seconde. Avec Elsie, on mène notre propre enquête. On pourrait travailler ensemble, si tu veux...

Il hausse les épaules.

– Peut-être.

Dylan se retourne et se dirige vers son père.

« Peut-être. » C'est mieux que rien.

Van Helsing prend congé d'un groupe d'adultes en nous voyant approcher.

– Je vous ai vus vous isoler dans un coin de la salle. De quoi s'agissait-il ?

– Désolé, répond Dylan avec un sourire en coin. Je conseillais à Amari de laisser le soin d'enquêter aux personnes expérimentées.

Je le fusille du regard. Quel besoin a-t-il de m'humilier ainsi ? Surtout devant son père !

Van Helsing plisse les yeux.

– Je vois.

– Tu voulais autre chose ? demande Dylan.

– Non, c'est tout, mon fils.

Dylan se retire et je reste seule avec le directeur. Je devine qu'il va me passer un savon. Il ne me regarde même pas dans les yeux.

Van Helsing sort ma carte de souhaits.

– Vous avez seulement noté « agent junior » sur ce document, me fait-il observer.

– C'est… euh. C'est ce que je veux faire, dis-je, en essayant de paraître sûre de moi.

Il soupire.

– Vous voulez marcher dans les pas de votre frère. C'est compréhensible…

Je l'interromps :

– Ce n'est pas pour ça. Je veux découvrir ce qui est arrivé à Quinton. Tout ce qui le concerne se trouve au département des Enquêtes surnaturelles. Et la seule façon d'y entrer, c'est de devenir agent junior.

Van Helsing s'efforce de rester calme, mais je vois bien qu'il est agacé.

– Quelles que soient vos raisons, il est clair que vous sous-estimez la difficulté. Non seulement c'est la spécialité la plus compétitive au Bureau, mais vous serez en concurrence avec des étudiants issus de familles anciennes, qui connaissent le monde surnaturel depuis leur plus tendre enfance. Des enfants qui ont les moyens de visiter des lieux dont vous devrez vous contenter de connaître le nom. Qui ont étudié auprès de précepteurs. Vous serez extrêmement désavantagée.

– Peut-être que mes chances sont minces, dis-je. Mais Quinton avait les mêmes handicaps et il a réussi à devenir agent.

– Votre frère possédait une faculté surnaturelle hors normes. C'était un véritable génie, qui mémorisait instantanément tout ce qu'on lui montrait. Quinton est l'exception, pas la règle, Miss Peters.

Mes épaules s'affaissent.

– Mais je peux confirmer mon choix, n'est-ce pas ?

– Bien sûr. Je veux juste que vous soyez réaliste. C'est peut-être injuste, mais notre travail consiste à choisir les stagiaires qui feront les meilleurs agents.

– Mon badge montre que j'ai autant de potentiel que n'importe qui.

Van Helsing expire longuement.

– Comprenez que vous n'aurez pas la possibilité de revenir l'été prochain pour retenter votre chance, comme les autres enfants. Vous êtes une magicienne, une criminelle, et, si vous ne faites pas rapidement vos preuves, Mrs Crowe sera contrainte de prendre les mesures que j'ai suggérées. Vos souvenirs seront effacés et vous serez renvoyée chez vous, où vous serez surveillée. Nous autorisons les stagiaires à changer de spécialité jusqu'à la première épreuve. Après cela, vous serez livrée à vous-même. À ma connaissance, aucun possesseur d'un badge en pierre de lune n'a jamais échoué à une épreuve. Cela dit, votre qualité de magicienne n'est peut-être pas la seule chose qui vous distingue.

Il se tourne pour partir, puis se ravise.

– Si j'apprends que vous avez utilisé un autre sort dans ce bâtiment, surtout contre ma fille, vous serez renvoyée. Compris ? Estimez-vous heureuse qu'un témoin se soit porté garant pour vous. Bonne soirée, Miss Peters.

Sur ces mots, il s'éloigne. Je suis tellement découragée que j'ai envie de pleurer.

Mon téléphone vibre pour m'annoncer que j'ai reçu un nouveau message privé. Comment a-t-on pu trouver mon profil ? Curieuse, je clique sur l'icône qui clignote.

Nouveau message de magiciangirl18 :

Redresse la tête, Amari Peters. Tu n'es pas seule.

13

Le lendemain matin, Elsie et moi enfilons les uniformes apparus dans le placard : un costume gris pour moi et une blouse blanche pour elle. J'ai un coup au cœur en voyant mon badge en pierre de lune scintiller sur le revers de la veste. Comment est-il sorti de son écrin ? Qu'importe ! Je n'ai pas l'intention de me balader avec une étiquette « Regardez-moi » sur la poitrine. Je le retire et l'épingle sous le revers, à l'abri des regards.

Une fois prêtes, nous rejoignons le groupe de stagiaires qui patiente devant les ascenseurs. Ils bavardent avec animation, et je me réjouis une fois de plus que personne ne prête attention à nos messes basses. Depuis hier soir, nous avons beaucoup de choses à nous dire, toutes les deux.

– Je pense que Dylan t'a dit la vérité sur la lettre, affirme Elsie. Depuis que je le connais, il a toujours été sincère. Je parie que la personne qui a enlevé VanQuish voulait les échanger contre Moreau.

– Ça voudrait dire que le Bureau a négligé une chance de retrouver mon frère.

– Ils n'avaient pas le choix. Sans quoi, tous les méchants du monde surnaturel se seraient mis à kidnapper des agents pour exiger des trucs scandaleux.

Je déteste qu'Elsie ait toujours raison ! Surtout aujourd'hui, car sa réponse est tout sauf réconfortante.

– Qu'est-ce que tu vas faire pour magiciangirl18 ? m'interroge-t-elle.

Je retrouve la sensation de malaise qui m'a envahie hier soir, quand j'ai reçu le message. Comment magiciangirl18 a-t-elle su que j'avais créé un profil ?

– Rien. Je te l'ai déjà dit.

– Et si c'était la magicienne que le Bureau recherche ?

Elsie s'échauffe ; elle a les joues rouges.

– Si c'était elle, l'apprentie de Moreau ? insiste-t-elle.

– Pourquoi cette magicienne serait-elle sympa avec moi ? Tu sais ce que je pense ? Que c'est juste une fille qui se fait passer pour une magicienne pour m'attirer des ennuis. Comme quand Emily Grant et ses copines m'ont envoyé de fausses demandes d'amies pour pouvoir poster des trucs horribles sur ma page. Van Helsing me prend déjà pour une criminelle.

Ce message est l'excuse dont il a besoin pour me faire renvoyer.

Nous nous engouffrons dans l'ascenseur bondé avec un groupe de garçons en combinaisons de plongée, qui se rendent au département des Relations sous-marines.

Deux filles en tenues de safari entrent derrière nous. Leurs insignes indiquent qu'elles sont stagiaires au département du Contrôle des créatures.

– Tu crois qu'ils vont nous faire traverser le quartier des prédateurs des bois ? s'inquiète l'une d'elles.

– C'est possible, répond sa camarade. Quand mon oncle avait treize ans, il est devenu totalement chauve parce qu'il s'était approché trop près d'un nid d'oiseau-foudre africain pendant sa visite.

Je me demande ce qui m'attend pour mon premier jour aux Enquêtes surnaturelles. Le trac me noue l'estomac. Elsie me donne un petit coup de coude.

– Ne stresse pas. Je suis sûre qu'ils vont juste vous faire visiter le département.

– Merci.

Je me rappelle que ma camarade de chambre voit exactement tout ce que je ressens. Je ne m'y habituerai sans doute jamais, mais pour l'instant j'ai besoin d'être rassurée. Les paroles de Van Helsing me trottent dans la tête. On ne peut pas rater une simple visite, si ?

Pour calmer mes nerfs, je me concentre sur la raison pour laquelle je suis ici. Je dois découvrir si Dylan m'a dit la vérité hier soir. Elsie a beau le croire sincère, il m'a dénigrée devant son père. Me fait-il marcher depuis le début ?

Je n'ai plus qu'à m'en assurer par moi-même. Le plan reste d'actualité : aller à la pêche aux informations.

Cette visite est l'occasion rêvée pour apprendre à me repérer dans le département de mon frère. Par exemple, pour découvrir où se trouve le bureau de Quinton et Maria, et où sont conservés les dossiers.

On réfléchira à la façon de s'y introduire en temps voulu.

Quand l'ascenseur s'arrête au département des Enquêtes surnaturelles, il n'est plus qu'à moitié plein. Une trentaine de stagiaires en costume gris clair en sortent avec moi.

En posant le pied dans le vestibule, j'ai l'impression d'entrer dans un vieux film. Le sol est un damier de carreaux noirs et blancs. Les murs sont d'un blanc éclatant, et deux colonnes noires encadrent une statue blanche d'Abraham Van Helsing enfonçant un pieu dans le cœur de Vladimir, l'un des Frères de la Nuit.

– Bonne chance ! me lance Elsie.

– Merci ! À toi aussi.

Je me retourne juste à temps pour la voir lever les pouces. L'instant d'après, les portes de l'ascenseur coulissent.

Ma nervosité augmente d'un cran quand l'ascenseur emporte ma camarade de chambre. Je suis seule, à présent.

– Il n'est pas trop tard pour changer d'avis, chantonne une voix que je reconnais.

Lara Van Helsing, qui se tient près de son frère au bout d'une rangée de stagiaires, me décoche un sourire narquois. La plupart de ses amis que j'ai rencontrés à la soirée sont là aussi.

– Tu vois cette statue ? ajoute-t-elle. C'est ce que le Bureau fait aux magiciens.

Ses amis s'esclaffent. Seul Dylan reste impassible.

Je les ignore et vais me placer à l'extrémité du rang. Le hall est silencieux. On n'entend que les chuchotements des jumeaux et de leurs amis. Les autres stagiaires ont l'air aussi tendus que moi.

Quelques minutes plus tard, un déclic se fait entendre, et une partie du mur noir coulisse pour révéler une porte. L'agent Fiona apparaît dans l'embrasure.

– La Dame Rouge ! murmure quelqu'un.

On voit facilement d'où elle tient ce surnom. Contrairement à la veille, ses cheveux d'un roux flamboyant cascadent sur ses épaules. Sa crinière sauvage semble prête à mordre quiconque s'avancerait avec un peigne. Elle promène ses yeux bleus perçants dans la salle, comme pour capter le moindre détail.

– Donc, aucun de vous n'est doué pour tenir compte des avertissements ? lance-t-elle à la cantonade.

Personne n'ose répondre.

– Ce n'est pas le moment de vous dégonfler, ajoute-t-elle en faisant les cent pas devant nous. Si je vous fais perdre vos moyens, imaginez quelles sont vos chances face à une forêt d'arbres zombies assoiffés de sang. Ou contre une vingtaine de gargouilles maléfiques, à la peau de pierre.

Lara Van Helsing fait un pas en avant.

– Je suis sûre que vous nous préparerez efficacement à ces mauvaises rencontres. Et, personnellement, je suis prête à relever le défi.

Pff ! Comment peut-on être aussi imbu de soi-même ?

L'agent Fiona s'arrête devant Lara et la toise.

– Tu m'as tout l'air d'une jeune fille en quête de gloire, petite Van Helsing. Et c'est vrai qu'on peut accéder à la gloire en étant agent. Mais le meilleur moyen d'échouer, c'est d'aller la chercher. Je te conseille de t'en souvenir. Et ça vaut pour les autres aussi.

Alors que je jubile devant l'air piteux de Lara, l'agent Fiona braque ses yeux bleus vers moi. Mon cœur manque un battement.

– Peters. Sortez du rang ! ordonne-t-elle.

Moi qui espérais rester invisible aujourd'hui, c'est mort. J'obéis.

L'agent Fiona s'avance, et je me sens comme une gazelle à l'approche d'un lion. Elle me fixe, le visage tout près du mien. Rien à voir avec la façon dont elle m'a regardée hier. J'ai du mal à ne pas flancher.

Est-ce que je l'ai mise en colère ?

– Je suppose que vous vous sentez supérieure aux autres, avec votre joli badge.

Je secoue la tête.

– Non, je...

– Non ? répète l'agent Fiona. Dans ce cas, pouvez-vous me dire pourquoi vous êtes candidate à un poste d'agent junior, alors que vous n'avez pas de faculté surnaturelle ?

– J'en ai une. Elle est juste... illégale.

– Ça revient au même, réplique-t-elle. Si un loup-garou vous saisit à la gorge, il n'aura pas la courtoisie de vous accorder un petit délai pour décider si vous avez le droit d'utiliser vos illusions. Alors, répondez-moi : pourquoi êtes-vous ici ?

L'agent Fiona a lu mes intentions hier. Ça ne me servirait à rien de lui mentir.

– P-pour r-retrouver mon frère.

Je déteste ma voix chevrotante.

– Vous ne voulez donc pas devenir agent pour aider les autres. Seulement pour vous-même ?

– Je...

– Et si je vous disais que vous perdez votre temps ? Que je forme des agents depuis de nombreuses années, et que je n'ai jamais vu pire candidate que vous ?

Plusieurs enfants ricanent. Du coin de l'œil, je vois Lara étouffer un éclat de rire. La remarque de l'agent Fiona me fait l'effet d'un coup de poing dans le ventre. Une fois de plus, je suis victime de préjugés. Je baisse la tête.

– Vous ne dites rien, jeune fille ?

Je ne suis peut-être pas Quinton, mais je suis sûre que je pourrais faire un bon agent, si je le décidais. J'en ai assez d'être sous-estimée.

– Vous vous trompez, dis-je d'unc voix suraiguë.

– Pardon ?

– J'ai dit que vous vous trompiez. Je suis capable de devenir agent.

– Vous voulez me prouver que j'ai tort, c'est ça ?

– Je *vais* vous prouver que vous avez tort.

– C'est tout ? Je ne suis pas la seule à douter de vous...

Elle embrasse d'un geste la rangée d'enfants derrière moi.

– Eux aussi. Ainsi que tous ces gens haut placés qui m'ont conseillé de refuser votre candidature. Qu'avez-vous à répondre à cela ?

– Ça m'est égal. Je serai agent.

L'expression de la Dame Rouge s'adoucit. Elle ressemble davantage à la femme qui a pris ma défense hier. Elle baisse la voix, de sorte que je suis la seule à l'entendre :

– Entretiens cette flamme qui brûle en toi, Amari. Alimente-la avec leurs doutes. Sais-tu ce que je vois, quand une jeune fille injustement calomniée s'oppose à ses détracteurs ?

Je secoue la tête.

– Je vois du courage, continue l'agent Fiona. Et c'est ce qui distingue les aspirants des agents. Quinton ne t'a pas nommée parce qu'il voulait que tu viennes le sauver. Il t'a nommée parce qu'il a estimé que tu pourrais t'épanouir ici. Tu dois y croire toi-même, avant d'en convaincre les autres.

Elle se penche en arrière et détache mon badge en pierre de lune, caché sous le revers de ma veste. Elle l'épingle sur ma poitrine.

– Maintenant, regagnez le rang.

Je recule en épiant les réactions des autres stagiaires. Deux ou trois m'adressent des sourires hésitants, mais la plupart ont l'air méfiants, ou furieux.

C'est sans importance. L'agent Fiona a raison sur un point : je dois être courageuse. Je n'ai pas le choix.

Elle nous décoche un sourire malicieux et ouvre les bras en grand.

– Bienvenue aux épreuves de sélection ! De tous les stagiaires qui ont inscrit « agent junior » sur leur carte de souhaits, vous êtes les trente-deux meilleurs. La crème de la crème. Ces jolis badges que vous portez signifient que vous avez un potentiel élevé. Pourtant, ils ne vous seront plus d'aucune utilité à partir de maintenant. Pour avoir le privilège de porter ce costume, vous devrez prouver votre valeur durant les épreuves…

Elle marque une pause.

– Avant de continuer, laissez-moi me présenter, reprend-elle. Je m'appelle Mélanie Fiona. Comme vous l'avez sûrement compris, je suis responsable de la formation et des épreuves. Celles-ci, au nombre de trois, sont destinées à évaluer si vous avez l'étoffe d'un agent. C'est tout simple. Avez-vous des questions ?

– C'est vrai que vous pouvez connaître les intentions d'une personne rien qu'en la regardant ? demande un garçon au visage écarlate.

– Oui… Billy Pogo, répond la Dame Rouge en déchiffrant son insigne. C'est ma faculté surnaturelle. Et c'est très utile pour interroger les méchants.

Ses yeux étincellent.

– Je vois que vous avez hâte de terminer cette visite pour retrouver la délicieuse part de tourte aux patates douces qui vous attend dans votre chambre.

– Vous êtes incroyable ! lâche Billy, les yeux comme des soucoupes.

L'agent Fiona lui fait un clin d'œil.

– C'est clair.

– Pourriez-vous nous dire en quoi consistent ces épreuves ? intervient Dylan.

– Certainement pas !

Elle rit.

– Vous devriez savoir mieux que quiconque que ce sont des secrets très bien gardés. Et, même si je vous le disais, comment pourriez-vous être sûr que je ne changerais pas d'avis entre-temps ?

Je demande nerveusement :

– Que *pouvez*-vous nous dire ?

– Trois choses, répond l'agent Fiona. Pour commencer, s'il est vrai que nous vous formerons avant et entre les épreuves, votre réussite ne dépendra pas seulement de votre travail. Nous nous assurerons aussi que vous possédez certaines qualités qui ne s'enseignent pas.

Après une nouvelle pause, la Dame Rouge continue :

– La dernière épreuve se nomme la finale, et c'est l'aboutissement de votre formation. Elle comprend trois parties. Un examen sur les faits surnaturels. Une épreuve de maîtrise des Air Sprints et des Tubefix, sous la forme de duels. Et, pour finir, une démonstration de vos facultés surnaturelles. On ne vous demandera pas de les maîtriser à la perfection, mais vous devrez avoir acquis un certain niveau de contrôle. Peters, nous réfléchissons encore à ce que vous ferez si vous parvenez jusque-là.

– Et la troisième chose que vous voulez nous dire ? lâche une fille à la mine anxieuse.

– J'y viens, répond l'agent Fiona avec un sourire ironique. La première épreuve aura lieu vendredi...

Cette annonce met la salle en émoi. C'est dans moins d'une semaine !

– Il y avait huit places d'agents à pourvoir l'an dernier, signale Dylan. Combien y en aura-t-il cette année ?

Tout le monde se tait en attendant la réponse. L'agent Fiona fronce les sourcils.

– Plusieurs agents qui devaient prendre leur retraite ont décidé de rester un an de plus. Nous ne pouvons donc offrir que quatre places cet été. Vous serez nombreux à avoir de longues vacances.

Un vent de panique souffle sur le groupe. Ma gorge se serre. Suis-je vraiment capable de surpasser vingt-huit autres stagiaires ?

L'agent Fiona lève les mains. Le silence revient.

– Cessez de pleurnicher. Vous saviez tous que c'était la spécialité la plus compétitive.

Elle prend une petite pile de papiers derrière la statue de Van Helsing.

– Bien, dit-elle. Je vous distribue vos emplois du temps...

Première servie, je jette un bref coup d'œil au document.

PROGRAMME POUR LES AGENTS JUNIORS STAGIAIRES

Semaine 1

- Visite du département des Enquêtes surnaturelles
- Examen de connaissances sur le monde surnaturel
- Présentation des Air Sprints
- Immersion dans le monde surnaturel

PREMIÈRE ÉPREUVE – admis : 16 stagiaires sur 32

Semaines 2 et 3

Air Sprints – Course au mur et manœuvres aériennes

Immersion dans le monde surnaturel

Introduction aux Tubefix

Connaissance du monde surnaturel (apprentissage en autonomie)

DEUXIÈME ÉPREUVE – admis : 8 stagiaires sur 16

Semaine 4

– ???

FINALE – admis : 4 agents juniors sur 8 stagiaires

Semaines 5-8

DÉBUT DE LA FORMATION DES AGENTS JUNIORS

Si je réussis la première épreuve, j'aurai deux semaines pour découvrir ce qui est arrivé à Quinton avant de devoir faire à nouveau mes preuves. Est-ce suffisant ? Il faudra bien.

La voix de l'agent Fiona m'arrache à mes pensées :

– Maintenant que vous avez pu consulter votre emploi du temps, nous allons former des petits groupes pour la visite. Quand je vous appelle, venez vous placer à côté de moi.

Je me retrouve dans le premier groupe, avec Dylan Van Helsing. C'est bien ma chance ! Pourquoi a-t-il besoin d'une visite, d'ailleurs ? Il a dû voir cet endroit des centaines de fois.

L'agent Fiona s'adresse à notre petit groupe de huit :

– Je vous encourage à poser des questions pendant que nous faisons le tour du service, mais, surtout, ne dérangez pas les agents. Nous avons beaucoup d'affaires urgentes en cours. Vous êtes prêts ? Suivez-moi !

En voyant l'agent Fiona taper le code, je songe que je vais arpenter les mêmes couloirs que Quinton, voir les mêmes choses que lui. Cette pensée me fait chaud au cœur, et en même temps mon frère me manque plus cruellement que jamais.

La porte coulisse et l'agent Fiona nous précède dans un large couloir au sol à damier, où circule un flot ininterrompu d'agents en costumes gris, treillis et équipements de sécurité dignes d'un commando du FBI.

– C'est le couloir principal, nous crie-t-elle pour se faire entendre par-dessus le brouhaha. Il est en forme de U et donne accès à toutes les parties du département. Si vous êtes perdus, cherchez-le.

Nous commençons la visite par la branche gauche du U, en rasant le mur pour ne pas gêner le passage. Je regarde, captivée, les avis de recherche et les articles de journaux sur les meilleurs recrues. Soudain, plusieurs agents jaillissent d'une porte ouverte pour tenter de maîtriser une créature à poils longs de trois mètres de haut, vêtue d'un jean bleu déchiré et d'un T-shirt vert « Sauvez les Arbres ».

Le monstre se débat sauvagement et distribue des coups de pied à la ronde en hurlant :

– Je suis innocent. Je vous le jure ! Ce n'était pas moi, c'était un Sasquatch !

L'agent Fiona secoue sa tignasse rousse.

– Encore vous, Bigfoot ! Qu'avez-vous fait, cette fois ?

Les agents poussent la créature dans une pièce, de l'autre côté du couloir. L'agent Fiona nous ordonne de l'attendre sans bouger et leur emboîte le pas. Une demi-minute plus tard, elle passe la tête dans le couloir et nous fait signe de la rejoindre.

– Mettez-vous contre le mur et ne faites pas de bruit, nous recommande-t-elle lorsque nous entrons dans la petite pièce. J'ai proposé de prendre la relève pour vous donner un aperçu de ce que nous faisons ici.

Le Bigfoot s'est volatilisé. Quelques minutes plus tard, on amène un petit homme barbu furibond, en costume vert. On dirait un vieux Peter Pan grincheux. Surprise, je lâche :

– C'est un vrai farfadet ?

Je me mords la langue. Je dois vraiment perdre cette sale manie de parler sans réfléchir.

Le petit homme se retourne brusquement.

– Ben oui, la bonne blague ! Je ne suis pas une imitation !

L'agent Fiona me lance un regard sévère. J'articule en silence : « Désolée. »

Dylan glousse près de moi.

– J'ai posé la même question la première fois que j'en ai vu un, me glisse-t-il. Il m'envoie encore des messages haineux.

Je ris et me détourne aussitôt. C'est peut-être malpoli, mais je ne lui ai pas pardonné sa trahison.

– Ne sois pas comme ça, proteste Dylan. À ton avis, qui a pris ta défense quand Lara est venue se plaindre à notre père ? Je lui ai raconté comment ils t'ont provoquée, elle et ses amis débiles.

Ainsi, c'est lui le témoin dont parlait Mr Van Helsing ? C'est grâce à Dylan que je n'ai pas été sanctionnée pour mon illusion de feu...

Je lui fais face.

– Pour moi, c'est sérieux, OK ? Tu ne peux pas être odieux un jour et sympa le lendemain. Je ne sais pas si je peux te faire confiance. Ou croire ce que tu m'as dit...

Dylan se tait. Je reporte mon attention sur l'agent Fiona.

– Je vais vous montrer cinq visages, dit-elle au farfadet. Tâchez de reconnaître celui qui a volé votre trésor.

Le lutin hoche la tête.

– Compris.

L'agent Fiona tapote le mur du fond. Il se transforme en paroi transparente, révélant un étrange groupe de personnes... De choses ? De créatures ?

Le premier est un véritable ours. Le deuxième ressemble à un homme en costume de Chewbacca bon marché. Le troisième est le Bigfoot qu'on a aperçu dans le couloir. À côté de lui se tient un autre Bigfoot à la fourrure grise, vêtu d'un élégant costume rouge et sirotant une tasse de thé. Le dernier suspect est une fourmi à taille humaine en trench-coat.

Une vraie fourmi plus grande que moi ! Comment n'ai-je jamais soupçonné l'existence de ces créatures ?

– C'est lui ! s'écrie le farfadet. Là, avec le T-shirt et le jean !

L'agent Fiona toque trois fois contre la paroi de verre. Des agents viennent chercher le coupable, qui se laisse emmener en grondant. Le Bigfoot en costume lève les yeux au ciel et ajuste son monocle.

L'instant d'après, il entre dans notre pièce.

– Mélanie, ma chère ! s'exclame-t-il. Quand ils m'ont appris que vous étiez ici, je n'ai pas résisté à l'envie de venir vous saluer.

– Désolée de vous solliciter chaque fois que votre cousin fait des siennes, répond l'agent Fiona. Je sais que c'est pénible.

Le Bigfoot gris balaye ses excuses d'un geste.

– Mais non ! J'en profite toujours pour tenter de lui faire entendre raison. « Le crime ne paie pas », etc. Autant parler à un mur, mais, comme on dit, on n'abandonne pas sa famille.

Il m'aperçoit soudain et laisse échapper un hoquet de surprise.

– C'est la fameuse Amari Peters ?

– Elle-même, répond l'agent Fiona, tandis que je tressaille.

Le Bigfoot gris me gratifie d'une courbette.

– Permettez-moi de me présenter : Sir Francis Sasquatch III, du parc national de Yellowstone. Officiellement fait chevalier dans les *deux* Cours féeriques. Quel plaisir de vous rencontrer, *darling* ! Tout le monde ne parle que de vous.

– C'est vrai ?

– Une magicienne au Bureau ? Imaginez donc ! Les ragots vont bon train !

Je me demande en quoi consistent ces ragots.

– Je dois vous quitter, s'excuse Sir Francis. Mais si vous cherchez un jour une cachette dans une grotte équipée d'issues de secours fiables, ou un joli repaire souterrain à l'écart des sentiers battus, n'hésitez pas à me consulter. Je suis l'agent immobilier forestier des stars, ma chère ! Pensez à moi quand vous aurez fini de jouer à l'agent junior, et décidé d'embrasser votre carrière de criminelle. Bons ou méchants, quand il s'agit de clients, je ne suis pas regardant. Voici ma carte. À bientôt !

Je prends sa carte de visite, de la taille d'un cahier, et je fronce les sourcils. Une cachette ? Un repaire souterrain ? Les gens pensent-ils vraiment que je vais devenir le prochain ennemi public numéro un du monde surnaturel ?

L'agent Fiona nous fait ressortir dans le couloir afin de poursuivre la visite. Après avoir dépassé la salle de briefing, puis la grande porte en bois qui protège la salle des coffres, réputée impénétrable, nous arrivons devant une zone protégée par des parois vitrées. Des gens entrent et sortent par des portes en verre coulissantes.

– Voici la salle des opérations, explique l'agent Fiona. C'est d'ici que la directrice et son adjoint supervisent les missions effectuées par nos agents dans le monde entier. Nous avons des avant-postes sur tous les continents.

Je suis curieuse :

– Même en Antarctique ?

– Surtout en Antarctique. L'un des Sept Grands Monstres, l'abominable Homme des neiges, hiberne là-bas depuis près de trois siècles. On lui administre des sédatifs chaque mois pour qu'il continue à dormir. Car il mérite son nom. Et puisqu'on en parle, un petit conseil : apprenez vos monstres sur le bout des doigts. La question est posée chaque année à l'examen final.

Nous collons le nez à la vitre pour contempler l'immense salle, pleine d'hommes et de femmes assis devant des ordinateurs alignés sur de longues tables. Avec les immenses écrans qui recouvrent les murs, on dirait une salle de contrôle de la NASA. Sur l'un d'eux, où figurent les mots « Caméra embarquée », on voit des agents faire une descente dans une maison hantée. À l'aide d'épées incandescentes, ils réduisent en poussière une armée de zombies. Un autre écran montre un vieil homme souriant installé dans un rocking-chair poussiéreux. Cette vidéo-ci est intitulée « Interrogatoire de Moreau ». Ce doit être le fameux magicien.

– C'est vraiment lui ? demande Billy en frissonnant. C'est Moreau ?

– Évidemment ! répond Brian Li. Je n'ai jamais vu personne d'aussi terrifiant.

– Je ne sais pas où il se trouve, mais j'espère qu'il est très loin d'ici, ajoute un autre garçon.

– Loin ? répète Dylan. Tu plaisantes ? Il est ici, dans ce bâtiment.

Plusieurs stagiaires poussent des exclamations étouffées.

L'agent Fiona, mécontente, met les mains sur ses hanches et pince les lèvres.

– Je vous interdis de le répéter !

Dylan me donne un petit coup de coude.

– Peut-être que, si le Bureau s'était donné plus de mal pour arrêter ses apprentis, ma sœur n'aurait pas disparu.

L'agent Fiona crispe la mâchoire.

– Encore un mot, Van Helsing, et vous êtes renvoyé ! Je me fiche de savoir qui est votre père. Entendu ?

Dylan croise les bras sans répondre.

L'agent Fiona est furieuse, mais elle ne l'a pas contredit. Peut-être m'a-t-il dit la vérité quand il a affirmé que le Bureau savait qui a enlevé mon frère. Ce serait donc un apprenti de Moreau...

Je voudrais tenter d'en savoir plus, mais je ne peux pas répéter ce que m'a confié Dylan. Il m'a bien précisé que c'était top secret. Je m'éclaircis la gorge et demande :

– Moreau a-t-il fait allusion à la disparition de Quinton et Maria ?

L'agent Fiona secoue la tête en soupirant.

– Ces interrogatoires ne sont qu'une formalité. Nous le questionnons une fois par semaine, mais il refuse de répondre. Il affirme que le Bureau est l'ennemi de tous les magiciens.

Ça ne m'étonne pas qu'il soit réticent. Le Bureau envoie des agents pour l'interroger, alors que ce sont eux qui l'ont fait enfermer. Il me vient une idée. Être une magicienne a peut-être un avantage, tout compte fait.

– Je pourrais lui parler ? dis-je.

Le reste de mon groupe me dévisage. Je me concentre sur l'agent Fiona.

– Il acceptera peut-être de me répondre, vu que je suis une magicienne, moi aussi. Si tout le monde est convaincu que je vais mal tourner, Moreau le pensera aussi. Il dira peut-être quelque chose qui nous aidera à retrouver Quinton et Maria...

L'agent Fiona arque un sourcil.

– Pas question, Peters. Vous êtes déjà sur la sellette. Mes supérieurs ne prendront jamais le risque de vous faire corrompre par l'être le plus dangereux de la planète.

– Qui dit que je serais...

Je sursaute soudain en voyant le couloir s'assombrir. Des lumières rouges clignotent au-dessus de nous et une sirène retentit. Un agent junior accourt.

– Agent Fiona !

– Tristan ! Que s'est-il passé ?

– Un de nos avant-postes a été attaqué. Une trentaine d'hybrides l'ont envahi.

L'agent Fiona blêmit.

– Trente ? Comment est-ce possible ?

Il hausse les épaules.

– La directrice commande à tous les agents de se rendre immédiatement en salle des opérations.

La visite tourne court. On nous emmène dans une vaste salle pleine d'ordinateurs. Mon esprit reste fixé sur l'alerte qui vient d'être donnée.

« Si le Bureau refuse l'échange, personne ne sera à l'abri », a affirmé Dylan, citant la lettre des ravisseurs. Vu la réaction de l'agent Fiona, il a dit la vérité. Mais qui est cet apprenti qui détient mon frère et Maria ? Et que se passera-t-il si on ne les retrouve pas rapidement ?

Un agent assis derrière un bureau s'adresse à nous sur un ton monocorde :

– Si l'alerte rouge que vous venez d'entendre vous a déconcertés, soyez sans crainte : des personnes compétentes ont pris les choses en main. Plutôt que de vous laisser désœuvrés, nous avons avancé l'examen de connaissances surnaturelles que vous auriez dû passer demain. Je vous rappelle que vous n'aviez rien à préparer. Il s'agit d'un simple diagnostic, destiné à nous informer sur l'état de vos connaissances.

J'ai beau me dire que cet examen ne compte pas, mon découragement augmente à chaque question. Comment suis-je censée savoir quels grands monstres vivent dans l'océan Atlantique ? Connaître l'âge de Merlin, ou la date de création du Bureau des affaires surnaturelles ? En plus, penser que Moreau est tout près d'ici m'empêche de me concentrer. Je dois trouver un moyen de découvrir ce qu'il sait.

À la fin de l'examen, nous sommes convoqués à tour de rôle dans le bureau, au fond de la salle, pour rencontrer l'instructrice. Lara y va la première et revient au bout de quelques minutes, écarlate.

– Quatre-vingt-trois ! C'est minable ! confie-t-elle à son frère. J'avais pourtant dit à notre imbécile de précepteur qu'il ne nous apprenait pas les bonnes choses. Dès que je vois papa, j'exige qu'il le remplace.

Si même Lara a échoué à ce test, je ne suis pas pressée de connaître ma note. Hélas, on m'appelle juste après.

– Asseyez-vous, ma chère.

J'obéis en me préparant au pire.

– Je sais que je n'ai pas très bien réussi, dis-je à l'instructrice qui tapote le clavier de son ordinateur.

Elle acquiesce.

– En effet. Vous avez obtenu un quatre sur cent. Et je suppose que vous devez ces quatre bonnes réponses à la chance...

Je hoche la tête. Quatre sur cent ?

La femme continue de taper sur son clavier. Elle reprend d'une voix totalement dénuée de sympathie :

– Cela signifie simplement que vous devrez consacrer une grande partie de votre temps à étudier, si vous voulez avoir de bons résultats à l'examen final. Je vais être franche, ma chère, ce ne sera pas du gâteau. Surtout compte tenu de votre situation. Je vous ai préparé une liste de livres à consulter à la bibliothèque. Commencez le plus tôt possible.

Elle me remet une liste longue comme le bras. Si je dois lire tout ça, je n'aurai jamais le temps de chercher Quinton.

Alors que je quitte le bureau, complètement sonnée, mon téléphone vibre dans ma poche.

Nouveau message de magiciangirl18 :

Pas cool pour le test. Tu préférerais peut-être apprendre la vérité sur les magiciens ?

Sur Moreau ?

J'épie Lara, puis Dylan et leur cercle d'amis. Personne n'a son téléphone à la main. Je me dépêche de taper :

De : Amari_Peters

Comment tu le sais ? Tu es dans cette salle ? Et que sais-tu sur Moreau ?

Je reçois la réponse presque instantanément, tandis que je surveille les autres stagiaires. Aucun n'a manipulé son portable. Je jette un coup d'œil sur l'écran.

Nouveau message de magiciangirl18 :

Prouve-moi d'abord que tu sais garder un secret.

Ne parle à personne de mon offre et je te contacterai le moment venu.

14

Quand vient l'heure du déjeuner, ma confiance en moi est sérieusement entamée. Van Helsing avait peut-être raison, tout compte fait. Je n'ai pas le niveau pour devenir agent junior.

Au lieu d'aller directement à la cafétéria, je me rends dans la salle des dossiers et preuves du département des Enquêtes surnaturelles. J'ai besoin de faire quelque chose de concret. Si l'on m'autorisait à feuilleter les dossiers qui concernent mon frère, je découvrirais ce que sait le Bureau, et ce qu'on a mis en œuvre pour le retrouver.

L'agent de l'accueil m'oppose un refus catégorique. Les stagiaires ne peuvent consulter les dossiers top secret sous aucun prétexte. Et les agents juniors n'y ont pas accès non plus. Seuls les adultes sont accrédités.

Je me replie vers la cafétéria en ruminant mes pensées moroses.

Comme si tout cela n'était pas assez contrariant, magiciangirl18 espionne mes faits et gestes. Contrairement à ce que j'ai cru au début, ce n'est pas un autre stagiaire.

Et si Elsie avait raison ? Et si magiciangirl18 était la personne qui a enlevé mon frère et Maria ? Comment le savoir ? Si je l'accuse à tort, elle risque de très mal le prendre. Je suis la première à ne pas apprécier qu'on me traite de criminelle au seul motif que je suis une magicienne. Si je l'accuse alors qu'elle essaie de m'aider, elle ne me révélera pas ce qu'elle sait sur Moreau et les magiciens.

Je ne peux pas gâcher cette occasion.

– Coucou ! dit Elsie en s'asseyant à table près de moi. Dis-moi ce que tu penses de ce brillant à lèvres qui dégage un gaz paralysant. L'antidote serait dans le gloss lui-même : une fois que tu en as mis, tu es immunisée !

Ma camarade de chambre est en effervescence depuis que la Boule de Cristal a fait d'elle une inventrice de génie. Elle est plus créative que jamais. Au milieu d'une conversation, son regard se perd soudain dans le vague, et il lui vient une idée extraordinaire. Hier, elle a imaginé un micro qui change la fréquence de la voix, de sorte que seuls les chiens la perçoivent. Il suffit d'équiper son interlocuteur d'un écouteur qui capte les ultrasons, et on peut avoir des conversations secrètes au milieu d'une foule. À condition qu'il n'y ait pas de loup-garou dans les parages, bien sûr !

Je culpabilise un peu de ne pas parler des nouveaux messages à Elsie. Mais magiciangirl18 a été très claire.

– Tu devrais me le dire, lâche-t-elle.

Je bats des cils. Elsie approche son visage du mien et me regarde fixement.

– Ton aura est devenue grise. Qu'est-ce qui ne va pas ?

– J'ai... euh... Il y a...

Je me dégonfle.

– Je m'inquiète pour ma note au test.

Elle n'a pas l'air convaincue.

– C'est tout ? Tu es sûre ?

La voix de Mrs Crowe résonne dans l'interphone avant que je puisse répondre :

– Stagiaire Amari Peters, vous êtes demandée au bureau de la directrice générale. Son ascenseur privé vous attend dans le hall de la cafétéria.

Le silence retombe instantanément dans la salle. Tous les regards convergent vers moi.

– Personne n'a le droit d'utiliser cet ascenseur, me dit Elsie, stupéfaite. Ce doit être très important.

Pourquoi la directrice veut-elle me parler ? Qu'est-ce que j'ai encore fait ?

J'avale ma salive avec difficulté. Mrs Crowe est-elle au courant pour magiciangirl18 ?

L'ascenseur de Mrs Crowe est le dernier de la rangée, et il est deux fois plus grand que les autres. Habituellement, un panneau « Accès interdit » est accroché sur la porte, mais aujourd'hui celle-ci est grande ouverte. Le sol est tapissé d'une moquette luxueuse et les parois sont des miroirs sans tain. Les personnes qui sont dans la cabine peuvent voir dehors, mais pas réciproquement. Une paire de pantoufles est posée près de l'entrée. Je me penche à l'intérieur. C'est ultra chic ! Je demande pour être sûre :

– Ces pantoufles sont pour moi ?

– Évidemment ! répond l'ascenseur d'une voix méprisante. Ce tapis est en poils de licorne tissés à la main et recueillis à la mue – pas rasés. Je ne vais pas le laisser souiller par des individus comme vous.

Je lève ostensiblement les yeux au ciel et je marmonne :

– Enchantée de vous rencontrer.

– Pardon ?

– Non, rien. Vous n'êtes pas censé vous présenter ?

– C'est possible, grogne l'ascenseur. Pardonnez-moi d'être un peu dépassé quand on me fait transporter une vulgaire stagiaire juste après Son Altesse Perfidissime, le roi des Gobelins.

Il se racle la gorge.

– Mon nom est Lord Archibald Reginald Kensington, à votre service, car je n'ai pas le choix.

– Lord... des ascenseurs ? Ça existe, ça ?

– Bien sûr que ça existe ! Allez, montez !

– D'accord. Désolée pour la question.

Je quitte mes chaussures et j'enfile les pantoufles. Les portes se ferment et se rouvrent instantanément.

– Bureau de la directrice, annonce Lord Kensington d'une voix lasse.

– Waouh ! C'était rapide !

– Comme je suis le seigneur des ascenseurs, ça ne devrait pas vous surprendre, s'offusque Lord Kensington. Maintenant, partez. Et ne vous avisez pas d'emporter mes pantoufles !

Je sors de la cabine et regarde autour de moi. La secrétaire qui m'a escortée jusqu'à mon siège le premier jour est assise derrière un élégant bureau en verre. « Directrice », indique le chevalet posé devant elle. Une photo géante de Mrs Crowe en tailleur chic occupe le mur du fond.

La secrétaire à la mine sévère me montre du doigt une porte marquée « Salle de conférence ».

– Par ici, s'il vous plaît. Ils vous attendent.

« Ils » ? La dernière fois que j'ai mis les pieds dans une salle de conférence, plusieurs directeurs de départements ont proposé de m'enfermer. Ont-ils convaincu leurs collègues de mettre leur projet à exécution ? Je formule une prière muette : « S'il vous plaît, faites que je n'aie pas d'ennuis ! »

S'ils ont entendu parler de magiciangirl18, je suis grillée.

Cette fois, c'est un tout petit comité qui m'attend dans la salle. L'agent Magnus est assis d'un côté d'une longue table, ses grands bras croisés sur la poitrine. L'agent Fiona et Mrs Crowe sont en face de lui. En entrant, je vois l'agent Fiona lancer un regard agacé à Magnus. Mrs Crowe m'accueille avec un grand sourire.

– Amari ! J'espère que vous passez une bonne après-midi. Asseyez-vous, je vous prie.

Si elle sourit, c'est que ce n'est pas grave, non ? Je regarde l'agent Fiona, qui me fait un signe de tête encourageant.

Ma tension nerveuse diminue un peu. L'agent Magnus tapote la chaise à côté de lui.

– Avant de te détendre, attends qu'on te parle du projet téméraire pour lequel on t'a fait venir, me lance-t-il.

Il secoue la tête.

– Depuis le temps que je suis ici…

L'agent Fiona lui lance un crayon au-dessus de la tête.

« Un projet téméraire ? » Je m'assieds à côté de Magnus, et je regarde les trois adultes à tour de rôle.

– Que se passe-t-il ?

– Eh bien, Amari...

Mrs Crowe se lève et croise les mains derrière son dos. Les branchies dans son cou s'ouvrent et se referment quand elle se racle la gorge.

– ... J'imagine que vous avez entendu parler de l'attaque de ce matin sur l'un de nos avant-postes...

J'acquiesce.

– C'est arrivé en plein milieu de notre visite du département. Il y avait des lumières clignotantes, et tout.

Mrs Crowe soupire et fait les cent pas.

– C'était une attaque particulièrement violente, et plusieurs de nos membres ont reçu de terribles blessures. Il ne s'agissait pas d'agents, mais de chercheurs spécialisés dans l'étude des accès de magie sauvage. Ce nouveau groupe d'hybrides est assoiffé de sang. Ces créatures possèdent une vitesse et une force surhumaines, bien supérieures à celles du passé.

Elle secoue la tête.

– C'est très différent de tout ce que nous avons pu connaître.

– En effet, confirme l'agent Fiona. Toute l'équipe de recherche a dû être transportée par avion jusqu'au Centre de santé surnaturelle le plus proche.

– C'est affreux ! dis-je.

– La situation est critique, continue Mrs Crowe. À notre connaissance, Moreau est le seul magicien assez puissant pour créer des hybrides. Aucun de ses apprentis ne peut déformer la nature de façon aussi perverse. Avant votre arrivée, nous ne soupçonnions même pas qu'une seule personne pouvait posséder autant de magie.

Voilà pourquoi ils se sont empressés de m'accuser ! Je déglutis bruyamment.

– Ce n'est pas moi. Tout ce que j'ai fait de magique s'est produit par hasard. Je ne sais même pas lancer un sort.

– Personne ici ne vous accuse, assure l'agent Fiona. Il vous aurait fallu vous dédoubler pour attaquer cet avant-poste.

– On pense que ces hybrides ont été créés par une personne qui entretient des liens étroits avec Moreau, explique Mrs Crowe. Hélas, nous ne savons absolument rien de ce nouveau magicien. Quand l'agent Fiona est venue me soumettre son idée farfelue, j'ai été obligée d'y réfléchir.

Je comprends soudain pourquoi ils m'ont

convoquée, et pourquoi l'agent Magnus est si contrarié. Je me penche en avant sur mon siège.

– Vous allez me laisser parler à Moreau ?

L'agent Fiona et Mrs Crowe hochent la tête en même temps. L'agent Magnus se lève en renversant sa chaise.

– C'est hors de question !

L'agent Fiona rougit.

– Ce n'est pas à toi de décider, gros balourd !

Ses yeux bleus reviennent se poser sur moi.

– On ne vous le demanderait pas si ce n'était pas aussi important. Des innocents ont été blessés.

– Asseyez-vous, Magnus ! ordonne Mrs Crowe.

Il redresse sa chaise et s'y laisse tomber de façon théâtrale.

Ce type a un sacré caractère.

– Amari, continue Mrs Crowe, je sais que c'est vous qui l'avez suggéré, mais je voudrais m'assurer que vous avez bien réfléchi. Vous allez vous retrouver en tête à tête avec le magicien le plus redoutable de tous les temps. Même si la situation est critique, je vous demande de ne pas prendre cette décision à la légère.

– Ce n'est pas son boulot, grogne l'agent Magnus. Pas encore. Ce n'est qu'une enfant, bon sang !

– Mais c'est à elle de décider, souligne l'agent Fiona.

Je me renverse sur ma chaise et je fais semblant de réfléchir. Je comprends que l'agent Magnus veuille me protéger. C'est son travail, et c'est sûrement ce que Quinton attendrait de lui. Seulement, c'est l'occasion dont je rêvais.

– Je suis d'accord.

L'agent Magnus jette les mains en l'air. L'agent Fiona pousse un soupir de soulagement.

– Vous avez toute notre reconnaissance, Miss Peters, dit-elle.

– Absolument, renchérit Mrs Crowe.

Je poursuis :

– Mais j'ai une condition. Je veux savoir pourquoi vous avez refusé la proposition des ravisseurs de mon frère. Et vous devez aussi me dire tout ce que vous savez sur sa disparition.

L'agent Fiona et Mrs Crowe échangent un regard surpris.

– Comment savez-vous cela ? s'étonne Mrs Crowe.

– C'est confidentiel, ajoute l'agent Magnus en croisant les bras.

– Si Amari a appris l'existence de cette lettre, nous devons lui donner davantage de détails. De toute façon, elle l'apprendra de la bouche de Moreau, conclut l'agent Fiona.

Après une éternité, Mrs Crowe hoche la tête.

– Nous lui dirons ce que nous pouvons, dans la limite du raisonnable.

L'agent Fiona et Mrs Crowe échangent quelques phrases à voix basse. Pendant ce temps, je jette un coup d'œil furtif à l'agent Magnus. Il est vraiment mécontent. Tant pis pour lui. Je suis tout près d'accomplir la deuxième étape du plan échafaudé avec Elsie. Je vais bientôt découvrir ce que le Bureau sait sur la disparition de mon frère.

Mrs Crowe et l'agent Fiona se rassoient. La directrice parle la première :

– La lettre que nous avons reçue provient d'un des apprentis de Moreau. Et elle contenait non pas une, mais deux requêtes impossibles. Une pour chaque membre de VanQuish.

Deux requêtes ?

– La première était la libération de Moreau, poursuit Mrs Crowe.

– Vous n'avez pas connu le monde surnaturel avant son arrestation, intervient l'agent Fiona. Des choses horribles se produisaient régulièrement, sans rime ni raison. Nous savions bien que Moreau était responsable de ces méfaits, mais nous étions impuissants. C'est un véritable miracle que votre frère et Maria aient retrouvé sa trace et réussi à le capturer.

Je hoche la tête. Elsie et moi avions deviné que l'apprenti de Moreau exigeait sa libération.

– Quelle était l'autre demande ?

– Ça, je le regrette, c'est vraiment top secret, répond Mrs Crowe. Sachez simplement qu'il s'agit d'un objet infiniment dangereux. Un objet qui mettrait en danger les vies de très nombreuses personnes s'il tombait entre de mauvaises mains.

Je mets plusieurs secondes à digérer ce que je viens d'entendre. Je cligne les paupières pour refouler mes larmes.

– Celui qui a enlevé mon frère doit être une personne horrible pour exiger ce genre de chose. Si on ne peut pas lui donner ce qu'il veut, qu'est-ce qui l'empêche de faire du mal à Quinton et à Maria ? Comment pourra-t-on les délivrer ?

L'agent Fiona se lève de table et vient s'accroupir devant ma chaise.

– En attrapant celui qui les retient prisonniers. Et, pour cela, notre seule chance serait de soutirer des indices à Moreau. Vous êtes notre meilleur espoir, Amari.

– D'accord, dis-je. Je ferai ce qu'il faut.

15

L'heure approche. Assise dans le bureau de Mrs Crowe, je regarde les agents aller et venir d'une salle de conférence à l'autre pour préparer mon entrevue avec Moreau. Quand j'ai accepté de rencontrer le magicien, je n'imaginais pas qu'ils voulaient organiser ça sur-le-champ. Ainsi que me l'a expliqué l'agent Fiona, le Bureau ne sait pas quand la prochaine attaque risque de se produire. Plus vite ils trouveront l'apprenti de Moreau, plus vite nous serons tous en sécurité.

Les agents Magnus et Fiona m'ont donné une liste de questions que Mr Van Helsing a préparée lui-même.

– Moreau est très intelligent, me prévient l'agent Fiona. Il essaiera de vous embrouiller si vous le laissez faire.

– Il va aussi tenter de te distraire avec ses illusions, ajoute l'agent Magnus. N'oublie pas que tu es en sécurité, quoi qu'il prétende. Sa magie ne peut pas traverser le verre enchanté qui le retient prisonnier.

– Vous devrez paraître confiante, c'est important, insiste l'agent Fiona. Si vous avez peur, il le sentira. Vous ne serez pas seule là-bas. Nous surveillerons tout ce qui se passe grâce aux caméras.

– Cela dit, si tu as peur et si tu sens que tu dois partir, tu es libre de le faire, conclut l'agent Magnus. Entendu ?

– Entendu. Vous pouvez compter sur moi.

J'enfile les pantoufles et j'entre seule dans la cabine de Lord Kensington en essayant de cacher ma nervosité. Les adultes me souhaitent bonne chance et les portes de l'ascenseur se ferment.

– Je vous présente mes excuses pour tantôt, déclare Lord Kensington. Stagiaire ou pas, ce que vous faites est très courageux.

– Merci, dis-je. Mais je ne me sens pas très courageuse.

J'ai les genoux qui tremblent.

Quelques secondes plus tard, l'ascenseur s'arrête sur un étroit palier fermé par une paroi de métal noir. Je me rends compte que je n'ai pas posé assez de questions aux agents Magnus et Fiona.

– Pourriez-vous m'en dire plus sur l'endroit où je vais ?

– Certains étages du Bureau sont murés, m'explique Lord Kensington. Ce sont des endroits très dangereux, ou très secrets. La prison de Blackstone est les deux à la fois. Les plus vils criminels y sont détenus, et ne reçoivent que des visiteurs autorisés par la directrice. Je suis le seul habilité à vous y conduire. Êtes-vous prête ?

Je me redresse légèrement.

– Oui.

– Dans ce cas, je vous annonce que nous entrons dans la prison de Blackstone. Je suis navré, mais la vitesse est strictement limitée dans cette zone.

L'ascenseur avance à l'horizontale, tandis qu'une brèche s'ouvre dans l'épaisse paroi métallique. Lorsque nous la franchissons, tout devient noir. Seul le chatoiement de mon badge en pierre de lune éclaire la cabine. Les battements affolés de mon cœur résonnent dans mes oreilles, mais la curiosité l'emporte, et je colle le visage contre la vitre.

La prison de Blackstone est un long couloir en spirale bordé des deux côtés de murs de verre immenses. Le sol et le plafond sont d'un noir profond. Si je ne distinguais pas les rails métalliques qui guident Lord Kensington, je pourrais croire qu'on flotte dans le vide.

Avec ses cages en verre, la prison me fait penser à ces ménageries intérieures des zoos, en mille fois plus effrayant. Des créatures cauchemardesques rampent derrière les parois, ou surgissent brusquement en hurlant. Certaines ont des rires à glacer le sang. Une meute de monstres à la gueule baveuse nous regarde passer en griffant le verre. Certains détenus sont plongés dans l'obscurité totale, mais leurs yeux de feu luisent dans le noir.

– Il n'y a pas de honte à se couvrir les yeux, affirme Lord Kensington.

– Bonne idée ! dis-je d'une voix étranglée.

J'ai l'impression qu'une heure entière s'écoule avant que l'ascenseur descende d'un nouvel étage avant d'annoncer :

– On est arrivés.

Tremblante, j'ouvre prudemment un œil et je regarde autour de moi avant d'ouvrir l'autre. Une cage de verre trône au milieu d'une vaste pièce. À l'intérieur, un homme aux cheveux gris assis dans un rocking-chair me tourne le dos.

– Courage ! dit Lord Kensington. Tout va bien se passer.

Je prends une profonde inspiration. « Tout va bien se passer. »

La porte coulisse. Un silence de mort règne dans la salle, si profond que je m'entends respirer. Les jambes en coton, je m'avance sur le sol noir luisant. La lumière est si faible que la cage de Moreau semble flotter dans un océan d'ombre. Je lorgne le vieil homme sur sa chaise. J'attends qu'il se retourne, mais il n'en fait rien.

Même pas quand je m'approche de la cage.

– Moreau ? dis-je d'une petite voix.

Je voudrais paraître plus courageuse, mais je fais ce que je peux.

Le magicien et la chaise disparaissent soudain, et une nouvelle scène apparaît dans la cage. Un salon chic avec des fauteuils moelleux et une grande cheminée.

Je cligne les yeux. Moreau est en face de moi. Si proche qu'il pourrait me saisir, si nous n'étions pas séparés par la paroi de verre.

Je pousse un petit cri de frayeur et je recule en trébuchant.

Un large sourire se dessine sur le visage du magicien. Il m'observe un instant avant de poser les paumes contre la vitre.

– N'aie pas peur. Aucun de mes pouvoirs, ou presque, ne peut s'exercer hors de ce maudit bocal à poissons. D'ailleurs, pourquoi ferais-je du mal à quelqu'un que j'avais tellement hâte de rencontrer ?

– Pourquoi vouliez-vous me rencontrer ?

Moreau ne répond pas. Il ferme les yeux et tapote le verre du bout des doigts.

– Entends-tu ? C'est ta chanson, mon enfant. La magie dans ton sang chante une mélodie puissante. Perçois-tu la mienne ?

Je secoue la tête.

– Tu ne possèdes donc aucune magie du sang.

Moreau fronce les sourcils et s'éloigne de moi.

– Quel dommage ! Il existe des sorts de sang qui confèrent la vie éternelle.

Je me souviens que Mrs Crowe a évoqué un sort nommé « Vampir », utilisé par les Frères de la Nuit pour vaincre la mort.

– Si je dois blesser des gens pour vivre éternellement, ça ne m'intéresse pas. C'est mal.

– Le bien et le mal sont tout relatifs, ma chère. Par exemple, est-il juste d'emprisonner un être humain dans une cage ? Certes non. Et pourtant, je doute que tu sois d'accord pour qu'on me libère. Rappelle-toi ceci : seules comptent la faiblesse et la force. Les forts imposent leur volonté aux faibles depuis la nuit des temps. Ainsi va le monde. C'est parce que ton Bureau était plus fort le jour où ils ont attaqué mon île que je suis ici.

– J'ai des questions à vous poser, dis-je, m'armant de courage.

– Moi aussi.

Moreau se retourne et commence à marcher le long de la paroi.

– Mais ce n'est pas une raison pour oublier les bonnes manières, dit-il en me faisant une profonde révérence. Je suis Raoul Moreau. Et toi ?

– Euh, Amari...

Je lève le menton.

– Amari Peters.

Il tressaille, puis s'esclaffe.

– Quelle ironie ! C'est... incroyable. Je comprends mieux. Comment le Bureau pourrait-il enfermer la sœur du célèbre Quinton Peters ?

J'avale ma salive et je demande :

– Savez-vous où il se trouve ?

Moreau affiche un rictus moqueur.

– Bien sûr que non ! Comment aurais-je pu mettre la main sur ton frère depuis cette cellule ?

L'agent Magnus et l'agent Fiona avaient prévu cette réponse. Je consulte mon pense-bête.

– Je suis censée vous poser des questions.

– Moi aussi, j'ai des choses à te demander. Comment allons-nous résoudre ce petit casse-tête ?

Je réfléchis un instant et réponds d'une voix pleine d'amertume :

– Vous et votre apprenti, vous aimez faire des échanges, non ? Échangeons nos questions. Chacun son tour.

Moreau se frotte le menton.

– Très bien. Mais tu dois me promettre de répondre sincèrement. Il n'y aura qu'un seul mensonge entre nous, et je l'ai déjà prononcé. Es-tu d'accord ?

Moreau m'a déjà menti ?

– Ça signifie que vous savez où est mon frère ?

Il fronce les sourcils.

– Cela signifie ce que cela signifie.

Je crispe la mâchoire.

– Ce n'est pas juste !

Moreau grogne et une tempête de nuages noirs emplit la cage.

– Je ne suis pas un vulgaire indicateur, à qui l'on soutire des informations en l'intimidant. Soit tu acceptes, soit tu repars les mains vides, pendant que le chaos s'abat sur ton cher Bureau.

Le magicien sourit et le salon cosy réapparaît.

– Veux-tu commencer ? me demande-t-il d'un ton aimable.

Je frissonne et ferme les yeux. « Vous devez paraître confiante. »

– Allons-y.

Moreau fait quelques pas avant de croiser à nouveau mon regard.

– Première question : quand le jour viendra où tu devras choisir ton camp – et il viendra forcément –, te joindras-tu à tes compagnons magiciens, ou te rangeras-tu aux côtés de ce Bureau, qui déteste tout ce que nous sommes ?

Mes compagnons magiciens ? La question me prend au dépourvu.

– Combien y a-t-il d'autres magiciens ?

– Plusieurs centaines.

Plusieurs centaines ? Je n'aurais jamais cru que nous étions aussi nombreux.

Moreau se moque de ma surprise.

– Allons, tu ne te croyais pas unique, n'est-ce pas ? Même si je dois admettre que ta puissance est exceptionnelle. Et tu es si jeune ! Mais voici ma deuxième question...

– Attendez, c'est mon tour !

– Non. Tu m'as demandé le nombre de magiciens, et j'ai répondu du mieux que je pouvais, étant donné mes connaissances. C'était notre accord.

Furieuse, je donne des coups de pied contre le verre. J'ai gaspillé une question bêtement.

– Sacré tempérament ! commente Moreau avec un sourire sinistre. Ne te fâche pas, mon enfant. Améliore-toi.

Je serre les poings.

– Allez-y, posez votre question.

Moreau me regarde attentivement.

– Quelqu'un t'a-t-il revendiquée ?

– Qu'est-ce que vous...

Je me mords la langue et reprends :

– Je ne comprends pas ce que vous voulez dire.

– Dans le monde des magiciens, il y a des maîtres et des apprentis. L'un offre le pouvoir, l'autre le reçoit. Le premier possède la sagesse, le second en a besoin. Celui ou celle qui t'a transmis une magie aussi puissante aurait déjà dû te revendiquer. À moins que...

– À moins que quoi ? Non ! Ne répondez pas ! Ce n'est pas ma question.

Moreau laisse échapper un petit ricanement.

– Je répondrai gratuitement. Seul un magicien très puissant aurait pu te transmettre une telle quantité de magie. Or, il n'en existe plus, à part moi. Il est donc très probable que tu sois née magicienne. Et si c'est vrai, alors, tu es vraiment exceptionnelle.

Même si je meurs d'envie de savoir ce qui me rend exceptionnelle, je n'oublie pas pourquoi je suis ici. Je regarde ma liste de questions et je décide d'en poser une avant de me faire à nouveau piéger. Je croise le regard amusé de Moreau.

– Vous avez dit que vous ne saviez pas où se trouve Quinton. Mais dites-moi ce que vous savez sur la disparition de mon frère... s'il vous plaît.

– Tu es une jeune fille intelligente. Si seulement ton frère avait fait des choix plus judicieux... Tu penses peut-être que son enlèvement est un simple acte de vengeance, mais crois-moi, nos motifs sont autrement sérieux. Ce que je peux te dire, c'est que Quinton a enquêté sur des choses interdites. Des choses que ton précieux Bureau désapprouverait. Je suppose qu'il a trouvé ce qui nous intéressait.

– Genre quoi ?

– J'ai répondu à ta question. Tu en sais désormais beaucoup plus que lorsque tu es arrivée.

Moreau me décoche un nouveau sourire sinistre avant de poursuivre :

– Tout à l'heure, tu m'as posé une question… Tu voulais savoir pourquoi je tenais à te rencontrer. Veux-tu essayer de le deviner ?

J'ai la tête qui tourne.

– Je ne sais pas…

– Permets-moi de m'expliquer. Nous avons imaginé un plan, il y a de nombreuses années. Un plan si parfait que même ma captivité ne nous a pas empêchés de le mener à son terme. Quand la poussière retombera, ce misérable Bureau n'existera plus, et les magiciens prendront la place qui leur revient dans le monde. Je me contentais d'attendre sa destruction ici, dans ma cellule, quand j'ai senti ta magie se réveiller. C'était comme un coup de tonnerre, qui a retenti jusque dans mes os.

Moreau agite les mains. La scène change à nouveau. Je me vois couverte de bijoux somptueux, la tête coiffée d'une couronne en pierre de lune.

– Tu as l'étoffe d'une reine, ma chère. Vraiment exceptionnelle. Avec les conseils appropriés, tu pourrais obtenir tout ce que ton cœur désire. Tous ceux qui t'ont fait du tort seraient contraints de ramper à tes pieds. Il te suffit de nous rejoindre, Amari Peters. Rejoins tes compagnons magiciens.

Je le regarde fixement, incapable de trouver mes mots.

– Je...

Un sourire découvre ses canines pointues, qui s'allongent à vue d'œil. Il claque des doigts, et soudain un monstre gigantesque apparaît dans la cage. Il est haut de trois mètres et large comme un camion. Sa tête de tigre est juchée sur un corps d'homme aux muscles puissants, recouvert de poils épais. La créature s'approche de la vitre et ouvre une gueule pleine de dents acérées comme des rasoirs. Un grognement sourd fait trembler les vitres.

Est-ce un hybride ?

Je recule machinalement. Je n'ai jamais rien vu d'aussi terrifiant de toute ma vie.

– Voilà ce que ton Bureau doit combattre, ma chère. Crois-tu que l'on puisse s'opposer à une armée de ces créatures ? Et si je te disais que rien ne t'y oblige ? Imagine que de tels monstres obéissent à tes ordres... Que ferais-tu d'un tel pouvoir ?

Il continue à voix basse :

– Avec une magie comme la tienne, je pourrais t'apprendre à façonner ta propre créature.

Un court instant, je me retrouve en pensée à l'Académie Jefferson, entourée d'Emily Grant et de ses amies. Leurs sourires narquois s'effacent quand elles voient une meute d'hybrides grimaçants accourir à mon secours. Je parie qu'elles en mouilleraient leur pantalon ! C'est terrible à admettre, mais cette idée est loin de me déplaire...

Qu'est-ce qui me prend ? Je secoue la tête pour chasser ces pensées, pivote sur mes talons et cours vers Lord Kensington. Je ne me laisserai pas manipuler une seconde de plus !

Je m'arrête avant d'arriver à l'ascenseur et me force à regarder le magicien, malgré le dégoût qu'il m'inspire.

– Je suis du côté du Bureau. Du côté de mon frère. Et ça ne changera jamais.

Moreau soupire bruyamment et les illusions s'estompent. Il ne reste que le vieil homme et son rocking-chair.

– Le Bureau s'est longtemps cru invincible. Son arrogance causera sa perte. L'heure approche où nous retrouverons ce qui nous a été pris.

Sa voix se change en grondement.

– Souviens-toi que je t'ai donné ta chance, petite magicienne. En fin de compte, nous sommes tous prisonniers de nos choix.

16

En quittant la prison de Blackstone, Lord Kensington m'emmène directement faire mon rapport au département des Enquêtes surnaturelles. Comme les agents qui rentrent d'une mission importante.

Je suis trop pressée d'arriver. Je marche si vite que je rentre de plein fouet dans Mr Van Helsing, qui me fusille du regard.

La salle de débriefing a les dimensions d'un placard. L'agent Magnus et l'agent Fiona sont assis à une table carrée en métal. J'ai à peine passé la porte que je les bombarde de questions :

– Sur quoi travaillait Quinton ? Et que voulait dire Moreau, quand il a insinué que mon frère cherchait quelque chose d'interdit ? Qu'a-t-il trouvé, qui a incité ses ravisseurs à l'enlever ?

– VanQuish travaillait sous mes ordres, rappelle l'agent Magnus. Si Maria ou Quinton cherchaient quelque chose d'extraordinaire, j'en aurais été informé.

– Alors, pourquoi Moreau a-t-il dit ça ?

– Nous pensons qu'il s'est moqué de nous, répond l'agent Fiona. Ou alors c'était simplement une tentative de te corrompre. Je me doutais qu'il essaierait de te rallier à sa cause, mais notre enquête piétine tellement que le jeu en valait la chandelle.

– Je ne l'aiderai jamais ! Pour rien au monde.

– Nous n'en doutons pas, assure Magnus. Tu ne dois pas croire un mot de ce qu'il t'a dit.

– Il a aussi parlé de reprendre ce qui leur a été pris... Faisait-il allusion à cette chose très dangereuse dont vous n'avez pas voulu me parler ? Ce truc classé top secret ? Moreau semblait sûr de pouvoir le récupérer sans avoir à libérer VanQuish.

L'agent Fiona paraît embarrassée. Magnus affiche un air suffisant.

– C'est toi qui as eu cette idée géniale, Fiona...

L'intéressée baisse la voix.

– Cela ne vous concerne pas, Peters. Sachez simplement que nous avons pris toutes les précautions nécessaires. Cette chose dont vous parlez est extrêmement bien gardée.

Ainsi, Moreau ne m'a pas raconté que des mensonges. Dois-je en déduire qu'il ne m'a pas menti du tout ? Il a lourdement insisté pour que l'on soit sincères.

– Il a dit qu'ils allaient détruire le Bureau. Ça ne vous inquiète pas ?

– C'est du bluff, répond l'agent Magnus. Cet endroit est une forteresse. Il n'existe rien, dans le monde connu ou dans le monde surnaturel, qui puisse le détruire.

Je me penche en avant. Ils n'ont pas vu le visage du magicien quand il a proféré cette menace.

– Moreau avait l'air sûr de lui...

– Nous avons pris toutes les précautions nécessaires pour sécuriser le Bureau, intervient l'agent Fiona. Faites-nous confiance, Amari.

Je ne suis pas censée parler à quiconque de mon entrevue avec Moreau. Pourtant, je m'empresse d'en faire un compte rendu détaillé à Elsie dès qu'elle rentre de sa formation d'inventeur junior.

– Qu'en penses-tu ? me demande-t-elle.

Je réfléchis en faisant les cent pas entre nos lits.

– Je ne sais pas trop. Je me demande si Moreau m'a dit la vérité. Son plan est peut-être tellement infaillible qu'il se fiche que le Bureau soit au courant.

– Tu crois qu'il avait juste envie de se vanter ?

– À mon avis, il savait que le Bureau ne prendrait pas ses menaces au sérieux parce qu'il est emprisonné. Mais peut-être qu'on devrait le croire, toi et moi.

Je regarde son tableau blanc.

– On sait ce que le Bureau possède comme informations sur la disparition de VanQuish. Il est temps de passer à la troisième étape.

– Tu veux qu'on lance notre propre enquête ? Mais par où commencer ?

Je réfléchis un court instant.

– Je vais essayer de trouver ce que Quinton a découvert. La raison pour laquelle il a été enlevé. Ça nous mettra peut-être sur la piste de l'apprenti de Moreau.

– Bonne idée ! approuve Elsie. Je vais faire des recherches sur ce mystérieux objet « infiniment dangereux ». Si seulement on avait plus d'indices... On sait juste qu'il a été confisqué à Moreau.

Elle soupire.

– Si je ne trouve rien à la bibliothèque, j'ai plusieurs autres idées d'endroits à explorer.

– Super ! dis-je. Notre plan commence à me plaire.

Elsie sourit, mais se rembrunit aussitôt.

– Sois prudente, d'accord ? Maintenant, c'est nous qui enquêtons sur des choses interdites. Si on se fait prendre...

– On ne se fera pas prendre.

Le lendemain matin, je fais un effort surhumain pour ne pas ressasser les souvenirs de ma visite à la prison de Blackstone. Au gymnase, j'ai beaucoup de mal à rester attentive, tandis que l'agent Magnus nous donne notre première leçon d'Air Sprints.

Mes pensées ne cessent de divaguer : les hybrides sont-ils vraiment aussi immenses et aussi terrifiants que Moreau me l'a laissé croire ? Et que penser du plan parfait qu'il a conçu pour détruire le Bureau ? Et enfin, croyait-il vraiment que j'allais accepter de rejoindre le camp des magiciens ?

Il faut que je me reprenne ! Si j'échoue aux épreuves d'admission, ce que Moreau a dit n'aura plus aucune importance pour moi.

Je me concentre sur les explications de notre professeur.

– Ces bottes permettent de marcher à l'horizontale dans les airs, de courir sur les murs et même de se suspendre au plafond, la tête en bas. Si vous les utilisez correctement, elles vous donneront un avantage sur la plupart de vos ennemis terrestres. Et si vous croisez un méchant capable de voler, vous avez intérêt à maîtriser la technique à la perfection. Ces Air Sprints seront votre seule chance d'en réchapper. Tout le monde a compris ?

Nous hochons la tête.

Je fixe avec envie les bottes des autres stagiaires. Contrairement à moi, ils ont presque tous apporté leurs Air Sprints. Elles sont sublimes, et doivent coûter une fortune. Les Van Helsing arborent des bottes chromées estampillées « Duboise » en lettres cursives. D'autres portent des Air Sprints de marque LaBoom en bois poli. Nous ne sommes que trois à avoir emprunté une paire ordinaire au vestiaire. Les miennes ressemblent à des baskets usées et sentent les pieds.

Malgré cela, je suis agréablement surprise : utiliser les Air Sprints est beaucoup moins difficile que je l'imaginais. Au bout d'une heure, je cours sur les murs à la même vitesse que les héritiers, en évitant les obstacles que Magnus place sur notre chemin. Au bout de trois heures, je marche dans les airs sans perdre l'équilibre.

À midi, Magnus nous propose d'essayer un appareil que les agents confirmés utilisent pour s'entraîner.

– Nous l'appelons le Pont Invisible, annonce-t-il.

Il se glisse derrière un panneau de contrôle et appuie sur quelques boutons. Deux plongeoirs surgissent du sol, chacun d'un côté de la salle. Quelques secondes plus tard, une douzaine de gigantesques sacs de frappe descendent du plafond. Magnus appuie sur un autre bouton, et les sacs se balancent d'avant en arrière, à des vitesses différentes.

L'objectif est clair : nous devons courir dans les airs d'une planche à l'autre sans nous faire renverser par les sacs. C'est plus facile à dire qu'à faire.

Magnus sourit.

– Qui veut essayer ?

Peu de mains se lèvent. Même les héritiers se méfient. Je comprends pourquoi. Pour éviter les sacs, il faut avoir d'excellents réflexes, afin de s'arrêter et de redémarrer pile au bon moment. Le dernier sac se balance si vite qu'il paraît flou.

Évidemment, les deux Van Helsing se portent volontaires. J'imagine qu'ils ont le même genre d'installation chez eux, dans leur manoir. Je lève aussi la main. C'est peut-être l'occasion de faire oublier mes résultats lamentables au test de connaissances. Ou de m'écraser au sol, la tête la première...

– Tu es sûre d'être à la hauteur, petite ? me demande Magnus.

– Pas vraiment, non.

Il rit.

– Tu veux quand même essayer ?

– Oui.

– Bien.

Il hausse la voix et lance à la cantonade :

– On applaudit nos cinq courageux volontaires !

Lui-même frappe dans ses mains avant d'ordonner :

– Allez attendre votre tour dans le couloir, tous les cinq. Ce ne serait pas juste que les candidats suivants profitent de l'expérience de leurs prédécesseurs.

Je sors avec les autres. Les Van Helsing se placent derrière les deux autres. Je me poste au bout de la file dans l'espoir que Lara, concentrée sur son objectif, me fichera la paix. Mais non. Elle se tourne vers moi avec un petit sourire narquois.

– Sympa, le look vintage ! commente-t-elle en regardant mes bottes avec une moue dégoûtée. Je parie que c'est la première paire d'Air Sprints qui ait jamais été fabriquée...

Avec toutes les choses qui me trottent dans la tête, je ne suis pas d'humeur à me laisser intimider. J'explose :

– Je peux savoir ce que tu as contre moi ? Je comprends que tu n'aimes pas les magiciens. Mais tu sais quoi ? Personne ne les aime. Pourtant, tu es la seule à me harceler. Comme si c'était ta mission dans la vie !

Ma réaction la prend au dépourvu. Elle retrouve vite son aplomb.

– Comme si tu ne le savais pas, lâche-t-elle en croisant les bras.

– Quoi ? Je ne sais quasiment rien du monde surnaturel. Tu n'as qu'à voir ma note à l'examen d'hier. Tu es jalouse parce qu'on s'intéresse à moi ?

Franchement, ma vie serait beaucoup moins compliquée si personne ne connaissait mon nom.

Lara rougit.

– Tu es vraiment aussi bête que tu en as l'air ! J'ai plus de deux millions de followers sur Eurg. Tu n'es pas près de me faire de l'ombre.

– Alors, pourquoi ? Mon frère et ta sœur étaient partenaires. Tu ne crois pas qu'on devrait essayer d'être amies ?

– C'est à cause de ton frère si ma sœur n'était pas là quand j'ai reçu mon badge. Si elle n'est jamais revenue…

L'émotion l'empêche de poursuivre. Je suis stupéfaite.

– Qu'est-ce que tu racontes ?

– Si Quinton n'avait pas convaincu Maria de l'aider sur une affaire secrète, elle serait toujours avec nous. D'ailleurs, elle n'a jamais aimé ce qu'elle faisait. Elle voulait devenir formatrice, comme l'agent Fiona, mais ton frère ne la laissait pas partir. Quand elle a enfin envoyé sa demande de transfert, il a deviné qu'elle se sentait coupable de l'abandonner. Il en a profité pour lui demander de l'aide une dernière fois. Personne ne les a revus depuis.

Une affaire secrète ? Est-ce à cela que Moreau pensait quand il a affirmé que mon frère enquêtait sur quelque chose d'interdit ? L'agent Magnus m'a assuré qu'il en aurait été informé si tel avait été le cas. À moins que VanQuish n'ait agi à son insu.

– Je... je ne savais pas, dis-je.

Un grand *oooh* retentit dans le gymnase. Les autres stagiaires s'agglutinent à l'entrée de la salle. Lara se laisse entraîner par son frère. Un peu sonnée, j'arrive la dernière sur le seuil, juste à temps pour voir Brian Li se frotter l'épaule, allongé par terre.

– Tu as sauté alors que tu aurais dû esquiver, commente Magnus en lui jetant un sac de glace.

Il nous aperçoit dans l'embrasure de la porte.

– Au suivant !

Billy Pogo s'avance. Lara reste d'un côté de son frère, et moi de l'autre. Le sujet est clos. Le pire, c'est que je vois très bien Quinton se comporter comme l'a décrit Lara. Il a toujours été très doué pour convaincre les autres. Je ne compte plus les choses qu'il m'a persuadée de faire, alors que je ne voulais pas.

Des applaudissements retentissent. Nous nous précipitons vers la porte. L'agent Magnus serre la main de Billy Pogo.

– C'est la première fois que je vois quelqu'un arriver au bout de ce parcours en étant aussi mal parti. Tu as vraiment une chance insolente, petit !

Le tour de Lara est venu. Après son départ, je recommence à respirer librement.

– Elle n'est pas aussi méchante qu'elle en a l'air, me glisse Dylan.

Il sourit faiblement.

– Enfin, si. Mais quand même pas à ce point.

– C'est vrai, ce qu'elle m'a dit sur mon frère ?

Dylan appuie la tête contre le mur et acquiesce en silence.

– Maria et Quinton étaient partenaires depuis des années quand elle a décidé de changer de voie. Ça me paraît logique qu'elle ait continué à l'aider, s'il le lui a demandé. Le partenariat est un lien sacré pour les agents. Il y a même une cérémonie, au cours de laquelle ils prêtent serment.

– Tu n'en veux pas à mon frère, toi ?

Dylan secoue la tête.

– Ma sœur est intelligente et courageuse. Personne n'aurait pu l'obliger à agir contre son gré.

Puis il ajoute :

– Elle me manque.

– Quinton me manque aussi, dis-je. Tout serait différent s'il était là. Je ne me sentirais pas aussi…

Je m'interromps de peur d'en dire trop.

– Seule ? demande Dylan avec un sourire triste. Je connais ce sentiment. Comme on est jumeaux, Lara et moi, tout le monde s'imagine qu'on est très proches. Mais c'est faux. Ça n'a jamais été le cas. Lara aime être au centre de l'attention, alors que je suis plutôt comme Maria. Je préfère rester dans l'ombre.

Il rit en me voyant hausser les sourcils.

– Je sais qu'elle était célèbre. On ne peut pas capturer le magicien le plus dangereux de tous les temps sans le devenir. Mais Maria laissait volontiers la vedette à Quinton. C'est lui qui donnait toutes les interviews.

Il hausse les épaules.

– Elle était comme ça, c'est tout...

Des acclamations s'élèvent dans le gymnase. Lara a dû réussir. Dylan s'avance vers la porte, puis se ravise.

– Tu es naturellement douée avec les Sprints. Prends ton temps. Le dernier sac se déplace si vite que tu ne peux pas t'arrêter pour réfléchir. Si tu y vas au culot, tu as une chance de réussir. Si tu hésites, c'est mort.

Il entre dans le gymnase, me laissant seule avec les millions de pensées qui tourbillonnent dans ma tête. Sans surprise, il réussit la course d'obstacles haut la main. Et c'est mon tour.

Je sens que tout le monde me regarde quand je traverse la salle. Au signal de Magnus, je grimpe à l'échelle pour rejoindre le premier plongeoir. J'ai les mains si moites que je manque de tomber. Des ricanements s'élèvent.

Arrivée au sommet, je fais l'erreur de regarder en

bas. Le plongeoir est encore plus haut qu'il n'y paraît vu du sol. J'avale ma salive.

« Tu peux y arriver », me dis-je. Je serre les orteils pour activer le dispositif de vol stationnaire et je cours vers le plongeoir situé de l'autre côté de la pièce.

Éviter les premiers sacs est relativement facile, car ils oscillent très lentement. Les suivants sont un peu plus rapides, et je dois ralentir plusieurs fois pour les esquiver. Je dépasse sans encombre le cinquième, puis le sixième. Jusque-là, tout va bien.

Le neuvième sac me cogne le bras et je manque de perdre l'équilibre. Je me redresse de justesse, je dépasse le dixième sac en sprintant, le onzième sans vraiment le vouloir, et je m'arrête devant le numéro douze. Même de près, ce truc oscille si vite que j'ai du mal à le suivre du regard.

Dylan m'a conseillé d'y aller au culot. Il a sûrement voulu dire que je devais me faire confiance.

Et si je n'y arrive pas ? Et si je ne suis pas faite pour ça ?

Je me crispe et me fais violence pour m'élancer en avant.

Je ne vois même pas le sac venir. Je sens l'impact, et je tombe. Heureusement, mes chaussures réagissent, et la fonction de vol stationnaire s'active. Je me retrouve suspendue en l'air, la tête en bas. Mes yeux sont au niveau du visage de Magnus.

– Pas mal, me félicite-t-il. Tu as presque réussi du premier coup.

Dire que je suis vexée d'avoir échoué au Pont Invisible serait un euphémisme. Je commence à douter d'avoir le niveau pour réussir l'épreuve de vendredi. J'ai des sueurs froides à l'idée d'être renvoyée chez moi. Van Helsing m'a signifié très clairement que je n'aurais pas de seconde chance. Et le pire, c'est que mes souvenirs seront effacés.

Ce sont peut-être les derniers jours que je passe dans le monde surnaturel. Je n'aurai pas le temps d'obtenir les réponses que je suis venue chercher. À part une, peut-être...

Je sors mon téléphone et j'envoie un message à magiciangirl18.

De : Amari_Peters

Qu'est-ce qui me prouve que tu n'es pas l'apprentie de Moreau ?

À la seconde où j'appuie sur « Envoyer », je regrette mon geste. Ce n'est pas une façon de traiter quelqu'un qui a proposé de m'aider.

Si elle se vexe et ne m'envoie plus de message, je ne pourrai pas lui en vouloir.

Je ne reçois pas de réponse. En général, elle réagit instantanément.

Son silence m'inquiète tellement que je glisse mon téléphone dans ma poche et j'essaie de penser à autre chose.

Un quart d'heure plus tard, alors que je suis assise à table à la cafétéria, il vibre enfin. Dans ma précipitation, je le fais tomber.

Ce n'est pas un nouveau message, mais une notification Eurg me proposant d'envoyer une demande d'amitié à Lara Van Helsing. Comme si elle avait besoin de nouveaux amis... Je la regarde plaisanter avec un groupe d'agents stagiaires de l'autre côté de la salle, puis je clique sur sa page.

À mesure que je fais défiler ses photos, ma mauvaise humeur augmente. Elle a vraiment deux millions de followers. Deux millions trois cent mille, exactement. On la voit embrasser son père devant le manoir des Van Helsing. Le bâtiment ressemble à un centre commercial. Sur une autre photo, elle est dans une rue entièrement tapissée d'or, et souffle un baiser à la caméra. Le meilleur cliché est celui où elle regarde une ville étincelante par la fenêtre d'un train sous-marin. La légende dit : « En route pour l'Atlantide avec maman avant un week-end shopping ! » Nos vies sont aux antipodes l'une de l'autre.

Je veux bien croire Dylan, quand il dit que Lara et lui ne sont pas proches. Je ne le vois sur aucune des photos. Il n'a même pas de page Eurg.

Mon téléphone vibre dans ma main.

Nouveau message de magiciangirl18 :

Je ne le suis pas, je te le promets ! Tu sais quoi ? Comme tu n'as pas divulgué mon secret, on pourrait se rencontrer en personne...

Je lis le message deux fois. Elle veut qu'on se rencontre ? En personne ?

– Ton aura est violette, me signale Elsie en s'asseyant à ma table.

Elle pose devant elle un exemplaire de *Physique de la magie : les lacunes les plus fréquentes*.

Je fronce les sourcils et range mon téléphone dans ma poche.

– Qu'est-ce que ça veut dire ?

– Le violet est parfois trompeur, mais il signifie en général qu'on se sent dépassé. Tu penses encore à Moreau ? Ou c'est à cause de notre plan ? Ton rôle est beaucoup plus difficile que le mien.

Je suis contrariée de ne pas pouvoir lui parler des messages de magiciangirl18. Mais c'est trop tôt.

L'idée de rencontrer une étrangère ne m'enchante pas – surtout après Moreau –, mais si cette personne est vraiment disposée à m'aider, je ne veux pas risquer de tout gâcher.

– C'est à cause de l'épreuve de vendredi, dis-je. Ça m'a stressée d'avoir raté le premier test. Ils disent qu'on n'a pas à se préparer, mais je suis sûre qu'il faut quand même avoir un minimum de connaissances du monde surnaturel.

Elsie hausse les épaules.

– Peut-être pas.

– Ouais..., dis-je, dubitative. Et toi ? Sais-tu en quoi consistera ta première épreuve ?

Elle fronce les sourcils.

– Ce sera un devoir sur table. Mais les formations de chercheur junior et d'agent junior sont très différentes.

Je me rappelle avec quelle assurance elle a écrit « Chercheuse junior » sur sa fiche de vœux.

– Ça te plaît ? Ta formation, je veux dire ?

Son visage s'illumine, et elle dresse une liste interminable de toutes les choses étonnantes qu'elle a apprises, vues et faites. Comme elle a une idée géniale à la minute, on lui a même demandé d'assister à des séances de brainstorming avec les chercheurs adultes du département des Sciences magiques. La voir aussi enthousiaste me remonte un peu le moral.

Nous bavardons depuis une bonne dizaine de minutes, quand un petit groupe de chercheurs stagiaires s'arrête à notre table.

– Salut, Els ! lance une Coréenne souriante, vêtue d'une blouse blanche.

Elsie me présente sa partenaire de laboratoire, Gemma, et je suis immédiatement jalouse. Ça ne fait même pas une journée qu'elles ont commencé leur formation, et Gemma a déjà donné un diminutif à Elsie. Je n'ai même pas eu le temps d'y penser.

Gemma me salue d'un petit signe de main.

– Les chercheurs juniors se sont installés à une table près du stand de tacos. Ils font une démonstration des sept types d'explosions. Les explosions magiques sont hyper cool !

Les yeux d'Elsie pétillent d'excitation, mais elle essaie de le cacher.

– Non, merci. Je reste avec Amari aujourd'hui.

– Vas-y, dis-je. On se retrouvera plus tard.

Je lorgne la table des Van Helsing.

– Je vais essayer de faire connaissance avec les agents stagiaires.

– Tu es sûre ?

Elsie me regarde en attendant que je change d'avis. Je me demande de quelle couleur est mon aura.

Après son départ, je relis le message de magiciangirl18. Est-ce que je veux vraiment rencontrer cette fille ? Et si elle n'est pas celle qu'elle affirme être ? Peut-être existe-t-il une créature qui attire les magiciens dans son antre grâce aux réseaux sociaux pour les dévorer. OK, ça paraît un peu ridicule, mais je suis sûre que cette rencontre est une mauvaise idée.

Cela dit, ce que je m'apprête à faire est tout aussi hasardeux.

Je prends mon plateau et je me dirige vers la table de mes camarades, le cœur battant. Ça risque d'être pire que quand je suis montée sur scène pour recevoir mon badge en pierre de lune. Tout va bien se passer. Il y en a, parmi eux, qui m'ont encouragée tout à l'heure, pendant l'épreuve du Pont Invisible.

Je ne peux pas passer tout l'été seule dans mon coin. Et je ne veux pas obliger Elsie à laisser tomber ses nouveaux amis pour rester avec moi. Lara me déteste, mais Dylan est plutôt sympa, quand il veut.

Alors que je m'approche de leur table avec mon plateau, Brian Li me remarque et tapote l'épaule de Lara.

– Tu n'es pas sérieuse ? grogne-t-elle.

Je lui décoche mon plus beau sourire.

– Euh, je viendrais bien manger avec vous, aujourd'hui...

– Désolée ! lâche-t-elle. Seuls les stagiaires qui ont une faculté légale sont autorisés à s'asseoir ici. En plus, on ne voudrait pas attraper le truc que tu as refilé à la Boule de Cristal.

Plusieurs stagiaires s'esclaffent. Certains posent les pieds sur les chaises libres pour m'empêcher de m'asseoir. Je cherche désespérément un soutien, mais même ceux qui m'ont encouragée au gymnase évitent mon regard.

Dylan pousse distraitement sa nourriture au bord de son assiette. Celui-là, il n'est sympa avec moi que quand sa famille n'est pas dans les parages.

Une fois de plus, j'ai l'impression de me retrouver à l'Académie Jefferson.

Je me retourne et quitte la salle. Pas question qu'ils me voient pleurer.

Nouveau message de magiciangirl18 :

Ils ne t'accepteront jamais. Mais moi, oui, si tu me donnes une chance.

Comment est-elle déjà au courant de ce qui s'est passé ? Après tout, ça m'est égal. Je tape aussitôt ma réponse :

De : Amari_Peters :

Quand et où ?

Nouveau message de magiciangirl18 :

Demain. Je t'enverrai un message le matin pour te donner le lieu et l'heure.

17

Le lendemain matin, à peine réveillée, je consulte mon téléphone pour voir si magiciangirl18 m'a écrit. Si elle a vraiment des informations à me donner sur Moreau, ou sur les magiciens en général, ça pourrait m'être très précieux de la rencontrer.

Hélas, quand je clique sur l'icône d'Eurg, je reçois un message d'erreur :

Veuillez mettre à jour votre application Autrenet.

Comme c'est mon jour de chance, le lit d'Elsie est vide. Elle n'est pas non plus à la cafétéria. Apparemment, tous les chercheurs stagiaires assistent à la conférence d'un célèbre spécialiste de la magie scientifique du siège londonien. Je n'ai pas le choix : je zappe le petit-déjeuner pour aller l'attendre dans le hall de son département.

– NOUS ARRIVONS AU DÉPARTEMENT DES SCIENCES MAGIQUES, beugle l'ascenseur Murmures, alors que ses portes s'ouvrent sur un mur de flammes bleu violacé.

Je commence par me demander s'il n'a pas confondu les étages. Puis je me rappelle que le hall d'entrée de ce département change constamment, au gré des nouvelles inventions. J'interroge tout de même l'ascenseur :

– Murmures ? Ce n'est pas dangereux de traverser ça ?

– NON ! crie-t-il.

– OK, dis-je en me couvrant les oreilles.

Je tends un pied à travers le mur de feu. Comme il ne se change pas en viande grillée, j'y engage le reste de mon corps. Quand j'arrive de l'autre côté, un petit drone métallique me rejoint en flottant.

– Vous venez de franchir un mur d'Ultrafeu. Ce que vous ne savez peut-être pas, c'est que l'Ultrafeu n'est pas un vrai feu. C'est un mélange inoffensif de magie libre naturelle et d'énergie lumineuse ultraviolette !

– C'est super, dis-je distraitement.

– Voulez-vous en savoir plus sur le scientifique qui a découvert l'Ultrafeu ? demande le drone. Il est en visite au Bureau aujourd'hui.

– Non, merci.

Le drone soupire et s'éloigne. Le reste du hall est couvert d'écrans géants qui retransmettent en direct les expériences en cours dans des laboratoires, aux quatre coins du monde. Des drones planent à proximité pour répondre aux questions des visiteurs. Je m'assieds sur un banc, sous une vidéo en direct de chercheurs brésiliens qui étudient la croissance de différentes herbes. Juste à côté, sur un écran noir, on voit clignoter les mots « Avant-poste en reconstruction suite à l'attaque ».

Elsie sort enfin, entourée d'un large groupe de chercheurs stagiaires. Ils discutent en riant, et elle a l'air vraiment heureuse. Tout le contraire de ce que je ressens quand je suis avec mon groupe.

J'attire son attention d'un signe de la main.

– Qu'est-ce qu'il y a ? me demande-t-elle, l'air inquiet.

– Je ne sais pas comment mettre à jour mon appli Autrenet.

Consciente du ridicule de ma demande, je me sens obligée d'ajouter :

– J'attends un message important sur Eurg.

Elle hausse un sourcil.

– Ah bon ? De qui ?

– Euh… Tu ne connais pas.

– OK. Désolée, c'est ma faute. J'aurais juré avoir coché l'option de mise à jour automatique. C'est un peu casse-pied à faire manuellement.

Elle tapote l'écran pendant deux minutes.

– Voilà, me dit-elle. Et ne t'inquiète pas pour les messages que tu as manqués. Ils devraient tous arriver...

Elle fronce les sourcils.

– Avec qui as-tu rendez-vous ?

Je récupère mon téléphone et regarde l'écran.

Nouveau message de magiciangirl18 :
18:00 Chambre 307 – Hôtel Vanderbilt.

Et voilà, les dés sont jetés. Mon estomac fait des pirouettes. Mon excitation n'a d'égale que ma terreur.

Elsie croise les bras.

– Tu n'as pas l'intention de rencontrer cette fille, j'espère ?

Je devrais inventer une histoire. Je le sais. Mais rien de ce que je lui dirai n'effacera ce qu'elle vient de voir. Je suis piégée ! En plus, si je dois vraiment aller à ce rendez-vous, il vaut mieux que quelqu'un sache où je suis. Au cas où ça tournerait mal...

– Elle dit avoir des informations sur Moreau et sur les magiciens en général. J'étais tellement concentrée sur la recherche de mon frère que je ne me suis posé aucune question sur ma magie. J'ai besoin de savoir comment elle fonctionne. Promets-moi de n'en parler à personne...

– Je ne sais pas, hésite-t-elle. Ce n'est sûrement pas par hasard que cette magiciangirl18 t'a contactée à l'insu du Bureau. Et si c'était l'apprentie de Moreau ? Tu risques de tomber dans un piège.

– Elle m'a assuré que non. Et je ne vais pas supposer le pire juste parce qu'elle est magicienne. J'en suis une aussi, et je ne suis pas maléfique.

– Tu as raison, admet Elsie. Mais rien ne nous dit qu'elle est vraiment magicienne. Beaucoup de méchants n'hésiteraient pas à t'utiliser pour se venger de ton frère, puisqu'ils ne peuvent pas mettre la main sur lui.

Je n'y avais pas pensé. Comment savoir si ces messages proviennent réellement d'une autre magicienne ? Ma mystérieuse interlocutrice m'a peut-être menti sur toute la ligne.

– Je dois essayer. Si elle me donne rendez-vous si près du Bureau, c'est sûrement qu'elle n'a rien à se reprocher...

– Je devrais venir, suggère Elsie. Au cas où...

– Tu es la seule à être au courant. Si je ne reviens pas, il faut que quelqu'un puisse lancer l'alerte.

Elle fronce les sourcils.

– Ce n'est pas faux. Mais sois prudente, d'accord ? Je suis sérieuse. Ton frère avait beaucoup d'ennemis.

Je pousse un soupir de soulagement.

– Je serai aussi prudente que possible.

Comme nous passons la première épreuve demain, nous n'avons qu'une seule matière dans notre emploi du temps aujourd'hui. Le cours s'intitule « Immersion surnaturelle ». D'après Elsie, c'est un genre d'exposé sur les créatures surnaturelles. Je ne sais pas trop à quoi m'attendre.

Arrivée la première dans la salle, je prends place au premier rang. Les autres stagiaires entrent et s'installent le plus loin possible de moi. Quand toutes les autres places sont occupées, ils s'asseyent par terre. Je me retrouve dans une classe pleine à craquer, au milieu d'un cercle de tables vides. À croire que je souffre d'une maladie contagieuse effroyable. Je ne comprends pas.

Dylan et sa sœur entrent les derniers. En me voyant assise seule, Lara esquisse un sourire moqueur. Ils s'avancent vers le fond de la classe pour aller s'asseoir par terre près de leurs amis, quand Dylan s'arrête. Il fait demi-tour et s'installe sur la chaise à côté de la mienne.

Il me fait un petit sourire, et je manque d'éclater en sanglots tellement c'est agréable. Lara semble prête à exploser.

Un gros type blanc en costume gris arrive avec plusieurs minutes de retard.

– Je suis l'agent principal Kozy, annonce-t-il. Avant de commencer, j'ai un message pour vous, de la part de l'agent Fiona.

Il s'éclaircit la gorge avant de poursuivre :

– Une veillée sera organisée dans les gymnases ce soir, afin de favoriser la camaraderie, en cette période de compétition. Nous vous donnerons les détails plus tard. À présent, qui peut me dire en quoi consiste ce cours ?

Dylan lève une main.

– L'objectif de l'immersion surnaturelle est de nous habituer à côtoyer des créatures surnaturelles.

– Très bien.

L'agent Kozy frappe dans ses mains.

– Notre premier invité a pris peur et annulé sa venue suite à la dernière attaque contre le Bureau. Mais ne vous inquiétez pas, j'ai demandé qu'on me rende un service, et j'ai une surprise pour vous.

Notre professeur tamise les lumières. Aussitôt, des cris et des hurlements s'élèvent, tandis qu'une flaque d'eau noire s'infiltre sous la porte et se déplace jusqu'au milieu de la pièce. Je sursaute lorsqu'elle passe devant mon bureau. Billy Pogo, écarlate, la désigne d'un doigt tremblant.

– Je sais ce que c'est ! C'est un croque-mitaine ! J'en ai eu un sous mon lit pendant des années !

Un croque-mitaine ?

Une silhouette féminine émerge de la flaque. Ses yeux blancs et luisants scrutent la pièce.

– *Une* croque-mitaine, rectifie la dame-ombre. Nous sommes au XXIe siècle, pour l'amour du ciel.

L'agent Kozy glousse de plaisir.

– Elle est géniale, non ? Allons, chers élèves, à vous de jouer ! Immergez-vous dans cette expérience. Écoutez son histoire.

La croque-mitaine nous révèle que son espèce réside dans les parties les plus sombres des lieux les moins recommandables. Certaines créatures ont le droit d'effrayer et de harceler les personnes qui se hasardent dans des endroits réputés effrayants, comme les cimetières, les maisons abandonnées, les grottes sombres et le dessous des lits. Il suffit que le lieu dispose d'un permis de terroriser en cours de validité, délivré par le département des Licences et Archives surnaturelles.

Je me demande si c'est la raison pour laquelle Quinton m'a toujours déconseillé de prendre le raccourci qui traverse la décharge, en bas de notre rue.

La croque-mitaine nous raconte ses anecdotes effrayantes préférées, puis l'agent Kozy nous autorise à lui poser des questions. J'aimerais en savoir plus sur cette histoire de permis de terroriser, mais Billy Pogo pose sa question le premier :

– Êtes-vous apparentée à l'individu qui hante la chambre du premier étage, au 231 Knacker Boulevard à Charlotte, en Caroline du Nord ?

Notre invitée se caresse le menton.

– J'ai un petit cousin que j'adore à Charlotte. Pouvez-vous le décrire ?

– Euh... Il est sombre et terrifiant, et il fait des bruits effrayants...

– Nous sommes *tous* sombres et terrifiants, mon chéri. Et les bruits effrayants font partie de nos outils de travail. Soyez plus précis.

– Il poussait parfois une espèce de cri, genre « Booga Booga ! » sans prévenir, juste au moment où j'allais m'endormir !

– Ah, mais oui, c'était Clarence ! C'est un fervent adepte du « Booga Booga ». Personnellement, je préfère les murmures effrayants au milieu de la nuit.

– Pourquoi faites-vous peur aux gens ? demande Brian Li.

Je tends l'oreille. La réponse m'intéresse aussi.

– Il faut bien se nourrir, dit-elle en haussant les épaules. Les croque-mitaines mangent la peur.

– Quel goût a-t-elle ? s'enquiert Dylan.

– On m'a dit que ça ressemblait au poulet. Mais, comme je n'ai jamais mangé de poulet, je ne peux pas le confirmer.

– D'accord. Mais pourquoi des enfants ? s'enquiert une jeune fille.

– Les adultes ne nous craignent plus autant qu'autrefois. Quand ils entendent un bruit sous leur lit, ils prennent une lampe de poche et y jettent un coup d'œil. Les enfants laissent plus facilement leur imagination vagabonder. Et cela produit une peur savoureuse, croyez-moi !

– J'ai une question ! intervient Lara Van Helsing. En fait, c'est plutôt une déclaration...

Je lève les yeux au ciel. Elle est vraiment prête à tout pour attirer l'attention.

– Je lis ici, poursuit Lara en louchant sur son téléphone, que les croque-mitaines ont été créés il y a sept siècles, au moment de la guerre contre les Frères de la Nuit...

Embarrassée, la croque-mitaine implore l'agent Kozy du regard.

– Nous n'aimons pas parler de ces temps reculés. C'était une sombre époque.

Lara continue sa lecture :

– On pense que les croque-mitaines sont une création des Frères de la Nuit. Ils les envoyaient dans les camps ennemis pour terrifier les soldats et les empêcher de dormir. Ces derniers arrivaient sur le champ de bataille épuisés et somnolents.

Lara fixe la croque-mitaine avec sévérité.

– Votre espèce a connu des débuts scandaleux ! lui lance-t-elle.

– Assez, jeune fille ! intervient l'agent Kozy. Cette créature est notre invitée. Je ne vois pas où vous voulez en venir.

Lara fait la sourde oreille.

– Il y a une magicienne dans cette pièce, continue-t-elle, imperturbable. Ne reconnaissez-vous pas vos maîtres ?

La croque-mitaine hume l'air et se tourne vers moi. Elle tombe à genoux.

– Toutes mes excuses, madame ! Je ne vous avais pas reconnue.

– Arrêtez ! dis-je. Levez-vous, je vous en prie !

La créature obéit et me considère avec des yeux pleins de terreur.

– Nous savons ce que les magiciens prévoient, et nous ne voulons pas y participer. S'il vous plaît, ne nous y obligez pas. Je vous en supplie !

– Je ne suis pas... Vous voulez parler de Moreau ?

– Pitié, laissez-nous tranquilles !

Les lumières vacillent et la croque-mitaine disparaît dans l'ombre.

L'idée qu'elle a peur de moi me rend malade. C'est cela, être une magicienne ?

Les autres stagiaires me fixent en silence, stupéfaits. Je voudrais disparaître dans mon fauteuil.

Nous avions convenu qu'Elsie ne viendrait pas, mais, quand je lui ai raconté mon cours d'immersion surnaturelle, elle m'a suppliée de la laisser prendre au moins l'ascenseur avec moi jusqu'au troisième étage de l'hôtel Vanderbilt. J'ai commencé par refuser pour ne pas la mettre en danger. Hélas, il n'y a pas plus buté qu'un dragon-garou.

Le côté positif, c'est que, sans son aide, je n'aurais pas fait la connaissance de Malice. Cet ascenseur de service à temps partiel est réputé pour jouer des tours aux stagiaires, en affichant des panneaux de commande hors service et de faux comptes à rebours « avant autodestruction ». Il paraît aussi qu'il n'y a pas meilleure complice pour enfreindre les règles. En nous hissant dans les étages, Malice glousse :

– J'aide une magicienne à s'échapper ! C'est ma plus grande prouesse !

Je suis si nerveuse que je danse d'un pied sur l'autre.

– Si je ne reviens pas, je t'autorise à ajouter mon badge en pierre de lune à ta collection VanQuish, dis-je à Elsie. Tu vas faire fureur à la prochaine convention !

– Tu peux plaisanter autant que tu veux, répond-elle. N'oublie pas que je vois ton inquiétude…

– Nous entrons dans l'hôtel Vanderbilt, signale Malice.

Une dizaine de secondes plus tard, l'ascenseur s'arrête et les portes s'ouvrent dans le placard d'une chambre d'hôtel déserte. D'abord décontenancée, je me rappelle que les ascenseurs du bureau ne sont pas vraiment ouverts au public. Cette entrée secrète est nécessaire.

– Sois prudente, me recommande Elsie.

– Promis. Merci de m'avoir accompagnée.

À la seconde où je descends, Malice pousse un cri perçant :

– Magicienne en liberté !

Elsie appuie sur le bouton de fermeture des portes et disparaît avec l'ascenseur. J'inspire à fond et je m'engouffre dans le couloir avant de me dégonfler.

Arrivée devant la chambre 307, je patiente une éternité avant de trouver le courage de me manifester. Comment salue-t-on un collègue magicien ? Y a-t-il une poignée de main secrète ?

Je frappe. Je suis totalement à cran.

Pas de réponse. Soudain, j'entends une porte s'ouvrir derrière moi.

Je me retourne et je vois une grande fille aux cheveux roses se pencher dans le couloir. Elle a les bras couverts de tatouages.

– Viens vite ! me dit-elle. Avant que quelqu'un nous voie.

– Es-tu...

– Oui ! Entre.

Je m'engouffre dans la chambre 308. La fille aux cheveux roses s'attarde quelques secondes sur le seuil, le temps de jeter un coup d'œil dans le couloir.

– Tu es venue seule ?

– Oui.

– Personne ne t'a suivie ?

– Je... Je ne crois pas.

– Bien.

Elle hoche la tête, place la carte « Ne pas déranger » sur la poignée, puis ferme la porte. Elle recule de quelques pas.

– Je vais te montrer quelque chose, mais tu dois me promettre de ne pas paniquer. D'accord ?

– Euh... si tu me disais d'abord ce que tu vas faire ?

– Il vaut mieux que je te montre.

La fille lève lentement la main droite. Elle la passe devant son visage en murmurant quelque chose qui ressemble à « dessine ».

Aussitôt, son visage se brouille, comme si on l'avait frotté avec une gomme géante. Je fais un bond en arrière.

La fille incline la tête et laisse échapper le rire le

plus effrayant que j'aie jamais entendu. On dirait que plusieurs personnes rient en même temps.

Je me retourne et fonce vers la porte.

– Attends !

Je connais cette voix.

Je pivote sur moi-même et la surprise me laisse bouche bée.

18

Tout sourire, Dylan Van Helsing agite la main en l'air pour faire disparaître les dernières traces de la fille.

– OK, j'aurais peut-être dû te prévenir...

– Ce n'est pas possible...

– Hé si ! dit-il en riant. Surprise ?

– Mais... Je ne comprends pas... Comment... ?

– À ton avis ?

Il sourit à nouveau, comme si l'explication était évidente.

– Tu es un magicien ?!

Dylan souffle dans sa main. Trois papillons enflammés prennent vie sous mes yeux. Ils dessinent des ronds de fumée autour de ma tête, puis s'éteignent.

Un million de questions me viennent à l'esprit. Elles fusent toutes en même temps.

– Waouh ! Une à la fois ! s'esclaffe-t-il.

Je rougis.

– Désolée. Pourquoi te fais-tu appeler magiciangirl ?

À son tour de piquer un fard.

– Ça fait partie de ma couverture. Je n'étais pas sûr de pouvoir te faire confiance. Le Bureau ne sait rien de moi et je veux que ça continue. Tu aurais pu me dénoncer.

– OK… Mais pourquoi ta magie n'est-elle pas apparue dans la Boule de Cristal, comme la mienne ?

– Parce que j'ai créé une illusion. J'ai fait croire que j'étais un banal stagiaire. Il m'a fallu des mois pour y arriver.

Je me souviens de son expression quand il est venu se rasseoir près de moi, ce jour-là. J'ai supposé qu'il était rassuré sur sa faculté surnaturelle. En fait, il était soulagé d'avoir réussi son illusion.

– Et la croque-mitaine ? Pourquoi ne t'a-t-elle pas senti ?

– Les illusions peuvent tromper tous les sens, pas seulement la vue. Je me suis enveloppé dans une illusion strictement olfactive. On ne sait jamais quels surnaturels on va croiser au Bureau. Je prends toujours soin de dissimuler mon odeur de magicien.

– C'est incroyable, dis-je.

– Pas aussi incroyable que ton illusion, objecte Dylan. Tu as fait croire que la Boule de Cristal s'était remplie de fumée et fissurée.

– C'était un accident.

– Précisément ! Seul un magicien extrêmement puissant peut réaliser une illusion de cette ampleur sans le vouloir.

Je ne sais pas trop quoi en penser. Le Magimètre, Moreau et, à présent, Dylan... C'est la troisième fois qu'on évoque la puissance exceptionnelle de ma magie. Or, ce n'est pas du tout ce que je ressens.

– Comparé à toi, je suis un illusionniste assez moyen, ajoute Dylan. Par contre, je suis un très bon technologue.

– Un technologue ?

Il sourit. Au même instant, mon portable se met à vibrer.

– Réponds, me suggère-t-il.

Je sors le téléphone de ma poche et je regarde l'écran. J'en reste sans voix.

Nouveau message de Dylan :
C'est cool, non ?

– Incroyable !

Je ne peux pas m'empêcher de sourire.

– Ouais, c'est vraiment cool !

– N'est-ce pas ? La magie n'est pas une malédiction, comme le prétendent mon père et tous les autres membres du Bureau. Je parie qu'ils t'ont servi leur discours habituel, comme quoi un excès de magie rend forcément maléfique, et tout... Je me trompe ?

Je secoue la tête.

– Personne n'a donné leur magie aux Frères de la Nuit, tu sais. Ils sont nés magiciens.

– Moreau m'a dit que j'étais probablement née magicienne, moi aussi.

L'idée que j'ai toujours possédé de la magie me semble tellement invraisemblable...

– Alors, c'est vrai ? J'ai entendu mon père dire à la directrice que tu allais rencontrer Moreau à Blackstone.

– Ouais. Il prétend avoir un plan infaillible pour détruire le Bureau. Un peu comme ce que disait la croque-mitaine. Tu te souviens de ce que tu m'as raconté sur l'apprenti de Moreau, qui proposait d'échanger son maître contre VanQuish ? En fait, il n'exigeait pas seulement la libération de Moreau. Il demandait aussi qu'on leur rende quelque chose. Un truc extrêmement dangereux que le Bureau leur aurait volé, d'après Moreau.

Dylan s'apprête à parler, puis se ravise. Je l'encourage :

– Quoi ? Tu sais ce que c'est ?

– Je... Peut-être. Certains magiciens pensent que les Frères de la Nuit ont créé un livre de sortilèges, appelé le Livre Noir. Il contiendrait les sortilèges les plus redoutables jamais conçus. Vladimir était probablement le meilleur tisserand que le monde ait connu.

– Un « tisserand » ? C'est quoi ?

– C'est une catégorie de magiciens, comme les illusionnistes ou les technologues. Ils ont le pouvoir de tisser de nouveaux sortilèges. C'est ce qui a rendu les Frères de la Nuit si puissants. Ils formaient l'équipe parfaite : Vladimir créait les sorts et Moreau les maniait. Après la défaite de Vladimir, le Livre Noir aurait été enfermé dans la salle des coffres du département des Enquêtes surnaturelles. En admettant que cette histoire soit plus qu'une simple légende.

À en juger par la réaction de Mrs Crowe et de l'agent Fiona, ce doit être une histoire vraie.

– Tu crois que ce livre renferme des sorts assez puissants pour détruire le Bureau ?

Dylan hausse les épaules.

– Tout ce que je sais, c'est qu'ils ne seraient pas à la portée d'un magicien ordinaire. Il faudrait posséder un pouvoir immense pour les utiliser. Être né magicien, par exemple. Comme Moreau, ou...

Je plonge mes yeux dans les siens.

– Ou comme moi.

Il acquiesce. Un long frisson me traverse.

– Qu'est-ce qui rend les magiciens-nés si extraordinaires ?

Dylan se renverse sur sa chaise.

– Ils sont très rares. Les Frères de la Nuit sont les seuls dont j'ai entendu parler. C'est comme si la nature elle-même te choisissait. Les autres héritent leur magie d'un magicien.

– Mais comment savoir si j'en suis une ? Quelqu'un n'aurait-il pas pu me transmettre sa magie à mon insu ?

– Pas vraiment, non. Le sort d'apprentissage n'est pas le genre de chose qu'on oublie. Il est assez intense, et te lie à ton maître pour toujours. On partage la même magie.

– Qui t'a donné la tienne ?

Dylan soupire et se passe les doigts dans les cheveux.

– Je vais te confier un autre secret. Je te le dis seulement pour te prouver qu'être un magicien ne te rend pas automatiquement mauvais.

– Je ne le répéterai à personne. Juré craché ! dis-je, une main sur le cœur.

Rassuré, Dylan reprend :

– Tu connais l'histoire de mon ancêtre Abraham Van Helsing, qui a enfoncé un pieu dans le cœur de Vladimir ? Eh bien, si Vladimir s'est laissé surprendre, c'est parce qu'Abraham était un de ses apprentis.

– Tu es sérieux ?

Penchée en avant, je bois ses paroles.

– Absolument. Depuis, les Van Helsing se transmettent cette magie de génération en génération. Ceux qui l'ont reçue ont tous gardé le secret vis-à-vis du reste de la famille. Avant de mourir, mon oncle l'a transmise à Maria, qui me l'a transmise à son tour, quand elle est devenue agent spécial.

– Maria est une magicienne, elle aussi ?

– Ce n'est pas pour rien que j'ai réussi à tromper la Boule de Cristal, affirme Dylan. Des membres de ma famille pratiquent cette dissimulation depuis près de sept cents ans.

Je mets plusieurs secondes à digérer ce que je viens d'entendre.

– Nous ne sommes donc pas les premiers magiciens à rejoindre le Bureau...

– Loin de là ! Et aucun membre de ma famille n'a été pris de folie meurtrière. Ils étaient aussi normaux que n'importe qui. Ils utilisaient leur magie pour s'améliorer dans leur travail. Mais les gens nous détestent tellement que les magiciens ont emporté leur secret dans la tombe.

– Quinton savait-il que Maria était une magicienne ?

– Je ne pense pas. On n'est vraiment censés le révéler à personne.

Ce doit être terrible de garder un secret aussi énorme. Je suis très touchée que Dylan me l'ait confié. J'ai tellement envie de le croire quand il affirme que je ne suis pas le monstre que les gens prétendent. Pourtant, les magiciens sont réputés pour leurs crimes. Et Moreau...

– Alors, pourquoi certains deviennent-ils des criminels ?

– Va savoir, répond Dylan. Peut-être qu'ils craquent à force d'être injustement détestés. N'es-tu pas en colère que Lara et les autres agents stagiaires te traitent ainsi ? J'ai pris le risque de t'envoyer ce message parce que je ne voulais pas que tu croies toutes ces choses horribles qu'on te raconte. Nous sommes différents des autres membres du Bureau, c'est tout.

Je souris.

– Où as-tu appris tout ça ?

– Tu dois savoir par ma sœur que mes parents sont riches. Plutôt que de dépenser mon argent de poche dans des trucs idiots, j'achète tout ce que je trouve sur les magiciens. Mes parents pensent que c'est une lubie passagère. Du moins, ils l'espèrent. Mon père est tellement parano qu'il m'a interdit de te parler. Ce qui explique que je n'aie pas été très sympa avec toi quand ma sœur était dans les parages. Elle se serait fait un plaisir de me dénoncer.

Il sort un petit carnet de sa veste.

– J'ai acheté ce livre de sorts dans une vente aux enchères de collectionneurs, l'an dernier. Il a appartenu à Madame Violette, une des plus célèbres illusionnistes qui aient jamais existé.

Dylan me tend le luxueux ouvrage relié de cuir. On dirait un journal intime. Une petite clé dorée y est attachée par un cordon de velours noir.

Le simple fait de le tenir me rend nerveuse.

– Le secret que je viens de te confier est très important pour moi, et pour tous les magiciens Van Helsing qui m'ont précédé, reprend-il, la mine grave. Mon père et ma mère paniqueraient s'ils apprenaient la vérité sur Maria et moi. J'espère que je peux te faire confiance...

Je baisse les yeux et réfléchis. Je ne m'étais pas rendu compte que j'avais aussi cruellement besoin d'un ami magicien. De quelqu'un qui comprenne ce que je ressens. Je souris.

– Bien sûr.

Quand je regagne ma chambre, l'heure du dîner est bien entamée. Elsie doit être à la cafétéria. Si maman était là, elle m'enverrait illico la rejoindre. Elle ne me laisserait pas me coucher le ventre vide, surtout avec l'épreuve qui m'attend demain. Mais je suis trop pressée de feuilleter ce livre de sorts. J'ai couru sur tout le chemin du retour. Malgré les problèmes qu'elle me cause, je suis curieuse de découvrir ce que je peux faire de ma magie.

Je m'assieds sur mon lit et glisse la clé dans la serrure du livre.

Elle ne s'ouvre pas.

Je fais plusieurs tentatives, sans succès. Dylan m'a-t-il joué un tour ?

Et voilà, je recommence à douter de lui ! Pourtant, il a pris un gros risque en me révélant son secret. Il y a sûrement un moyen d'ouvrir ce truc.

Cinq minutes plus tard, alors que je suis tout près de balancer le livre à travers la pièce, mon doigt effleure une petite aspérité sur le dos.

En l'approchant de la lumière, je découvre un minuscule bouton doré. Je le presse et le fermoir se détache. Puis le livre s'ouvre tout seul à la première page :

BIEN JOUÉ !

La première leçon d'un illusionniste est la suivante : Tu ne dois jamais te fier aux apparences. Rien n'est ce qu'il semble être. Quand tu regardes quelque chose, pars du principe que son apparence est trompeuse, jusqu'à preuve du contraire.

C'est pourquoi l'illusionniste novice doit commencer par apprendre ce sort très simple, qui repousse les illusions forgées par les autres.

DISSIPE

Quand tu auras lu cette page, ferme le livre. Puis tends l'index et le majeur, agite la main devant l'ouvrage, et prononce le mot « Dissipe ».

Ce doit être le sort que Dylan a utilisé pour faire disparaître son illusion de fille aux tatouages. Je ferme le livre et je tends les deux doigts comme indiqué, en repliant les deux autres sous mon pouce. Je déplace lentement la main au-dessus du livre et je dis :

– Dissipe.

Une sensation de chaleur emplit ma poitrine, comme quand on boit un chocolat chaud un jour de grand froid. Le livre se met aussitôt à trembler sur mon lit, et des taches rouge vif apparaissent sur le cuir noir de la couverture. Il s'épaissit et se dilate, jusqu'à doubler de volume. Quand il s'immobilise, je me retrouve face à un grand livre en cuir rouge, muni lui aussi d'une serrure. Des lettres dorées scintillent sur la couverture :

TU VEUX DEVENIR ILLUSIONNISTE ?
LES SORTILÈGES ET RÉFLEXIONS
DE MADAME VIOLETTE,
L'ILLUSIONNISTE LA PLUS CÉLÈBRE
DE SON TEMPS

– Ha ! J'étais sûre que tu mijotais quelque chose ! fait la voix de Lara derrière moi.

Je sursaute si fort que je manque de tomber de mon lit. La porte de ma chambre est ouverte et Lara m'espionne depuis le seuil. Elle ne se contente pas de me regarder : elle me filme avec son téléphone. Elle a dû me voir courir dans le couloir et me suivre.

J'avale ma salive.

– Qu'est-ce que tu as vu ?

Lara entre dans la chambre et claque la porte du pied. Elle essaie de me confisquer le livre, mais je le serre contre ma poitrine et je fonce vers la sortie. Hélas, elle est plus rapide que moi.

Avec un rictus mauvais, Lara m'arrache le livre des mains sans que je puisse lui opposer aucune résistance. En plus d'une forme physique exceptionnelle, sa faculté surnaturelle lui confère une force incroyable.

Elle examine la couverture et secoue la tête.

– Alors là, tu es mal ! Tu vas te faire renvoyer, tu sais ? Ils risquent même de t'arrêter...

– S'il te plaît, ne dis rien.

Comment ai-je pu être assez idiote pour me laisser surprendre ? Si je suis renvoyée, mes souvenirs seront effacés et je n'aurai plus aucune chance de retrouver mon frère.

Lara sourit.

– À une condition...

Mon cœur se serre.

– Laquelle ?

– Tu arrêtes la formation d'agent.

– Mais je ne peux pas ! dis-je en secouant la tête.

Comment chercherai-je Quinton si je n'ai pas accès au département des Enquêtes surnaturelles ? Comment participerai-je à l'enquête officielle du Bureau si je ne deviens pas agent junior ?

Lara hausse les épaules et s'adosse contre la porte.

– Il n'y a que quatre places. Je ne vais pas prendre le risque que tu en voles une parce que tout le monde adore ton imbécile de frère. Soit tu démissionnes, soit tu te fais renvoyer du Bureau. À toi de voir.

19

Comme la première épreuve a lieu demain, Lara a exigé que je démissionne immédiatement. Même si je redoutais d'échouer, j'aurais aimé avoir au moins la chance de me mesurer aux autres. Au début, c'est vrai, je voyais surtout les Enquêtes surnaturelles comme un moyen de découvrir ce qui est arrivé à Quinton. Mais j'ai accompli tellement de choses en si peu de temps. Elsie et moi avons lancé notre propre enquête, j'ai interrogé Moreau, et Dylan m'a parlé du Livre Noir. Je commençais vraiment à me prendre au jeu, à me sentir dans la peau d'un véritable agent.

J'aurais tellement voulu prouver à Van Helsing et à mes autres détracteurs qu'ils se trompent sur mon compte. Le pire, c'est qu'Elsie et l'agent Fiona me défendaient. Une fois encore, je vais décevoir des gens qui me faisaient confiance.

Mais bon, je n'ai pas le choix. Si Lara envoie la vidéo à son père, je suis grillée.

Je prends Lucy pour monter au département des Enquêtes surnaturelles. Malgré l'heure tardive, il y règne la même effervescence que lors de ma première visite. Ça me paraît logique. Protéger les innocents est un travail de tous les instants.

Me fiant à mon souvenir, j'emprunte la branche droite du couloir principal et je bifurque à la première intersection. Je dépasse une porte munie d'une plaque où l'on peut lire « Salle de stratégie ». Comme elle est entrouverte, je jette un coup d'œil à l'intérieur. Des hommes et des femmes en treillis se disputent autour de ce qui ressemble à un plateau de bataille navale. Je ne sais pas ce qu'ils racontent, mais ça a l'air sérieux.

La porte suivante n'a pas de plaque, mais des éclats de voix résonnent dans le couloir :

– Si le gouverneur ne voulait pas que sa maison soit poussée dans le lac, il n'aurait pas dû raser cette forêt. Les yétis lui ont simplement rendu la monnaie de sa pièce.

Le bureau de l'agent Magnus est fermé à clé, mais j'entends son rire rocailleux derrière moi. Je remonte à la source du son et j'arrive devant le bureau de l'agent Fiona. Ça tombe bien : je dois les informer tous les deux de ma démission.

Je frappe à la porte. Magnus vient m'ouvrir.

– On est occupés, petite. Qu'est-ce que tu veux ?

Quand j'ai répété la scène, en venant, je me voyais regarder l'agent Magnus dans les yeux et lui dire avec assurance : « Je me suis trompée quand j'ai cru que je voulais devenir agent. En fait, je voudrais choisir une autre spécialité. Pourriez-vous remplir les papiers, s'il vous plaît ? »

Maintenant que je suis devant lui, j'ai du mal à trouver mes mots.

– Ouais, euh... Je...

– Allez, on ne va pas y passer la nuit !

J'expire longuement.

– Je voudrais changer de spécialité.

La porte s'ouvre entièrement.

– Ne me dites pas que vous avez renoncé avant d'avoir passé la première épreuve !

L'agent Fiona me fixe de ses yeux bleus pénétrants. Mais elle est beaucoup moins impressionnante avec sa coiffure apprêtée. Elle porte une robe émeraude qui lui va à ravir.

Perplexe, je coule un regard dans la pièce. Un dîner aux chandelles pour deux est disposé sur le bureau de l'agent Fiona.

– Vous étiez en train de... Tous les deux, vous... ?

L'agent Magnus bombe le torse.

– Ça te regarde ?

– Euh... non ! Mais wow ! L'agent Fiona est beaucoup plus belle que vous !

L'intéressée étouffe un petit rire, tandis que l'agent Magnus pique un fard.

– Je compense cet écart de beauté par mon charme diabolique et mon caractère irréprochable, grommelle-t-il.

L'agent Fiona m'observe d'un air soupçonneux.

– J'ai presque envie de lire dans vos pensées, pour voir ce qui se cache derrière ce soudain revirement, Peters.

Au secours ! Si elle fait ça, elle verra que j'ai utilisé un sort au sein du Bureau. Une idée, vite !

– Je ne le ferai pas..., ajoute-t-elle. Mais je vous demande d'y réfléchir encore un peu. C'est une décision importante, que vous ne pouvez pas prendre à la légère. Revenez me voir demain matin. Si vous n'avez pas changé d'avis, je signerai volontiers les papiers.

Je proteste :

– Mais je suis vraiment sûre.

– Fais-le pour moi, insiste Magnus. N'oublie pas que j'ai pris ta défense, l'autre jour.

Je soupire, vaincue.

– D'accord.

Les veillées ont lieu dans les deux gymnases : celui des filles et celui des garçons. Nous enfilons nos pyjamas dans les vestiaires. L'objectif de la soirée est de se détendre et de tisser des liens d'amitié avec les autres stagiaires, avant les épreuves du lendemain.

Je suis à peine entrée dans la salle que Lara saute de son lit de camp et accourt à ma rencontre.

– Alors ? me demande-t-elle, les mains sur les hanches.

Je n'ose même pas croiser ses yeux.

– Ils m'ont demandé d'attendre demain matin. Ils veulent que je sois sûre.

– Tu as intérêt à être sûre.

Elle pivote sur ses talons et regagne son lit.

Je choisis un lit isolé. Je ne suis pas d'humeur à supporter Lara ce soir, et les autres filles se sont massées auprès d'elle, telles des planètes en orbite autour d'un soleil. Elles parlent fort, font des pronostics sur l'épreuve qui nous attend. Lara assure qu'elle a vu l'énoncé sur le bureau de son père. Que c'est une grande course d'obstacles ponctuée de petites stations, où l'on doit répondre à des questions sur le monde surnaturel.

Entendre cela me réconforte un peu. Démissionner m'évitera d'être la seule détentrice d'un badge en pierre de lune à échouer à une épreuve et à être renvoyée chez elle. Malgré mes efforts, j'ai l'impression d'avoir à peine entamé la liste d'ouvrages que l'on m'a conseillés. Pendant que les autres filles cuisinent Lara pour lui soutirer d'autres informations, je m'allonge sur mon lit, je sors mon téléphone portable et j'enfile mes écouteurs. Je ferme les yeux et m'endors presque instantanément.

J'ai l'impression qu'il ne s'est écoulé que quelques minutes quand je rouvre les yeux. Dylan se penche au-dessus de moi et me tapote la joue. Je m'assieds et me fige. Que se passe-t-il ? Je ne suis plus dans le gymnase, mais par terre, dans une petite bibliothèque. Un bureau poussiéreux trône à ma gauche et des étagères vermoulues se dressent autour de moi.

– Bien, dit Dylan en se levant. Tu t'es enfin endormie.

Encore groggy, je rectifie :

– Tu veux dire « réveillée » ?

– Endormie, insiste-t-il. On partage un Rêve éveillé. Je crois que c'est la première épreuve.

Quoi ?!

Je repense à l'agent Fiona et à l'agent Magnus, qui m'ont demandé d'attendre ce matin pour prendre ma décision. En fait, ils voulaient m'empêcher de démissionner avant l'épreuve.

Je grogne. Je n'aime pas me sentir piégée.

Cela dit, s'ils ont agi ainsi, c'est peut-être parce qu'ils pensent que j'ai une chance de réussir.

Mais je ne *dois* pas réussir ! Pas avec Lara qui brandit cette vidéo comme une épée au-dessus de ma tête. Je regarde Dylan avec curiosité.

– On est partenaires ?

Avant qu'il ait pu me répondre, une boule de feu surgit entre nous. Elle enfle, passe du rouge au blanc, avant d'exploser dans l'air, dessinant un message en lettres incandescentes : Dylan le déchiffre avec moi.

Bienvenue à la première épreuve
de sélection des agents juniors.
Descendez au sous-sol
pour récupérer ce qui a été volé.
Indice : c'est la chose la plus précieuse
que vous trouverez.
Préparez-vous à justifier votre choix.
Et n'oubliez pas :
Chacune de vos décisions sera jugée.
Bonne chance !

Les mots disparaissent dans un nuage de fumée.

– « Préparez-vous à justifier votre choix », répète Dylan.

– On risque de devoir choisir entre plusieurs objets.

Il rit.

– Bien sûr. Sinon, ce ne serait pas très difficile. Je pense qu'il faut commencer par répondre à ta première question : travaille-t-on ensemble, ou est-on en compétition ?

– C'est forcément un concours. S'ils éliminent le perdant de chaque duo, il restera pile les seize stagiaires autorisés à passer l'épreuve suivante.

– C'est vrai. Mais n'oublie pas que les vrais agents travaillent toujours par deux.

Je me mords la lèvre. Dylan a raison.

– On peut se dire qu'on collabore jusqu'à ce que quelque chose nous en empêche ? suggère-t-il.

– D'accord.

J'espère que ça arrivera le plus tôt possible. Je le laisserai gagner, et ce sera réglé.

– Commençons par observer ce qui nous entoure, propose Dylan en regardant autour de lui. Ce n'est sûrement pas un hasard si on est dans cette pièce.

– Il y a des livres partout.

– Cherche des détails, me conseille-t-il en me montrant un angle du plafond. Ces toiles d'araignée, par exemple...

Il renifle.

– Il y a de la poussière dans l'air. On est dans une maison abandonnée.

Je pointe le doigt vers un pot rempli de jolies fleurs blanches et violettes.

– Quelqu'un doit les arroser.

– Bien vu. Gardons tout ça dans un coin de la tête, pendant qu'on descend au sous-sol. Euh... ça te va si je dirige ?

– Bien sûr. Tu as plus d'expérience du monde surnaturel.

Il ouvre la porte grinçante et passe la tête à l'extérieur de la pièce.

– On est au bout d'un couloir. Il a l'air vide.

– Il a l'air... ?

Dylan est déjà sorti. Je prends mon courage à deux mains et je lui emboîte le pas. Deux rais de lumière filtrent sous des portes, sur la droite. J'imagine que l'une d'elles permet d'accéder au sous-sol.

Nous avançons sur la pointe des pieds. Le plancher grince sous nos pas. À deux reprises, nous entendons des voix devant nous. Nous attendons que le silence revienne pour repartir.

Nous mettons une éternité à atteindre la première porte. Dylan s'arrête juste avant.

– Mieux vaut tout explorer, dit-il. Histoire de ne pas avoir de surprises...

– Tu as raison.

Il jette un coup d'œil dans l'embrasure et murmure :

– C'est une salle d'armes.

Nous nous faufilons dans la pièce et refermons la porte derrière nous. J'ai l'impression de pénétrer dans un four. La lumière du soleil et l'air étouffant du dehors entrent par une fenêtre ouverte. Dehors, un vaste désert s'étend jusqu'à l'horizon. Seul un cactus coupé en morceaux attire le regard.

Dylan choisit un poignard dans le râtelier et m'invite à m'équiper aussi. Des haches, des massues, un javelot et deux épées sont suspendus à des crochets métalliques. Il y a même une arbalète.

Je choisis une hache super belle – étonnamment légère – et je la balance au bout de mon bras. Puis une pensée inquiétante me traverse :

– Tu penses qu'on va devoir se battre ?

– Aucune idée. Je n'en sais pas plus que toi.

Je le crois volontiers, mais, à le voir manipuler le poignard comme un pro, je devine qu'il a au moins l'expérience des armes.

– On y va ? suggère-t-il.

Je hoche la tête et le suis jusqu'à la porte.

Le couloir me paraît encore plus sombre qu'avant, probablement par contraste avec la salle d'armes. Dylan avance plus vite, ignorant les grincements du plancher. La dague doit le mettre en confiance. Ou peut-être est-il aussi pressé que moi de quitter ce lieu effrayant.

Soudain, il halète et s'arrête net. Je n'ai pas besoin de lui demander pourquoi. Des yeux rouges luisent dans l'obscurité. Peu après, une silhouette massive vêtue de haillons entre dans le rai de lumière, devant la deuxième porte. Sa tête est bizarrement inclinée sur le côté. Il lui manque un bras et une de ses jambes est à l'envers.

La créature avance vers nous en boitant, tandis qu'un grondement sourd emplit le couloir.

Dylan lève son poignard. Je remarque alors un détail troublant, et je retiens son bras.

– Non !

– Qu'est-ce que tu fais ? s'insurge-t-il.

La créature nous dépasse d'un pas heurté.

– Regarde, dis-je.

Lorsqu'elle arrive devant la porte de la salle d'armes, un rayon de soleil éclaire le bouquet de fleurs qu'elle tient à la main.

– Ce n'est pas parce qu'on a peur qu'on a le droit d'attaquer. Là où je vis, c'est un vrai problème. On te catalogue en fonction de ton apparence, ou de l'endroit où tu habites. Tu te rappelles le pot de fleurs dans la bibliothèque ? Je parie que cette... créature allait juste mettre des fleurs dedans.

– Merci, chuchote Dylan dans le noir. C'était moins une.

Je souris.

– Je devrais peut-être passer devant.

– Bonne idée, dit-il en riant.

J'entre la première dans la pièce suivante. Sa fenêtre donne sur le même paysage désertique.

– Il n'y a rien ici.

Dylan me rejoint sur le seuil.

– Tu es sûre ?

Je m'apprête à le confirmer, quand j'entends un faible gémissement. Je plisse les yeux et distingue une fille pelotonnée dans l'ombre, sous la fenêtre.

– Au secours, implore-t-elle. Aidez-moi.

Je la reconnais : c'est une stagiaire, comme nous. Stéphanie quelque chose. Une épée traîne à côté d'elle.

– Je ne veux plus être agent, dit-elle. Vous avez vu cette chose horrible dans le couloir ? Je peux venir avec vous ?

– Non ! répond Dylan avec fermeté.

Je le regarde d'un air de reproche.

– Tu es sérieux ? Tu vois bien qu'elle a peur...

– Où est ton partenaire ? demande-t-il à la fille.

– Quand je lui ai dit que je voulais arrêter, il m'a abandonnée ici. Il ne voulait pas échouer par ma faute.

– Donc, tu n'as pas quitté cette pièce ? insiste Dylan, soupçonneux.

Stéphanie secoue la tête.

– Je n'aurais jamais dû choisir cette spécialité. Je ne sais pas ce qui m'a pris.

Assez de questions ! Je vais l'aider.

Je n'ai pas fait deux pas que Dylan crie mon nom.

– Ne t'approche pas ! ajoute-t-il.

– Je veux juste...

– Demande-lui où elle a eu son épée.

Je m'arrête net. Stéphanie est forcément entrée dans la salle d'armes pour se la procurer. Or, elle vient de nous affirmer qu'elle n'avait pas quitté cette pièce.

Un sourire méchant déforme son visage, révélant ses crocs. Je revois en pensée le sourire carnassier de Moreau, et mon sang se fige. La fausse Stéphanie se jette sur moi, mais Dylan la repousse *in extremis*. Elle trébuche et se désintègre dans la lumière du soleil, tel un nuage de cendres. Je ferme les yeux en frissonnant.

– Merci. Comment as-tu deviné ?

– On venait de croiser une créature effrayante qui s'est révélée inoffensive. L'inverse semblait logique.

Comment n'y ai-je pas pensé ? Jusqu'à présent, nous faisons une bonne équipe. De là à conclure qu'on est censés coopérer, il n'y a qu'un pas.

Mon cœur se serre. Dylan me fait confiance. Si j'échoue volontairement, je l'entraîne dans ma chute.

Je rêve depuis si longtemps d'avoir un véritable ami. Quelqu'un qui me soutienne en toute circonstance. Je ne peux pas le trahir.

Je suis obligée de faire de mon mieux. Je pourrai toujours arrêter la compétition après cette épreuve.

Au bout du couloir, un escalier est dissimulé dans l'obscurité. Nous descendons les marches le plus discrètement possible.

L'escalier donne dans une cave aux murs et au sol de pierre, traversée par une rangée de socles. Une grande porte rouge se découpe dans le mur du fond.

Dylan lève son poignard et scrute la pièce, tandis que je rase les murs en serrant le manche de ma hache. Je m'approche des socles avec prudence, de peur de déclencher une alarme ou un piège.

Rien ne se passe. Dylan pince les lèvres.

– Ça me semble...

– Trop facile ?

– C'est ça, approuve-t-il. À moins que ce test consiste seulement à choisir le trésor le plus précieux...

Je regarde les socles. Il y en a quatre en tout, de taille croissante. Le premier supporte un tableau où l'on voit un dragon marin géant écraser un grand navire en bois. Des étincelles d'électricité traversent le corps de la créature.

– C'est le Léviathan, me confie Dylan en venant se placer à mes côtés. Un des Sept Grands Monstres.

Il s'approche du deuxième piédestal, où trône un bol de terre cuite couvert d'inscriptions primitives.

– Ça doit être un objet très ancien, dis-je.

Dylan contemple tour à tour les deux socles.

– Tu crois que ça le rend plus précieux que le tableau ?

– Aucune idée.

Il secoue la tête, dérouté.

– C'est impossible !

Sur le troisième piédestal est posé un bracelet orné de diamants scintillants. Sur le quatrième, une couronne en or sertie de pierres précieuses. Je réfléchis : les diamants pourraient me rendre riche, tandis qu'une couronne ferait de moi une reine. Mais ça ne peut pas être aussi simple…

Je dois les examiner de près.

Au moment où je dépasse le bracelet, un grand fracas retentit dans la pièce, comme si quelque chose était venu cogner contre la porte rouge.

– Avance encore, me suggère Dylan, les yeux écarquillés.

Je m'exécute.

Boum !

Chacun de mes pas provoque un nouveau bruit assourdissant.

– Prends la couronne ! me crie Dylan.

Je fonce et l'arrache à son piédestal. Une fraction de seconde plus tard, la porte rouge s'ouvre à la volée, et une vague déferle dans la pièce. Elle me renverse et me ramène au troisième piédestal.

Je me dévisse la tête et je vois Dylan flotter en agitant les bras, cherchant désespérément un point d'accroche. Il percute violemment le mur du fond et disparaît.

Il a dû se réveiller.

Je me retrouve seule, mais j'ai toujours la couronne. Comme je suis encore dans le rêve, je suppose que je n'ai pas achevé la mission. Je dois sûrement remonter l'escalier.

La pièce derrière la porte rouge est remplie d'eau jusqu'au plafond, mais le liquide ne coule pas, comme figé par la magie. Une ombre noire immense se déplace à l'intérieur. Je déglutis, la couronne serrée contre moi.

L'instant d'après, une créature grise couverte d'écailles chatoyantes sort de l'eau en rampant. J'en ai déjà vu de semblables dans les vieux magazines de Quinton : c'est un python aquatique. Le *roi* des pythons aquatiques, vu sa taille. Sa tête seule a les dimensions d'une voiture.

Le serpent géant découvre ses crochets en sifflant et me fixe méchamment de ses yeux jaunes.

Je fais quoi, maintenant ? Vite, un plan ! Si j'arrive à récupérer ma hache, je pourrai peut-être le combattre...

Je fonce m'abriter derrière le dernier piédestal et je regarde autour de moi, à la recherche de mon arme.

Comme si j'allais faire le poids contre ce monstre… « N'importe quoi, Amari ! Ce plan est nul. »

« Mieux vaut fuir », me dis-je, tandis qu'un sifflement menaçant emplit la salle. Je cours vers l'escalier et je constate avec surprise que le serpent géant ne me prend pas en chasse.

Dans un éclair de lucidité, je comprends que ce n'est pas la couronne que nous sommes venus chercher. Je lâche mon butin à l'entrée de la cage d'escalier.

À l'instant où mon pied touche la première marche, le décor disparaît. Je me réveille dans mon lit, une paire de lunettes sur les yeux.

Un agent me les retire. Je m'assieds et découvre les autres filles autour de moi.

– Comment vous sentez-vous ? me demande la jeune femme.

Son nom figure sur son insigne : « Agent spécial Meredith Walters ».

– Un peu groggy. J'ai réussi ?

– Vous êtes la dernière à terminer l'épreuve, répond-elle. En général, c'est très bon signe.

– Et Dylan ? Il va bien ?

L'agent Walters hoche la tête et se redresse.

– Maintenant que tout le monde est réveillé, allez dans les vestiaires mettre vos uniformes de stagiaires. Quand vous serez toutes en tenue, nous irons retrouver les agents Fiona et Magnus dans la salle de briefing, où ils annonceront les résultats. Je vous rappelle que l'épreuve n'est pas terminée. Ne parlez pas entre vous.

– Je vois que les filles nous ont rejoints, commente l'agent Magnus, perché sur l'estrade.

À notre intention, il ajoute :

– Venez vous placer chacune à côté de votre partenaire, s'il vous plaît.

Je rejoins Dylan, qui m'interroge du regard. Je lui réponds par un haussement d'épaules. Soit j'ai tout compris, soit j'ai échoué lamentablement.

L'agent Fiona s'éclaircit la gorge et s'avance au milieu de l'estrade.

– Pour commencer, je tiens à tous vous féliciter. Peu importe ce que vous avez fait durant l'épreuve, vous pouvez être fiers de vous. Cet exercice était conçu pour vous induire en erreur, afin de tester vos instincts et votre capacité à travailler en équipe. Ce sont les qualités essentielles de tous les grands agents.

Elle marque une petite pause avant de continuer :

– Chacune de vos actions a été jugée, mais il existait trois motifs de disqualification automatique.

Le premier était de quitter la bibliothèque séparément. Vous êtes plusieurs à avoir hésité, mais en fin de compte seuls deux duos ont échoué. Quand j'appellerai vos noms, veuillez rejoindre l'agent Walters à l'entrée de la salle. Elle vous donnera de plus amples informations.

Après le départ des stagiaires concernés, l'agent Fiona nous gratifie d'un petit sourire.

– Nous vous avons ensuite laissé la possibilité de vous procurer une arme. Puis de l'utiliser. En fonction de votre connaissance du monde surnaturel, nous vous avons fourni plus ou moins d'indices attestant que Mr Zombie était parfaitement inoffensif. Par exemple, un duo l'a vu apparaître en pyjama rose à pois, fredonnant « Joyeux anniversaire », un bouquet de fleurs à la main.

Des rires fusent.

– Pourtant, vous avez été quelques-uns à vous laisser tromper, reprend l'agent Fiona.

Elle nomme plusieurs candidats, qui quittent la scène. Puis elle croise les bras.

– Apparemment, c'est la stagiaire abandonnée qui vous a donné le plus de fil à retordre. C'était une vilaine ruse, je l'avoue. Mais c'est aussi un excellent moyen d'évaluer votre instinct et votre capacité à analyser une situation. Ce test était le même pour tous.

Huit autres candidats sont éliminés.

– J'ai une bonne nouvelle pour ceux qui restent, déclare l'agent Fiona. Comme vous n'êtes plus que seize, vous avez tous réussi la première épreuve.

Je pousse un énorme soupir de soulagement.

– Ne criez pas victoire trop vite, car la deuxième épreuve est redoutable ! Sachez que le duo qui a obtenu le meilleur score aujourd'hui aura une longueur d'avance sur ses concurrents. Pour mémoire, la consigne était de récupérer ce qui avait été volé. Nous vous avons fourni un indice, en signalant que c'était la chose la plus précieuse que vous pourriez trouver. Vous êtes quasiment tous partis en emportant la couronne. Tous, sauf Dylan Van Helsing et sa partenaire, Amari Peters. Je voudrais savoir si cela vous conforte dans votre choix, ou l'inverse.

Dylan se tourne vers moi, les yeux ronds. J'ouvre la bouche pour me défendre, mais je me rappelle que nous ne sommes toujours pas autorisés à parler. Suis-je vraiment la seule à ne pas avoir pris la couronne ?

– Je vais passer devant vous, poursuit l'agent Fiona. Je veux que chacun me dise pourquoi il a pris cette décision.

Les autres stagiaires lui font tous le même genre de réponse : les couronnes sont précieuses. Elles sont synonymes de pouvoir. Elles représentent une nation...

L'agent Fiona s'arrête devant Dylan et moi.

– Je vous demanderais bien de justifier ce choix, petit Van Helsing, mais vous n'êtes pas allé jusqu'au bout, n'est-ce pas ?

Dylan rougit. L'agent Fiona se plante devant moi.

– Dites-moi, est-ce un éclair de génie ou un manque de réflexion qui vous a amenée à lâcher la couronne avant de vous engouffrer dans l'escalier ?

Je m'éclaircis la gorge.

– Euh... le génie.

L'agent Fiona décrit des cercles autour de notre duo.

– Continuez. J'aimerais bien entendre votre raisonnement.

– Eh bien, je n'ai rien soupçonné, jusqu'à ce que j'essaie de partir avec la couronne. Là, le serpent ne m'a pas poursuivie, et je me suis demandé pourquoi. Puis j'ai compris qu'il ne gardait pas la couronne. Il veillait sur l'eau.

– Hmm, marmonne l'agent Fiona. C'est une théorie intéressante. Mais pourquoi l'eau serait-elle aussi précieuse ?

– Parce que le rêve se déroulait dans le désert. Je m'en suis aperçue dans la salle d'armes. Dehors, la terre était totalement stérile. La seule chose vivante était un cactus, et on l'avait découpé pour en extraire l'eau. Si on mettait un roi dans ce désert, il échangerait volontiers sa couronne contre un verre d'eau.

– Bien vu ! me félicite l'agent Fiona. Mais alors, petite futée, pourquoi le python a-t-il attaqué quand vous avez pris la couronne ?

Je souris, confiante.

– Elle était sur le dernier piédestal. En m'en approchant, je m'approchais aussi de l'eau. Comme le serpent était derrière la porte, il ne pouvait pas voir ce que je faisais.

L'agent Fiona s'arrête devant moi. Elle m'observe attentivement.

– Une dernière chose. On vous avait demandé de rapporter ce qui était le plus important...

– Je l'ai fait ! J'étais trempée quand je suis arrivée au sommet des marches.

– Absolument. Félicitations ! Vous avez fait un parcours sans faute. Personne, depuis votre frère, ne l'avait réussi aussi brillamment. Dylan et vous bénéficierez de trente secondes d'avance pour la prochaine épreuve. Si vous décidez de vous séparer pour choisir de nouveaux partenaires, le bonus s'appliquera aux deux nouvelles équipes.

L'agent Fiona me fait un clin d'œil et ajoute à voix basse :

– Je suppose que vous restez parmi nous, Peters...

Dylan me soulève et me fait virevolter. Je bats des bras et je ris si fort que j'en ai mal au ventre.

– Quelle aventure ! s'exclame-t-il quand il me repose enfin. On a réussi !

Je hoche la tête, les joues brûlantes.

– Carrément !

Lara s'interpose entre nous.

– Donne-moi une bonne raison de ne pas envoyer cette vidéo à mon père, me lance-t-elle.

– Quelle vidéo ? s'enquiert Dylan.

– J'ai filmé ta *partenaire* pendant qu'elle utilisait un livre de sorts à l'intérieur du Bureau, répond Lara. Je l'ai prise en flagrant délit.

– Prouve-le, la défie Dylan.

Lara sort son téléphone et tapote l'écran. Son visage se décompose.

– La vidéo a disparu ! Je ne comprends pas. Elle était là il y a cinq minutes.

Son frère secoue la tête.

– Tu as encore inventé des trucs. Ah, au fait : le livre est à moi. Amari me l'a simplement emprunté. Si tu le répètes à papa, je dis à maman qui lui a taxé sa carte de crédit des Cosmétiques Duboise.

Lara reste un instant sans voix. Puis elle s'éloigne en tapant des pieds, furieuse.

– N'oublie pas de remettre mon livre où tu l'as trouvé, lui crie Dylan.

Si Lara est choquée, ce n'est rien par rapport à ce que je ressens.

– Tu as effacé la vidéo par magie ?

– C'est tout l'intérêt d'avoir un technologue sous la main, dit-il avec un petit sourire.

– Merci beaucoup ! Si j'y avais pensé avant, je me serais épargné bien des soucis.

Dylan hausse les épaules.

– On doit se soutenir entre partenaires, non ?

20

— Félicitations à nos seize stagiaires ! claironne Mr Van Helsing en levant un verre de punch à la fraise. Et surtout, bravo à mon fils Dylan, qui est arrivé en tête du classement ! Mangez, buvez et faites la fête avant votre premier week-end de pause. Vous l'avez bien mérité ! Je veux vous voir revenir lundi frais et dispos, prêts à vous remettre au travail ! À la vôtre !

Les stagiaires rassemblés dans la salle de conférence poussent des vivats. Au centre de la pièce, la grande table croule sous les pâtisseries : d'énormes gâteaux aux glaçages multicolores, des assiettes de biscuits, des tartes fumantes... Tout le monde va et vient autour du buffet et engloutit des friandises en riant.

Dylan est entouré d'une petite foule d'admirateurs qui lui donnent des tapes dans le dos et lui frappent dans la main. Même les agents juniors qui ont organisé l'évènement viennent le féliciter. Lara, qui ne lâche pas son frère d'une semelle, profite de son aura comme si c'était son partenaire.

Je reste seule près de la porte. Les bras croisés, je fixe mes pieds. Personne ne m'a félicitée. Certes, Dylan n'a pas humilié les autres stagiaires devant l'agent Fiona, comme moi. Même si ce n'était pas mon intention, ça peut expliquer certaines choses.

Je suis quand même un peu contrariée qu'il recueille toutes les louanges. Si les gens savaient qu'il est magicien comme moi, ce serait différent. Je serais presque tentée de le démasquer devant tout le monde, mais ce serait par pure jalousie. En plus, je lui suis très reconnaissante de m'avoir sauvée du chantage de Lara. Et de m'avoir proposé son aide pour découvrir ma magie.

J'aimerais tant pouvoir me faire passer pour quelqu'un d'autre, moi aussi. Ma vie serait plus facile si personne ne savait que je suis une magicienne.

Quoique... Les gens me détesteraient de toute façon. Au Bureau, comme à l'Académie Jefferson, je suis une paria.

Une voix féminine m'arrache à mes pensées moroses :

– Y a-t-il une menace terrible dont on ignore l'existence ?

Je lève la tête et me retrouve nez à nez avec la Dame Rouge.

– Pardon ?

– Vous gardez la porte depuis tout à l'heure, m'explique-t-elle en souriant. J'ai supposé que vous saviez quelque chose de plus que nous.

– Oh ! dis-je, embarrassée. J'attends juste que ça se termine pour retourner dans ma chambre.

L'agent Fiona lorgne Dylan, qui pose pour une photo avec une charmante agent junior.

– Il n'y a pas plus célèbre que les Van Helsing dans le monde surnaturel, soupire-t-elle. Vous vous habituerez à les voir s'attribuer tous les mérites. Surtout dans ce département. Mais soyez sans crainte : ceux qui comptent savent qui était la star, ce matin.

Je souris faiblement. L'agent Fiona me frotte l'épaule.

– Euh… Amari ?

Dylan s'est approché sans que je le remarque. Il a l'air agité.

– Je vous laisse fêter ça tous les deux, dit l'agent Fiona avant de s'éloigner. Mais, Peters… assurez-vous que ce jeune homme n'oublie pas à qui il doit sa première place.

Je hoche brièvement la tête avant de reporter mon attention sur mon coéquipier.

– Qu'est-ce que tu veux ? dis-je, l'air renfrogné.

Mon intonation le surprend.

– On peut aller discuter dans le couloir ?

– Pourquoi ? Tu as peur que tes précieux amis te voient me parler ?

– Hein ? Non !

Dylan attend que deux agents juniors nous aient dépassés pour reprendre à voix basse :

– Tu voulais qu'on enquête ensemble, non ?

Il me montre un truc brillant dans sa manche.

– C'est la clé du bureau de VanQuish, dans le hall des agents spéciaux.

Je n'en crois pas mes oreilles. Dylan s'est-il vraiment procuré la clé du bureau de mon frère ?

– Allez, viens ! ajoute-t-il en me faisant signe de le suivre.

Nous nous engouffrons dans le couloir en U. Tout en marchant, Dylan me confie son plan :

– J'ai prétexté que je t'emmenais faire la connaissance de ma mère. Elle s'occupe de la gestion des crises au département des Demi-vérités et des Dissimulations complètes. Elle invente des couvertures chaque fois qu'un secret risque d'être éventé. Tu te rappelles l'ouragan, l'an dernier ? En fait, c'était une guerre totale entre les gens de la mer et les nymphes de l'océan.

Un sourire éclaire son visage.

– Pour info, ma mère a *vraiment* envie de te rencontrer. C'est une grande fan de Quinton. Il faudra juste qu'elle attende un peu...

Je l'interroge à voix basse :

– Comment va-t-on entrer dans le bureau de VanQuish sans se faire prendre ?

– Tous les agents spéciaux qui étaient en service aujourd'hui sont à la fête. J'ai vérifié.

Il rit.

– J'ai le double de la clé de Maria depuis des mois, mais c'est la première fois que j'ai l'occasion de l'utiliser. Si on a l'air décontractés, personne ne nous remarquera.

Dylan avait raison : aucun adulte ne s'intéresse à nous. Nous bifurquons dans un étroit couloir, que je n'avais pas remarqué lors de ma première visite. Ses murs sont ornés de moulures dorées. C'est très chic.

– Nous sommes dans le couloir des agents spéciaux, me confie Dylan. Il y a un maximum de trente agents par avant-poste. Ils ne se chargent que des missions les plus dangereuses.

Il s'arrête devant une porte en bois lisse, où est gravé un élégant V en cursive.

– Le département a laissé leur bureau intact, m'explique-t-il.

Je suis le tracé du V avec mon doigt, pensive. Sans l'aide de Dylan, je n'aurais jamais pu entrer dans le bureau de Quinton. J'ai parfois l'impression que je n'ai aucun talent pour mener cette enquête. Que je ne suis pas capable de sauver mon frère.

– Ils ont déjà cherché des indices ici ?

Dylan acquiesce.

– C'est le premier endroit qu'ils ont fouillé.

– Viens. Entrons avant de nous faire repérer.

Il hoche à nouveau la tête et insère la clé dans la serrure. J'ai la chair de poule quand il pousse le battant.

– Après toi...

J'inspire plusieurs fois pour calmer ma nervosité. Lorsque j'entre dans la pièce, les lumières s'allument toutes seules. Mais ce n'est pas du tout ce à quoi je m'attendais.

On se croirait plus dans une salle de trophées que dans un bureau. Les murs sont tapissés d'étagères pleines de photos, de diplômes, de médailles, etc. Elsie serait au paradis !

Au centre est affichée une très grande photo de Quinton et Maria, accroupis près d'un petit elfe à la tête couverte de feuilles. Sa peau tachetée ressemble à l'écorce d'un arbre.

– C'est Merlin, dit Dylan. Il ne se laisse presque jamais photographier.

En longeant les étagères, j'effleure du bout des doigts une grosse médaille d'honneur en or. À côté, deux certificats d'agent de l'année trônent dans des cadres argentés. Plus loin, une paire d'Air Sprints violettes brillantes est entreposée dans une vitrine. Elles sont ornées du même V élégant que la porte du bureau. Je déchiffre l'étiquette posée dessous :

DUBOISE AIR VANQUISH
Édition limitée

Je n'en reviens pas.

– Ils avaient leurs propres Air Sprints ?

Dylan sourit.

– J'en aurais bien acheté une paire, mais il fallait faire des heures de queue.

Je ris. Plusieurs couvertures de magazines affichent des photos du duo, sous les titres « Citoyens surnaturels de l'année » ou « Les dix habitants les plus influents du monde surnaturel ».

– Ce sont de vraies célébrités, dis-je.

– C'est clair.

– J'ai du mal à croire que Maria ait voulu renoncer à ça.

Dylan hausse les épaules.

– C'est dur d'être agent spécial. Ce doit être hyper stressant de savoir que la sécurité du monde surnaturel repose sur tes épaules. Surtout quand tu deviens célèbre, et que des agents plus âgés te reprochent d'avoir été promu avant eux. Ma sœur l'a mal supporté.

– C'est pour ça qu'elle voulait devenir formatrice ?

– Je crois qu'ils commençaient à se disputer, avec Quinton.

Je m'arrête net.

– Ils ne s'entendaient plus ?

– Il a dû se passer quelque chose, dit-il en secouant la tête. Leur relation a changé du jour au lendemain. C'était bizarre.

– Tu ne sais pas pourquoi ?

Dylan hausse les épaules.

C'est bizarre, en effet. Je contemple une affiche géante de jeu vidéo à l'effigie de VanQuish et je m'étonne :

– On ne se croirait pas vraiment dans un bureau...

– Dis « haut », me conseille Dylan.

– Haut ?

Les lumières clignotent au-dessus de nous et je décolle soudain du sol, comme soulevée par un ascenseur invisible. Je regarde en l'air et je vois des meubles flotter au-dessus de moi. Je continue de monter sans effort jusqu'à ce que je me retrouve devant le bureau de Quinton.

– Waouh ! dis-je, en testant mon équilibre. Un bureau flottant !

Dylan arrive à mes côtés, l'air radieux.

– Quinton aimait travailler dans une pièce encombrée, tandis que ma sœur est la personne la plus ordonnée du monde. Elle l'a menacé de jeter des trucs dans le couloir s'il n'acceptait pas de faire enchanter leur bureau, pour avoir plus d'espace.

– Ça ne m'étonne pas de Quinton ! Ses bulletins de notes du primaire sont toujours scotchés au mur de sa chambre.

Sur le bureau de mon frère, un énorme tas de dossiers marqués « Top secret » côtoie un élégant ordinateur portable. La pile est si haute qu'elle dissimule les deux cadres posés derrière. Le premier contient une photo de classe de maman au lycée, qu'elle a toujours un peu honte de montrer. Quinton et moi l'avons souvent taquinée en lui disant qu'elle était plutôt canon, pour une femme des cavernes.

Dans le second, il y a une photo de moi. Je suis juchée sur un vélo rouge, et j'ai un grand sourire édenté. À sa vue, je ferme les yeux et me prends le visage dans les mains. L'instant d'après, je fonds en larmes. Dylan passe un bras tremblant sur mes épaules. Au lieu de me calmer, je sanglote encore plus fort.

Quand la crise est passée, il m'interroge :

– C'est cette photo qui t'a bouleversée ? Elle doit signifier beaucoup de choses pour toi...

Je hoche la tête.

– C'est le jour où j'ai compris pour la première fois que je pourrais toujours compter sur Quinton, quoi qu'il arrive. Nos parents venaient de se séparer. Papa m'avait promis depuis longtemps de m'offrir un vélo rouge pour mon anniversaire. Maman m'avait conseillé de ne pas me faire d'illusions, mais je n'ai pas voulu l'écouter. J'étais sûre que mon père me l'offrirait, puisqu'il l'avait promis. Les papas ne mentent pas à leurs petites filles.

Finalement, papa n'est même pas venu pour mon anniversaire. Quand maman l'a appelé pour demander où il était, ils se sont violemment disputés au téléphone. À un moment donné, elle a mis le haut-parleur sans le faire exprès, et j'ai entendu la voix de mon père, complètement soûl, qui disait : « Si ça se trouve, elle n'est même pas de moi. Tu n'as qu'à dire à son vrai père de lui offrir son foutu vélo. » Maman lui a raccroché au nez et m'a regardée dans les yeux. « Il ne le pensait pas… », a-t-elle commencé.

C'est à peine si je l'ai entendue. J'ai couru dans ma chambre et j'ai pleuré toutes les larmes de mon corps. Cette nuit-là, pendant que maman dormait, Quinton m'a laissée venir dans sa chambre, et on a parlé pendant des heures, assis par terre. C'était notre toute première conversation nocturne. Il y en a eu des centaines d'autres, depuis. Il m'a promis que je pourrais toujours compter sur lui. Et, quand Noël est arrivé, mon frère n'a pas reçu un seul cadeau. Moi, j'avais un vélo rouge tout neuf.

– On va les retrouver, assure Dylan. Il faut juste continuer d'y croire.

J'acquiesce et j'essaie de sourire.

– J'y crois.

Il s'assied devant l'ordinateur de Quinton et appuie sur le bouton d'alimentation. Je m'accroupis près de lui.

– Croise les doigts, m'ordonne-t-il.

J'ai beau obéir, les trois mots redoutés apparaissent à l'écran :

Mot de passe

– Tu ne peux pas utiliser ta magie ?

Dylan secoue la tête.

– Sur un ordinateur aussi sophistiqué, j'en aurais pour une heure, au moins. On n'a pas le temps.

Je me mords la lèvre. Quelle est la probabilité pour que Quinton ait recyclé le mot de passe de sa messagerie ?

– Pousse-toi. Je vais essayer un truc.

Dylan se déplace pour me laisser un peu d'espace, mais il m'arrête avant que je tape sur le clavier.

– Attention, ces ordinateurs sont ultra protégés. Si tu entres un mauvais mot de passe, même un seul, la sécurité va nous tomber dessus. Donc… pas de précipitation.

J'avale ma salive.

– OK, pas de précipitation.

– Fie-toi à ton intuition.

Je n'ai pas d'autre idée. Je tape *Super-Amari* avec nervosité, une touche à la fois. Il ne reste plus qu'à appuyer sur « Entrée ».

Mon doigt plane au-dessus de la touche. Dylan tend la main et appuie pour moi.

Je ferme les yeux et je retiens mon souffle, me préparant au pire.

– Yes ! souffle Dylan. C'est ça !

Le soulagement me submerge. L'agenda de Quinton apparaît à l'écran.

Agenda de Quinton Peters

18 novembre

12 h 00 : Contacter GC

23 h 00 : RDV Horus

Dylan pousse une exclamation de surprise.

– C'est le jour où ils ont disparu, Maria et lui.

Je tourne en rond dans l'ascenseur qui me ramène au dortoir. Dylan aurait aimé que je revienne à la fête avec lui, mais je suis pressée de confier notre découverte à Elsie. Elle saura peut-être ce que signifie GC. Si ce sont des initiales, la personne concernée sait peut-être où est passé mon frère. Ou du moins sur quoi il travaillait.

L'intitulé du second rendez-vous est beaucoup plus clair. Horus est le directeur du département des Bons présages et Mauvais augures. Hélas, il ne rentrera pas des îles Errantes avant lundi. Autant dire dans une éternité.

Je veux savoir pourquoi ils devaient se rencontrer. C'est peut-être la dernière personne à avoir vu mon frère avant sa disparition.

J'arpente toujours la cabine avec fébrilité, quand les portes s'ouvrent à l'étage de mon dortoir. En sortant de l'ascenseur, je constate avec surprise que le couloir est bondé.

Bertha n'est pas en vue. Je me dirige vers ma chambre en jouant des coudes, et je m'aperçois que tous les yeux sont braqués sur moi. Plusieurs stagiaires échangent des messes basses. J'ai l'habitude qu'on me regarde bizarrement, mais, là, c'est encore pire.

Plus j'avance dans la foule, plus c'est évident que quelque chose cloche.

– Tu crois qu'elle l'a vu ? murmure une fille.

Juste avant de tourner dans mon couloir, j'aperçois Lara et plusieurs de ses amies, en compagnie de deux agents. Les filles ont l'air effrayées.

Au moment où j'arrive devant ma chambre, Bertha sort de la pièce en secouant la tête. L'agent Magnus la suit, furieux. Je les interroge :

– Que se passe-t-il ?

Bertha se contente de grimacer. Magnus tend le bras derrière moi.

– Retourne à l'ascenseur. Tu n'as pas besoin de voir ça.

– Voir quoi ?

Je m'avance. Bertha essaie de fermer la porte, mais je suis plus rapide qu'elle.

Au-dessus de mon lit, quelqu'un a dessiné une jeune fille noire avec des X à la place des yeux et un pieu fiché dans le cœur. « INTERDIT AUX MAGICIENS », dit la légende.

Mon estomac se révulse. Je serre les poings et je fonce vers Lara.

– C'est toi qui as fait ça ?

– Non ! se défend-elle.

– Menteuse !

Je prends mon élan pour la pousser, mais elle se tourne pour esquiver mon geste et me jette à terre. J'atterris sur le dos si violemment que je n'arrive plus à respirer. Je suis prise d'une violente quinte de toux.

Lara me toise d'un air farouche.

– Si je l'avais fait, crois-moi, je le revendiquerais. Admets-le : personne ne veut de toi, ici.

– Interdit aux magiciens ! crie une voix.

Plusieurs autres se joignent à elle. Bientôt, tout le dortoir scande la même phrase. Partout où je regarde, les filles crient. Peu importe qui a mis ce message sur mon mur, si tout le monde est d'accord.

Je ne me suis jamais sentie aussi petite.

Magnus lève les bras et frappe dans ses mains. Le bruit résonne comme un fracas de métal, et le silence revient instantanément.

– La prochaine qui ouvre la bouche reçoit un aller simple pour quitter le Bureau. Vous pensez que je bluffe ? Essayez, et vous verrez !

Personne ne bronche.

– Amari !

Elsie sort de la foule et me prend la main.

– Viens. On s'en va.

Je n'ai jamais été aussi soulagée de quitter un endroit.

21

– C'est bon, vous pouvez me déposer chez moi, dis-je à Maxwell, le chauffeur de la berline de luxe envoyée par le tuteur d'Elsie.

Il devait la raccompagner directement chez elle, mais mon amie lui a demandé de faire un détour par mon quartier, sans se presser, pour me laisser le temps de me calmer. Il a même eu la gentillesse de monter chercher mes affaires au dortoir.

Je n'ai pas envoyé de texto à maman pour la prévenir de mon retour. Elle m'aurait posé des milliers de questions, aurait voulu savoir si tout allait bien...

Et, justement, ça ne va pas du tout. Trouver cet horrible graffiti au-dessus de mon lit m'a bouleversée. C'était si cruel que j'ai failli vomir. Je n'imaginais pas que mes camarades détestaient les magiciens à ce point.

J'appuie mon front contre la vitre en me demandant si je trouverai un jour ma place quelque part. La voix de Moreau résonne dans ma tête. « Rejoins-nous, Amari. Rejoins tes collègues magiciens. »

– Je sais que tu es triste, me dit Elsie, mais tout le monde n'est pas contre toi. Moi, par exemple...

Je continue à regarder par la fenêtre sans lui répondre. Il pleut.

Puis je me rends compte que je suis injuste. Je lui fais subir ma colère, alors qu'elle n'y est pour rien. J'ouvre la bouche pour m'excuser, mais elle ne m'en laisse pas le temps.

– Je sais. Tu n'as pas besoin de me le dire.

Je hoche la tête et ferme les yeux. « Interdit aux magiciens. » Cette phrase horrible résonne encore dans ma tête. Je revois les regards haineux des autres filles. Comme si j'avais choisi d'être ce que je suis. D'être différente.

– Je ne suis pas sûre de revenir, tu sais...

– Mais... ton frère ?

Elsie se rapproche de moi sur la banquette arrière.

– Tu ne peux pas les laisser gagner. Si tu as honte de ce que tu es, tu leur donnes raison. Ils veulent te faire peur pour te forcer à abandonner.

– Tant pis. Je trouverai un autre moyen de chercher Quinton.

– Si tu démissionnes, tu peux dire adieu à tes souvenirs. Tu oublieras tout ce que tu as appris sur le monde surnaturel.

Je pense aux indices qu'on a trouvés sur l'ordinateur de Quinton. Je les perdrais si on effaçait ma mémoire. Mais le souvenir des gens qui me détestent disparaîtrait aussi.

– Tu es une lâche, affirme Elsie.

Je me retourne brusquement. Elle tressaille, mais me tient tête, le menton levé.

– Quinton se battrait pour toi s'il était à ta place. Ne prétends pas le contraire.

– Quinton est mon frère, pas le tien, dis-je sèchement. Tu n'en sais rien.

– Je ne le connais peut-être pas aussi bien que toi, insiste-t-elle. Mais je suis sûre que j'ai raison.

Je suis à court d'arguments. Parce qu'au fond, moi aussi, je sais qu'elle a raison.

– On est arrivés dans mon quartier, dis-je à Maxwell, qui ralentit à l'approche d'un feu rouge.

Elsie colle le nez à la vitre, et je me demande à quoi elle pense. Dehors, Mr Jenson houspille un groupe de mecs qui traînent devant sa boutique. Ils portent tous des bandanas noirs et se moquent du vieil homme. Quand on s'arrête, tous les yeux se tournent vers nous.

– Ne les regarde pas, dis-je à Elsie en l'obligeant à se détourner. Ils sont curieux parce qu'on est dans une belle voiture. Ils doivent se demander ce qu'on fabrique ici.

– Tu les connais ?

– Non.

Je lorgne par-dessus son épaule pour m'en assurer. Je me suis trompée.

– En fait, j'en connais un. Tu vois le grand mec tout maigre, à droite ? Il s'appelle Jayden et suivait les cours de soutien scolaire de Quinton. Maintenant, il traîne dans la rue avec les Wood.

– Les Wood ?

– C'est un gang. Si Quinton était là, il serait hyper déçu. Il aime beaucoup Jayden.

Je repense à notre conversation à l'arrêt de bus, l'autre jour. Pourvu qu'il ne s'attire pas d'ennuis avec ces types.

– Toi aussi, j'ai l'impression que tu tiens à lui, observe Elsie.

– Je sais combien c'est tentant d'en arriver là quand on galère. Ces mecs n'ont pas une vie facile. Tout le monde cherche sa place...

– Tu pourrais peut-être faire quelque chose pour lui, suggère Elsie.

– Je ne suis pas comme Quinton. Il savait s'y prendre avec les gens.

Je secoue la tête.

– S'il était là, il pourrait lui parler. C'est aussi pour ça que je dois le retrouver.

Nous ne sommes plus très loin de chez moi. Quand on entre sur le parking, je commence à stresser à l'idée qu'Elsie voie où j'habite. Si son tuteur est assez riche pour lui envoyer une berline avec chauffeur, sa vie en dehors du Bureau doit ressembler davantage à celle de Lara qu'à la mienne.

– C'est ce bâtiment, dis-je à Maxwell.

Il gare la voiture devant mon immeuble.

– Je peux entrer ? me demande Elsie, alors que j'ouvre la portière.

J'ai un coup au cœur.

– Euh… Ouais, pourquoi pas ?

Elsie me suit jusqu'à la porte avec un sourire jusqu'aux oreilles. Je tourne la clé dans la serrure et j'entre la première. L'appartement est nickel. Comme je ne suis pas là, et que maman passe sa vie au travail, il n'y a personne pour semer le désordre. Elsie m'emboîte le pas.

– Je sais que ce n'est pas terrible, mais c'est chez moi, dis-je en haussant les épaules.

Elsie regarde autour d'elle, les yeux ronds, un drôle de petit sourire aux lèvres. Elle s'arrête pour contempler les photos de Quinton et de moi que maman a disséminées dans tout le séjour. Sur certaines, j'ai l'air d'une folle.

Je suis tellement à cran que je ne peux pas me retenir de l'interroger :

– Qu'est-ce qu'il y a ?

Elsie se tourne vers moi.

– C'est juste que… C'est ici que mon héros a grandi. Et ma meilleure amie, aussi. Je ne sais pas… Ça me fait quelque chose d'être là.

– Ta meilleure amie ?

Je rougis. Elsie aussi.

– Ah… Désolée, dit-elle. Je me fais peut-être des idées…

Je m'empresse de la rassurer :

– Pas du tout. Je veux bien être ta meilleure amie. C'est juste que je n'en ai jamais eu. Je veux dire, à part mon frère…

Elsie attrape une photo de Quinton et moi. On nous voit chahuter dans la piscine du centre de loisirs.

– Qu'est-ce que ça fait d'être la sœur de Quinton Peters ?

– Euh… rien de spécial.

Je réfléchis un peu, puis j'ajoute :

– Pour moi, c'est juste Quinton. Mais il a toujours fait hyper attention à moi. Le grand frère de rêve, quoi.

– J'aurais tellement aimé avoir un frère ou une sœur, soupire Elsie. Mes parents adoptifs sont adorables et je leur dois beaucoup, mais ils sont très occupés. Ç'aurait été bien d'avoir quelqu'un à qui parler, ou avec qui jouer. Ça explique sans doute que je suis toujours un peu perdue dans mes pensées. C'est triste, non ?

– Pas du tout. C'est sûrement pour cela que tu es la personne la plus intelligente que je connaisse. En plus, maintenant, tu as une meilleure amie. C'est presque aussi bien.

Un bruit à la porte me fait sursauter. Si c'est maman, elle va me reprocher d'avoir invité quelqu'un sans sa permission. Sans parler du fait que je n'ai pas annoncé mon retour.

Heureusement, ce n'est que Maxwell. Il est si grand et si costaud qu'on pourrait croire que c'est le garde du corps d'Elsie.

– Je suis navré, Miss Rodriguez, mais votre mère m'a demandé de vous ramener chez vous immédiatement. Elle m'a demandé où vous étiez, et quand je le lui ai dit elle était très contrariée.

Maxwell me regarde, puis baisse les yeux.

– Elle n'aime pas vous savoir dans ce quartier. Elle m'a menacé de me renvoyer pour vous avoir conduite ici.

Elsie soupire.

– Le pire, c'est qu'elle est capable de le faire, juste pour prouver qu'elle a raison. Je suis désolée, Amari, je dois y aller.

– Je comprends. Ce n'est pas grave.

Les paroles de Maxwell m'ont blessée, mais je fais mon possible pour n'en rien laisser paraître.

– Tu es sûre que ça va ? me demande Elsie.

– Mm-hmm. Ça ira.

Elle s'approche de moi et me serre dans ses bras.

– J'ai mis mon numéro dans ton téléphone. Appelle-moi, d'accord ?

Après son départ, je me poste à la fenêtre et je regarde Maxwell lui ouvrir la portière de la voiture. Puis ils s'en vont.

Pour éviter de ressasser ce qui s'est passé au Bureau, je fouille dans mon sac, à la recherche du livre de sorts.

Je le pose sur la table et le contemple avec une légère appréhension. J'ai beau savoir que je suis en sécurité chez moi, et que maman est au travail, je suis mal à l'aise. Comme si je faisais quelque chose d'interdit.

Mais peut-être que Dylan a raison : j'ai le droit de savoir de quoi je suis capable. Malgré tout ce qui s'est passé, je suis curieuse de découvrir ma magie.

J'ouvre le livre au hasard. Sur la page de gauche figure un joli dessin de soleil. Sur celle de droite, un sortilège.

SOLIS

Crée l'illusion que ton corps répand une lumière aveuglante, semblable à celle du soleil.
Croise les bras sur la poitrine et ouvre-les brusquement en t'exclamant *Solis !*

C'est tout ? Ça n'a pas l'air très compliqué. Je me lève et m'éloigne un peu de la table, avant d'écarter les bras.

– *Solis*.

Un éclair lumineux jaillit de mon torse, mais s'éteint aussitôt.

– Ça a marché ? demande une voix familière.

– Dylan ?

Je tourne la tête de tous les côtés.

– Où es-tu ?

– Dans ta télé. J'ai essayé de t'envoyer des messages sur Eurg et je t'ai appelée sur ton portable, mais je tombais à chaque fois sur la messagerie. Alors, j'ai essayé d'être plus créatif. Si tu appuies sur le bouton d'alimentation, on pourra se voir.

Je prends ma télécommande et j'allume la télé. Le visage de Dylan apparaît à l'écran.

– Comment es-tu entré dans mon téléviseur ?

– La technomagie, répond-il avec un sourire. Je peux venir ?

– Quand ? Maintenant ?

– Oui.

– Euh… OK. Laisse-moi juste…

Dylan se matérialise devant moi, et je suis tellement surprise que je tombe à la renverse sur le canapé. Il me montre la bande métallique qui entoure son avant-bras.

– J'ai emprunté un des transporteurs de mon père. Il en a tellement qu'il ne s'en apercevra pas.

Je me rappelle que Mr Lemarchand a utilisé le même genre d'objet pour me faire passer mon entretien. Remise de ma surprise, je m'affale sur les coussins.

– Tes parents sont d'accord pour que tu viennes dans ce quartier ?

– Peut-être pas, répond Dylan. Mais je ne leur dis jamais où je vais.

– C'est pratique. Moi, ma mère travaille tout le temps, mais elle a dressé les voisins pour qu'ils me surveillent. Si je sors sans sa permission, je suis sûre qu'elle finira par l'apprendre.

Dylan se laisse tomber sur le canapé et promène le regard dans la pièce. Je me raidis quand il s'arrête sur mes photos de bébé. Je suis encore plus embarrassée que quand Elsie les a vues.

– Euh… donc, j'imagine que tu as appris ce qu'on a fait dans ma chambre.

Il se tourne vers moi, l'air grave.

– Ne laisse pas ces ignorants te décourager, Amari. Je suis sérieux.

– C'est facile à dire, pour toi.

Je lève les yeux au ciel et croise les bras.

– Personne ne sait que tu es un magicien. Tout le monde veut être ami avec toi.

– J'ai beau sourire et jouer le jeu, je sais qu'ils me traiteraient comme toi s'ils apprenaient la vérité. Peut-être pire, à cause de ma famille. Crois-moi, je connais mes véritables amis.

Il soupire et croise les bras à son tour.

– Si Maria était là, je pourrais lui demander comment elle a géré le fait de devoir mentir en permanence.

Je n'avais pas pensé que devoir garder sa magie secrète était tout aussi difficile. Au moins, avec moi, les choses sont claires. Je ne serai peut-être jamais populaire, mais je connais les rares personnes qui m'apprécient pour ce que je suis vraiment.

– Si seulement on pouvait faire revenir VanQuish par magie, dis-je.

– Ouais, ce serait cool...

Dylan esquisse un sourire.

– Mais on sera bientôt des agents juniors. On va les retrouver nous-mêmes.

Mon dos se voûte, tandis qu'un frisson glacé court le long de ma colonne vertébrale.

– Si tu avais vu ce dessin… Ils me détestent, Dylan.

– Tu abandonnes vraiment ? Alors que tu pourrais être celle qui les retrouvera…

– On peut parler d'autre chose, s'il te plaît ?

Je voudrais lui avouer que je suis morte de peur à l'idée d'y retourner. Mais les mots restent coincés dans ma gorge.

Il a l'air si déçu que je n'ose pas croiser son regard.

– Bon, d'accord, lâche-t-il finalement. Voyons voir ce sort que tu essayais…

Dylan a affirmé que les illusions seraient du gâteau pour moi. Je rougis à ce souvenir.

– Je ne sais pas si je l'ai bien fait.

– Recommence. Je vais t'aider.

– Vraiment ?

– Oui, vraiment. Je sais que tu n'es pas du genre à te dégonfler.

J'aimerais en être aussi sûre. Je me lève du canapé, j'inspire à fond et j'ouvre les bras.

– *Solis*.

L'extrémité de mes doigts commence à briller, mais c'est tout. Dylan éclate de rire. Je me défends :

– Ce n'est pas drôle !

Pourtant, je résiste à l'envie de pouffer. Quand son fou rire se calme, Dylan commente :

– Tu pourrais y mettre un peu d'enthousiasme. On dirait que tu ne veux surtout pas que ça marche.

N'oublie pas que ta magie est vivante. Si tu doutes, elle le sent.

– Bien, dis-je.

Je répète le mouvement. Cette fois, en criant presque :

– *Solis* !

Soudain, une chaleur intense envahit mon corps. Ma peau me picote. Dylan ouvre de grands yeux.

– Ça marche ! Regarde tes mains.

Je les ramène devant mon visage. Effectivement, elles brillent. Quelques secondes plus tard, mon corps tout entier émet une lumière aveuglante.

– Dissipe ! s'exclame Dylan en levant une main pour se protéger les yeux. Waouh ! C'était violent !

– C'était trop cool !

– Attends, tu n'as encore rien vu...

Il agite la main au-dessus du livre, qui s'ouvre à la dernière page. Le mot FIN y recouvre l'image d'un livre relié de cuir noir. On dirait la couverture d'origine, avant qu'elle devienne rouge. Dylan pointe deux doigts.

– Dissipe !

Le livre se met à trembler. Quand il s'immobilise à nouveau, il n'est plus ouvert à la fin, mais approximativement au milieu. Un nouveau texte est apparu :

Ici s'achève la magie blanche
et commence
la plus sombre des magies.

Dylan tourne la page sans me laisser le temps de réagir.

Si tu as trouvé ces chapitres, c'est que
tu souhaites manifestement aller au-delà de ce
que permet la magie blanche. Mais je dois te mettre
en garde : la magie noire contenue dans les pages
qui suivent n'est pas pour les âmes sensibles.
Ainsi que je l'ai appris quand je les ai créés,
il t'en coûtera de prononcer ces sorts.
L'innocence perdue ne se retrouve jamais.

MAGNA FOBIA

Permet à un illusionniste d'exploiter les peurs
les plus terribles de son adversaire, afin de créer
une illusion qu'il prendra pour la réalité.
Comme son nom l'indique, ce sort peut infliger
de terribles dégâts psychologiques.
Il est à manier avec précaution.
Fixe ton adversaire dans les yeux.

Je ferme brusquement le livre.

– Pourquoi tu me montres ça ?

Dylan cligne les yeux et rougit.

– Je sais que ces sorts peuvent sembler horribles. Mais on doit se protéger. Tu as vu de quoi les gens sont capables. Je ne veux pas qu'il t'arrive quelque chose. C'est de la légitime défense.

– Ça m'est égal. Je ne veux pas apprendre ce genre de chose.

Je n'avais pas imaginé que ma magie pouvait être aussi maléfique. Pas étonnant que les gens aient peur de nous.

– Tu n'auras peut-être pas le choix, Amari. Un autre magicien pourrait te défier et te voler ta magie. Tu n'y survivrais pas.

– J'ai dit non !

Je sais qu'il essaie seulement de me protéger. Et je suis peut-être idiote, mais j'ai encore plus peur d'avoir ce genre de pouvoir que de croiser un magicien malveillant.

– Je ne veux pas apprendre la magie pour faire du mal aux gens. Je ne veux pas devenir comme Moreau et ses complices. Et tu ne devrais pas utiliser ces trucs, toi non plus.

Dylan lève les mains en signe de reddition.

– Désolé. Tu as raison. J'ai juste pensé… OK, laisse-moi me rattraper. J'avais prévu de te montrer autre chose. Mais il faudra utiliser le transporteur de mon père.

– Je ne sais pas…

Je vois Dylan d'un autre œil, à présent. Est-ce que je peux encore lui faire confiance ?

– Je peux t'apprendre à utiliser tes illusions, dit-il. Tu ne trouveras pas ça dans ton livre de sorts.

– C'est de la magie blanche, j'espère ?

– Cent pour cent blanche. Je te le promets !

Je suis peut-être un peu dure avec lui. Après tout, il voulait juste m'aider.

– Bon, d'accord.

– Prends mon bras, me propose-t-il. Tu risques de trouver ça un peu bizarre, la première fois.

Je hoche la tête et glisse mon bras sous le sien.

Dylan appuie sur un bouton de son brassard en métal. Soudain, j'ai l'impression de tomber. Tout ce qui m'entoure devient flou. Un instant plus tard, je sens à nouveau la terre ferme sous mes pieds. Une brise fraîche me caresse le visage. Je cligne plusieurs fois les yeux pour chasser mon vertige, et j'aperçois un grand lac qui scintille au clair de lune.

– Où est-on ?

Mes genoux tremblent encore un peu.

Dylan regarde par-dessus son épaule. Une imposante bâtisse se dresse entre les arbres.

– C'est le vieux manoir du lac. Il appartient aux Van Helsing depuis des lustres, mais je suis le seul à y venir. Suis-moi !

Il se précipite vers la maison. Je le suis, impatiente de voir ce qu'il veut me montrer. Nous poussons la porte d'entrée et traversons un grand salon jusqu'à une autre porte, dans le fond.

– Je ne suis pas aussi fort que toi, mais la peinture d'illusions est mon passe-temps, me confie-t-il. C'est ma magie préférée.

– C'est ce que tu veux me montrer ? Une de tes illusions ?

Dylan hoche la tête et pousse le battant, révélant un escalier qui descend au sous-sol.

– Je travaille sur celle-ci depuis plusieurs mois. Tu pourras la compléter, si ça te fait plaisir.

– Je ne sais pas si j'ai le niveau...

– Ne t'inquiète pas. Je vais t'apprendre.

Nous entrons dans la cave et je pousse une exclamation émerveillée en découvrant une forêt de néons scintillants. Des arbres et des arbustes aux feuilles chatoyantes, bleues, roses et violettes.

– J'ai couvert presque tout le sous-sol, me dit-il. Viens, je te fais visiter.

Je le suis sur un petit chemin en promenant mon regard à droite et à gauche. J'essaie de tout voir en même temps. Un papillon aux ailes rouge et or volette devant mon visage. Des écureuils à la fourrure argentée se sauvent dans les arbres à notre approche. Je suis si fascinée que je mets quelques secondes à m'apercevoir que j'entends aussi les bruits des animaux. Je ne savais pas que les illusions pouvaient être aussi puissantes.

– C'est toi qui as fait tout ça ?

Dylan me sourit.

– C'est chouette, non ?

– Carrément !

Nous continuons jusqu'à ce que la forêt s'achève, laissant la place aux murs de pierre.

– Je n'ai pas été plus loin. J'ai pensé que ce serait un bon endroit pour mettre un truc à toi.

– À moi ? Existe-t-il un sort pour créer une forêt ?

Dylan secoue la tête en riant.

– Le livre de sorts t'apprend à créer des illusions automatiques, mais tu peux aussi les peindre à la main.

Il tend l'index et dessine un oiseau d'un blanc éclatant sur mon épaule. La créature s'anime et lance quelques trilles, avant de s'envoler entre les arbres.

– Même son chant paraît réel, dis-je, stupéfaite.

– Avec un peu d'entraînement, tu seras capable de tromper tous les sens. Les illusions peuvent produire des sons, des odeurs, et même sembler réelles au toucher. Je n'ai jamais essayé d'en goûter une, mais je pense que ça doit marcher.

– Tu m'apprends ?

Il est beaucoup plus difficile de peindre des illusions manuelles que de produire des illusions automatiques. Selon Dylan, il faut se concentrer sur une image mentale, puis imaginer qu'elle jaillit des doigts. Il me conseille de commencer par quelque chose de petit et d'inanimé. Pour m'entraîner, j'essaie d'ajouter un bouton à sa chemise. Au bout d'une trentaine de minutes, le bouton apparaît, exactement comme je l'avais imaginé.

– Bravo ! me félicite-t-il. Veux-tu qu'on fasse la prochaine ensemble ?

Il m'entraîne sur le chemin et peint une petite pousse verte, qui jaillit d'une fissure dans le béton.

– Elle me fait penser à toi, commente-t-il.

– Ah bon ? Pourquoi ?

– Parce que tu n'as pas abandonné, malgré les obstacles. Tu ne t'es pas laissé décourager par ce que tu es ni par l'endroit d'où tu viens. Du moins, pas encore. Tu continues à te battre.

Je sens mes joues s'empourprer et nous restons silencieux un moment. Soudain, ma main se tend spontanément et mes doigts dessinent une petite spirale dans l'air. Le germe de Dylan pousse et s'épanouit. Une fleur ouvre ses pétales de verre et scintille comme un arc-en-ciel dans la forêt de néons.

– C'est magnifique ! s'écrie-t-il.

– Je ne sais pas comment j'ai fait, dis-je en contemplant ma main, perplexe.

– Parfois, ta magie prendra le contrôle si tu la laisses faire, me prévient Dylan. Hmm, et si on l'appelait « fleur d'Amari » ?

Je souris.

– Je crois que ça me plaît.

22

Quand Dylan me ramène chez moi, j'ai la désagréable surprise d'entendre des voix dans le salon. Un type assis sur une chaise de cuisine me tourne le dos. Le mot POLICE est inscrit en grosses lettres jaunes sur sa veste bleu marine. Maman est assise en face de lui, la tête baissée.

Avant qu'elle ait l'idée de lever les yeux, je pousse Dylan dans le couloir.

– Va-t'en, vite !

– Je pars, dit-il tout bas. Mais, avant, je veux savoir si j'aurai une partenaire lundi…

– Je… Je ne sais pas. Mais tu dois *vraiment* y aller.

– OK. J'espère juste que tu reviendras.

Dylan tapote son brassard et disparaît. Je ferme les yeux et j'appuie la tête contre le mur. C'était moins une !

Comment se fait-il que maman soit déjà rentrée ? La police l'a-t-elle appelée ? Ont-ils trouvé quelque chose ?

Je reviens à pas de loup à l'extrémité du couloir pour épier la conversation.

– Je sais que c'est difficile à entendre, dit le policier. Mais je vous en prie, n'allez pas imaginer que nous baissons les bras. Nous sommes simplement à court de pistes. Nos inspecteurs doivent élucider de nouvelles affaires. Soyez assurée que nous rouvririons aussitôt le dossier de votre fils s'il y a du nouveau.

Maman hoche la tête.

– Je comprends.

Elle a l'air si petite, recroquevillée sur le canapé. Tellement vulnérable. Ça me révolte. Le policier se renverse sur le dossier de sa chaise.

– Vous savez, ça fait vingt ans que je travaille dans ce quartier. C'est toujours la même histoire. Le fils en a marre de voir sa mère galérer et décide de l'aider. Il commence par tremper dans de petites combines, puis c'est l'engrenage. Comme il ne veut pas décevoir sa famille, il garde le secret. Il fait semblant d'avoir trouvé un emploi. Vous voyez où je veux en venir ?

– Je vois, répond maman. Mais je vous l'ai déjà dit : Quinton travaillait vraiment.

– Il travaillait ? répète l'inspecteur. Êtes-vous déjà

allée à son bureau ? Avez-vous vu un bulletin de paie, un chèque ?

Maman baisse les yeux et fronce les sourcils.

J'en ai assez entendu. Je fais irruption dans le salon.

– Laissez-la tranquille !

L'inspecteur et maman sursautent à l'unisson.

– Amari ? s'étrangle-t-elle. Qu'est-ce que tu fais là ?

Je suis tellement concentrée sur le policier que je l'entends à peine.

– Elle a répondu à vos questions, alors, maintenant, partez !

– Je sais que ce n'est pas facile à admettre, dit l'inspecteur. Surtout venant de quelqu'un comme moi. Mais...

– Je m'en fiche, OK ? Vous ne pouvez pas débarquer ici et dire ce genre de chose, alors que vous n'en savez rien. Vous ne pouvez pas faire des suppositions sur mon frère en vous basant sur l'endroit où il vit. Quinton est quelqu'un de bien. Il n'y a pas plus honnête que lui, et je ne vous laisserai pas dire le contraire !

– Amari ! gronde maman.

– Très bien, dit le policier en se levant. Je n'avais pas l'intention de causer une dispute.

Maman reprend son souffle en tremblant.

– Merci, inspecteur.

Je claque la porte derrière lui. Maman se couvre le visage et fond en larmes. Je m'assieds près d'elle.

– Je pensais ce que j'ai dit. J'aurais voulu que tu entendes tout le bien que les gens disent de Quinton, là-bas.

Elle secoue la tête.

– Ce que Quinton a fait dans cette colonie de vacances ne compte pas, Babygirl.

Je voudrais tellement pouvoir lui raconter la vérité. Mais comment lui expliquer en quoi consiste le Bureau sans passer pour une folle ? Si je lui montrais un sort pour prouver ma bonne foi, elle risquerait de paniquer. En plus, si le Bureau l'apprenait, je serais sanctionnée. On aurait toutes les deux des ennuis.

Mais c'est trop dur de la voir pleurer comme ça. Je dois faire quelque chose.

– Tu n'aurais pas dû t'énerver contre ce policier, dit maman. Il voulait juste nous aider.

Je n'en crois pas mes oreilles.

– Mais il se trompait sur Quinton. Tu le sais, non ?

– Je ne sais plus, répond-elle d'une voix dure. Je n'ai aucune idée de ce que faisait Quinton. Si ça se trouve, il a trempé dans les mêmes histoires sordides que tous ces jeunes du quartier.

– Maman !

Je suis trop sidérée pour trouver mes mots.

Elle se lève et s'engouffre dans le couloir d'un pas lourd. J'entends la porte de sa chambre se fermer.

Et soudain je me rends compte que je pleure aussi. Mais pas parce que je suis triste.

Je suis furieuse. En colère contre celui ou celle qui a enlevé Quinton. Et contre moi, qui ai failli abandonner mon frère parce que j'avais peur. Je dois être plus forte. Peu importe que les autres stagiaires me maltraitent. Rien n'est pire que de voir ma mère souffrir ainsi.

Je dois ramener Quinton à la maison. Ne serait-ce que pour prouver à maman que son fils est bien le garçon honnête et brillant qu'elle a toujours connu. Et plus encore.

Après avoir mangé un cordon bleu décongelé, je repasse l'uniforme de travail de maman et je le suspends à la poignée de sa porte. Elle a éteint la lumière dans sa chambre. J'espère qu'elle a réussi à s'endormir. L'inspecteur est parti depuis plusieurs heures, mais je suis tellement énervée que je n'ai aucune chance de trouver le sommeil. Je prends mon portable, je branche mes écouteurs et monte sur le toit.

Le ciel est encore plus sombre que d'habitude, à cause des nuages. Je m'assieds avec précaution au bord de la toiture et laisse mes pieds pendre dans le vide. J'entends en pensée les voix de Quinton et de maman me dire que c'est dangereux. Ça me fait du bien de ne pas les écouter, pour une fois. De braver ma peur. C'est un bon entraînement, si je décide de retourner au Bureau.

– Amari ?

Je tourne brusquement la tête et découvre Jayden derrière moi.

– Qu'est-ce que tu fais là, à une heure pareille ?

Il sourit et s'assied près de moi.

– Le nouveau mec de ma mère n'aime pas que je traîne à la maison. Alors, je viens ici jusqu'à ce qu'ils s'endorment. Et toi ? Je croyais que tu étais partie faire des trucs de gosses de riches.

Je m'esclaffe.

– Crois-moi, je n'ai pas vraiment le profil.

Les autres stagiaires du Bureau me l'ont assez rappelé.

– C'est clair, dit-il. Tu es quasiment une légende dans le Bois.

Je hausse un sourcil.

– Je ne déconne pas, ajoute-t-il en riant. Dans le quartier, tout le monde adore la famille Peters. Pas juste ton frère. Toi aussi. On est sûrs que tu vas devenir présidente, ou un truc comme ça.

– C'est l'aura de Quinton qui déteint sur moi. Je ne suis pas surdouée, comme lui.

Jayden me regarde comme si je venais de dire un truc hallucinant.

– Ah bon ? Ce n'est pas toi qui décrochais *toutes* les récompenses scolaires, au primaire ? Et je suppose qu'ils filent des bourses à n'importe qui, dans ces écoles de riches...

– C'est bon, arrête !

– Mais je comprends, ajoute-t-il. Ça ne doit pas être facile d'être la sœur de Quinton Peters. C'est comme si tu étais la deuxième meilleure joueuse de basket du monde, après ton frère. Comme tu as passé ton enfance à perdre contre lui, tu t'imagines que tu es nulle. Sauf que tous les autres te voient faire des trucs de ouf ! Nous, on sait à quel point tu es géniale.

J'ouvre la bouche, mais je ne sais pas quoi dire.

Le téléphone de Jayden sonne. Il se rembrunit et se lève en soupirant.

– Jayden...

– J'essaie de larguer les Wood, me confie-t-il. Pour de bon. Quinton et toi, vous m'aiderez encore quand j'aurai réussi ?

– Bien sûr.

Il sourit et hoche la tête, avant de disparaître dans la cage d'escalier.

Ses paroles continuent de flotter sur le toit autour de moi. C'est vrai que je me suis toujours comparée à Quinton, et que je n'étais jamais à la hauteur. Mon frère est doué dans tout ce qu'il entreprend, sans avoir à faire aucun effort. Mais je viens seulement de comprendre que c'est sa faculté surnaturelle. Quinton est un génie. Van Helsing a dit lui-même que mon frère mémorisait instantanément tout ce qu'il voyait.

Comment n'y ai-je pas pensé plus tôt ? J'ai passé ma vie à essayer d'égaler un superhéros. Pas étonnant que j'aie échoué.

Mon téléphone sonne. Je regarde l'écran, convaincue que c'est Elsie. Mais le numéro est masqué. À la place du nom de l'appelant figure le mot « Surprise ».

Mm-mmh. C'est peut-être encore un coup de Dylan et de sa technomagie... Je réponds :

– Allô ?

Le silence plane un instant au bout de la ligne. Puis une voix de robot se fait entendre :

– Ennemis de la magie, nous vous avions prévenus de ce qui arriverait si nos exigences n'étaient pas satisfaites. Voici votre châtiment.

L'appel se termine. Un châtiment ?

Une vidéo apparaît soudain à l'écran. Je louche sur mon téléphone en voyant des monstres énormes traverser un jardin en courant. On dirait les créatures que Moreau m'a montrées depuis sa cellule, dans la prison de Blackstone. Des hybrides !

Arrivés devant un manoir, ils défoncent la porte d'entrée et brisent les fenêtres.

« Non ! »

Je reconnais cette maison. Je l'ai vue sur la page Eurg de Lara. C'est la propriété des Van Helsing ! Le plan s'achève et la caméra filme un autre manoir, puis encore un autre, tous attaqués par des hybrides. Quand la vidéo se termine enfin, je me lève et j'ouvre ma page Eurg.

Les mains tremblantes, je contacte Dylan de la seule façon que je connais.

De : Amari_Peters :

Je viens de recevoir une vidéo bizarre. On voit votre maison attaquée par des monstres. Ça va ?

Je fais les cent pas sur le toit en attendant une réponse de magiciangirl18, alias mon partenaire. Au lieu de cela, je reçois un appel d'Elsie.

– Oh, mon Dieu ! Tu sais si les Van Helsing vont bien ? me demande-t-elle de but en blanc.

– Je ne sais pas… Attends… Toi aussi, tu as vu la vidéo ?

– Ouais, confirme-t-elle. Ma mère et ses collègues du département du Contrôle des créatures l'ont reçue aussi. Je pense que le message a été envoyé à tout le Bureau.

23

Je ne reçois pas de nouvelles de Dylan avant le lendemain. Il m'appelle en vidéo depuis le Centre de santé surnaturelle, et je remarque qu'il a une vilaine bosse sur le front. En me voyant grimacer, il commente :

– Ça, ce n'est rien. Si tu m'avais vu avant que je passe entre les mains des guérisseurs…

– Mais, sinon, tu vas bien ? Et ta famille ?

– Maman et Lara étaient au Festival des *crop circles*[1] de Heartland. J'étais seul avec papa quand les hybrides ont attaqué. J'ai essayé de les repousser tout en courant le rejoindre, mais l'un d'entre eux m'a filé un coup de griffe. C'était moins une.

1. Les « crop circles » sont de grands motifs dessinés dans des champs de céréales par flexion des tiges. Ils sont visibles du ciel. (Note de la traductrice.)

– Ouf ! J'étais inquiète quand j'ai reçu le coup de fil et la vidéo bizarres.

– Si on avait tous été à la maison, comme les autres week-ends, je ne suis pas sûr qu'on s'en serait aussi bien sortis, reprend Dylan d'un air grave. La chambre de Lara est de ce côté-ci de la maison. Une fois de plus, les créatures de Moreau s'en sont prises à ma famille, Amari.

– Je sais. C'est horrible.

Même si je ne m'entends pas avec Lara, je ne lui souhaiterais jamais d'être blessée.

– Papa dit que les attaques visaient les familles anciennes. Nous n'avons pas été les plus touchés. Beaucoup de gens ont été blessés. Certains sont morts. La chance surnaturelle de Billy Pogo lui a sauvé la vie, mais il a perdu ses parents. Il ne reviendra pas au Bureau cet été.

Un frisson glacé me traverse. Je ne peux même pas imaginer perdre maman.

– Je les arrêterai ! déclare solennellement Dylan. Promets-moi que tu m'aideras à devenir agent junior. On forme une super équipe, tu sais...

– J'ai déjà pris ma décision. Mon plan à moi, c'est de délivrer Quinton et Maria.

– Tu crois qu'on va devenir VanQuish 2.0 ? me demande-t-il avec un petit sourire. On a assuré, ensemble, l'autre jour.

Je hoche la tête.

– À partir de maintenant, on partage toutes nos découvertes.

Le dimanche, maman va beaucoup mieux, même si elle est exténuée à force de faire des heures supplémentaires. Elle a même accepté une garde ce matin. Aucune de nous n'évoque la visite du policier. Nous parlons surtout de mes performances à la formation. J'ai l'impression que ça lui remonte un peu le moral.

Tandis qu'elle engage la voiture dans l'allée bordée d'arbres qui mène à l'hôtel Vanderbilt, je lui confie que je suis en tête de mon groupe. J'évite de préciser que je suis rejetée par mes camarades, comme à l'Académie Jefferson. Inutile de l'inquiéter.

– Je suis tellement fière de toi, Babygirl ! Ce stage peut t'ouvrir beaucoup de portes.

– Je sais, maman.

Je voudrais paraître plus enthousiaste, mais la simple vue de l'hôtel me fait frissonner. J'ai eu beau m'y préparer, la perspective de retrouver les autres stagiaires me terrifie. Eux qui redoutaient déjà la présence d'une magicienne au Bureau... Après l'attaque des hybrides, ils risquent d'être encore plus hostiles.

Maman me regarde attentivement.

– Tu me le dirais si quelque chose n'allait pas ?

– Ça va. Je suis juste un peu fatiguée.

Je simule un bâillement. Je ne suis pas sûre qu'elle goberait mon mensonge si elle était en pleine forme, mais, là, elle se contente de hocher la tête.

– Promets-moi de te coucher de bonne heure, ce soir. Je t'aime, ma chérie.

– Moi aussi, je t'aime.

Elle s'arrête en double file et je descends de voiture. Je n'ai plus qu'à prendre mon courage à deux mains.

Je traverse le hall tête baissée, m'engouffre dans l'ascenseur et me réfugie au fond de la cabine, derrière deux momies qui montent au département des Morts. Après leur départ, je demande à Lucy de me laisser quelques minutes pour réfléchir à ma destination.

La deuxième épreuve aura lieu le vendredi de la semaine prochaine. Ça me laisse onze jours pour enquêter sur la disparition de Quinton et Maria avant de devoir faire à nouveau mes preuves. C'est peu.

Alors que je recommence à douter de moi, les paroles de Jayden me reviennent en mémoire. Je me compare à Quinton depuis trop longtemps. J'ai réussi la première épreuve haut la main. Pourquoi devrais-je échouer à la deuxième ?

Et peut-être même que je suis capable de trouver VanQuish. Il est temps que je me fasse confiance.

Je récapitule ce que j'ai appris jusqu'à maintenant. L'apprenti de Moreau a proposé de libérer Quinton et Maria en échange de son maître, et peut-être du Livre Noir. Le Bureau a refusé, et l'apprenti a lancé les attaques d'hybrides, dont celle d'hier soir, la plus redoutable de toutes.

D'après Moreau, mon frère a été kidnappé parce qu'il a trouvé quelque chose que son apprenti convoitait. Quelque chose que Quinton n'aurait pas dû chercher. Et Lara a affirmé que Maria l'aidait, même s'ils n'étaient plus partenaires. Mais qu'ont-ils trouvé ?

Notre seul indice est l'emploi du temps de Quinton le soir de leur disparition, trouvé dans son ordinateur. Mon frère devait contacter GC et rencontrer Mr Horus. Ça tombe bien : ce dernier rentre des îles Errantes aujourd'hui.

Comme je n'ai aucune idée de ce que signifie « GC », je n'ai pas d'autre option.

– Emmenez-moi au département des Bons présages et Mauvais augures, dis-je à Lucy.

– Ce département n'est accessible que sur rendez-vous. Souhaitez-vous en programmer un ?

– Oui. Quand pourrai-je rencontrer Mr Horus, au plus tôt ?

– Au milieu de la semaine prochaine.

– Pas avant ?

– Hélas, non. Dans des périodes incertaines comme la nôtre, les gens veulent tous connaître leur avenir.

– Bon. Dites-lui juste que c'est très urgent.

L'ascenseur s'arrête à l'étage du dortoir. J'inspire profondément pour chasser mon trac avant de quitter la cabine. Les filles que je croise dans le couloir me surveillent du coin de l'œil. Je les ignore. Je marche vers ma chambre en regardant droit devant moi. À la seconde où ma main touche la poignée, une voix me fait sursauter :

– Qu'est-ce que tu fiches là ?

Lara et Kirsten s'avancent vers moi.

– La même chose que vous, dis-je. Je veux devenir agent junior et retrouver mon frère. Ainsi que ta sœur, espérons-le.

– Ma sœur n'a pas besoin de ton aide, rétorque Lara. Concentre-toi plutôt sur ton imbécile de frère.

Je secoue la tête et me tourne vers la porte.

– J'imagine que tu t'es réjouie des attaques d'hier soir, enchaîne Kirsten en croisant les bras. C'était une belle vengeance, après le graffiti que *quelqu'un* a fait sur ton mur.

Je pivote vers elles.

– Vous êtes sérieuses ? Je n'ai rien à voir avec ça.

– C'est ce que tu dis, réplique Lara.

– Tais-toi ! Tu racontes n'importe quoi.

Kirsten se rapproche.

– À ta place, je ferais gaffe, espèce de monstre !

Je reçule légèrement.

– Qu'est-ce que ça signifie ?

– Tu as très bien compris, répond Lara.

– Ça suffit, vous trois ! crie Bertha au fond du couloir.

Je ne peux pas leur laisser le dernier mot. Je me suis assez fait intimider. Je les regarde dans les yeux et je déclare :

– Je n'ai pas peur de vous.

– Tu devrais, pourtant, crache Lara.

J'ai beau essayer d'être courageuse, ses menaces me donnent la chair de poule.

Elsie arrive au dortoir juste avant l'extinction des feux, épuisée. Elle m'a envoyé un SMS un peu plus tôt, pour me dire que son tuteur et elle avaient passé la nuit précédente à secourir les victimes des attaques. Elle m'embrasse, puis se laisse tomber sur son lit et s'endort sur-le-champ.

J'avais espéré lui rapporter ce que Dylan et moi avons trouvé sur l'ordinateur de mon frère, mais il est clair qu'elle a besoin de repos.

Quand les lumières s'éteignent, j'emprunte la bougie furtive d'Elsie et je la place contre le mur, pour que la lumière ne la dérange pas. Je m'assieds en tailleur sur mon lit et je feuillette *La vie des agents remarquables : entre héroïsme et scandales*. Après avoir parcouru un long article sur VanQuish, à la fin de l'ouvrage, je reviens quelques pages en arrière et je lis le paragraphe consacré à l'agent Magnus. J'y apprends que sa peau coriace s'est transformée en « peau impénétrable » quand il a touché la Boule de Cristal. Je découvre aussi que l'agent Fiona a gravement offensé la communauté des adeptes de l'origami, alors qu'elle était agent junior, en affirmant que « les ciseaux battent le papier à chifoumi ». L'affaire a causé un incident diplomatique majeur.

J'entends soudain qu'on frappe à ma porte : un bruit si léger qu'il évoque une caresse plutôt que des coups. Je traverse la pièce sur la pointe des pieds et j'entrouvre le battant.

Une jolie fille coiffée d'un diadème de fleurs blanches passe la tête dans l'entrebâillement.

– Bonjour, Amari. Je suis venue pour vous escorter au département des Bons présages..., commence-t-elle en souriant.

Elle se rembrunit pour ajouter :

– ... et Mauvais augures.

– C’est vrai ? Je croyais que mon rendez-vous n’était que la semaine prochaine.

– La directrice vous a accordé une visite prioritaire. Elle veut s’assurer que votre présence au Bureau ne causera ni malheur ni désespoir… C’est une simple formalité, n’ayez crainte.

– Ah… D’accord.

« Une simple formalité. » Pourquoi j’ai du mal à la croire ?

– Serai-je autorisée à poser une question à Mr Horus, sur un sujet important ?

– Bien sûr. Mais je vous conseille d’attendre la fin de votre entretien, pour ne pas interrompre le spectacle. Maintenant, habillez-vous. N’oubliez pas votre imperméable.

– Pour quoi faire ?

– Pour vous protéger de la pluie, bien sûr !

Je ferme la porte, perplexe. Dans mon placard, je trouve mon jean préféré et le T-shirt noir « J’♥ les livres » que Quinton m’a offert l’an dernier. Des baskets noires sont posées dessous. C’est sûrement la tenue que je dois porter, car elle s’accompagne d’un imperméable jaune vif. Mon badge en pierre de lune est épinglé au revers du col.

Je m’habille à la hâte et j’éteins la bougie. En sortant dans le couloir, je remarque que mon escorte porte une robe blanche piquetée de lumières.

– J'adore votre robe, dis-je.

– Merci, répond la jeune fille. Je l'ai faite moi-même, en cousant des guirlandes de Noël sous le tissu.

Elle virevolte, puis me fait une révérence.

– Je m'appelle Janvier. Enchantée de faire votre connaissance.

J'essaie de lui rendre son salut, mais je ne suis pas très douée pour les révérences. Janvier ne s'en formalise pas.

– On y va ?

Des jeunes vont et viennent dans le couloir, dans des tenues plus farfelues les unes que les autres. Une fille porte une cape et une couronne en velours violet. Un garçon sort de sa chambre drapé dans un épais manteau de fourrure, la tête coiffée de bois de cerf. J'interroge ma guide :

– Tous ces gens appartiennent au département des Bons présages et Mauvais augures ?

Janvier hoche la tête.

– Nous portons les tenues qui nous rendent heureux. Nous sommes des esprits libres.

– Vous fabriquez tous vos propres vêtements ?

– Presque tous. Mais honnêtement, si vous allez sur le site Autrenet de la maison Duboise, vous trouverez presque toujours ce que vous avez imaginé.

Je me rends soudain compte que je n'ai pas vu ces accoutrements fantaisistes durant la journée.

– Vous ne travaillez que la nuit ?

– Oui, mais ça n'a rien d'exceptionnel. Plusieurs autres services ouvrent seulement en nocturne. Le département des Rêves et Cauchemars, celui des Morts, et celui de l'Inexpliqué, je crois. Quant au centre de Santé surnaturelle, il est ouvert vingt-quatre heures sur vingt-quatre.

Une jeune fille habillée en Père Noël rattrape ses amis, qui ont déjà appelé un ascenseur.

Janvier les remercie et nous entrons dans la cabine. Quand les portes se ferment, je reconnais la voix de Lucy.

– Je n'ai pas l'habitude de vous voir dehors si tard, commente-t-elle.

– Elle a rendez-vous avez le Chamane des Étoiles en personne, explique Janvier.

– Ooh ! roucoule l'ascenseur. Tu vas voir : Mr Horus a une voix de rêve !

Janvier rougit, et elles rient ensemble.

Peu après, Lucy annonce que nous sommes entrés dans l'hôtel Vanderbilt. Surprise, je songe à l'imperméable que je porte sous le bras.

– On sort ?

– Oui et non, répond Janvier, évasive.

– Nous approchons du département des Bons présages et Mauvais augures, nous prévient enfin Lucy.

Les portes s'ouvrent sur une immense salle circulaire. Je devine que nous sommes sous le grand dôme doré qui coiffe l'hôtel. Le décor de la coupole est surprenant. La moitié de droite est ornée de charmants petits animaux qui gambadent dans des prairies fleuries. Des cupidons heureux visent des couples d'amoureux. Autour d'eux, des enfants dansent en riant.

Le côté gauche du dôme est radicalement différent. Des monstres de cauchemar serpentent entre des taches de ténèbres, où luisent des yeux verts menaçants. Certains ont des crocs pointus. D'autres, un sourire sournois. De ce côté les gens ont l'air triste, apeuré ou furieux.

Je suppose que l'un représente les bons présages et l'autre, les mauvais augures. J'espère simplement que mon rendez-vous a lieu du bon côté.

Un escalier noir en colimaçon s'enroule autour d'une imposante colonne blanche, au centre de la coupole. Il mène à l'oculaire d'un télescope géant, dirigé vers le ciel.

La salle est presque entièrement occupée par des tables courbes, disposées en cercles concentriques autour de la colonne. On dirait une représentation du système solaire, avec les orbites des planètes qui tournent autour du Soleil. Janvier m'invite à la suivre sur une passerelle qui enjambe la salle, menant de l'ascenseur au pilier. Chemin faisant, je contemple les petits postes de travail disséminés au gré des tables. Certains sont équipés de boules de cristal qui s'assombrissent sur notre passage. J'aperçois aussi des cartes de tarot et des bols contenant des osselets. Du côté des mauvais augures, je déchiffre le titre d'un livre : *La malchance : malédiction ou bénédiction ?* Plus loin, de petits coussins sont disposés autour un feu ardent.

– C'est l'atelier de pyromancie, m'explique Janvier. Quand on se concentre assez longtemps, on peut lire l'avenir dans les flammes. Nous sommes formés à douze méthodes de voyance différentes.

Derrière la colonne, une plaque dorée signale le bureau du directeur. La porte est entrouverte.

Nous nous arrêtons sur le seuil. Pour un bureau, la pièce est étrangement vide. Elle ne contient aucun meuble, et ses murs sont nus. Un grand homme à la peau sombre, vêtu d'une robe bleu foncé et d'un kufi brodé d'étoiles argentées, est assis sur un grand tapis bleu bordé d'argent. Il nous tourne le dos.

– Bonjour ! dit-il d'une voix grave et profonde, qui m'évoque un lointain grondement de tonnerre. Bienvenue au département des Bons présages et Mauvais augures.

– Merci, dis-je. Je suis, euh... très heureuse d'être ici.

Mr Horus se lève et se retourne dans un bruissement de robe. Il a des yeux dorés et une barbichette soigneusement taillée.

– Janvier, merci d'avoir escorté Amari ! Soyez gentille, allez voir le temps qu'il fait.

– Entendu, répond ma guide.

Avant de partir, elle me regarde et lâche :

– Il devine *toujours* mon prénom.

Mr Horus darde ses yeux dorés sur moi et me fait signe d'entrer.

– Je vous en prie, ôtez vos chaussures et venez vous asseoir sur mon tapis.

Je me déchausse et prends place en face de lui, en tailleur. Ce rendez-vous, qui me semblait anodin au départ, commence à sérieusement me stresser.

– Si vous trouvez que ma présence au Bureau est de mauvais augure, est-ce que je risque d'être renvoyée ?

– Ne vous inquiétez pas, répond Mr Horus. Nous avons organisé cette séance par simple précaution. Les Atlantes, comme Mrs Crowe, sont excessivement méfiants. Quand une magicienne arrive au Bureau au moment précis où il est attaqué, il est tout naturel que la directrice cherche à en savoir plus.

– Donc, vous ne pensez pas que ma présence ici soit de mauvais augure ?

– J'ai appris à attendre que ce qui doit être révélé le soit, dit Mr Horus.

Ce n'est pas exactement le « non » que j'espérais. Mais ce n'est pas un « si » non plus.

– Il pleut à verse, fait la voix de Janvier derrière moi.

– Parfait, se réjouit Mr Horus.

Il se lève et s'étire.

– Êtes-vous prête à faire une petite promenade ?

– Euh... bien sûr, dis-je en me levant à mon tour.

– Placez-vous à côté de moi au centre du tapis, m'ordonne-t-il, tandis que Janvier ouvre un tiroir dissimulé dans le mur.

Elle en sort un long bâton argenté et le lance à Mr Horus, qui l'attrape d'une main. Janvier ferme le tiroir et plaque le dos contre la paroi, comme si elle craignait d'encombrer le passage.

Les pièces du puzzle s'assemblent lentement dans mon esprit. Je regarde le joli tapis bleu avec méfiance.

– Attendez ! Ce n'est pas un...

– Allez ! crie Mr Horus.

Le tapis s'anime sous nos pieds. Il ondule et tressaute, puis fait un bond en avant et replie ses côtés pour passer dans l'embrasure de la porte. Nous décrivons plusieurs cercles dans les hauteurs de la coupole, sous les vivats d'une foule de spectateurs. Un panneau coulisse, laissant apparaître un ciel blanchâtre. Mr Horus fait tourner son bâton jusqu'à ce qu'il se change en parapluie, puis l'ouvre d'une pichenette.

Nous sortons sous une pluie battante. À travers le rideau de gouttes, je distingue à peine les fenêtres éclairées des gratte-ciel environnants. Le tapis s'élève à une vitesse vertigineuse.

Je m'accroche au bras de mon guide et le regarde du coin de l'œil. J'aimerais déchiffrer son expression, mais je ne vois que les taches dorées de ses yeux. Nous continuons à naviguer sous l'orage, jusqu'à ce que la pluie s'arrête soudainement.

Nous avons traversé la couche de nuages, et la voûte étoilée se déploie autour de nous. Je resserre les pans de mon imperméable en claquant des dents. Il fait un froid glacial.

Mr Horus ferme le parapluie et le pose près de ses pieds nus.

– Quelle belle nuit ! s'exclame-t-il en contemplant le ciel.

– Je suis trempée et gelée, dis-je en grelottant.

Il sourit.

– Moi aussi. Mais nous n'en avons pas pour longtemps, je vous le promets.

Comment peut-il être aussi calme, alors que je suis tout près de me changer en glaçon ?

– Que vient-on faire ici ?

– Examiner les constellations, dit-il en me montrant les étoiles. Elles existent depuis des millénaires et décrivent l'histoire de notre planète elle-même et son évolution infiniment lente.

– Que disent-elles ?

Mr Horus rit.

– Je l'ignore. Elles sont écrites dans un langage oublié depuis longtemps. Mais, comme vous êtes très jeune, la vôtre devrait être assez facile à déchiffrer.

– Ma constellation ?

Il hoche la tête.

– Présentez-moi votre main.

Je m'exécute, tandis qu'il tend le bras pour décrocher une étoile du ciel. Il dépose la tache de lumière dans ma paume et répète l'opération plusieurs fois, jusqu'à ce qu'un petit tas scintillant recouvre ma main.

– Cela devrait suffire, décide-t-il.

Il brandit son bâton et, d'un geste ample, décroche les étoiles restantes du firmament. Stupéfaite, je les regarde tomber autour de nous, telle une poussière incandescente. Le ciel est d'un noir d'encre, à présent. Je n'en crois pas mes yeux.

– Je tiens vraiment des étoiles dans ma main ?

– Pas les étoiles elles-mêmes, seulement leurs esprits. Toute chose naturelle existe simultanément à deux endroits : ici et ailleurs. Nous sommes physiquement ici, et nous sommes là-bas en esprit. De la même façon, si les étoiles sont physiquement ailleurs, il est logique qu'elles soient ici en esprit. Vous comprenez ?

– Pas vraiment.

Mr Horus rit doucement.

– Si vous souhaitez en savoir plus sur ce genre de chose, je vous invite à venir travailler dans mon département l'été prochain. Voici plus d'un siècle qu'aucune pierre de lune n'a franchi nos portes.

– J'ai reçu ce badge seulement parce que je suis une magicienne.

– Ne vous sous-estimez pas. D'après ce qu'on m'a dit, vous avez plutôt bien réussi jusqu'à maintenant.

Je souris.

– Nous allons commencer par examiner votre histoire, reprend Mr Horus. Pour savoir où vous allez, nous devons d'abord comprendre d'où vient votre sang. Séparez la poussière d'étoiles en deux tas égaux sur le tapis.

Je fais ce qu'il me dit, en m'appliquant à former deux jolis monticules de lumière.

– Prenez le premier tas et lancez-le le plus haut possible. Vous pouvez sauter, si nécessaire.

Je ramasse un tas à deux mains, je plie les genoux et je saute en l'air, en lançant les éclats lumineux au-dessus de moi. La petite boule incandescente monte dans le ciel, telle une fusée de feu d'artifice, et dessine une femme à la coiffure sophistiquée. Le motif laisse la place à un homme accroupi, brandissant une lance au-dessus de sa tête, puis à un garçon debout au bord d'une falaise, qui scrute l'horizon.

J'essaie d'être patiente, tandis que les dessins défilent au-dessus de moi, mais ma curiosité l'emporte.

– Qui sont ces gens ?

– Ce sont vos ancêtres. Vous descendez de grandes reines de tribus africaines, de farouches défenseurs des innocents, d'aventuriers renommés en quête de frisson. La grandeur, comme tous les autres traits, peut se transmettre par le sang, des parents à leurs enfants.

L'image se métamorphose encore. Maintenant, c'est une jeune fille agenouillée devant un homme armé d'un fouet. Puis ce sont des hommes et des femmes qui avancent en bravant des canons à eau.

– Votre sang est également teinté de résilience, cette force de caractère qui permet de surmonter des obstacles en apparence infranchissables. Si vos ancêtres ont été esclaves, leurs descendants se sont battus pour l'égalité des droits.

À ces mots, je redresse le menton avec fierté. Puis je reconnais le visage de maman dans la lumière des étoiles. Elle porte un bébé dans les bras et sourit. Je retiens mon souffle en voyant le visage fier de Quinton lorsqu'il remplit la mallette que j'ai trouvée dans sa chambre.

– Ce sont les personnes qui vous connaissent le mieux, commente Mr Horus. Vous êtes profondément aimée.

– Moi aussi, je les aime, dis-je, la gorge nouée.

Mr Horus fait tournoyer son bâton jusqu'à ce que le ciel entier soit rempli des visages de mes ancêtres.

– Je ne vois pas un seul magicien dans l'histoire de votre famille.

Il lève le bâton au-dessus de sa tête. Les étoiles s'éteignent.

– Voici l'histoire de votre magie, Amari ! Une page vierge, comme si elle avait commencé avec vous. C'est fascinant.

– C'est vrai, alors ? Je suis une magicienne-née ?

– Apparemment. Même si j'ignore quelles en seront les conséquences pour vous. Maintenant, examinons le présent et l'avenir. Lancez le second tas de poussière d'étoiles, s'il vous plaît.

Je m'exécute. Dans une nouvelle explosion de lumière blanche, un oiseau scintillant prend forme.

– Cet oiseau vous représente telle que vous êtes en ce moment. Notez qu'il n'a pas encore pris son envol. Ses ailes sont déployées, sa tête, levée. Cette pose suggère que vous êtes capable d'accomplir de grandes choses.

Mr Horus se tait brusquement. Un serpent vient d'apparaître à côté de l'oiseau et s'enroule autour de ses pattes. Je guette la réaction du directeur avec anxiété.

Un second serpent surgit soudain en face du premier. Il est beaucoup plus gros et possède deux têtes. Je sursaute en le voyant découvrir ses crochets. Au lieu de reculer, le premier se prépare à l'attaque.

– C'est mauvais signe, déclare Mr Horus. J'ai déjà vu ce serpent à deux têtes quand j'ai lancé mes propres constellations, dans les îles Errantes. C'est ce qui m'a incité à écourter mon séjour.

– Qu'est-ce que cela signifie ?

Mr Horus brandit son bâton et dessine de grands cercles dans le ciel. Les étoiles tourbillonnent au-dessus de nous pour former un éléphant.

– Ce pachyderme représente le Bureau des affaires surnaturelles, m'explique-t-il.

Le serpent à deux têtes réapparaît et s'enroule autour d'une patte de l'éléphant. Quelques secondes plus tard, il grimpe le long de son cou et frappe. L'éléphant tombe à genoux.

Je frissonne, mais ce n'est plus à cause du froid. Mr Horus plisse les yeux et se caresse le menton.

– Les serpents représentent traditionnellement les magiciens, et sont synonymes de grand danger. Je présume que vous n'apparaissez pas sous cette forme parce que c'est vous qui avez lancé la constellation. Mais j'avoue que je suis dérouté par ce reptile à deux têtes. Il semblerait que vous et le Bureau ayez un ennemi commun, et cela me préoccupe.

– Le serpent à deux têtes ne représente-t-il pas Moreau et son apprenti ? Ce sont eux qui veulent détruire le Bureau.

– Ce serait la supposition la plus logique. Toutefois, beaucoup de choses restent mystérieuses dans votre constellation. L'identité du serpent qui cherche à vous protéger, par exemple. Je suppose que vous ignorez qui est ce magicien.

« Dylan. » C'est forcément lui. Seulement, je ne peux pas dévoiler son secret.

– En effet.

Mr Horus fronce les sourcils.

– Je dois informer Mrs Crowe de ce que nous venons de voir.

– Vous croyez que je vais pouvoir rester au Bureau ?

– Absolument. Rien n'indique que vous soyez dangereuse. Au contraire, nous devons assurer votre sécurité. Je vous déconseille de rentrer chez vous le week-end.

– Et que se passera-t-il si j'échoue à une épreuve ?

– Nous verrons en temps voulu. En attendant, des mesures drastiques s'imposent. Ce serpent à deux têtes s'intéresse à vous, Amari. Et je crains qu'il ne soit très dangereux.

Pendant que je rumine ses paroles, Mr Horus disperse les étoiles du bout de son bâton. Le ciel nocturne retrouve son apparence normale.

– Avant de rentrer, puis-je vous poser une question ? Sur mon frère ?

Mr Horus hoche la tête, pensif.

– Vous voulez savoir pourquoi Quinton est venu me voir la nuit où VanQuish a disparu.

– Exactement. Voulait-il connaître son avenir ?

– Il est venu me voir pour me demander de lire l'avenir, en effet. Mais pas le sien.

Il soupire.

– C'est pourquoi j'ai refusé. À moins d'une urgence, je ne peux révéler l'avenir d'une personne à une autre. Ces choses sont aussi privées que les pensées.

– Mon frère s'interrogeait-il sur mon avenir ?

– Pas le vôtre, répond Mr Horus. Celui de Maria. Quinton voulait savoir si elle risquait un jour de trahir le Bureau.

24

Le lendemain matin, je me lève de bonne heure et je vais me poster devant les ascenseurs, à l'étage des appartements des directeurs. Comme j'ignore où vivent les Van Helsing, c'est la seule solution que j'aie trouvée pour tenter de voir Dylan.

Plusieurs archivistes juniors, qui attendent Mr Cobblepot, me lancent des regards hostiles. Ils parlent à voix basse d'imposture et de la stupidité des magiciens. Je fais comme si je n'entendais rien.

Dylan et moi nous sommes promis de partager toutes nos découvertes. C'est ce que je m'apprête à faire, même si cette perspective m'a empêchée de dormir une partie de la nuit. Maria, une traîtresse ?

Quand il apparaît, je me précipite vers lui. Il ouvre de grands yeux.

– Amari ? Que se passe-t-il ?

– Je ne peux pas te parler ici. Allons à la bibliothèque.

– D'accord. Est-ce que je dois m'inquiéter ?

– Viens vite ! C'est important.

Arrivés sur place, nous nous isolons dans une salle d'étude.

– Que se passe-t-il ? me demande-t-il à nouveau.

– J'ai lancé mes constellations avec Mr Horus, hier soir, et je l'ai interrogé sur son rendez-vous avec Quinton, le jour de sa disparition.

Dylan se penche plus près.

– Qu'a-t-il répondu ?

Je lui révèle ce que j'ai appris. Il a l'air stupéfait.

– Mais pourquoi...

– Tu l'as dit toi-même : ils ne s'entendaient plus. Ils allaient se séparer. Quinton s'est peut-être aperçu que Maria avait des secrets...

Je m'efforce de soutenir son regard.

– C'est une magicienne. Imagine que Moreau lui ait proposé de rejoindre ses pairs et qu'elle ait accepté...

Dylan semble tellement blessé par cette supposition que je regrette de lui en avoir parlé.

– Tu accuses ma sœur de trahison ?

– Je ne sais pas. Je pense juste que mon frère devait avoir une bonne raison d'agir dans son dos.

– J'en ai assez entendu. Je m'en vais, décide-t-il en se levant.

– Attends ! Ce n'est pas tout : Mr Horus sait que tu es un magicien.

Dylan se fige.

– Ah bon ? Comment ?

Je secoue la tête.

– Excuse-moi, j'ai parlé trop vite. Cette histoire m'a mise sens dessus dessous. En fait, il a juste découvert qu'un magicien essayait de me protéger. Il y avait deux serpents dans ma constellation. Le premier, à deux têtes, me menaçait, tandis que l'autre prenait ma défense. D'après Horus, les serpents représentent les magiciens...

Dylan réfléchit un instant.

– Ce qui est sûr, c'est que je prendrai ta défense. C'est normal, entre partenaires. Et c'est pourquoi je ne comprends pas comment Quinton a pu penser que Maria... Laisse-moi te le prouver, OK ? Continue à chercher ce que Quinton mijotait, et je te montrerai que ma sœur n'a trahi personne.

– D'accord.

Je ne sais pas quoi dire d'autre. Dylan se tourne pour partir, puis se ravise.

– Mr Horus t'a demandé qui était ce magicien qui te protégeait ?

– Oui. Je lui ai dit que je ne savais pas...

Sa colère retombe.

– Tu as gardé mon secret ?

– C'est à toi d'en parler aux gens, quand tu te sentiras prêt. J'aurais aimé qu'on me laisse ce choix.

Dylan paraît surpris. Il rougit.

– Merci.

Notre formation reprend par une séance consacrée aux Tubefix. L'agent Magnus marche de long en large devant nous, armé d'une baguette métallique. On dirait un stylo de luxe.

– La première chose à savoir, c'est qu'un Tubefix sert uniquement à se défendre. Quand vous aurez été nommés agents juniors, d'ici quelques semaines, vous et votre partenaire serez affectés auprès d'un agent ou d'un agent spécial. Vous l'accompagnerez partout. S'il combat des criminels, vous serez aux premières loges, et la situation peut vite devenir périlleuse. Ces Tubefix paralysent un yéti de deux mètres cinquante en plein saut. Qui d'entre vous est assez courageux pour nous faire une démonstration ?

– Amari se porte volontaire ! crie Kirsten.

Je la fusille du regard, tandis que l'agent Magnus s'avance vers moi.

– C'est vrai ?

Qu'est-ce qui est pire : se prendre une décharge

de Tubefix, ou se dégonfler devant tout le monde ? J'avale ma salive.

– OK, pourquoi pas ?

Je sors du groupe, et Magnus me tend le Tubefix. Je vérifie si j'ai bien compris :

– Vous voulez que je l'essaie sur *vous* ?

– C'est ça.

Je souris. Hm-hmm... J'en connais un qui va regretter de s'être moqué de ma maladresse aux Air Sprints, la semaine dernière.

– Tiens-le devant toi et appuie sur le bouton, m'instruit-il.

Je fais ce qu'il me dit. Magnus devient aussitôt raide comme un piquet. Ses bras puissants claquent contre ses cuisses, et il éclate d'un rire tonitruant.

Intéressant...

Je colle le Tubefix contre mon bras et je presse le bouton. Aussitôt, mes bras s'abattent contre mes flancs. Ça me rappelle quand ma grand-tante m'embrasse, pour Thanksgiving. Quelques secondes plus tard, la plante de mes pieds me chatouille irrésistiblement.

Magnus fait circuler le Tubefix dans la salle, afin que chacun puisse le tester.

– Cet accessoire a deux fonctions, reprend-il. Il immobilise votre adversaire pour l'empêcher de vous attaquer, et il atténue les effets de l'attaque par le rire. Lors de l'épreuve finale, vous vous affronterez à deux contre deux, en utilisant vos Air Sprints et vos Tubefix. Maintenant, enfilez vos équipements !

Je me dirige vers le vestiaire, quand Dylan m'appelle et me fait signe d'approcher. J'hésite. On ne s'est quasiment pas adressé la parole depuis que je lui ai confié mes doutes sur la loyauté de Maria.

– Oui ?

Il lorgne son sac de sport.

– J'ai... Euh, j'ai pris un truc pour toi, ce week-end.

Il ouvre son sac et en sort une grosse boîte noire. « Duboise » est écrit sur le couvercle, en lettres argentées.

– Je n'ai pas eu l'occasion de te les donner avant. Alors, voilà...

Je suis tellement surprise que je mets un moment à réagir :

– C'est pour moi ?

Dylan soulève le couvercle. Une sublime paire d'Air Sprints repose sur un écrin de velours. Les bottes blanches émettent une lueur fantomatique. « Collection Mortelle », indique l'étiquette.

Je secoue la tête, incrédule.

– Merci.

Dylan rougit.

– Ouais, euh... Je me suis dit que tu allais galérer,

avec les vieux trucs miteux que tu empruntes au vestiaire. Et, si tu échoues, j'échoue avec toi.

– Oui. Je comprends.

Si seulement on pouvait retrouver une relation normale, lui et moi... Pourvu que mes soupçons soient infondés, et que Maria ne soit pas une traîtresse !

Pendant la semaine, nous apprenons presque chaque jour qu'un nouvel avant-poste ou la propriété d'une famille d'héritiers ont été attaqués par les hybrides. D'après Elsie, le Bureau a envisagé d'interrompre la formation et de nous renvoyer chez nous. Puis on a décidé que nous étions plus en sécurité ici.

Je travaille d'arrache-pied pour rattraper mon retard. Je me plonge dans les livres dès le réveil. J'assiste aux cours le matin, puis je révise tout l'après-midi, en prévision de l'épreuve finale. Le soir, Elsie et moi nous enfermons dans une salle d'étude pour chercher des infos sur Moreau, GC ou le Livre Noir, jusque tard dans la nuit. Sans grand succès pour l'instant.

Elsie a emprunté quasiment tous les livres sur les objets magiques qu'elle a trouvés à la bibliothèque. Elle a même pioché dans la collection personnelle de Mrs Fokus, la directrice de son département. Hélas, aucun ou presque ne mentionne le Livre Noir.

Et, quand c'est le cas, ça ne nous apprend rien de nouveau.

Lorsque Quinton me manque trop, nous feuilletons de vieux magazines qui parlent de VanQuish. Ça m'aide à me sentir proche de lui. Quand mon moral s'y prête, je sers de cobaye à Elsie, qui a toujours besoin de tester ses inventions farfelues. Ou alors nous nous barricadons, et elle m'aide à pratiquer ma magie.

Je suis de plus en plus douée pour peindre des illusions. J'ai réussi à changer les cheveux bruns bouclés d'Elsie en carré rose vif. Elle a flippé quand j'ai fait semblant d'avoir oublié l'antidote. Je commence même à savoir peindre des illusions en mouvement. Ça demande beaucoup de concentration pour que les gestes paraissent naturels.

L'ennui, c'est que je ne peux pas révéler à Elsie comment je me suis procuré le livre de sorts ou comment j'ai appris à peindre des illusions sans divulguer le secret de Dylan. Je déteste lui cacher des choses, et je me demande si mon aura me trahit. En tout cas, elle n'y fait jamais allusion.

La deuxième épreuve approche à grands pas. Un midi, alors que je me dirige vers la cafétéria, Gemma, sa partenaire de laboratoire, m'arrête pour me passer un message d'Elsie. Mon amie m'attend d'urgence à la bibliothèque.

Quand j'arrive, elle m'entraîne à la hâte dans une salle d'étude. Je la presse de questions :

– Tu as trouvé quelque chose ?

Elle pousse un soupir théâtral.

– Regarde le dernier livre que j'ai dégotté ! Tu n'imagines pas le cinéma que j'ai dû faire à Mrs Fokus pour qu'elle me laisse consulter le *Répertoire des dangereux trucs et bidules de Raspoutine*. Ce sont les notes manuscrites du magicien. Si l'on n'y apprend rien de plus sur le Livre Noir, je ne sais plus où chercher.

Je me mords la lèvre et m'assieds à côté d'elle.

– Voyons ça.

Elsie feuillette l'ouvrage jusqu'à ce qu'elle trouve une référence au Livre Noir. Elle la parcourt de haut en bas, et son visage se décompose.

– Rien de nouveau, lâche-t-elle, dépitée.

Je suis déçue, mais ce n'est rien à côté d'Elsie, qui s'est démenée en vain pour trouver des informations. Je sors mon livre de sorts pour tenter de lui remonter le moral.

Elle s'assied et me regarde glisser la clé dans la serrure.

– Mais oui ! s'exclame-t-elle soudain. Quelle idiote ! J'aurais dû y penser depuis le début...

Elle rouvre le livre, dépasse la page consacrée au Livre Noir et s'arrête sur un nouveau chapitre, intitulé LA CLÉ NOIRE.

Si quelques personnes seulement ont entendu parler du Livre Noir, elles sont encore moins nombreuses à connaître l'existence de la clé qui permet de l'ouvrir.

Après la mort de Vladimir, le Bureau des affaires surnaturelles fut chargé de protéger le Livre Noir contre Moreau et les apprentis magiciens qui avaient échappé à la capture. Le premier Congrès mondial du surnaturel, jugeant dangereux de confier le Livre et la Clé à une seule personne, remit cette dernière à un gardien anonyme, qui avait pour devoir de la cacher et de la protéger.

Ce devoir se transmet de génération en génération. Chaque nouveau Gardien de la Clé est tenu au secret absolu. Le Livre et la Clé ne doivent être réunis sous aucun prétexte. C'est pourquoi le Congrès mondial du surnaturel a interdit au Bureau de chercher la Clé. Ce faisant, il violerait son serment et s'exposerait à la dissolution. Ses membres seraient immédiatement bannis du monde surnaturel.

– GC signifie « Gardien de la Clé », dit Elsie en pointant un doigt sur la page, les yeux écarquillés. C'est lui que VanQuish a trouvé !

J'acquiesce.

– Je comprends maintenant pourquoi l'apprenti de Moreau s'en est pris à mon frère. Si son fameux plan consiste à récupérer le Livre Noir, il aura besoin de la Clé pour l'ouvrir.

– Ça craint, murmure Elsie. Si quelqu'un l'apprend, le Bureau risque de fermer pour avoir rompu son serment.

– Donc, on n'en parle à personne pour l'instant.

– Et Dylan ? demande Elsie.

– Euh... Je ne sais pas encore. Rien ne nous dit que Maria Van Helsing n'est pas l'apprentie de Moreau.

Faute de nouveaux indices, et comme la deuxième épreuve approche dangereusement, Elsie et moi décidons de nous concentrer sur nos révisions. Ce serait différent si l'on connaissait l'identité du Gardien de la Clé. On pourrait tenter de l'avertir d'une manière ou d'une autre. En espérant qu'il n'est pas trop tard...

Avec un peu de chance, Quinton n'a pas révélé son identité à l'apprenti de Moreau. Mon sang se fige quand je pense aux moyens que le magicien pourrait employer pour faire parler mon frère…

J'ai voulu plusieurs fois confier notre découverte à Dylan, mais il m'évite. Il a même fait équipe avec Lara pour l'entraînement aux Air Sprints. Je regrette de plus en plus de lui avoir confié mes soupçons sur Maria.

Dans tous les départements, les stagiaires étudient et s'entraînent d'arrache-pied. À l'heure du déjeuner, la cafétéria est presque vide. Si Elsie n'insistait pas pour que je l'accompagne, je n'irais pas non plus. Mais ma camarade de chambre ne sauterait un repas pour rien au monde, et elle sait se montrer très persuasive. La dernière fois que j'ai voulu me défiler, en prétextant que je devais finir mon *Guide des uniformes du Bureau des affaires surnaturelles*, elle m'a littéralement portée jusqu'ici.

Pendant que je termine un taco, Elsie me décrit avec enthousiasme le projet de grenade à puces qu'elle développe pour la division de soutien aux agents du département des Sciences magiques. C'est le service qu'elle souhaite rejoindre quand elle sera nommée chercheuse junior. On y invente tous les gadgets cool que les agents utilisent pour combattre le crime.

– Cette grenade à puces n'est pas aussi horrible qu'on pourrait le croire, assure-t-elle. Mes puces chatouillent les yétis pour les obliger à obéir. En fait, maintenant que j'y pense, ça fonctionne un peu comme un Tubefix...

Je souris. Même si j'ai réussi la première épreuve haut la main, ce n'est rien comparé au succès que rencontre Elsie dans son département. Les chercheurs l'adorent. C'est la seule stagiaire à être invitée à la soirée « Cinéma pour les intellectuels » de Mrs Fokus. Apparemment, c'est une projection de documentaires ultra-ennuyeux, que seuls les génies trouvent divertissants. Je ne me fais pas de souci pour mon amie : la deuxième épreuve ne sera qu'une formalité pour elle.

– Les yétis sont-ils vraiment aussi infects qu'on le raconte ?

Elsie hoche la tête.

– Encore pires ! Ils s'imaginent que la forêt leur appartient ! Ils piquent des crises de colère hallucinantes. L'autre fois, une équipe sportive a vaguement parlé de construire un stade dans une de leurs forêts. Dès qu'ils l'ont appris, les yétis ont acheté l'équipe et viré les meilleurs joueurs.

– Ils sont aussi riches que ça ?

– Ouais. Ils possèdent une entreprise de glacières très populaire.

– Amari ? Tu aurais une seconde, s'il te plaît ?

Je lève la tête. Dylan est debout près de nous. Je ne l'ai pas entendu arriver.

– Euh… ouais, dis-je, avant de le suivre à une table vide.

– Alors voilà…, commence-t-il. J'ai un ami qui a un ami qui est le frère d'un agent junior, qui a entendu l'agent Fiona raconter à mon père que la deuxième épreuve serait une chasse au trésor dans l'enceinte du Bureau. D'après elle, le seul moyen de réussir serait de connaître les lieux comme sa poche.

– Tu es sûr que c'est vrai ? Lara aussi a prétendu savoir en quoi consisterait l'épreuve.

– Ma sœur voulait faire son intéressante, comme d'habitude.

Je me mords la lèvre.

– Combien de personnes sont au courant ?

– Tous les agents stagiaires. Comme tu n'étais pas là, je suis venu te le dire.

C'est sympa de sa part. Seulement, je ne peux pas m'empêcher de lire entre les lignes : la magicienne n'a pas été conviée à la réunion secrète.

– Merci de m'avoir prévenue. Mais je parie que tous les exemplaires des *Coulisses du Bureau* ont déjà été empruntés.

– J'ai le mien. On peut étudier ensemble, si tu veux.

– Oh ! dis-je, surprise. Oui, ce serait cool.

Il rougit légèrement.

– J'ai réfléchi à ce que tu m'as dit sur Maria, et… Je sais que tu m'as simplement révélé les conclusions de ton enquête. À ta place, j'aurais fait exactement la même chose. Je te demande juste de ne pas tirer de conclusions hâtives. Tant qu'on n'a pas de preuve de sa culpabilité, considérons ma sœur comme innocente.

– D'accord.

Il sourit et me tend son poing.

– VanQuish 2.0 ?

– VanQuish 2.0, dis-je en tapant dans le sien.

25

– En avant pour la deuxième épreuve ! s'exclame l'agent Fiona en ouvrant grand les bras. D'ici ce soir, nous dirons au revoir à la moitié d'entre vous, ce qui ramènera votre nombre à huit. Si vous réussissez, vous n'aurez plus à vous préoccuper que de l'épreuve finale, la semaine prochaine.

Nous sommes assis tous les seize dans la salle de briefing du département des Enquêtes surnaturelles. L'agent Fiona et l'agent Magnus se tiennent sur l'estrade, à côté d'un grand panier plein d'œufs. Nous sommes au Bureau depuis assez longtemps pour que ce genre de bizarrerie nous laisse indifférents.

Je cherche Dylan du regard depuis que je suis entrée, mais ni lui ni sa sœur n'ont encore fait leur apparition.

– Nous allons vous demander de choisir votre partenaire et d'envoyer un représentant de chaque duo sur scène pour recueillir votre premier indice, reprend l'agent Fiona

L'agent Magnus glisse quelques mots à l'oreille de sa collègue, qui se frappe le front.

– Toutes mes excuses ! Je ne vous ai pas expliqué pourquoi vous aurez besoin d'un indice. Cette épreuve est une chasse au trésor. Nous allons tester votre capacité à réfléchir dans une situation de stress. Un agent doit être réactif et prendre les bonnes décisions. Pour cela, nous enverrons chaque duo sur un chemin qui lui est propre, à travers le Bureau. Chaque énigme élucidée vous permettra d'obtenir un nouvel indice, qui vous mènera au département suivant. Les quatre premiers duos qui termineront cette chasse au trésor seront qualifiés pour l'épreuve finale. Et maintenant, à vous de jouer ! Formez vos équipes.

Les stagiaires se bousculent pour s'asseoir près de leur partenaire. Dylan est toujours introuvable. S'il arrive trop tard, je vais devoir faire cavalier seul. J'angoisse rien que d'y penser.

Les jumeaux entrent enfin. Aux regards qu'ils échangent, je devine qu'ils se sont disputés. Lara tourne ostensiblement le dos à son frère et rejoint Kirsten. Dylan lève les yeux au ciel, puis scrute la salle. Je lui fais un signe de la main. Je le laisse s'asseoir à côté de moi avant de l'interroger :

– Il y a un problème avec Lara ?

Dylan soupire et fait non de la tête.

– Je lui avais promis qu'on serait partenaires dès qu'on nous laisserait le choix. Mais c'était avant l'été. Depuis, les choses ont changé. Je parie qu'elle va se plaindre à papa si elle échoue à l'épreuve.

Je n'en reviens pas qu'il soit prêt à subir les foudres de son père et de Lara pour continuer à faire équipe avec moi.

– Bon... Merci de ne pas m'avoir laissée tomber.

Il hausse les épaules.

– On est partenaires, non ?

– Il semblerait que notre duo gagnant ait décidé de poursuivre l'aventure ensemble, claironne l'agent Fiona. Venez chercher votre premier indice. Vous bénéficiez de trente secondes d'avance sur les autres stagiaires. Ce n'est pas grand-chose, mais vous aurez déjà l'avantage de ne pas partager un ascenseur.

Je laisse Dylan plonger la main dans le panier pour sélectionner notre indice. L'œuf qu'il en sort paraît incroyablement réel. Quand toutes les équipes ont choisi le leur, l'agent Fiona nous met en garde :

– Inutile de critiquer la qualité littéraire des énigmes. Nous ne sommes pas des poètes. Dylan et Amari, c'est à vous !

Dylan écrase l'œuf dans sa paume et déplie le papier qu'il contient. Je déchiffre le texte à toute allure :

« Cette chose dans l'appentis, était-elle réelle, au moins ? dit la fille au téléphone. Je suis sûre que ce n'est rien. »

L'homme n'en croit pas ses oreilles : « Elle a voulu me dévorer !

Je suis un chirurgien. Je vais chercher mon laser ! »

La fille au téléphone est d'un tout autre avis :

« Les secours arrivent. Calmez-vous, monsieur, je vous prie. »

On entend un grand brouhaha, puis : « Ah, ce n'est pas trop tôt. »

Elle enfonce un bouton et sa peur s'efface aussitôt.

– C'est forcément dans le département des Demi-vérités et des Dissimulations complètes, affirme Dylan. Ils gèrent tous les contacts accidentels entre les humains et le monde surnaturel.

– Bien sûr ! Tous les appels d'urgence qui concernent le surnaturel sont transférés au centre de traitement.

Nous sortons en trombe de l'auditorium et détalons dans le couloir principal, jusqu'aux ascenseurs. Luciano s'ouvre aussitôt devant nous. Juste avant que les portes se referment, je vois les autres stagiaires jaillir de la salle. La chasse au trésor a officiellement commencé !

Je me réjouis qu'on soit tombés sur Luciano. Il est moins rapide que Lucy, mais nous chante une ballade apaisante. Dylan est tellement à cran qu'il danse d'un pied sur l'autre.

– Nous arrivons au département des Demi-vérités et Dissimulations complètes, fredonne l'ascenseur.

Les portes s'ouvrent sur le hall d'entrée le plus génial de tout le Bureau. C'est une version XXL du mur au-dessus du lit d'Elsie. Il est tapissé du sol au plafond de couvertures de magazines célèbres du monde connu, tels que *Time* ou *National Geographic*. Sauf qu'on a changé les photos pour montrer ce qui s'est réellement passé. Je n'ai jamais eu l'occasion de descendre à cet étage pour l'examiner attentivement, mais j'ai déjà mes images préférées. Au lieu de la célèbre couverture du magazine *Life*, qui montre un astronaute sur la Lune, on voit Neil Armstrong tendre un pouce dans l'espace, tel un auto-stoppeur. La photo, légendée « Apollo 11, en panne de carburant, remorqué par un sympathique vaisseau extraterrestre », me fait toujours rire.

L'invasion des termites mutants mangeurs de béton responsable de la chute du Mur de Berlin vient en deuxième position dans mes couvertures favorites. Les insectes géants portent des T-shirts *Mutants pour la paix mondiale*.

Nous traversons le hall à toute allure pour rejoindre le couloir principal. Il est dix fois plus bondé que celui du département des Enquêtes surnaturelles. Qui sont tous ces gens ? Si on n'avait pas appris par cœur la disposition des bureaux, je n'aurais aucune idée de la direction à prendre.

Nous longeons le mur dans la branche droite du U, jusqu'à ce que l'on arrive au centre de traitement. C'est une gigantesque salle équipée de milliers de petites cabines, où des employés sont assis devant des téléphones rouge vif. Je regarde Dylan, perplexe :

– On fait quoi, maintenant ?

Il hausse les épaules.

Faute d'une meilleure idée, nous nous promenons dans les allées en écoutant les Langues de Bois (c'est le nom des opérateurs et opératrices) répondre aux appels :

– Vous dites que votre belle-mère vous hante. Supposons que ce soit vrai... l'auriez-vous mérité ?

– Essayez deux plus deux... La calculette dit que c'est égal à cinq ? Ah, c'est ennuyeux. Les dieux des maths sont fâchés contre vous. Je vous conseille de leur présenter vos excuses. Prenez vite rendez-vous au guichet des impôts le plus proche.

Un opérateur junior met son interlocuteur en attente pour demander à sa voisine :

– Jenny, tu n'aurais pas une seconde radio d'hypnose ?

L'intéressée lève les yeux au ciel.

– Si, mais c'est la dernière fois que je te la prête.

Tu n'es pas obligé de remplacer les souvenirs de tout le monde, tu sais !

Elle fouille dans son sac et tend au garçon un petit objet qui ressemble à une télécommande. Je le reconnais : le livreur qui m'a apporté la mallette de Quinton avait le même.

– Tu me sauves la vie ! s'exclame le garçon.

Il appuie sur plusieurs boutons et une musique douce s'élève. Il met son interlocuteur sur haut-parleur.

– Vous entendez... ? Oui, c'est du jazz. Et maintenant répétez après moi : « Ce n'est pas une momie que j'ai vue dans la forêt, mais le rescapé d'un accident d'avion, plâtré de la tête aux pieds... » C'est vrai, il a dû être un peu surpris quand il vous a vu vous enfuir en hurlant. Non, ce n'est pas la peine d'y retourner pour vous excuser...

Dylan et moi parcourons entièrement les deux premières allées avant de repérer une cabine vide. Un petit écriteau « Réservé aux stagiaires agents » est posé près du téléphone. Je m'assieds sur la chaise ; Dylan s'agenouille à côté de moi. Le téléphone sonne.

– Je pense qu'il faut répondre, dit-il.

– Mais... Ah, d'accord.

Je décroche le combiné.

– Allô ?

– J'ai un petit problème, fait une voix au bout du fil.

– Je peux vous aider ? Dites-moi ce qui ne va pas.

– Eh bien, j'ai un indice et personne à qui le confier, poursuit la voix.

Je me tourne vers Dylan, qui m'observe avec curiosité.

– C'est le premier indice.

J'enclenche le haut-parleur.

– Vous pouvez nous le dire.

Notre interlocuteur s'éclaircit la gorge et récite l'énigme suivante :

– Trouver ce premier indice était assez évident. Mais ne criez pas victoire, car ça se corse maintenant. Rejoignez une pièce pleine de choses dangereuses : des crocs, des griffes et des trucs qui piquent. Identifiez le monstre différent des autres. Son nom céleste est le fruit de l'humour.

Ma gorge se serre.

– Une pièce pleine de crocs et de griffes ? C'est sûrement la réserve des prédateurs, au département du Contrôle des créatures... À ma connaissance, c'est le seul lieu où il y a des monstres, au Bureau.

Dylan laisse échapper un petit rire nerveux.

– Ils ne nous laisseraient pas nous faire dévorer. Enfin, j'espère...

Nous empruntons Lucy pour nous rendre sur place.

J'ai lu dans *Les coulisses du Bureau* que c'est le département le plus vaste de tous. Il occupe autant d'espace que tous les autres réunis. Passé le hall d'entrée, c'est un endroit sauvage. Une espèce de jungle intérieure.

Une femme en tenue de safari s'avance vers nous et nous tend une main gantée.

– Becca Alford. Je suis une gardienne de la réserve naturelle, et l'on m'a chargée de vous escorter aujourd'hui.

Elle donne à chacun de nous une vigoureuse poignée de main.

– Où souhaitez-vous aller ? demande-t-elle.

– Dans la réserve des prédateurs, répond Dylan.

La femme sourit.

– Vous êtes sûrs ? C'est un endroit effrayant pour les novices.

– Oui, dis-je.

Becca lève un pouce.

– Dans ce cas, suivez-moi. Le moteur de la Jeep tourne déjà.

Nous quittons le hall d'entrée pour rejoindre le sommet d'une colline herbeuse, et la surprise me laisse sans voix. J'ai du mal à croire qu'on est toujours à l'intérieur. Un immense hologramme au plafond imite à la perfection un ciel bleu sans nuages. Je sens la chaleur du soleil sur mon visage. Même le léger vent qui ébouriffe mes cheveux a l'odeur du plein air.

Et quel paysage ! Une immense forêt s'étend à nos pieds. Au-delà s'ouvre une jungle luxuriante. Sur notre droite, dans le lointain, on aperçoit une vallée enneigée. Le pendant du désert de sable que l'on voit sur notre gauche.

Je me penche pour cueillir un brin d'herbe.

– Incroyable ! Même ça, c'est réel !

Becca éclate de rire.

– Bien sûr. La seule chose qui soit fausse ici, c'est le ciel. Nous avons fait tout notre possible pour fournir à ces créatures l'habitat le plus authentique possible, tant qu'elles séjournent ici.

– Cool !

Nous montons à l'arrière de la Jeep et Becca l'engage sur un chemin de terre. Nous ne tardons pas à entrer dans le sous-bois, qui s'épaissit à mesure que l'on progresse. On y croise toutes sortes d'animaux sauvages, parmi lesquels une licorne à la robe argentée, une meute de cochons volants, et un serpent kaléidoscopique qui laisse dans le ciel une trace chatoyante, aux couleurs de l'arc-en-ciel.

Notre guide s'arrête devant un écriteau « Jungle » et se tourne vers nous.

– Les prédateurs sont tous dans cette zone. Rappelez-vous qu'on ne les nomme pas ainsi sans raison. Ne quittez la Jeep sous aucun prétexte, à moins que je vous aie précisé que c'est sans danger.

Vous pouvez me poser toutes les questions que vous souhaitez, mais, si je dois intervenir pour vous sauver, vous serez automatiquement disqualifiés. Entendu ?

– Entendu ! répond-on d'une seule voix.

Nous continuons à rouler sur le chemin de terre, au ralenti cette fois. Becca surveille les arbres, la mine sérieuse.

Je sursaute en voyant une silhouette dorée bondir sur le sentier, juste devant nous. Elle le traverse en un éclair avant de disparaître dans les fourrés. Un grondement assourdissant fait vibrer les portes de la Jeep. Dylan et moi nous blottissons l'un contre l'autre, la tête rentrée dans les épaules. Passé le virage, on aperçoit un immense lion à la fourrure étincelante, perché au sommet d'une petite colline.

– C'est un lion de Némée, chuchote Becca. Les vrais rois de la jungle. Du moins, quand il n'y a pas de dragons dans les parages...

Nous rencontrons d'autres créatures encore plus effrayantes. Un monstre des marais hérissé de cornes nous guette sous la surface d'un étang vaseux. Au loin, un griffon descend en piqué et remonte presque aussitôt, une proie dans le bec.

– Stop ! crie soudain Dylan.

Il montre du doigt un arbuste couvert de fleurs, au centre d'une petite clairière.

– Voilà, c'est ça ! C'est forcément ça !

Je le regarde, intriguée.

– On est venus chercher un buisson ?

– Ce n'est pas n'importe quel buisson. C'est un attrape-humain de Mars. Rappelle-toi la consigne : « Identifiez le monstre différent des autres. » Les autres prédateurs sont tous des animaux, c'est la seule plante. Et la suite de l'énigme : « Son nom céleste est le fruit de l'humour. » La planète Mars est un corps céleste, et on a surnommé cet arbuste « Attrape-humain de Mars » pour plaisanter, en référence à l'attrape-mouches de Vénus, une plante carnivore du monde connu.

Becca nous sourit dans le rétroviseur.

– En plein dans le mille ! commente-t-elle en bifurquant dans la clairière.

– Bien joué ! dis-je, étonnée. Je n'aurais jamais trouvé.

– Mon précepteur serait fier de moi ! affirme Dylan en riant.

Nous sortons du véhicule. Becca et Dylan se bouchent aussitôt le nez. Mais pourquoi…

Un parfum envoûtant me chatouille les narines et je me sens soudain comme étourdie. Ça m'est égal, je veux sentir ces merveilleuses fleurs de plus près. Je n'ai pas fait trois pas qu'on me tire en arrière. Quelqu'un a même le culot de me passer un bras autour de la taille et de plaquer une main sur mon nez ! Je me débats.

– Lâche-moi ! Je veux une fleur...

Je retrouve mes esprits et cligne plusieurs fois les yeux.

– La plante t'attire avec son parfum pour te manger, m'explique Dylan.

– Attention ! nous rappelle Becca. Si je vois que l'un de vous court un réel danger, je n'hésiterai pas à intervenir.

Ouf, c'était moins une ! Je me pince le nez.

– Merci. Ça va aller.

Dylan me montre un petit rectangle blanc devant le buisson.

– Je parie que c'est le prochain indice.

– Comment va-t-on le récupérer sans se faire dévorer par ce truc ?

– Bonne question.

« Bonne question. » Je me rappelle les mots de Becca :

– Vous avez dit qu'on pouvait vous poser des questions, n'est-ce pas ?

– Exact.

– Comment ce buisson sait-il qu'on s'approche de lui ?

– Certaines fleurs sont des yeux, répond-elle. Il nous observe en ce moment même.

Waouh, c'est trop flippant ! Mais ça me donne une idée.

– Suivez-moi !

Je quitte la clairière, Dylan et Becca sur mes talons. Nous nous accroupissons derrière la Jeep.

– Ne paniquez pas, d'accord ? Je veux juste vous montrer un truc.

Ils me regardent, perplexes.

– Tu veux nous montrer un truc maintenant ? s'étonne Dylan.

– Regardez.

Je ferme un poing et le couvre de mon autre main.

– Duplicarta !

Une deuxième Amari apparaît devant nous. Dylan plaque une main sur sa bouche pour se retenir de rire. Becca avale sa salive, puis m'interroge :

– C'est de la magie ?

J'acquiesce.

– Si vous m'y autorisez, je pourrai l'utiliser pour résoudre notre problème...

J'espère que notre guide est assez tolérante pour me donner une chance.

Becca hésite.

– Ma foi... Les sorts sont interdits dans l'enceinte du Bureau...

Elle secoue lentement la tête.

– Mais je trouve injuste que tous les autres candidats aient le droit d'utiliser leurs facultés surnaturelles, et pas vous. D'ailleurs, personne n'a précisé que c'était contraire aux règles de l'épreuve.

Quelques minutes plus tard, nous sommes en position. Je suis allongée sous la Jeep, tandis que Dylan et Becca attendent dans les fourrés, au bord de la clairière. Dylan lève le pouce pour m'indiquer qu'ils sont prêts. J'espère que ça va marcher. Sans quoi, Becca nous a bien fait comprendre qu'elle nous disqualifierait. J'articule à voix basse :

– Duplicarta.

L'instant d'après, mon double apparaît dans la clairière et s'avance vers les fleurs d'une démarche de somnambule, l'air étourdi. Le buisson frissonne à son approche. Plus que quelques pas...

Soudain, une gueule béante jaillit de l'arbuste et se referme pile sur le simulacre. Je laisse mon double planer en l'air, juste au-dessus de la plante, qui fait des tentatives furieuses pour le saisir dans sa gueule.

Profitant de sa distraction, Dylan et Becca traversent la clairière en courant. Dylan récupère l'enveloppe par terre d'un geste vif, et tous deux regagnent la Jeep en un clin d'œil. L'arbuste, qui n'a rien vu, émet un grondement furieux quand je fais disparaître l'ectoplasme.

– Je n'en reviens pas que ça ait marché, exulte Dylan en déchirant l'enveloppe.

– Moi non plus ! avoue Becca. Vous étiez censés cueillir des baies de sommeil sur ce buisson, et les lui donner à manger. Mais c'est le résultat qui compte.

Dylan déchiffre le message à voix haute :

– « Ravis que vous n'ayez pas servi de casse-croûte !

Voici une nouvelle énigme pour la route.

Le département de l'Inexpliqué est votre prochaine destination.

Et votre indice se trouve au fond d'un puits sans fond. »

– Au moins, on sait où aller, dis-je.

– Ça nous fait une belle jambe, grommelle Dylan.

Sur la route du retour, je m'aperçois que Becca me regarde dans le rétroviseur.

– Tu sais contrôler ta magie ? me demande-t-elle.

– Pas vraiment. Pour l'instant, je ne maîtrise que quelques trucs de base.

– Mais on m'a toujours dit que… Je pensais que trop de magie…

Elle s'interrompt et secoue la tête.

– D'après ce que je vois, tu es une jeune fille de douze ans comme les autres. Affable, souriante… Ce que j'essaie de te dire, c'est que tu n'es pas du tout comme je l'imaginais.

Je souris.

– C'est un compliment, j'espère ?

– Tout à fait. Je pense que tu vas faire évoluer les mentalités pendant ton séjour au Bureau, Amari Peters.

De retour dans le hall, Dylan et moi nous engouffrons dans le premier ascenseur qui se présente. Deux agents sont déjà dans la cabine. Pendant tout le trajet, je tremble de peur que Malice me trahisse en parlant de mon escapade à l'hôtel Vanderbilt, le jour de mon rendez-vous avec magiciangirl18. Heureusement, l'ascenseur se contente de narguer les agents en chantonnant : « Je sais quelque chose que vous ne savez pas... »

Le hall du département de l'Inexpliqué est plongé dans la pénombre. Un projecteur s'allume au plafond et éclaire notre chemin jusqu'au fond de la salle. Un second est braqué sur un garçon endormi.

Dylan lui donne un petit coup de coude, et le garçon se lève d'un bond.

– Ah, vous voilà ! Toutes mes excuses. Notre service est généralement fermé pendant la journée. Je devrais être dans mon lit, à cette heure-ci. Bref, je suis là pour vous servir de guide. Où voulez-vous aller ?

– Au puits sans fond, dis-je.

– Entendu, répond le garçon. Les curiosités inexpliquées se trouvent dans la branche droite du U. Suivez-moi, s'il vous plaît.

– Tu ne nous dis pas ton nom ? s'étonne Dylan.

Le garçon se retourne.

– Non. Et je ne répondrai pas non plus à vos questions. N'oubliez pas que vous êtes au département de l'Inexpliqué.

Il nous invite à le suivre dans le couloir principal. L'obscurité y est moins dense, mais les projecteurs continuent de s'allumer sur notre passage. Une faible lumière filtre derrière d'épais rideaux rouge sombre.

L'un d'eux porte une pancarte où s'affiche la question suivante : « Que se passe-t-il quand une force irrésistible rencontre un objet inébranlable ? » Alors que Dylan s'en approche, le garçon le prévient :

– Pose un doigt sur ce rideau et tu es disqualifié.

– Et si je jette juste un petit coup d'œil ? insiste Dylan.

– Je ne réponds pas aux questions, rappelle le garçon.

Sur le rideau suivant, on lit : « Mystère du triangle des Bermudes ». Il est suivi du « Trou de ver menant à un univers parallèle » et de « L'origine de la poule et de l'œuf ». Nous arrivons enfin devant un rideau étiqueté « Le puits sans fond ».

Avec l'autorisation de notre guide, nous nous faufilons derrière. Le décor n'a rien d'extraordinaire. Ce n'est qu'un banal puits de pierre, au centre d'une petite pièce nue.

Déçue, je me penche par-dessus la margelle.

– Attention ! me prévient le garçon. Si tu tombes, personne ne pourra te secourir. Tu continueras à tomber indéfiniment.

Nous faisons plusieurs fois le tour du puits, perplexes. Comment atteindre le fond d'un truc qui n'a pas de fond ?

Dylan lâche une pièce de dix centimes dans le trou pour voir ce qui se passe. Aucun écho ne nous parvient.

– Et maintenant ? dis-je.

– Je sèche, avoue-t-il.

Je commence à transpirer. Même Dylan s'essuie régulièrement le visage de sa manche. Je pense à nos concurrents, qui doivent terminer leur chasse au trésor et recevoir leurs invitations pour l'épreuve finale, pendant que nous cuisons dans cette fournaise. Je confie mon étonnement à notre guide :

– Vous n'avez pas la clim, ici ?

Le garçon sursaute. Je le regarde d'un air soupçonneux.

– Tu as sursauté !

– Non, se défend-il.

– Moi aussi, je t'ai vu, insiste Dylan en essuyant son front dégoulinant. Ça doit avoir un lien avec la clim.

– Quel rapport entre la climatisation et un puits sans fond ?

Je scrute le plafond et les murs. Puis je regarde le sol, et je comprends enfin.

– Il y a des bouches d'aération par terre.

Dylan lève un sourcil.

– Et alors ?

– Réfléchis. Ils n'ont pas coupé la clim par hasard.

– Bien sûr ! Ils veulent qu'on descende là-dedans...

– Je parie qu'un des conduits passe sous le fond du puits sans fond !

En m'approchant de la bouche d'aération, je comprends que j'ai vu juste. Les vis ont été retirées. Dylan soulève la grille. Elle donne sur un large conduit métallique, qui s'incurve rapidement.

– Tu es plus petite. Tu devrais trouver l'indice plus vite, raisonne-t-il.

J'acquiesce et je descends dans le conduit.

– Il fait tout noir. Comment vais-je me diriger ?

– Attends ! Je vais aller crier au-dessus du puits pour te guider. Dis-moi si tu entends l'écho de ma voix.

Quelques secondes plus tard, un « Coucou » résonne faiblement dans le lointain. Dylan revient peu après.

– Tu m'as entendu ?

– Oui. Continue de crier.

Dylan repart et je commence à ramper dans le tunnel. Je ne suis pas rassurée, mais je me concentre sur la voix de mon partenaire pour me donner du courage.

Guidée par ses cris, je bifurque plusieurs fois dans la pénombre, jusqu'à ce que j'aperçoive une tache de lumière au loin. Je m'en approche, et je découvre une petite lampe torche. Son faisceau éclaire une photo scotchée à la paroi du conduit. L'image montre un bateau de pirates, en équilibre précaire au bord d'une gigantesque chute d'eau. Je la retourne en pensant trouver un message au dos, mais l'autre côté est vierge. Perplexe, je prends la lampe et la photo avant de rebrousser chemin.

Arrivée près de Dylan, je lui tends la photo. Il la contemple un instant avant de la retourner.

– Il n'y avait rien d'autre, dis-je.

– C'est le bord du monde, affirme-t-il.

– Ah bon ? La dernière fois que j'ai vérifié, la Terre était ronde. Elle n'avait pas de bord.

– Il y en a un, me détrompe-t-il. C'est juste qu'il est caché.

Nos regards se croisent, et nous nous exclamons à l'unisson :

– Le département des Lieux cachés !

On se précipite vers les ascenseurs et on se faufile entre les jambes d'un ogre vert, qui s'apprête à entrer dans la cabine de Lucy.

– Désolée, on est pressés ! dis-je, juste avant que les portes se referment.

– Je parie que vous êtes contents d'être tombés sur moi ! glousse Lucy. Où voulez-vous aller ?

L'ascenseur nous fait descendre à la vitesse de l'éclair jusqu'aux tunnels souterrains, et dépasse une enseigne au néon indiquant « Département des Lieux cachés : par ici – ou par là ? » Heureusement, le secret pour s'y rendre figurait à la page 290 des *Coulisses du Bureau*. Je lève les mains au-dessus de ma tête et je tâtonne dans l'obscurité, jusqu'à ce que j'effleure un gros bouton du bout des doigts. Je saute en l'air pour l'enfoncer.

Aussitôt, le sol se met à vibrer et s'élève, telle la plateforme d'un monte-charge. Le plafond s'ouvre, et nous nous retrouvons dans le hall du département des Lieux cachés. D'immenses photos de villes perdues tapissent les murs. Leurs noms sont inscrits sur des étiquettes, au-dessous : Shangri-La, Avalon et Shambhala.

Nous nous précipitons vers une femme en uniforme d'agent, debout près d'une petite table.

– Bravo ! nous félicite-t-elle. Vous avez recueilli tous les indices et mérité vos convocations à l'épreuve finale. Cela dit, je trouve très étrange que les stagiaires aient accompli l'épreuve aussi vite, cette année. J'ai de gros soupçons. L'un d'entre vous aurait-il reçu des informations susceptibles de vous aider ? Nous ne tolérerons aucune tricherie.

Dylan et moi échangeons un regard effaré. Comment a-t-on pu imaginer qu'on ne se ferait pas prendre la main dans le sac ? Ces gens mènent l'enquête à longueur de journée. C'est leur métier.

Comment ai-je pu être aussi indigne de l'héritage de mon frère ? C'est déjà assez grave que la petite sœur de Quinton soit une tricheuse. Pas question d'aggraver mon cas en mentant !

La femme sourit.

– Je me réjouis de savoir que vous n'avez pas triché...

– Attendez ! dis-je. C'est vrai. On a eu une information.

Dylan sursaute, puis baisse la tête.

– C'est ma faute, avoue-t-il. J'ai appris qu'il fallait connaître par cœur la topographie du Bureau pour réussir l'épreuve, et j'en ai parlé à Amari.

– Et moi, j'ai accepté de jouer le jeu. Et j'ai étudié comme une folle pour me préparer.

L'agent croise les bras et nous toise avec sévérité.

– Vous me décevez énormément, tous les deux. Avoir des badges d'élite et choisir de tricher ! C'est une honte ! Je suis au regret de vous le dire, mais... Félicitations ! Vous avez officiellement réussi la deuxième épreuve. Vous avez fait preuve de l'honnêteté requise pour devenir des agents du département des Enquêtes surnaturelles.

Je mets plusieurs secondes à digérer l'information.

– On a réussi ? Même si on a triché ?

La dame rit.

– Nous avons volontairement laissé fuiter cette information. Il ne s'agissait pas simplement de mesurer votre capacité à déchiffrer des énigmes, mais aussi – et surtout – d'éprouver votre honnêteté dans les conditions les plus difficiles. Il est indispensable que les êtres surnaturels et vos collègues agents puissent vous faire confiance.

Sur ces mots, elle nous tend nos convocations. Nous regagnons les ascenseurs en riant.

– On a réussi ! exulte Dylan. On est qualifiés pour l'épreuve finale !

J'appuie la tête contre le mur et je ferme les yeux.

– Il nous reste une chance de les délivrer...

– Quinton et Maria seraient fiers de nous, murmure-t-il.

Comme les mots restent coincés dans ma gorge, je me contente de hocher la tête, les joues ruisselantes de larmes.

Dylan me prend la main, et nous restons un long moment immobiles.

26

Ce soir-là, tous les stagiaires qui ont réussi l'épreuve sont invités à se rassembler dans le hall d'entrée du département des Enquêtes surnaturelles. Nous ne sommes que six : Dylan et moi, Josh Adams et Brian Li, ainsi que deux acolytes de Lara, Zoé Wisniewski et Madison Klein.

Lara et Kirsten manquent à l'appel.

J'entends Madison confier à Brian que les deux filles ont été les premières à résoudre toutes les énigmes, mais qu'elles n'ont pas avoué avoir triché. Quand Lara a appris qu'elle n'était pas qualifiée, elle a piqué une telle crise de colère qu'elle ne sera peut-être pas autorisée à retenter sa chance l'an prochain. Du moins, si l'agent Fiona a son mot à dire.

C'est peut-être pour cela que l'agent Magnus a entraîné Dylan à l'écart, et discute avec lui en aparté. Si sa sœur a réellement échoué à l'épreuve, il doit se culpabiliser d'avoir fait équipe avec moi.

L'agent Fiona entre dans le hall en levant les bras.

– Félicitations à vous six ! Vous avez prouvé que vous étiez les meilleurs. Mais n'imaginez pas vous reposer sur vos lauriers. Il ne reste que sept jours avant l'épreuve finale. Vous vous demandez quelle sera votre récompense pour être arrivés jusqu'ici ? Eh bien, je vous laisse quartier libre toute la semaine. Occupez-la comme bon vous semble, mais n'oubliez pas que l'épreuve finale testera vos connaissances du monde surnaturel, vos talents au combat avec les Air Sprints et les Tubefix, et la maîtrise de votre faculté surnaturelle. Je vous conseille de travailler sur vos faiblesses. Les quatre stagiaires qui obtiendront les meilleurs résultats dans ces trois domaines recevront leur badge d'agent junior. Ils seront ensuite encadrés par un agent pendant le dernier mois de la session d'été. Ils voyageront dans le monde entier et verront en quoi consiste vraiment notre métier.

Madison lève une main.

– Oui ? demande l'agent Fiona.

Madison pivote vers moi et me montre du doigt.

– Ce n'est pas juste qu'on doive tous démontrer notre faculté surnaturelle, et pas elle.

L'agent Fiona lorgne dans ma direction.

– Nous n'avons pas encore décidé comment gérer la situation d'Amari.

– Il paraît qu'elle a utilisé un sort pendant l'épreuve, enchaîne Brian Li. N'est-ce pas illégal ?

– Amari a obtenu la permission de son accompagnatrice, répond l'agent Fiona. Et, même si cela ne nous enchante pas, la règle était de consulter les accompagnateurs pour savoir ce qui était autorisé.

– Elle a reçu un traitement de faveur, proteste Brian. Pour moi, elle devrait être disqualifiée, et Lara réintégrée.

Les autres l'approuvent.

– Eh bien, je me réjouis que cela ne dépende pas de vous, tranche l'agent Fiona. Nous avons terminé. Je ne vous retiens pas plus longtemps.

Avant de partir, Zoé et Madison me lancent des regards assassins. Je m'attarde en prévoyant d'interroger Dylan au sujet de sa sœur, mais l'agent Fiona l'entraîne avant que j'aie pu lui parler.

Même si je n'aime pas les amis de Lara, je dois admettre qu'ils n'ont pas complètement tort. Ce n'est pas juste que je sois dispensée d'une partie de l'épreuve finale.

J'aurais des choses à leur montrer. Je m'exerce à produire des illusions depuis plusieurs semaines. Me laisseront-ils un jour montrer ma magie ?

– Je n'ai jamais vu autant de monde en même temps à la cafétéria, dis-je à Elsie, en m'asseyant à notre table.

Même si les stagiaires sont beaucoup moins nombreux qu'au début de l'été, la salle est pleine de professeurs et d'entraîneurs de tout poil. Pour chaque jeune, il y a au moins cinq adultes, qui l'aident à se préparer pour l'épreuve finale. Ce sont surtout d'anciens employés du Bureau à la retraite. Je commence à comprendre pourquoi les héritiers décrochent la plupart des places d'agents juniors. Même si j'ai réussi les deux premières épreuves, comment rivaliser avec des enfants entraînés par toute une équipe ?

Mon amie fronce les sourcils.

– On dirait que leurs parents leur achètent une place au Bureau. Enfin, ce n'est pas nouveau...

– Toi, au moins, tu n'as pas de souci à te faire.

C'est vrai. Elsie s'est bien débrouillée lors de sa deuxième épreuve. Les chercheurs stagiaires, enfermés chacun dans une pièce, avaient sept énigmes à résoudre. La dernière permettait d'obtenir la clé de la porte. Les seize premiers sortis ont été qualifiés pour la finale. Elsie, qui a tout élucidé en moins d'un quart d'heure, a reçu sa convocation avant les autres.

– Toi non plus, répond-elle. Je suis sûre que tu vas devenir agent junior.

Dylan arrive à notre table et se laisse tomber sur une chaise. On ne s'est pas parlé depuis que j'ai appris l'échec de Lara. Il n'est même pas au courant de cette histoire de Gardien de la Clé, mais le moment n'est pas idéal pour aborder le sujet.

– Désolée pour Lara, dis-je.

– Ouais. Elle est furieuse. Et papa est d'accord avec elle : tout est ma faute, parce que je ne l'ai pas choisie comme partenaire.

J'ai beau ne pas m'entendre avec Lara, j'éprouve une pointe de culpabilité.

Dylan ajoute quelque chose, mais ses paroles sont étouffées par des rires qui fusent autour de nous. Lara et ses amies viennent de s'arrêter à notre table. Lara s'esclaffe devant un ordinateur portable ouvert.

– Regardez ça ! Amari Peters, lauréate de la bourse de l'Académie Jefferson pour les enfants défavorisés. La honte !

– Fiche-lui la paix ! gronde Dylan.

– Tu plaisantes, j'espère ? Je ne fais que commencer.

Lara se penche sur l'écran.

– Ils ont eu beau la sortir de son quartier pourri, cette fille a un sérieux problème de discipline. Regardez tous les avertissements qu'elle a reçus !

– Tu as eu ça où ?

Je suis tellement en colère que j'en tremble. Lara se tourne vers moi, puis vers son frère.

– Papa a laissé son ordinateur ouvert. J'ai l'impression qu'il s'est renseigné sur sa future superstar délinquante juvénile.

Dylan se lève d'un bond et arrache l'ordinateur des mains de sa sœur.

– Dégage !

– Tu vas me le payer ! rugit Lara.

Elle soulève l'assiette de spaghettis de Dylan et s'apprête à la lui retourner sur la tête. Je hurle :

– Stop !

Et tout s'arrête. Une Amari chatoyante apparaît et attrape l'assiette en plein vol. Elle me regarde par-dessus son épaule et me fait un clin d'œil.

Des exclamations étouffées fusent autour de nous. Je fixe ma main tendue. J'ai vraiment fait ça ? Au point où j'en suis, autant finir ce que j'ai commencé. J'agite les doigts, et mon double écrase l'assiette de spaghettis sur la figure de Lara.

Waouh !

Un éclat de rire général secoue la salle. Mon illusion disparaît. Elsie contourne la table à la hâte pour me rejoindre.

– Tu es morte ! gronde Lara.

Ma gorge se serre, mais je lui tiens tête :

– Si tu t'en prends encore à moi ou à mes amis, ce sera pire la prochaine fois !

Lara se fige, hésitante. Elle ne sait pas de quoi je suis capable avec ma magie, et elle ne veut visiblement pas prendre le risque de m'affronter en public.

Je prends la main qu'Elsie me tend, et nous quittons la salle. Dylan reste pour calmer sa sœur.

Quand nous arrivons dans le hall, je pousse un soupir de soulagement. Elsie me regarde, perplexe.

– Ce truc avec les spaghettis… Je ne savais pas que tu pouvais produire ce genre d'illusion.

Je regarde mes mains avec émerveillement.

– Moi non plus.

Je ne me lasse pas d'aller à la bibliothèque. D'abord, parce que la salle est magnifique avec ses murs tapissés de livres du sol au plafond. Même les colonnes entre les étagères sont des empilements d'ouvrages. Quand on entre un titre dans l'ordinateur, on obtient des indications du genre « Faites trois pas sur la gauche et regardez vers le bas », ou « À mi-hauteur de la colonne la plus proche de la fougère ».

Ensuite, parce que c'est excitant de voir qu'il y a tant de trucs intéressants à lire, en plus des ouvrages que je dois étudier pour devenir agent junior.

Enfin, parce que j'adore Mrs Belle, une des bibliothécaires. Il lui suffit de vous regarder pour savoir ce que vous aimeriez lire. Ça me remonte le moral quand je craque un peu, à force d'étudier les pavés ennuyeux qui figurent sur ma liste. Ce n'est pas un hasard si un oreiller est intégré à la couverture du livre sur *Les lois et les règles du surnaturel.*

En arrivant au comptoir, j'ai la bonne surprise de voir Mrs Belle. Ses collègues ne sont pas aussi gentils. Soit ils reculent de trois mètres pour me parler de loin, soit ils font mine d'être occupés à autre chose et m'ignorent complètement.

Elle ajuste ses lunettes aux verres épais et me sourit.

– Bonjour, Amari. Tu viens chercher un vieux magazine d'information dans les archives ?

– Pas cette fois. Auriez-vous par hasard quelque chose de nouveau sur Quinton ?

– Je viens de recevoir une cargaison de magazines à ragots. Certes, leurs sources sont peu recommandables, mais elles fournissent parfois des informations précieuses. Tâche de t'en souvenir quand tu seras devenue un agent célèbre.

Je ris, tandis qu'Elsie lève les yeux au ciel.

– Un vrai chercheur s'intéresse aux faits. Ce n'est pas pour rien que ces magazines sont classés dans la partie « fiction » de la bibliothèque.

– Bien sûr ! glousse Mrs Belle. Mais, si vous changez d'avis, le catalogue informatique se trouve juste ici.

J'ignore les protestations de mon amie et m'y rends directement. Je ne vois pas où est le mal. On a déjà épluché tout ce qu'on pouvait trouver sur Quinton dans les autres rubriques. Quand je tape « Quinton Peters » sur le clavier, une liste apparaît à l'écran.

Un seul titre attire mon attention.

« *Bruits et rumeurs* : Le célèbre agent avait des secrets. »

– Elsie, viens voir ! Qu'est-ce que tu penses de ça ?

– Je pense que tu perds ton temps, grommelle-t-elle en s'approchant.

Elle découvre le titre et écarquille les yeux.

– J'ai déjà entendu parler de *Bruits et rumeurs* ! C'est le magazine préféré de ma gouvernante. Tu as raison, ça vaut peut-être le coup d'y jeter un coup d'œil.

Nous échangeons des sourires béats.

D'après l'ordinateur, le magazine est rangé juste au-dessus de nous. Il me suffit de lever les yeux pour qu'il tombe du plafond et atterrisse directement dans mes bras. Un frisson d'excitation me traverse.

Elsie et moi courons vers les salles d'étude, au fond de la bibliothèque. Après avoir localisé un box vide, je m'assieds au bureau, tandis qu'Elsie apporte une chaise supplémentaire.

J'ouvre le magazine. Curieusement, il ne comporte que deux pages : une table des matières suivie d'une page blanche. Je déchiffre la première :

Madame Duboise accusée de vol par sa rivale !

Et ça recommence : la Grande Muraille de Chine s'est allongée de dix mètres pendant la nuit !

Merlin offense gravement les nains en insinuant que la ville dorée serait seulement plaquée or.

Le nouveau président américain s'évanouit lors du premier briefing sur les affaires surnaturelles.

Des nuages carnivores sans scrupules attaquent les avions dans le Pacifique Sud.

Un célèbre agent spécial détenteur de secrets réputés inviolables.

– Il y a une astuce, devine Elsie.

On tourne le magazine dans tous les sens, on regarde dessous, on éteint même la lumière, au cas où les mots scintilleraient dans le noir. Je perds patience.

– Comment ça fonctionne, ce truc ?

– Vous devez me poser une question, répond une voix sourde.

Elsie et moi fixons le magazine, interloquées. C'est bien lui qui vient de parler ! On devrait pourtant être habituées à ce genre de choses, à force.

– Essayons, propose Elsie : Pouvez-vous me raconter comment Madame Duboise a volé sa rivale ?

Le visage vert pâle de Madame Duboise, encadré de pétales de rose, apparaît sur la page blanche. À côté s'affiche un second visage, plus juvénile. Des pétales blancs jaillissent de son cuir chevelu jaune vif, semblable à un cœur de marguerite.

– *Psst, écoutez-moi*, reprend la voix. *La situation s'est envenimée lors d'un défilé de mode au Verger Enchanteur, quand Madame Duboise et son ancienne assistante Vivi LaBoom ont dévoilé des lignes presque identiques de vêtements translucides pour fantômes. LaBoom, qui a longtemps affirmé être la cause du récent regain de popularité de Duboise (avant d'être licenciée du jour au lendemain), a accusé Duboise d'avoir infiltré un espion dans son équipe de designers. Duboise qualifie ces accusations de « ridicules », et affirme que LaBoom a été licenciée à cause de son incompétence. On s'étonne cependant de les avoir vues rire ensemble dans la tentaculaire propriété de Duboise. Cette histoire serait-elle un simple coup de pub ? Bien sûr, on ne vous a rien dit !*

– C'est scandaleux ! s'exclame Elsie.

Tout sourire, je reviens au sommaire, puis à la page blanche.

– Parlez-moi de l'agent spécial qui a découvert des secrets...

– Ce n'est pas une question, s'offusque le magazine. Et la politesse, alors ?

– Bien. Pouvez-vous me parler de l'agent spécial qui a découvert des secrets, s'il vous plaît ?

– Certainement, répond le magazine.

Une photo de l'agent Magnus apparaît sur la page blanche.

– Psst, écoutez-moi ! L'agent spécial Quinton Peters, connu pour son héroïsme, est membre du célèbre duo surnommé VanQuish. Les deux agents ont disparu dans des circonstances hautement suspectes, au sujet desquelles le Bureau est resté très discret. Mais ce dernier ne cherche-t-il pas avant tout à protéger son héritage ? L'usage veut qu'un agent prépare une mallette d'adieu, qui sera remise à un proche en cas de tragédie. Il est touchant que Quinton Peters ait choisi d'utiliser la sienne pour offrir à Amari Peters une place au Bureau. Mais l'on peut aussi se demander pourquoi un agent aussi renommé a eu besoin d'une seconde mallette. Quels secrets l'enfant

prodige a-t-il confiés au vieux Magnus, afin qu'il les garde en lieu sûr ? Si les conditions d'ouverture de la mallette ne sont pas remplies, peut-être ne l'apprendra-t-on jamais. Bien sûr, on ne vous a rien dit !

Je referme brusquement le magazine, bondis de ma chaise et fonce vers la porte.

– Où vas-tu ? me demande Elsie.

– Demander des comptes.

L'instant d'après, je frappe à la porte de l'agent Magnus.

– Tu es sûre qu'on peut le déranger aussi tard ? me demande Elsie pour la cinquième fois.

– J'ai besoin de réponses.

Au deuxième coup, j'entends qu'on se déplace à l'intérieur. Magnus entrebâille la porte.

– Qu'est-ce que vous voulez ?

– Je sais que vous avez la deuxième mallette d'adieu de mon frère.

Il ouvre un peu plus la porte.

– Et d'où tiens-tu cette information ?

– De *Bruits et rumeurs*.

– Satané torchon ! peste Magnus. Le fléau de mon existence !

– Alors, c'est vrai ?

– Entre et ferme la porte.

– Mon amie peut venir aussi ? Vous l'avez déjà rencontrée et, de toute façon, je lui dirai tout.

– Je suis très douée pour garder les secrets, affirme Elsie, une main sur le cœur. Promis.

– Au point où on en est, ça ne changera pas grand-chose, accepte Magnus.

Je n'ai jamais vu autant de bois que dans cette pièce. Le plancher est en bois, les murs, recouverts de panneaux de bois, et un grand bureau en bois trône au milieu. Des cornes de capricorne sont accrochées au-dessus, tandis que des photos de Magnus et d'autres agents ornent les murs. Un poster de VanQuish trône sur une étagère, à côté de ses médailles.

Elsie et moi nous asseyons sur les deux chaises devant son bureau.

– Bon, mettons que j'aie cette mallette, commence-t-il. En quoi ça vous regarde ?

Je me penche en avant.

– Que contient-elle ? Pourquoi mon frère avait-il besoin d'une seconde mallette ?

– Bonne question. Je ne sais pas ce qu'elle contient. J'ai ma petite idée, mais je n'en suis pas sûr.

– Vous ne l'avez pas ouverte ?

– Ce n'était pas prévu. Quinton n'a pas inscrit de nom dessus. Il m'a juste demandé de la cacher, en me prévenant que son contenu ne devait jamais être révélé.

Elsie et moi échangeons un regard entendu. Puis je demande :

– Pensez-vous que le contenu de cette mallette pourrait lui causer des ennuis ?

– En voilà une question...

L'agent Magnus se caresse la barbe.

– Que savez-vous ?

J'interroge Elsie du regard. Je ne veux pas prendre le risque de dévoiler ce qu'on a trouvé à la mauvaise personne.

– Je parie qu'il le sait déjà, me glisse-t-elle. Son aura rouge orangé indique qu'il protège quelqu'un. Je pense qu'il protège Quinton depuis le début.

Ça expliquerait pourquoi Magnus a prétendu ne pas savoir ce que faisait Quinton.

Je me penche en avant.

– On est au courant pour le Livre Noir, dis-je. Et on sait aussi que Quinton a découvert l'identité du Gardien de la Clé. À mon avis, c'est ce qu'il garde dans cette deuxième mallette.

L'agent Magnus se lève d'un bond.

– Comment diable avez-vous compris cela ?

– C'est une longue histoire. Ce que je ne comprends pas, c'est pourquoi il a cherché l'identité du Gardien de la Clé, alors qu'il connaissait les terribles conséquences de son geste...

– Je n'approuve pas ce qu'il a fait, souligne l'agent Magnus. Mais je comprends pourquoi il a agi ainsi.

En débarquant sur l'île de Moreau, nous avons compris qu'il essayait de ressusciter son camarade défunt. Apparemment, le Livre Noir lui conférerait ce pouvoir.

– C'est pour ça que son apprenti a enlevé mon frère ? Pour lui faire révéler l'emplacement de la Clé Noire ?

– Ce serait un scénario très plausible.

L'agent Magnus contourne son bureau et vient poser une main sur mon épaule.

– Ils avaient besoin de capturer ton frère vivant pour l'obliger à révéler ce qu'il sait. Et, si Quinton a refusé de parler, il est fort probable que Maria et lui soient toujours prisonniers quelque part.

« S'il vous plaît, faites que ce soit vrai. »

– Rassurez-nous : le Livre Noir est toujours en sécurité dans la salle des coffres ? demande Elsie. Personne ne peut le prendre ?

– En effet. C'est l'endroit le mieux gardé de tout le monde surnaturel.

Je secoue la tête.

– Vous n'avez pas vu l'expression de Moreau quand il parlait de son plan. Il était tellement sûr de lui...

– Raison de plus pour capturer son apprenti dès que possible, et mettre fin à leurs manigances, déclare Magnus.

J'envisage une seconde de lui dire que mon frère soupçonnait Maria. Mais ce serait rompre la promesse que j'ai faite à Dylan. Je dois la considérer comme innocente, jusqu'à preuve du contraire.

– Je veux vous aider, dis-je simplement. Je veux retrouver mon frère et traîner l'apprenti de Moreau devant la justice.

Magnus soupire et croise les bras.

– Quinton ne voulait pas de cette vie-là pour toi. Cependant, si tu réussis à devenir agent junior et à entrer officiellement au Bureau, tu hériteras de tout ce qui lui appartenait. Cette mallette sera à toi. Mais n'oublie pas : ce sont certainement les informations qu'elle contient qui ont mis ton frère en danger. Je ne parle même pas des conséquences que cela aurait sur le Bureau, si quelqu'un apprenait les intentions de Quinton.

– Je garderai son secret, dis-je. Et je ne crains pas de me mettre en danger.

– C'est ce que j'ai cru comprendre quand tu as ignoré mon avertissement pour t'engager dans cette voie. Tu possèdes la même fougue que ton frère, la même obstination. À quelques hésitations près...

Je me souviens que j'ai failli renoncer deux fois à devenir agent.

– Laissez-moi vous aider. Je suis sûre que ma magie serait un atout pour l'enquête.

Quelque chose vibre à la ceinture de Magnus. Il décroche son téléphone et l'approche de son visage.

– La magie dont tu parles aurait-elle un rapport avec le message que je viens de recevoir ? Il semblerait que tu aies renversé une assiette de spaghettis sur la tête de Lara Van Helsing…

Je pique un fard.

– Elle allait la balancer sur Dylan. J'ai perdu mon sang-froid.

Magnus étrangle un petit rire.

– Oserai-je dire qu'elle l'a bien mérité ? Cette petite Van Helsing est une vraie pimbêche.

– Alors, vous n'allez pas me virer ?

– Je suis sûr que je vais bientôt recevoir un tas d'appels pour me le demander. Heureusement que tu as gagné les faveurs de la directrice en acceptant de rencontrer Moreau. Mrs Crowe subit d'énormes pressions pour ne pas te nommer agent junior. Beaucoup de gens pensaient que tu échouerais à la deuxième épreuve. Maintenant que tu es qualifiée pour la finale, ils s'affolent. L'idée de faire entrer une magicienne au Bureau des affaires surnaturelles en effraie plus d'un.

Je proteste en pensée : « Il y a des magiciens du nom de Van Helsing au sein du Bureau depuis des siècles ! »

– Qu'est-ce que je peux faire contre ça ?

– La seule chose que tu puisses contrôler, c'est les efforts que tu fournis, répond-il. Arrange-toi pour te rendre indispensable. De mon côté, je m'assurerai que l'on te traite équitablement. Compris ?

– Compris ! dis-je. Je serai la meilleure.

27

— Amari, tu es sérieuse ?

J'ouvre brusquement les yeux. Elsie est campée sur le seuil de notre salle d'étude préférée, les mains sur les hanches.

– Ce doit être la position de sommeil la plus inconfortable de tous les temps.

– Je… Je ne dormais pas, dis-je, penaude.

Maintenant que j'ai décollé la joue de mon livre, je m'aperçois que j'ai bavé sur la page. Elsie s'assied près de moi.

– Ça fait plusieurs jours que tu étudies non-stop. Il faut que tu fasses des pauses, tu sais ? Sinon, ta tête va exploser.

– Je dois absolument finir cette liste de livres. Et après il me restera à revoir tout ce que j'ai lu depuis que je suis arrivée. J'ai l'impression d'avoir tout oublié.

– Tu n'as rien oublié, me détrompe Elsie. C'est juste que tu n'as pas laissé ton cerveau se reposer. Je m'étonne de ne pas voir de fumée s'échapper de tes oreilles.

Elle a sûrement raison, car je ne me rappelle même pas le titre de mon livre. Je le ferme en bâillant.

– Quelle heure est-il ?

– L'heure du petit-déjeuner.

J'en reste bouche bée.

– Tu plaisantes ? S'il te plaît, dis-moi que tu plaisantes.

– Non. Tu as passé toute la nuit le nez dans un livre.

Je me frotte la nuque en gémissant.

– Pas étonnant que j'aie le cou aussi raide... Attends ! Si on est déjà demain, j'ai rendez-vous avec Dylan au gymnase ! Il m'a promis de m'apprendre la technique Helsing. Tu sais, c'est leur style de Tubefix familial. Maria l'a enseigné à Quinton, et...

– Je connais la technique Helsing, me coupe Elsie. Mais tu devrais d'abord aller faire une petite sieste. Je préviendrai Dylan que tu seras en retard. Et brosse-toi les dents, aussi, ajoute-t-elle en se pinçant le nez.

Je me couvre la bouche.

– Désolée ! Tu as raison, je vais dormir un peu. Merci de prendre soin de moi !

Quand j'arrive au gymnase avec Dylan, une pétition géante est affichée sur les portes, signée par tous les parents des héritiers, qui ne veulent pas que je participe à l'épreuve finale.

La plupart ne sont même pas au département des Enquêtes surnaturelles ; ce sont d'autres membres du Bureau. Leurs titres figurent à côté de leurs noms. J'hésite à entrer dans la salle.

– Si on allait s'exercer ailleurs ?

– Je propose qu'on s'entraîne sous leur nez, au contraire, suggère Dylan en poussant la porte.

– Tu n'as pas peur que des gens s'en prennent à toi parce que tu fais équipe avec moi ?

– Jamais ! On est VanQuish 2.0, ou pas ?

J'inspire à fond.

– OK. Allons-y.

La technique Helsing est hyper difficile à maîtriser, mais Dylan m'assure qu'il me suffira de connaître les bases pour remporter nos duels. Sur les vidéos de Quinton et Maria, ça paraît pourtant tout simple. Un jour, ils ont même réussi à combattre des ennemis suspendus au plafond, la tête en bas. Les stalactites anthropophages n'avaient aucune chance de l'emporter.

Quand nous sommes fatigués de nous entraîner, nous nous allongeons sur les tapis de sol moelleux.

Je n'ai toujours pas révélé à Dylan que Quinton cherchait le Gardien de la Clé. Depuis que j'ai émis des doutes sur la sincérité de Maria, il y a un malaise entre nous. En même temps, j'ai l'impression qu'on est tout près d'une découverte capitale, et on s'est promis de partager toutes nos découvertes. Le moment est peut-être venu de lui parler. Je me jette à l'eau :

– J'ai un truc important à te dire.

– Quoi ? demande Dylan en se redressant.

Je m'assieds à mon tour et lui confie tout ce qu'on a appris.

– C'est énorme ! s'exclame-t-il. Si le Bureau trouve le Gardien de la Clé en premier, on pourra tendre un piège à l'apprenti de Moreau. Et peut-être récupérer Quinton et Maria...

– Il y a juste un petit problème. Il faut que je devienne agent junior pour hériter de la seconde mallette d'adieu de Quinton. Et des gens ont fait une pétition pour m'empêcher de participer à la finale.

– Tu dois continuer coûte que coûte, affirme Dylan. Et leur prouver que tu mérites ta place ici.

– Mais comment ? Ils ne me laisseront jamais monter sur scène pour faire une démonstration de ma magie.

– Prends ma place...

– Comment ça ?

– Quand ils m'appelleront, tu iras faire ta démonstration.

– Tu es sérieux ? On va se faire tuer !

Dylan s'esclaffe.

– Tu crois que mon père laisserait ses deux enfants échouer aux épreuves ? Si tu ne fais pas cette démonstration, tu lui donnes l'excuse dont il a besoin pour te recaler. Il lui suffira de dire que tu n'as pas passé toute l'épreuve.

– Je ne sais pas... L'agent Magnus m'a promis de m'aider.

– À toi de voir. Tu peux prier pour que Magnus arrive à convaincre les autres, ou monter sur scène et prendre la place qui te revient... Qu'est-ce que tu préfères ?

Un mélange de nervosité et d'excitation me picote la peau.

– Monter sur scène.

Dylan sourit.

– Alors, raconte-moi ce que tu comptes faire pour montrer ta magie...

Elsie entre dans notre chambre en coup de vent, survoltée. Elle traverse la pièce et se laisse tomber au pied de mon lit. Je la regarde par-dessus le bord de mon livre : *Les cités souveraines du monde surnaturel.*

– J'espère que tu n'as pas l'intention d'étudier toute la journée, me lance-t-elle.

Je hausse les épaules en tournant la page.

– On n'est pas tous des génies.

En la voyant lever le menton, je devine qu'elle va me faire la leçon.

– Toutes les études montrent que se bourrer le crâne la veille d'une épreuve est moins efficace que se reposer, affirme-t-elle.

– Je ne me bourre pas le crâne, dis-je sans lever les yeux. Je termine le dernier livre de ma liste.

– Bon, soupire-t-elle. Étudie si tu veux, mais promets-moi de m'accorder ta soirée.

Je fronce les sourcils.

– Pourquoi ? Qu'est-ce qu'il y a, ce soir ?

– Promets-le-moi.

– Tu ne veux pas me dire ce que c'est ?

– C'est une surprise. S'il te plaît, dis-moi juste que tu viendras. On va trop s'amuser.

Je suis tentée d'accepter, mais la culpabilité m'en empêche.

– Je ne peux pas m'amuser tant que Quinton est prisonnier.

– Tu as travaillé dur. Et, quand tu seras agent junior, on ne se verra presque plus. Tu passeras ton temps à travailler avec Magnus pour libérer VanQuish. Viens t'amuser avec moi ce soir. Tu l'as bien mérité.

– Je... Ouais, tu as raison.

Elsie applaudit.

– J'espère que tu n'as pas peur du noir ! glousse-t-elle.

Je passe toute la matinée et une bonne partie de l'après-midi à terminer *Les cités souveraines du monde surnaturel*. Malgré son titre rebutant, c'est un livre plutôt intéressant. J'apprends à connaître les villes non humaines, telles la cité sous-marine de l'Atlantide ou la forteresse naine de Cibola, une ville souterraine en or massif. Il paraît qu'elle est située pile au-dessous de Las Vegas.

Quand je regagne notre chambre, Elsie m'accueille avec un sourire malicieux. Elle a une valise à la main.

– Qu'est-ce que tu mijotes ?

– Pour ce soir, on va devoir faire le mur, m'annonce-t-elle.

– Faire le mur ? Pour aller où ?

– Bonne question ! Dommage que je n'aie pas prévu d'y répondre, me taquine-t-elle.

Elle ouvre la valise sur le lit et en sort une grande pièce d'étoffe noire.

– Contente-toi d'enfiler cette superbe cape, et suis-moi.

– C'est quoi ? On dirait une cape de croque-mort...

– Exactement. Elle arrive tout droit du département des Morts !

– Je sens que je vais regretter d'avoir accepté de sortir avec toi. Tu es sûre qu'on ne risque pas de se faire prendre ? Je serais trop dégoûtée de me faire virer juste avant la dernière épreuve.

– Ne t'inquiète pas, on ne sera pas seules.

À vingt heures quinze exactement, nous rejoignons un groupe de croque-morts juniors qui se dirige vers les ascenseurs. Bertha nous regarde passer avec méfiance, mais avec nos déguisements, on se ressemble tous. Est-elle vraiment dupe ? Elle doit savoir que les croque-morts juniors ne sont pas aussi nombreux.

Quand nous entrons dans l'ascenseur, Lucy nous gratifie d'un « Tsk, tsk, les vilains ! », mais nous dépose dans le hall de l'hôtel Vanderbilt sans autre commentaire. Elsie et moi suivons le groupe jusqu'à l'extérieur, où un car nous attend.

Elsie m'emmène au fond du véhicule. Une fois assise, elle retire sa capuche et sourit.

– Et voilà !

Je me découvre à mon tour.

– Si tu me disais où on va, maintenant ?

Elsie fait mine d'être exaspérée.

– Tu le sauras bien assez tôt.

– Amari ?

La tête de Dylan apparaît au-dessus du siège, devant nous.

– Il m'avait semblé reconnaître ta voix...

Je m'esclaffe en voyant sa cape noire.

– Y a-t-il de vrais croque-morts juniors dans ce car ?

– Quelques-uns. C'est une tradition de faire le mur la veille de l'épreuve finale.

Je comprends maintenant pourquoi Bertha nous a laissées partir aussi facilement.

Dylan quitte sa banquette pour venir s'asseoir entre Elsie et moi.

– C'est ton premier Festival des âmes ? me demande-t-il.

– Un Festival des âmes ?

Elsie le fusille du regard.

– C'était une surprise !

– Ah, désolé ! En même temps, si Amari n'y est jamais allée, le nom ne lui dira pas grand-chose.

Après avoir quitté la ville, le car roule un long moment sur une petite route déserte, qui serpente entre de vastes champs entrecoupés de bosquets, avant de s'arrêter au bord d'un pré immense. Une foule compacte attend le long de la chaussée. Je me redresse pour tenter de voir derrière, mais la seule chose que je distingue, c'est la pleine lune dans le ciel.

Nous remettons nos capuches et sortons du véhicule à la queue leu leu. Tandis que les croque-morts juniors vont se placer à l'avant de l'attroupement, Elsie me prend par la main et m'entraîne à l'arrière.

– Grimpe sur mes épaules, me propose Dylan.

– C'est bon, je ne...

– Dépêche-toi ! insiste-t-il. Tu vas louper le spectacle.

Elsie m'encourage d'un signe de tête. Je me laisse convaincre.

Depuis mon perchoir, je vois les croque-morts juniors se mettre en rang, le dos tourné à la foule. Ils font face à un croque-mort senior, vêtu d'une cape au col argenté. L'homme consulte sa montre.

– Qu'est-ce qu'ils attendent pour commencer ? demande une voix fluette. Il est déjà minuit trois !

Je tourne la tête et je vois une espèce de fée Clochette au masculin voleter près de mon oreille.

Enfin, le croque-mort senior sort un sifflet de sous sa cape et le porte à ses lèvres. À son signal, ses disciples lèvent le bras droit. Ils ont tous un bâton à la main.

– Le département des Morts, en communion avec les principaux représentants de l'au-delà, déclare devant la pleine lune l'ouverture du Festival des âmes !

Les croque-morts juniors brandissent leurs bâtons vers le ciel. Une lumière verte jaillit des pointes. Ensemble, ils tracent dans l'air un symbole complexe. Leur instructeur s'avance d'un pas et annonce :

– Le festival est ouvert !

Le symbole clignote quelques secondes, puis disparaît. Aussitôt, des tentes multicolores apparaissent dans le champ. Mais, chose curieuse, elles restent floues, presque translucides. Si frêles en apparence qu'il suffirait d'une rafale pour les emporter.

L'herbe a cédé la place à des pavés noirs, qui s'agencent pour former une voie sinueuse, bordée de petits stands, comme ceux d'une fête foraine. Des silhouettes blanches chatoyantes vont et viennent de l'un à l'autre, et nous font signe d'approcher.

Dylan me repose à terre. Je suis si fascinée que je manque de perdre l'équilibre. Je l'interroge :

– Ce sont des fantômes ?

– Exact. D'où le nom du festival. Toutes les âmes sont invitées, les vivantes comme les mortes.

Elsie me prend la main et m'entraîne sur le sentier. Suivies de Dylan, nous slalomons dans la foule jusqu'au premier stand.

Je regarde autour de moi avec curiosité. De près, les spectres ressemblent à des gens normaux, sauf qu'ils sont translucides. Un esprit svelte affublé d'une grosse moustache nous invite à nous arrêter à son stand :

– Goûtez à ma barbe à papa fantôme ! Mangez-en autant que vous voulez ! Vous ne serez jamais rassasiés !

Je tapote mes poches.

– Désolée, je n'ai pas d'argent ! D'ailleurs, comment vous faites-vous payer ?

– En billets funéraires[1], répond l'esprit. Il suffit de les brûler en ma présence.

Je me tourne vers Elsie, qui fouille dans sa poche. Dylan interrompt son geste.

– Laisse. Mon père peut bien offrir ce petit plaisir à Amari...

Il extrait deux billets de banque roses d'un gros rouleau, puis les approche de la flamme d'un briquet. Au lieu de prendre feu, ils se mettent à scintiller comme le reste du décor.

– C'est un plaisir de faire affaire avec vous, dit l'esprit.

Il prend l'argent et le range dans un bocal, puis me tend un nuage de barbe à papa miroitante. Je m'empresse d'en arracher un morceau, que je dépose sur ma langue. Une saveur fruitée envahit mes papilles. Je n'ai jamais rien goûté d'aussi délicieux !

---

1. Les billets funéraires sont des imitations de billets de banque, que l'on brûle pendant les rites funéraires dans certains pays asiatiques. (Note de la traductrice.)

Elsie, Dylan et moi passons d'un stand à l'autre en engloutissant toutes sortes de friandises. Je souris béatement après avoir avalé quelques gorgées de milk-shake à la fraise-sourire, tandis qu'Elsie, qui a testé le parfum pépites de chocolat-poilade, se tord littéralement de rire. Je relève le défi que mes amis m'ont lancé en goûtant une glace hurlante à l'air parfaitement inoffensif. Je n'ai pas avalé deux bouchées que je suis prise d'une envie irrésistible de crier à pleins poumons. Mes amis deviennent écarlates à force de rire.

Lassés de nos expériences culinaires, nous nous dirigeons vers le stand *Doux Rêves*, une grande tente bigarrée pleine de petits flacons en verre, dans lesquels les rêves brillent comme de l'or liquide. Un écriteau affirme qu'il suffit d'en boire une petite gorgée au coucher pour faire le rêve que l'on souhaite. « Riche comme Crésus » remporte un franc succès, suivi de près par « Beauté fatale ». Je vois plusieurs personnes glisser discrètement « Délicieuse vengeance » dans leurs sacs. Un groupe fait une razzia sur l'étagère de « Mon crush veut sortir avec moi ».

Dylan croise une bande de copains et se laisse convaincre de les suivre. Je continue la visite avec Elsie. Dans une allée perpendiculaire, j'aperçois une tente noire comme l'encre, ornée d'un petit écriteau délavé : « Chez Madame Violette. Cadeaux pour les magiciens. »

Incroyable ! Un magasin de magie tenu par la dame qui a écrit mon livre de sorts... Je donne un petit coup de coude à Elsie.

– J'irais bien faire un tour dans cette tente noire.

– Quelle tente noire ?

– Là, juste devant.

Elle plisse les yeux.

– Il n'y a pas de tente noire.

– Suis-moi !

Je la tire par la main jusqu'à l'entrée.

– Et maintenant ?

Elsie me lance un regard oblique.

– Je vois juste une allée déserte.

– Bon, viens ! Tu la verras peut-être quand on sera à l'intérieur.

Quand j'entre dans la tente, une puissante odeur d'épices me pique le nez. Une créature éthérée à longues dreadlocks est assise en tailleur derrière une bouilloire noire. Ce doit être Madame Violette. Elle me sourit dans la pénombre.

– Vous n'auriez pas pu voir ma tente si vous n'aviez pas de magie dans le sang, me dit-elle. Vous devez être la célèbre Amari Peters. J'ai lu un article sur vous dans *Nos chers disparus* de cette semaine.

– Oui, c'est bien moi.

Je regarde les flacons qui garnissent ses étagères. L'un d'eux, étiqueté « Promesses rompues » émet une douce lueur bleue. Un autre, argenté, porte l'inscription « Rêves brisés ». « Amour déçu » est rouge vif. « Les grandes espérances » scintille comme de l'or.

Elsie arrive derrière moi.

– Il y avait vraiment une tente, dit-elle. J'étais persuadée que tu avais des hallucinations.

Je questionne la femme :

– Êtes-vous l'autrice du fameux livre de sorts ?

L'esprit ferme les yeux et sourit.

– Pensez-vous qu'il existe beaucoup de magiciennes nommées Madame Violette ?

– Euh... non.

Son rire ressemble à un ronronnement.

– J'espère que tu feras un bon usage de ce livre, mon enfant. La magie est une chose vivante. Une défunte n'en a plus l'usage. Mais venons-en à nos affaires...

Elle nous regarde attentivement et se caresse le menton.

– Comme c'est intéressant : la jeune fille instruite manque de courage, tandis que la jeune fille courageuse manque de connaissances... J'ai une proposition à vous faire. Si la fille-dragon accepte d'en payer le prix, la magicienne obtiendra une information essentielle pour sa quête...

– Ma quête ?

– Ce n'est pas la première fois que je vois ton visage, reprend Madame Violette. De mon vivant, j'utilisais ma magie pour explorer le futur, et j'ai assisté à des scènes merveilleuses. J'ai vu à qui tu parlais, Amari, et le sort que tu as jeté. Crois-moi, tu dois préserver cet avenir à tout prix ! Et cela ne sera possible qu'avec mon aide.

Elsie sort des billets funéraires de sa poche. Madame Violette fait claquer sa langue.

– Je ne traite pas en monnaie courante. Pour ma rétribution, je te demanderai un secret.

– Un secret ? répète ma camarade de chambre en frissonnant.

L'expression de la femme s'assombrit.

– N'as-tu rien dissimulé à ton amie ? Si tu le révélais pour lui rendre service, elle ne pourrait pas t'en vouloir.

Elsie me regarde, puis baisse la tête.

– Eh bien...

– Chut ! l'interrompt l'esprit. Ne le gaspille pas. Donne-moi ta main.

Je suis quasiment sûre qu'Elsie va refuser. À ma grande surprise, elle s'exécute.

– Attends ! dis-je.

– Je peux faire ça pour Quinton, affirme-t-elle.

– Mais...

Perplexe, je regarde l'esprit prendre la main d'Elsie dans sa paume chatoyante.

– Répète après moi, commande la femme : « J'échange un secret contre un conseil donné à mon amie. »

Elsie hoche la tête. Quand elle prononce ces mots, une bouffée d'air froid envahit la tente. Je frissonne à mon tour.

Elle se tourne vers moi.

– Le soir où on s'est rencontrées, je t'ai dit que j'ignorais pourquoi je ne m'étais encore jamais transformée en dragon. En fait, je le sais. Je l'ai découvert dans un livre, il y a longtemps. Les dragons-garous sont de féroces guerriers. Pour se transformer, ils doivent accomplir un acte très courageux. Mais moi, je suis une froussarde. J'ai toujours eu peur de tout. Je ne t'ai pas dit la vérité parce que j'en avais honte.

La femme sort un petit filet et l'agite en l'air entre nous. Puis elle court l'enfermer dans un bocal étiqueté « Secrets entre amis », qui contient un fond de liquide noir. Le liquide tourbillonne, et le pot se remplit sensiblement.

– Désolée, murmure Elsie.

Je lui prends la main.

– Mais non, c'est normal ! On venait juste de faire connaissance. J'ai cru que tu allais m'avouer que tu fais exprès de ronfler comme une tondeuse à gazon.

Elle rit et me serre doucement la main.

– Très bien, dit Madame Violette. Voici l'information que je t'ai promise : « Un illusionniste ne devrait jamais se fier aux badinages. »

Je la regarde fixement.

– C'est tout ? Je suis censée comprendre ce que ça veut dire ?

Le fantôme s'esclaffe. L'instant d'après, la femme et sa tente ont disparu. Je me retrouve seule avec Elsie dans l'allée. On dirait que la boutique n'a jamais existé.

– C'était étrange, murmure-t-elle.

– Carrément !

– La voilà ! Je vous avais dit que je l'avais vue descendre par ici.

Je me retourne brusquement en reconnaissant la voix de Kirsten. Lara et son amie s'avancent vers nous au pas de charge. Lara serre les poings.

– Tu croyais que tu allais t'en sortir comme ça, après m'avoir jeté des spaghettis à la figure ? me lance-t-elle.

Il n'y a aucune hésitation dans sa voix. Elle a juste l'air furieuse.

Je cherche un moyen de leur échapper, mais l'allée est un cul-de-sac. J'implore les deux filles :

– Laissez au moins partir Elsie.

– Pour qu'elle aille prévenir quelqu'un ? Certainement pas ! refuse Lara. Tu vas enfin avoir ce que tu mérites.

Elle serre la mâchoire et se rapproche. Je pousse Elsie derrière moi.

Lara fonce vers moi et me fait un croche-pattes. Elle est si rapide que je comprends à peine ce qui m'arrive. Mes jambes se dérobent et je tombe brutalement sur le côté. Une fraction de seconde plus tard, elle est à califourchon sur moi. D'une main, elle emprisonne mes poignets au-dessus de ma tête. Puis elle lève son poing libre pour me frapper.

Je me tortille et je donne des coups de pied dans le vide, mais ça ne sert à rien. Je ne fais pas le poids contre sa force surnaturelle.

Paniquée, je capte son regard et crie :

– *Magna Fobia !*

Lara écarquille les yeux en voyant le décor se transformer. Nous ne sommes plus dans une ruelle, mais dans un grand et luxueux bureau. Lara laisse retomber le poing et promène le regard autour d'elle. Elle fronce les sourcils, déroutée.

– Comment... ? Pourquoi suis-je... ?

Je la repousse à deux mains et elle bascule en arrière. Elle tourne la tête de tous côtés, comme si elle ne me voyait pas. En m'approchant, je me rends compte que c'est la vérité. Lara regarde à travers moi.

– Qu'est-ce que tu fabriques par terre ?

Mr Van Helsing est debout dans l'embrasure de la porte. Son costume gris est froissé, et il a des valises sous les yeux. On dirait qu'il n'a pas dormi depuis plusieurs jours.

– Ça ne te suffit pas d'avoir humilié ta famille en échouant à la dernière épreuve ? Il faut que tu rampes par terre, comme un bébé ?

Lara se relève à la hâte, mais les paroles de son père ont fait mouche. Elle a les joues cramoisies, et sa voix a perdu son arrogance habituelle. Elle est tremblante, pleine d'hésitation.

– Je suis désolée. Je... me suis embrouillée.

Van Helsing secoue la tête et ferme la porte derrière lui. Il s'approche de son bureau.

– J'attends l'appel téléphonique d'une minute à l'autre.

« Quel appel téléphonique ? »

Lara opine du chef et s'assied devant le bureau. Elle se balance sur sa chaise.

Que se passe-t-il ?

Le téléphone sonne. Van Helsing décroche aussitôt. Lara se redresse et scrute le visage de son père, qui hoche la tête comme un pantin.

– Je comprends, dit-il plusieurs fois.

Il raccroche enfin, l'air hagard. Lara se lève d'un bond.

– Alors ? Qu'est-ce qu'ils ont dit ?

Van Helsing se prend le visage dans les mains.

– Elle est partie, ma chérie. Ta sœur est morte.

Lara pousse un gémissement affreux et tombe à genoux en sanglotant.

Oh, non ! Je dois arrêter ça.

– Dissipe ! dis-je en tremblant.

L'illusion disparaît et Kirsten s'enfuit. Je cours vers Lara et je l'enlace.

– Je suis désolée !

Lara continue de pleurer. Elsie nous regarde, une main devant la bouche. Qu'est-ce que j'ai fait ? La pire angoisse de Lara est la même que la mienne. Que Quinton n'ait pas simplement disparu. Qu'il soit parti pour de bon.

– Ne me touche pas ! gronde-t-elle en se dégageant.

Une seconde plus tard, elle quitte l'allée en courant.

Elsie et moi nous regardons sans rien dire.

28

Le matin de la finale, je suis dans un état second : à la fois surexcitée et hyper angoissée. Penser que je suis à un cheveu de devenir agent junior, avec tout ce que ça implique, me rend euphorique, mais je doute encore de mes chances. Et, dès que j'essaie de penser à autre chose, le souvenir de la veille au soir revient me hanter. Quand je me rappelle que j'ai utilisé ce sort affreux, mon estomac se révulse.

À notre retour au dortoir, Elsie m'a implorée de ne plus jamais diriger ma magie contre un adversaire, mais j'avais déjà pris ma décision. La magie noire et moi, c'est fini !

Quoi qu'il arrive.

Le coup d'envoi de la finale pour les agents juniors stagiaires est donné sans tambour ni trompette. Nous nous présentons tous les six à neuf heures dans le hall, où l'on nous distribue une convocation mentionnant le lieu et l'heure des épreuves. Nous parcourons la feuille en silence, morts de trac.

Le premier examen porte sur la connaissance du monde surnaturel. J'entre dans une petite pièce avec pour tout équipement un crayon à papier, l'énoncé et une feuille où noter les réponses. Je m'attendais à le faire sur un ordinateur, comme lors de nos entraînements, mais la tradition veut qu'on écrive à la main. Mes efforts sont récompensés : je connais la plupart des réponses. La dernière question me fait sourire. C'est la même que lors de ma toute première épreuve de connaissances : « Quels sont les deux Grands Monstres qui vivent dans l'océan Atlantique ? » Facile : le Kraken et le Léviathan.

Après le test, Dylan et moi nous exerçons à la technique Helsing pendant une petite demi-heure, avant de rejoindre la salle de duel. Nos premières adversaires sont Zoé et Madison. Nous les mettons sans difficulté au tapis, où elles se tordent de rire. Le second duel nous donne plus de fil à retordre. Je me fais pétrifier, mais Dylan remporte l'épreuve pour nous.

Je devrais me réjouir que les choses se présentent aussi bien. Seulement, personne ne m'a encore dit comment j'allais être notée pour la démonstration de faculté surnaturelle. On m'a juste signifié que je n'étais pas concernée en traçant un gros X rouge sur ma convocation. Et si Dylan avait raison ? Et si son père avait prévu de me disqualifier ?

Heureusement, j'ai un plan.

– J'invite Dylan Van Helsing à monter sur scène ! tonne Van Helsing dans le micro.

Des murmures excités parcourent l'auditoire. La salle est pleine d'agents. Le directeur et les autres membres du jury sont assis au dernier rang.

Quelques secondes plus tard, Dylan sort de derrière le rideau. Il a un micro à la main et transporte une chaise, qu'il dépose au centre de la scène.

– Tu peux commencer par nous faire une démonstration de ta faculté surnaturelle, puis expliquer aux spectateurs en quoi elle consiste, ou inversement, lui dit son père. À toi de voir.

Dylan se dirige vers le micro.

– J'autorise ma partenaire, Amari Peters, à me rejoindre. Elle souhaite vous faire sa propre démonstration.

Des cris fusent dans le public quand je viens me placer à ses côtés. Certains se lèvent brusquement.

– Je regrette, mais c'est hors de question ! déclare Van Helsing. Peters, je vous demande de quitter cette scène immédiatement.

Dylan et moi échangeons un sourire, puis il fonce vers les coulisses, me laissant seule sur l'estrade.

– Dernier avertissement ! aboie Van Helsing dans son micro. Je vous interdis de pratiquer votre sorcellerie devant ces honnêtes gens !

Je fais la sourde oreille. Quand je lève les mains, le silence retombe. Les gens se ratatinent sur leur siège comme s'ils craignaient que je les attaque.

– Sortez-la ! aboie Van Helsing.

Deux agents accourent et tentent de me prendre à bras-le-corps. Mais je ne suis pas vraiment là : ce n'est qu'une illusion. D'un geste, je plonge l'auditorium dans l'obscurité.

Des chuchotements emplissent la salle. J'inspire lentement, profondément, et je monte sur l'estrade à pas de loup. Mes extrémités me picotent, et j'ai un nœud dans le ventre. Mais je n'ai pas le choix : je dois leur montrer ce que je sais faire.

– Bonjour ! dis-je dans mon propre micro. Je m'appelle Amari Peters, et je suis une magicienne. Vous avez tous entendu parler des magiciens, mais vous n'en connaissez peut-être pas personnellement. Je vous propose donc de vous faire un petit exposé d'immersion surnaturelle, sur le thème des magiciens.

Des grognements parcourent l'assemblée, mais personne ne se lève. Je continue.

– Voici où j'habite, dis-je en peignant une illusion du bout des doigts.

Soudain, l'auditorium ressemble à une rue de mon quartier. Plusieurs spectateurs poussent des exclamations effrayées. D'autres se dévissent la tête, ou tendent la main pour tenter de toucher le décor. Je reprends :

– Je vis au Bois Vert depuis que je suis toute petite. C'est une cité HLM pour les gens qui n'ont pas beaucoup d'argent, et qui ont du mal à s'en sortir. Malgré sa mauvaise réputation, plein de personnes formidables vivent dans mon quartier. Il suffit de leur donner leur chance pour s'en apercevoir.

Je remplace l'illusion par une autre.

– Et voici mon appartement. Il est sûrement modeste par rapport aux endroits où vous vivez, mais je n'ai jamais rien connu d'autre. Là, c'est ma chambre, toujours en désordre. Et, là, c'est la pièce où dormait le célèbre agent Quinton Peters, quand il n'était encore que mon grand frère. On s'allongeait par terre, et on rêvait des grandes choses qu'on accomplirait plus tard. Quinton me répétait souvent que je pourrais faire tout ce que je voudrais. Il m'a donné confiance en moi.

J'efface l'illusion.

– Maintenant, je vais vous parler de mes hobbies. En général, l'été, je participe aux compétitions de natation au centre de loisirs. Mais, cette année, j'ai été très occupée à essayer de devenir agent junior...

– Tu aurais dû postuler au département des Relations sous-marines, crie quelqu'un.

– C'est vrai ! dis-je. Je ne peux pas me plaindre que la piscine me manque, alors que tout un étage du Bureau est sous l'eau.

Des rires fusent. Ça m'encourage à continuer :

– J'aime lire. Des livres distrayants, bien sûr ! Pas ces trucs rasoir, comme *Les lois et les règles du surnaturel.* Il faudrait condamner leurs auteurs pour crimes contre la bonne humeur ! Mes préférés sont des livres de magie et d'aventures, mais je n'aurais jamais imaginé que ma vie ressemblerait un jour aux histoires que j'ai lues. Depuis quelque temps, j'ai un nouveau hobby : je m'entraîne à forger des illusions grâce à la magie.

En guise d'illustration, je fais apparaître une Elsie à cheveux roses.

– Je crois que je suis devenue assez douée pour ça. Vous me direz ce que vous en pensez...

Sur ces mots, je transforme le plafond en ciel étoilé et je peins des aurores boréales du bout des doigts, tandis que les étoiles filantes traversent la salle. Je la plonge à nouveau dans le noir et je déclenche un feu d'artifice au plafond. Puis l'auditorium se change en chapiteau de cirque. Des acrobates font des pirouettes dans les allées, tandis que des trapézistes s'élancent dans les airs. Des clowns sortent d'une voiture apparue sur la scène, des tigres bondissent au travers de cerceaux enflammés. Sans transition, j'embarque les spectateurs sur un bateau pirate pris dans la tempête. Ils s'agrippent à leurs sièges tandis que le navire oscille au bord d'une vague géante. Pour finir, je les transporte sur une plage de sable clair, au coucher du soleil.

– Et voilà. C'est terminé.

Je balaye mon illusion et reprends le micro. Une mer de visages stupéfaits me contemple.

– Les cours d'immersion surnaturelle se terminent généralement par des questions. Vous pouvez me poser toutes celles qui vous viennent à l'esprit.

– C'est vraiment vous, maintenant ?

– Oui, c'est bien moi. J'espère juste que Mr Van Helsing me laissera finir…

– Continuez, fait la voix de l'agent Fiona.

Encouragés par son intervention, les spectateurs me bombardent de questions : « Pratiquer la magie fait-il pousser des cornes ? » « Quinton savait-il que vous étiez une magicienne ? » « En quoi êtes-vous différente de ces sorciers qui commettent des crimes horribles ? »…

Cette dernière question est la plus difficile. Je réfléchis avant de répondre :

– Je ne sais pas si quelque chose me différencie des autres. Pour être honnête, je découvre un peu chaque jour en quoi consiste ma magie. Ce que je sais, en revanche, c'est que je peux choisir quel genre de personne je serai. Et je n'ai aucune intention de devenir comme ces sorciers maléfiques dont vous parlez. Je voudrais juste qu'on me laisse la possibilité de faire mes preuves.

Quand l'agent Fiona me signale que j'arrive au bout de mon temps de présentation, les spectateurs applaudissent vigoureusement. Pas tous, mais certains. Ça me suffit.

Deux agents m'attendent en coulisses. Ce n'est pas une surprise : j'avais prévu de me faire remonter les bretelles, même si ma présentation se passait bien. Je les implore :

– Encore quelques secondes…

Je ferme les paupières et me laisse griser par les derniers applaudissements.

Soudain, des cris fusent dans l'auditorium. Une alarme se met à hurler, et des agents me dépassent en courant. Je regagne la scène à la hâte. Dans la salle, c'est le chaos. Des spectateurs se ruent vers la sortie, d'autres sont perchés sur leurs sièges. Mais la plupart regardent vers le plafond.

Je lève la tête et vois trois énormes chauves-souris hybrides, aux longs crocs étincelants. La surprise m'empêche de bouger ; j'ai l'impression d'avoir pris racine. Le temps que je cligne les yeux, elles sont une vingtaine.

29

Des cris perçants me déchirent les tympans. Les chauves-souris géantes descendent du plafond, les crocs découverts. Des dizaines d'agents s'élancent à leur rencontre en escaladant les murs.

– Amari !

La voix de l'agent Magnus m'arrache à ma stupeur. Il est au bord de la scène et me fait signe de le rejoindre.

Je me précipite vers lui. Il passe un bras autour de mes épaules et m'entraîne dans l'allée, en direction de la sortie, où Van Helsing et plusieurs agents aident les spectateurs à quitter l'auditorium. Nous les avons presque rejoints, quand un fracas énorme retentit. Une forme massive vient de traverser le mur.

Un monstrueux hybride gris, debout sur deux pattes, se tourne vers nous. Son long museau se termine par une corne pointue, semblable à celle d'un rhinocéros.

Magnus se place entre lui et moi.

– Quand je dis « Go ! », tu files sans te retourner. Compris ?

– Compris, dis-je.

L'hybride grogne. Ses muscles saillent sous sa peau épaisse. Soudain, il baisse la tête et charge.

– Go ! hurle Magnus.

Il me pousse dans le dos et je me cogne contre une rangée de sièges. Du coin de l'œil, je vois l'agent et la bête rouler dans l'allée.

« Magnus est invincible. Il va s'en sortir », me dis-je pour me rassurer. Je dois absolument rejoindre Van Helsing si je veux quitter cette salle indemne. En route, je regarde dans le trou que le rhino a percé dans le mur, et je me pétrifie. De l'autre côté, c'est le chaos. Des dizaines d'autres hybrides – ours, panthères, gorilles – ont envahi les lieux et piétinent tout sur leur passage. Les agents sont impressionnants : ils combattent sans faillir des monstres qui font plus de deux fois leur taille. Hélas, chaque fois qu'ils en abattent un, un autre apparaît comme par enchantement. Ils ont du mal à suivre le rythme, surtout qu'ils ne sont pas au complet. Plusieurs d'entre eux sont occupés à protéger les spectateurs que Van Helsing fait sortir de l'auditorium.

J'effleure le Tubefix accroché à ma ceinture. Je peux peut-être les aider... Que ferait Quinton, à ma place ?

Je m'avance dans la mêlée en regardant avec effroi de tous les côtés. Les agents et les monstres se déplacent si rapidement que je les distingue à peine. Les rugissements des créatures me glacent le sang. J'agrippe le Tubefix avec des doigts tremblants.

Soudain, je sens qu'on me soulève sous les aisselles, et je pousse un cri de frayeur. Mais c'est l'agent Magnus. Il a une vilaine coupure sur le front et semble hors de lui.

– Qu'est-ce que tu fabriques ? rugit-il.

– J-je voulais juste aider, dis-je en bégayant.

– Ce n'est pas une bagarre pour les enfants ! réplique-t-il sèchement. Va rejoindre Van Helsing. Allez !

Cette fois, je l'écoute. L'agent Magnus me suit juste assez longtemps pour s'assurer que je lui obéis. Puis il serre les poings, et sa peau se change en carapace de métal. D'un geste du poignet, il transforme son Tubefix en hache géante. Des flammes jaillissent de la lame. L'instant d'après, il bondit dans le trou du mur pour rejoindre la mêlée. J'arrive auprès du directeur au moment où il fait sortir le dernier groupe.

Ses yeux vont et viennent entre les chauves-souris hybrides et le combat qui fait rage dans le couloir. Il fronce les sourcils en me voyant.

– Dépêchez-vous de rejoindre les autres ! m'ordonne-t-il.

Je me faufile par la porte, mais on nous empêche d'aller plus loin. Une horde de gorilles hybrides attaque le cordon d'agents qui sécurise le couloir.

Je repère la tignasse brune et la blouse blanche d'Elsie dans le groupe et je fonce vers elle. Elle sursaute quand je la prends dans mes bras.

– Amari, Dieu merci ! Je voulais venir te voir, mais Van Helsing ne m'y a pas autorisée.

– Merci.

Elle crie en voyant un gorille hybride foncer vers nous. Une agent armée d'un fouet laser repousse le monstre *in extremis*.

Elsie empoigne un pan de ma veste.

– Tu crois qu'on va s'en sortir ?

– Bien sûr !

J'ai à peine prononcé ces mots qu'une mer de costumes beiges déferle derrière elle. Les gardes forestiers du département du Contrôle des créatures viennent en renfort. Ils ont chacun un oiseau flamboyant perché sur le bras.

– Les phénix ! s'exclame Elsie.

Dans un mouvement parfaitement synchronisé, les gardes forestiers désignent leurs cibles. Les oiseaux s'envolent aussitôt. Ils fondent sur les hybrides et explosent au moment de l'impact. Quand leurs cendres enflammées touchent le sol, les phénix réapparaissent. Grâce à eux, les agents reprennent l'avantage et repoussent les hybrides vers le fond du couloir.

– Les enfants, foncez dans le hall ! crie un agent.

Nous n'attendons pas qu'on nous le répète. Une vague de soulagement me submerge quand je remonte le couloir vers la base du U, fuyant le danger. En me retournant pour jeter un dernier coup d'œil aux combats, je me fige. Une silhouette masquée, tout de noir vêtue, court au plafond en direction des hybrides. Étonnamment, les monstres ne l'attaquent pas. Au contraire, ils s'écartent sur son passage. Je retiens mon souffle.

C'est l'apprenti de Moreau, forcément !

En quelques secondes, la silhouette atteint l'extrémité du couloir et bifurque vers la salle des coffres. Personne n'a rien remarqué.

Si, Dylan l'a vue ! Il fait demi-tour et s'élance à sa poursuite.

Mais qu'est-ce qui lui prend ? À peine la question s'est-elle formulée dans mon esprit que je connais la réponse. En plus d'arrêter l'ennemi, il espère prouver que Maria n'est pas une traîtresse.

– Amari ! me crie Elsie. Qu'est-ce que tu attends ?

– Ils ne se contentent pas de nous attaquer. Ils veulent aussi nous voler !

Elsie scrute le couloir, les yeux écarquillés.

– Vous deux, près de la porte ! nous crie un agent junior. Vous venez, ou quoi ?

C'est maintenant ou jamais. Je me tourne vers Elsie :

– Continue sans moi.

– Je ne sais pas ce que tu prévois de faire, mais c'est une mauvaise idée ! Tu risques d'être blessée !

C'est Dylan qui risque d'être blessé si je ne l'aide pas. Je ne peux pas le laisser faire ça tout seul !

– Tenez bon ! L'ennemi recule ! crie l'un des agents.

Hélas, il se trompe. Les hybrides ne battent pas en retraite. Ils ont reculé pour former un mur devant la salle des coffres. Ce n'est pas une coïncidence.

Par chance, j'ai toujours mes Air Sprints aux pieds.

– Je sais ce que je fais ! dis-je en fonçant sur le mur le plus proche.

Je cours près du plafond, loin des combats qui font rage au sol. Quelqu'un crie mon nom, mais je n'ai pas le temps de me retourner. Je dois absolument atteindre la chambre forte avant qu'il ne soit trop tard.

L'antique porte de bois qui protège la salle des coffres est grande ouverte. Un frisson court dans mon dos. Cette pièce est réputée impénétrable.

Je me laisse tomber à terre et j'entre en trombe dans la salle obscure. Elle est traversée par une rangée de piédestaux éclairés chacun par un petit projecteur. Ils me rappellent les socles disposés dans la cave, le jour de la première épreuve. Je cherche Dylan du regard, en vain.

– Amari !

Mon partenaire apparaît dans le faisceau d'un projecteur.

– Il y a quelqu'un d'autre ici, me prévient-il.

– J'ai vu. Comment a-t-il ouvert la porte ?

– Aucune idée. Elle était ouverte quand je suis arrivé.

Nous nous avançons dans la chambre forte, à l'affût de l'intrus.

– C'est moi que tu cherches ? chuchote une voix dans mon oreille.

Je pivote brusquement et je vois une fille habillée tout en noir disparaître dans l'ombre.

– Dylan, par ici !

Il est à mes côtés en une fraction de seconde.

– Que s'est-il passé ?

– J'ai vu la voleuse, dis-je en frissonnant. Elle était juste derrière moi.

Dylan pointe son Tubefix devant lui.

– On sait que tu es là, lance-t-il. Sors de ta cachette !

La voleuse claque des doigts et tous les projecteurs s'éteignent en même temps.

– C'est une technologue, devine Dylan. C'est sûrement grâce à ça qu'elle est entrée.

– Vous croyez que je vais me laisser arrêter par deux stagiaires ? ricane l'inconnue.

Dylan se fige.

– A-Amari, bégaie-t-il. J-je connais cette voix…

Au même instant, des cris attirent mon attention vers la porte. Des lumières aveuglantes s'allument au plafond.

– Ici ! crie l'agent Fiona.

Un groupe d'agents court vers nous.

– Dylan ? Peters ? Que faites-vous ici ? nous demande Mr Van Helsing.

– Il y avait une fille en noir…, dis-je.

Dylan a l'air écœuré.

– Papa, c'était…

– Regardez là-haut ! crie quelqu'un.

La fille court au plafond en esquivant les tirs des agents. Arrivée dans le couloir, elle saute à terre et ôte son masque.

Les agents poussent des exclamations étouffées.

Maria Van Helsing nous salue avec un sourire moqueur. Puis elle tapote le brassard de son transporteur et s'évanouit.

Ainsi, c'est vrai. Quinton a bel et bien été trahi par sa partenaire ! Cette pensée me déchire le cœur. Une autre la remplace, encore plus horrible :

– Monsieur le directeur, où est conservé le Livre Noir ?

Van Helsing ne m'entend pas. Comme pétrifié, il regarde fixement l'endroit où se trouvait sa fille, un instant plus tôt. Quelques agents s'élancent vers le fond de la chambre forte. Je les suis en titubant, complètement sonnée.

L'agent Fiona s'arrête brusquement et plaque une main devant sa bouche.

Un piédestal est vide.

30

– Bonsoir, ceci est un message de votre directrice ! fait la voix de Mrs Crowe dans le haut-parleur. Ce matin, le département des Enquêtes surnaturelles a été attaqué par des hybrides, qui ont réussi à se téléporter directement dans nos locaux. Nous ignorons encore comment ils ont pu tromper les systèmes de sécurité, mais soyez assurés que nous menons une enquête minutieuse. Dans l'attente de réponses, toutes les activités de formation sont suspendues. Nous demandons aux stagiaires et à leurs surveillants de ne pas quitter les dortoirs sans autorisation. Le dîner sera servi dans les chambres.

– Tu veux bien me dire ce qui te tracasse ? me demande Elsie pour la énième fois. Tu tournes en rond depuis que tu es rentrée.

Je ne lui réponds pas. Je ne peux pas. Je suis encore traumatisée par le sourire narquois de Maria. Ce que je redoutais depuis plusieurs semaines s'est réellement produit. Mon frère a été trahi par la personne à qui il faisait le plus confiance.

Mon amie se plante devant moi.

– Arrête, d'accord ? Tu me fais peur. Je n'ai jamais vu ton aura aussi rouge. Dis-moi ce qui ne va pas !

Je me décide enfin à lui révéler ce que j'ai découvert.

– Tu es sûre ? me demande Elsie d'une voix douce. Ça voudrait dire que Maria est une magicienne, elle aussi. Ce n'est pas possible, si ?

– Si. Et j'imagine que Moreau lui a fait son petit chantage, comme à moi. Et elle a entraîné mon frère dans sa chute.

Lorsqu'on frappe à la porte, nous sursautons d'un même mouvement. Elsie se lève d'un bond et va ouvrir. Bertha attend dans le couloir.

– L'agent spécial Magnus vous demande de le rejoindre le plus rapidement possible, me dit-elle.

Une poignée de secondes plus tard, je file à travers le dortoir. Durant le trajet en ascenseur, Lucy me pose un million de questions auxquelles je ne sais pas répondre. Elle se tait juste avant d'arriver à l'étage du département des Enquêtes surnaturelles. Les portes s'ouvrent, et un agent entre dans la cabine.

– Que venez-vous faire ici ? me demande-t-il avec sévérité.

– L'agent Magnus m'a convoquée.

L'homme tapote son oreillette.

– Peters est ici, pour l'agent Magnus. Confirmez.

Je commence à craindre que personne ne réponde, mais l'agent hoche la tête.

– Vous connaissez le chemin ? me demande-t-il.

– Oui.

– Allez directement à son bureau et revenez sans faire de détours. Compris ?

– Oui, monsieur.

Il s'efface pour me laisser passer.

Le hall est en proie à un désordre indescriptible. Des papiers traînent par terre et des pans entiers de murs sont effondrés, ou sérieusement cabossés. On dirait qu'une bombe a explosé dans le service. En revanche, les lieux sont déserts.

Un silence inhabituel règne à l'étage. La tristesse me gagne alors que je m'engouffre dans le U pour rejoindre le couloir des bureaux. Mon frère était comme chez lui dans ce département, et j'ai travaillé dur tout l'été pour mériter ma place ici.

Mr Van Helsing est dans le couloir, entouré d'autres agents. Il a changé de costume, mais il a gardé son expression hantée. Il cligne les yeux en m'apercevant.

– Peters ? Que faites-vous ici ?

– L'agent Magnus m'a convoquée.

Le directeur fronce les sourcils.

– Dépêchez-vous. Nous allons boucler le Bureau d'une minute à l'autre.

Je les dépasse en pressant le pas. Peu après, je frappe à la porte de l'agent Magnus, qui me fait entrer à la hâte et referme derrière moi.

On dirait qu'un hybride s'est déchaîné ici aussi. Des dossiers sont étalés sur le bureau et le sol est jonché de feuilles volantes.

– Maria, dis-je. C'était elle, depuis le début.

Magnus rougit.

– Je ne vais pas te mentir : ça me brise le cœur. Mais nous aurons tout le temps de nous lamenter plus tard. Pour l'instant, concentrons-nous sur notre prochaine action.

Il pose une mallette sur son bureau. C'est l'exacte réplique de celle que Quinton m'a envoyée il y a quelques semaines.

– Est-ce que c'est...

– Oui.

Magnus me fait signe d'approcher. Alors qu'il pianote sur son clavier, une page Autrenet du Bureau des affaires surnaturelles apparaît à l'écran. Mon nom figure en tête.

– Parfait, dit-il. Les autres juges ont entré leurs notes juste avant l'attaque des hybrides.

Amari Renée Peters – Agent junior stagiaire
– Première épreuve : **Reçue**
– Deuxième épreuve : **Reçue**
– Épreuve finale :
Connaissances surnaturelles : 91 % – **Reçue**
Duels aux Tubefix : 2 victoires, 0 défaite – **Reçue**
Démonstration de faculté surnaturelle : 3 points sur 4 – **Reçue.**
Magnus : **Excellent**
Fiona : **Excellent**
Kozy : **Satisfaisant**
Van Helsing : **Éliminée**
La stagiaire Amari Peters remplit les conditions pour être promue agent junior.

– Ne fais pas attention au « éliminée », me conseille Magnus. Il suffisait de trois points sur quatre pour réussir l'épreuve, cette année. Fiona a modifié la règle au début de l'été. Elle voulait éviter que tu sois victime de ce genre d'injustice.

– J'ai vraiment réussi, alors ?

Le soulagement me submerge.

– Hé oui ! Bien joué, petite ! me félicite l'agent Magnus.

Il tape son nom dans la case « Agent de promotion » et appuie sur « Entrée ». Puis il pose un doigt sur mon badge en pierre de lune et déclare :

– Amari Peters, par le pouvoir qui m'est conféré en tant qu'agent de formation, je te déclare agent junior.

Mon badge en pierre de lune devient ovale, et les mots « Département des Enquêtes surnaturelles » apparaissent au-dessus d'un dessin de balance. Dessous, on lit « Bureau des affaires surnaturelles ».

Malgré les circonstances, j'ai un sourire jusqu'aux oreilles. À force de travail, j'ai réussi à vaincre toutes les oppositions, tous les doutes – même les miens – pour devenir agent junior !

– Les affaires de Quinton sont à toi maintenant, dit Magnus en me montrant la mallette. Vas-y, prends-la !

Au moment où je touche la poignée, la serrure s'ouvre avec un déclic.

Je soulève le couvercle. Il y a plusieurs dossiers à l'intérieur. Nous les sortons pour les déposer sur le bureau. Tout au fond se trouve une chemise en papier kraft, si fine qu'elle semble vide. Les mots « Gardien de la Clé » sont griffonnés dessus.

Je l'ouvre. Elle contient une unique feuille de papier.

– Nom de Zeus ! s'exclame Magnus d'une voix pleine d'effroi. Quinton l'a vraiment fait ! Il a cherché le Gardien de la Clé.

GARDIEN DE LA CLÉ

Nom : Dr Henry Descollines, docteur en médecine.

Métamorphe.

Établissement : Clinique de La Cambrousse.

– Je dépose immédiatement une demande d'autorisation officielle ! décide Magnus. Nous devons absolument récupérer la Clé Noire et la mettre en lieu sûr.

– Une demande d'autorisation ? Mais Maria a déjà le Livre Noir ! Elle est peut-être tout près de récupérer la Clé, au moment où nous parlons !

– Peut-être l'a-t-elle déjà, soupire Magnus. Espérons que non, car le monde surnaturel serait en grand danger.

Je m'insurge :

– J'en ai assez d'espérer ! Je ne fais que ça depuis que je suis ici. Quinton a disparu en essayant d'arrêter ce complot !

– Nous sommes pieds et poings liés, affirme Magnus. Quand on lui a confié le Livre Noir, le Bureau a prêté serment. Nous nous sommes engagés à ne jamais nous mettre en quête de la Clé Noire. Le Livre et la Clé ne doivent être réunis sous aucun prétexte.

– Ils ne le seront pas. Le Bureau n'a plus le Livre Noir.

– Nous le préciserons dans la demande d'autorisation. Les règles sont les règles, Amari. Si une session d'urgence est convoquée, nous recevrons une réponse sous vingt-quatre heures.

– Vingt-quatre heures ! Une journée entière !

– Ça nous laissera le temps de rassembler des informations. Retournons voir Moreau, pour tenter de découvrir les intentions de Maria. Je doute qu'il soit très coopératif, mais il aura sans doute envie de se vanter.

Je commence à protester, mais l'agent Magnus est déjà au téléphone :

– Je souhaiterais être mis en relation avec Mrs Crowe immédiatement.

« Nous entrons dans la prison de Blackstone ! » annonce Lord Kensington.

Cette fois, l'agent Magnus m'accompagne dans l'ascenseur qui mène à la prison. En attendant que le Congrès mondial du surnaturel nous donne l'autorisation de contacter le Gardien de la Clé, Mrs Crowe a accepté que j'interroge à nouveau Moreau. Ça m'étonnerait qu'il nous dise quoi que ce soit d'utile, mais on peut toujours essayer. C'est mieux que de rester assis à ne rien faire.

– Bonté divine ! commente l'ascenseur, comment ces horribles hybrides ont-ils réussi à pénétrer au Bureau ?

– Quelqu'un a désactivé notre système de protection, répond Magnus.

Il croise les bras avant d'ajouter :

– Mais seules quelques personnes ont accès à des codes qui leur sont personnels, et je leur confierais ma vie.

Une question me titille :

– Maria en faisait-elle partie ?

– Oui, répond Magnus. Tous les agents spéciaux ont accès aux codes, en cas d'urgence. Mais cette autorisation lui a été retirée lorsqu'ils ont été portés disparus, Quinton et elle. L'ordinateur central l'a fait automatiquement.

Je me rappelle soudain un détail d'importance : quand nous étions dans la chambre forte, Dylan m'a dit que le voleur était un technologue.

– Maria est une magicienne, comme moi. Elle n'a pas besoin de codes pour désactiver les systèmes de défense.

Magnus me fixe un instant, incrédule.

– Tu prétends que les magiciens ont le pouvoir de contrôler les ordinateurs ?

Je me mords la lèvre.

– Certains, oui. C'est ce qu'on appelle la « techno-magie ».

– Et comment le sais-tu ?

Voyant que je ne réponds pas, Magnus s'assombrit.

– Ce n'est pas le moment de faire des cachotteries, petite ! Comment le sais-tu ?

Je mens :

– C'est juste... un truc que j'ai appris.

Il se détourne de moi en grommelant :

– Alors nous sommes toujours vulnérables. Nous devons renvoyer tous les stagiaires chez eux.

Je m'insurge :

– Vous ne pouvez pas me renvoyer chez moi ! Pas avant qu'on ait retrouvé Quinton. Vous m'avez promis que je pourrais vous aider à le chercher.

– C'était avant que le Bureau se transforme en zone de guerre ! Je dois veiller sur ta sécurité, Amari. C'est le minimum que je puisse faire pour ton frère...

– Mais...

– Il n'y a pas de « mais » ! tranche-t-il. Quand tu auras parlé à Moreau, je veillerai personnellement à ce que tu sois conduite en lieu sûr avec ta mère. Vous y resterez jusqu'à ce qu'on ait réglé tout ça.

Je suis tellement énervée que j'ai envie de hurler. C'est trop injuste. Je n'ai pas besoin qu'on me protège !

Lord Kensington emprunte le rail en spirale menant à l'étage que Moreau occupe à lui seul.

Comme la dernière fois, le magicien est assis sur une chaise et nous tourne le dos.

L'agent Magnus sort le premier de l'ascenseur. Je lui emboîte le pas.

À la seconde où je pose le pied sur le sol de la prison, la cellule en verre du magicien se change en une scène de fête, dans un luxueux appartement. Moreau se détache de la foule des convives pour s'approcher de la vitre.

– Est-ce l'agent Magnus que je vois ? Ça faisait longtemps...

– Vous savez pourquoi je suis venu, rétorque l'intéressé, la mine sévère.

Un petit sourire arque les lèvres minces de Moreau.

– J'ai entendu les gardes parler de l'attaque de votre cher Bureau. Et par des hybrides, rien que ça ! Ces immondes parasites... J'espère que vous avez appelé l'exterminateur.

L'agent Magnus abat son poing contre le verre.

– Trêve de plaisanteries ! Nous savons que Maria essaie de ressusciter Vladimir. Dites-nous comment la trouver.

– Vous ne savez rien ! répond sèchement Moreau. Cela dit, je suis déçu. Je vous ai prévenus quand vous m'avez capturé qu'un autre prendrait le relais et restaurerait notre gloire d'antan. L'idée que d'autres magiciens puissent exister à l'insu du Bureau vous faisait rire. Et aujourd'hui vous débarquez avec votre toute nouvelle magicienne. À mon tour de rire !

L'agent Magnus tourne les talons et se dirige vers Lord Kensington.

– Viens, Amari. On perd notre temps.

Moreau reporte son attention sur moi.

– Je t'ai proposé de rejoindre le camp des vainqueurs, me rappelle-t-il. Peut-être pourrions-nous t'enseigner à être moins naïve. À moins que la crédulité ne soit le défaut de tous les Peters...

– Taisez-vous ! Je vous l'ai déjà dit : je suis du côté de mon frère.

Je pivote pour suivre l'agent Magnus. Avant de m'éloigner, je jette un dernier coup d'œil derrière moi. Moreau hausse les épaules.

– Bien. Merci de m'avoir rendu visite. Même si nos échanges se résument à des badinages...

Tout mon corps se raidit. « Des badinages. »

La voix de Madame Violette résonne dans ma tête : « Une illusionniste ne devrait jamais se fier aux badinages... »

Ma gorge se serre. Ces mots prennent soudain tout leur sens. Pour quelle raison évidente les illusionnistes ne devraient-ils pas se fier à quelque chose ? Parce qu'ils sont bien placés pour savoir que l'on peut tromper les yeux. C'est la toute première leçon du livre de sorts : « Tu ne dois jamais te fier aux apparences. Rien n'est ce qu'il semble être. Quand tu regardes quelque chose, pars du principe que son apparence est trompeuse, jusqu'à preuve du contraire. »

Le reste de ses paroles me revient : « De mon vivant, j'utilisais ma magie pour explorer le futur, et j'ai assisté à des scènes merveilleuses. J'ai vu à qui tu parlais, Amari, et le sort que tu as jeté. »

Faisait-elle allusion à ce qui se passe en ce moment ?

Je me rappelle alors ce que Moreau m'a dit, la première fois que nous nous sommes rencontrés : « Il n'y aura qu'un mensonge entre nous. »

Juste après s'être présenté.

Lentement, je lève une main vers le magicien, deux doigts pointés.

– Dissipe !

La scène de fête disparaît. Il ne reste que Moreau et son rocking-chair. Il essaie de se lever, mais son corps est pris de tremblements. Il se rapproche de la vitre en boitant du côté gauche.

L'agent Magnus vient se placer près de moi.

– Qu'est-ce que tu lui as fait ?

Je ne réponds pas. Déjà, les rides du magicien s'estompent, ses cheveux gris se colorent. Un homme plus petit, plus pâle, beaucoup plus jeune, nous contemple avec un rictus moqueur.

Non ! Ce n'est pas possible...

– Bien ! commence l'homme avec un sourire sinistre. Très bien ! À présent, vous mesurez pleinement le danger qui vous menace. Mon maître, le plus puissant des sorciers que le monde ait connus, possède désormais le Livre Noir ! Même avec son incroyable magie, votre petite magicienne ne fait pas le poids.

– Qui êtes-vous ? demande l'agent Magnus.

– Un humble serviteur qui a joué son rôle dans le grand projet, répond l'homme.

À mon intention, il ajoute :

– Tu peux encore nous rejoindre, mon enfant ! Crois-moi, tu ne voudrais pas découvrir ce que nous faisons aux magiciens qui trahissent leurs pairs...

Je mets une seconde à comprendre. En fait, Moreau n'a jamais été capturé. C'est lui qui a tout manigancé.

L'être le plus dangereux du monde surnaturel possède le Livre Noir.

L'agent Magnus me prend par les épaules et s'accroupit.

– Comment as-tu compris ?

D'une voix tremblante, je lui raconte ma visite dans la tente de Madame Violette.

– Ça change tout, s'affole-t-il. On ne peut pas attendre vingt-quatre heures pour mettre la main sur cette Clé. Le sort du monde est entre nos mains !

Nous nous engouffrons dans la cabine de Lord Kensington.

– Conduisez-nous à la directrice ! ordonne l'agent Magnus.

31

Quand Lord Kensington ouvre ses portes, la première pensée qui me vient à l'esprit, c'est que nous ne sommes pas au bureau de la directrice.

L'ascenseur nous a conduits au département des Enquêtes surnaturelles.

– Désolé, nous dit-il. J'ai reçu l'ordre de vous déposer ici.

Mr Van Helsing nous attend dans le hall, les bras croisés. Tout un escadron d'agents est posté derrière lui.

– Je ne sais pas ce que tu veux, mais on n'a pas le temps ! commence Magnus. Tu n'as pas reçu l'alerte ? Moreau est libre ! Ce n'est pas un simple apprenti magicien qui a mis la main sur le Livre Noir. C'est un des Frères de la Nuit.

– Je suis au courant, affirme Van Helsing. Approchez, Peters.

– Mais…

– Fais ce qu'il te dit, me conseille l'agent Magnus.

J'obéis à contrecœur. Van Helsing se rembrunit en voyant mon badge d'agent junior.

– Je n'ai peut-être pas été assez clair. Aussi longtemps que je dirigerai ce département, aucun magicien n'y sera admis.

Il pointe un doigt sur ma poitrine et dit :

– Rétrogradée !

Aussitôt, mon badge en pierre de lune reprend sa forme ronde, et le texte s'efface. Je serre les poings. Dylan avait raison : son père n'a jamais eu l'intention de me donner ma chance.

Van Helsing se tourne vers l'agent Magnus, resté dans l'ascenseur.

– Je trouve très curieux que ton premier réflexe après l'attaque ait été d'aller à la prison de Blackstone pour faire cette remarquable découverte. Ça tombe à pic, non ? Malgré nos désaccords, jamais je n'aurais pu imaginer que tu étais un traître…

Magnus secoue la tête.

– Même toi, tu n'es pas assez idiot pour le croire, Van Helsing. Où veux-tu en venir ?

L'intéressé fait un geste du bras et les agents s'avancent, entourant l'ascenseur. Il attend qu'ils soient en position avant de répondre :

– Nous avons découvert comment les hybrides se sont téléportés au Bureau. C'est toi qui as désactivé les systèmes de sécurité.

– N'importe quoi ! dis-je. C'est...

– Silence ! tonne Magnus.

– Oui, Peters. Économisez votre salive, me conseille Van Helsing. Cet homme est indigne de votre loyauté.

À l'intention de son agent, il ajoute :

– Tu es le seul à avoir accès à ces codes, Magnus.

Il s'avance vers lui, la mâchoire crispée.

– Depuis quand nous trahis-tu ? Maria t'admirait ! L'as-tu convaincue de trahir sa famille et le Bureau ?

– Je me suis fait piéger ! plaide Magnus. Tu me crois vraiment assez bête pour utiliser un code qui me désignera immanquablement comme coupable ? Puis de rester là, à attendre qu'on m'arrête ?

– Je me pose la question, avoue Van Helsing. Je me suis contenté de recueillir les preuves, comme on nous l'a enseigné. Tous les indices mènent à toi.

– Et tu veux que je me rende pour te faciliter la tâche, je suppose ? s'énerve Magnus.

– Par respect pour Miss Peters, je te demande de ne pas faire d'esclandre, répond Mr Van Helsing.

Mes yeux croisent ceux de l'agent Magnus. À l'intensité de son regard, je comprends qu'il essaie de me dire quelque chose.

– Je me rends, déclare-t-il en levant les mains.

Un flot de pensées tourbillonne dans ma tête, tandis que deux agents me raccompagnent au dortoir sans prononcer un mot. Quand nous arrivons devant ma chambre, le plus grand daigne enfin me parler :

– Le Bureau est bouclé pour la soirée. La directrice vous attend demain à la première heure pour vous interroger.

Sans attendre ma réponse, les agents font demi-tour et disparaissent au bout du couloir.

Quand j'entre dans notre chambre, Elsie court à la porte et sort la tête dans le couloir. Elle regarde d'un côté, puis de l'autre, avant de fermer le battant.

– Tu as de la visite, m'apprend-elle.

Dylan sort en rampant de sous mon lit. On ne s'est pas revus depuis qu'on a surpris Maria dans la salle des coffres.

– Qu'est-ce que tu fais là ?

– Je sais qu'ils ont accusé Magnus d'avoir utilisé ses codes pour faire entrer les hybrides, me répond-il en se mettant à genoux. Je ne peux pas le croire. C'est forcément Maria la coupable.

Il secoue la tête et poursuit d'une voix étranglée :

– Elle l'a piégé. J'aurais dû t'écouter.

Elsie regarde sombrement les couvertures des magazines affichées au-dessus de son lit. Ce doit être difficile à avaler, pour elle qui vouait une telle admiration à Maria Van Helsing. J'aurais voulu qu'elle voie le rictus moqueur de son héroïne, dans la salle des coffres. Maria jubilait visiblement de trahir son père et le Bureau.

– Je sais que tu te méfies de moi parce que je suis son frère, reprend Dylan. Mais je me sens obligé de faire quelque chose pour réparer ses torts.

– Le pire, ce n'est pas que Maria ait volé le Livre Noir, dis-je. Si tu es venu directement ici après l'attaque, tu ne sais peut-être pas que Moreau est libre. L'un de ses apprentis a pris sa place, grâce à une illusion.

Elsie plaque une main devant sa bouche. Dylan écarquille les yeux.

– Moreau est libre ? D-depuis combien de temps ? bégaie-t-il. A-t-il vraiment été capturé, au moins ?

– Je ne sais pas. Mais j'ai cru comprendre que Magnus ne voulait pas que j'essaie de prouver son innocence. Il préférerait que je me concentre sur ce qu'il ne peut plus faire. Ce que mon frère a commencé avant lui...

– Ne me dis pas que tu vas..., commence Elsie, effarée.

– Je vais chercher la Clé Noire, dis-je. C'est ce que voudrait Magnus, j'en suis quasiment sûre. Il m'a fait taire quand j'ai voulu révéler à Van Helsing que Maria avait désactivé les défenses du Bureau grâce à sa techno-magie. Il craignait qu'on m'oblige à rester ici pour répondre aux questions. Il veut que je récupère la Clé.

– Attends ! Tu sais où elle est ? s'exclame Dylan.

– Magnus avait raison : mon frère avait laissé des indications sur son emplacement dans une mallette. Il nous suffit d'arriver là-bas avant Moreau, et de convaincre le Gardien de la Clé de nous la confier.

Elsie se laisse tomber pesamment sur son lit.

– Je ne sais pas, hésite-t-elle. En faisant ça, tu romprais le plus grand serment du Bureau. Il risquerait d'être dissous à cause de toi, Amari. Et tu serais emprisonnée à Blackstone.

J'avale ma salive.

– Mon frère a disparu en essayant d'empêcher cette catastrophe. Je dois au moins essayer.

– Si c'est vraiment ce que tu veux, je t'aiderai, affirme Dylan. Je ne laisserai pas Maria faire du mal à d'autres personnes.

Elsie soupire.

– Bon... Alors, je suppose que je viens aussi.

– Sans vouloir te vexer, ce n'est pas une bonne idée, objecte Dylan. Amari et moi avons appris à nous défendre pendant notre formation d'agents juniors...

– J'ai tous les gadgets sur lesquels j'ai travaillé.

Elsie s'accroupit pour fouiller sous son lit. Elle en sort un sac plein d'objets variés.

– Chaque fois que tu as des ennuis, je reste les bras ballants, ou je me cache. J'en ai assez d'être comme ça. Laisse-moi t'aider, s'il te plaît.

– C'est mon idée. C'est à moi de décider, dis-je. Elsie nous accompagne.

– Bien, s'incline Dylan. Mais, s'il lui arrive quelque chose, ce sera ta faute.

– Entendu. Maintenant, il nous faut un plan.

– Je m'en occupe, dit Dylan. Préparez-vous juste à filer.

À huit heures, l'interphone diffuse une annonce :

– Ceci est un message de votre directrice. Suite à l'attaque de ce matin, et après concertation avec les directeurs des différents départements, j'ai décidé de suspendre la session d'été. N'étant pas en mesure d'assurer votre sécurité, nous ne pouvons continuer de vous accueillir au Bureau. Nous avons commencé à en informer vos parents. Si nécessaire, nous leur dirons que notre organisation a rencontré des difficultés financières qui l'obligent à interrompre prématurément la colonie de vacances.

Mon portable vibre à la seconde où Bertha entre dans la chambre. Maman essaie de me joindre. Elle a dû apprendre la nouvelle. Je glisse l'appareil dans ma poche sans répondre.

Bertha tient une feuille de papier à la main.

– « Notification de niveau cinq, lit-elle. Les stagiaires Amari Peters et Elsie Rodriguez sont priées de se présenter immédiatement à la salle de transport du département des Licences et Archives surnaturelles. »

Son visage se chiffonne, mais elle continue à lire :

– « Elles doivent se munir de l'équipement adéquat, dont elles connaissent déjà la composition. Signé : Mr Van Helsing, directeur du département des Enquêtes surnaturelles. »

Bertha me regarde de haut.

– Allez, dépêchez-vous ! Ne le faites pas attendre !

Je bondis sur mes pieds, abasourdie. Comment Dylan a-t-il réussi cette prouesse ?

Je prends mon Tubefix et mes Air Sprints, tandis qu'Elsie enfile son sac à dos. Alors que nous sortons de la chambre, Bertha me tend la feuille.

– Tenez. Vous en aurez besoin pour passer les contrôles.

Je continue de ruminer ma surprise en marchant vers le hall des ascenseurs. Malice nous attend à l'étage.

– Laissez-passer, s'il vous plaît ! réclame-t-elle lorsque nous entrons dans la cabine.

Elsie met les mains sur ses hanches.

– Depuis quand tu te conduis comme un véritable ascenseur ? proteste-t-elle.

– Ma fonction « fripouille » est désactivée en cas de fermeture du Bureau, soupire Malice. Laissez-passer, s'il vous plaît !

Je lui tends la fiche que Bertha nous a donnée. L'ascenseur la passe au scanner.

– Autorisation de se rendre au département des Licences et Archives surnaturelles : accordée !

Le vaste hall d'entrée du département des Licences et Archives surnaturelles est quasiment vide, à l'exception d'une dame assise derrière un guichet. Elle s'éclaircit la gorge en nous voyant approcher.

– Prenez un ticket, s'il vous plaît !

– Mais il n'y a que nous...

– Les règles sont les règles.

Elle nous indique le distributeur, de l'autre côté du hall, et attend qu'on soit assises pour appuyer sur le bouton du haut-parleur.

– Le numéro A1 est attendu au premier guichet !

Après avoir étudié notre laissez-passer, elle nous autorise à rejoindre le couloir principal. Je montre le précieux sésame à l'agent posté à l'entrée. Il le déchiffre et se gratte la tête d'un air perplexe, avant de consulter un collègue, qui monte la garde un peu plus loin.

Les agents nous laissent passer, mais nous surveillent jusqu'à ce qu'on disparaisse dans la salle de transport. Dylan sort de derrière un grand tube de verre.

– Cool, vous avez réussi ! Je n'étais pas sûr que ça marche.

– Moi non plus. Mais tu sais qu'on ne peut pas se téléporter quand le Bureau est bouclé. L'ordinateur de bord refusera la requête.

– Exact, confirme Dylan. Mais seulement si on veut se téléporter en dehors du Bureau.

– Tu veux nous téléporter *à l'intérieur* ? s'étonne Elsie.

– Oui. J'ai ma petite idée. J'ai entré la destination en vous attendant.

Il nous escorte jusqu'au téléporteur qu'il a allumé. Alors que je me glisse dans le tube de verre, suivie par Dylan, des cris fusent derrière nous. Les agents qui ont contrôlé notre laissez-passer s'engouffrent dans la salle. Ils ont dû signaler notre présence à leurs supérieurs.

– Stop ! crie l'un d'eux.

Elsie hésite à obéir.

– Écarte-toi, jeune fille ! Et vous deux, sortez immédiatement de ce véhicule !

Elsie inspire profondément et nous lance par-dessus son épaule, d'une voix tremblante :

– Allez-y sans moi !

Dylan enfonce un gros bouton rouge. L'engin se met à ronronner.

Alertés par le bruit, les agents se ruent vers nous. À ma grande surprise, Elsie ne bronche pas.

Soudain, ma meilleure amie souffle un long panache de flammes.

Une seconde plus tard, Dylan et moi nous retrouvons dans une vaste pièce aux murs et au sol de béton. Elle est équipée d'une série de box où sont garés des véhicules de toutes sortes, plus délirants les uns que les autres, depuis les vélos flottants jusqu'aux soucoupes volantes. Dylan sort du téléporteur et me regarde par-dessus son épaule.

– J'ai rêvé, ou Elsie a vraiment… ?

– Je crois que tu as bien vu, dis-je en souriant.

En arrivant au milieu de la salle, je comprends enfin où Dylan nous emmène. Je viens de reconnaître le *Jolly Roger*, le bateau de VanQuish.

– Je peux savoir où vous allez ? demande l'agent Fiona en sortant d'un box étiqueté « Chariot ailé ».

Nous nous arrêtons net. Trois pensées se bousculent aussitôt dans ma tête :

Un : on est grillés.

Deux, l'agent Fiona pilote un chariot ailé ! La classe !

Et trois, on va se faire sérieusement remonter les bretelles !

Dylan et moi lui donnons chacun une explication de notre invention. Évidemment, elles ne coïncident pas. L'agent Fiona croise les bras et me regarde fixement. Tout mon corps se raidit.

Après avoir sondé mes pensées, elle cligne les yeux, stupéfaite.

– Magnus t'a-t-il vraiment confié cette mission ? Ou l'as-tu simplement supposé ?

– Il m'a dit qu'on devait « mettre la main sur cette Clé », dis-je, citant les paroles de l'intéressé.

L'agent Fiona se frappe le front.

– Quelle mouche l'a piqué ? Vous n'êtes que des stagiaires, pour l'amour du ciel !

– Il voulait y aller lui-même, mais il s'est fait piéger, dis-je. C'est une longue histoire.

– Je sais, grommelle l'agent Fiona. Quand j'ai dit à cet imbécile de Van Helsing que Balthazar était la loyauté en personne, il m'a soupçonnée d'être sa complice.

Elle lève son poignet gauche pour nous montrer l'appareil qui l'enserre, telle une menotte.

– Et maintenant il suit mes déplacements. Si je mets un pied hors du Bureau, une alarme se déclenche et cinquante agents se lancent à mes trousses. Je ne peux même pas rentrer chez moi m'occuper de mon gamin. Ce type ne manque pas d'air !

Je fais un pas en avant. Je viens de comprendre que Van Helsing m'a rendu un immense service en me rétrogradant.

– Je suis une simple stagiaire, dis-je. Je ne fais pas encore officiellement partie du Bureau. Il ne pourra donc pas être tenu pour responsable si je me mets en quête de la Clé.

Je pousse l'audace jusqu'à ajouter :

– Je pense que vous devriez faire confiance à Magnus.

L'agent Fiona secoue la tête.

– Bonté divine, où en sommes-nous rendus ? Notez mon numéro de téléphone portable. Au premier signe de danger, envoyez-moi vos coordonnées par SMS et j'accours, bracelet électronique ou pas.

J'entre son numéro dans mon téléphone. L'agent Fiona nous lance un dernier regard consterné, avant d'aller ouvrir les portes du hangar.

Quand nous montons dans le bateau, Dylan m'avoue n'avoir piloté le *Jolly Roger* que dans le jeu vidéo *Called to Action : des Agents contre le Monde*.

– Ça ne doit pas être très différent de la réalité, a-t-il le culot d'ajouter.

En fait, si. Après avoir percuté deux fois le mur en reculant, Dylan maîtrise à peu près la situation. Heureusement, depuis la salle de contrôle, l'agent Fiona n'assiste pas à notre démarrage chaotique. Nous sortons lentement du hangar pour rejoindre la piste de décollage.

Le vrai *Jolly Roger* est encore plus génial que celui de mon Rêve éveillé ! Je tape : « Henry Descollines, clinique de La Cambrousse » dans le système de navigation.

Itinéraire trouvé. Pilote automatique ?

Je me tourne vers Dylan, qui hoche la tête.

Puis j'appuie sur le bouton « Start », et nous nous élançons dans le ciel nocturne.

32

Comme dans le Rêve éveillé que Quinton m'a envoyé, le *Jolly Roger* se déplace à une vitesse phénoménale. Le décor devient flou, et les étoiles se changent en traînées lumineuses. Je ferme les yeux.

Ça va marcher. On va trouver le Gardien de la Clé et le conduire en lieu sûr. On fera échouer le plan de Maria et Moreau.

À peine dix secondes plus tard, le navire ralentit, puis s'arrête entre deux airs. Je me retourne pour regarder Dylan, au gouvernail. Il a l'air troublé.

Je suis malheureuse pour lui. Il était tellement convaincu que sa sœur était innocente. Et maintenant ils sont dans des camps opposés.

Je me penche par-dessus le bastingage. Une vaste forêt s'étend à nos pieds. Les seuls signes de civilisation sont une petite cabane en rondins et un chemin de terre sinueux, qui disparaît au détour d'un virage.

Le soleil vient de se coucher, comme en témoignent les bandes de lumière violettes et orange à l'horizon.

Dylan me rejoint et scrute le paysage.

– Dépêchons-nous de garer ce truc, dis-je. Imagine que le Gardien de la Clé regarde par sa fenêtre, et voie un bateau planer au-dessus de sa maison.

L'atterrissage du *Jolly Roger* s'avère plus délicat que prévu. Dylan fait descendre le bateau un peu trop vite, et un « bang » assourdissant retentit entre les arbres. Bravo pour la discrétion.

– Désolé.

– Je n'en reviens pas d'être arrivée ici en un seul morceau.

Nous descendons du bateau et nous nous dirigeons vers la cabane. L'herbe m'arrive au-dessus des genoux. Elle n'a pas été coupée depuis un moment. Étrange. Cette bicoque est-elle réellement habitée ?

Peu après, un écriteau répond à ma question :

CLINIQUE
DU DOCTEUR HENRY DESCOLLINES
LE MEILLEUR MÉDECIN DE CAMPAGNE
DE LA CAMBROUSSE

Nous sommes au bon endroit. Juste avant d'arriver à la porte, Dylan me retient par le bras et m'implore :

– Laisse-le parler, d'accord ? Donne-lui une chance.

– Hein ? De qui tu parles ?

Dylan soupire.

– Entre, tu verras.

Il ouvre la porte sans frapper.

Perplexe, je m'apprête à le suivre, quand je me fige sur le seuil. La clinique a été saccagée. Des papiers et du matériel médical traînent par terre. Les chaises et les armoires sont renversées.

Au milieu de ce chaos, un homme souriant aux cheveux gris est assis derrière une jolie table dorée. Il est vêtu d'une robe rouge sang et ressemble trait pour trait à son illusion. Mais sa présence imprègne l'atmosphère de quelque chose d'ancien et très sombre, qui hérisse les poils de ma nuque. Je n'ai rien ressenti de tel à la prison de Blackstone.

Le vrai Raoul Moreau se penche en avant.

– Ravi de faire enfin ta connaissance, Amari Peters.

Mon Dieu, faites qu'on n'arrive pas trop tard !

– Où est le Gardien de la Clé ?

– Hélas, nous avons réglé son compte à Mr Descollines depuis quelque temps déjà, répond Moreau. Crois-tu que j'aurais pris le risque d'attaquer le Bureau avant d'avoir récupéré la Clé ?

Il sort un morceau de métal noir tordu de sous sa robe. Je m'étrangle :

– Comment... ?

Le sourire du magicien s'élargit, découvrant ses canines pointues.

– Tu es trop novice pour le savoir, mais il existe des moyens de faire jaillir la vérité des lèvres comme l'eau d'une fontaine.

Je grimace. Quinton n'avait aucune chance.

– Où est mon frère ?

– Ici même.

Moreau tend les mains. Un chariot sort de derrière un comptoir en roulant.

Le souffle me manque quand je découvre Quinton allongé sur le brancard, immobile. Trop immobile. Une brume verte chatoyante plane dans l'air autour de lui.

– Qu'est-ce que vous lui faites ?

– J'extrais son essence vitale. Ton frère se meurt à petit feu, répond Moreau en souriant. J'en ai besoin pour le sort que j'ai prévu de jeter ce soir. Une fin utile, pourrait-on dire...

Je dégaine mon Tubefix, mais Dylan me l'arrache des mains.

Moreau s'esclaffe. D'une pichenette, il me fait décoller du sol et me maintient quelques secondes en l'air, avant de me laisser retomber sur une chaise dorée, devant la table.

Dylan prend place en face de moi, à côté de Moreau. Écœurée, je lui lance :

– Tu me mens depuis le début.

Dylan se tait. Il évite mon regard.

– Mon partenaire t'a traitée comme l'idiote que tu es, ma chère enfant. Et depuis fort longtemps. Figure-toi qu'il a dérobé le Livre Noir sous ton nez. Il est sorti de la salle des coffres avec l'ouvrage dans sa poche, alors que toi, Mrs Crowe, et une douzaine d'autres agents étiez à quelques pas de lui.

– Mais… Maria. Je l'ai vue. On l'a tous vue.

– Vous avez vu ce que Dylan voulait vous montrer.

Moreau rejette la tête en arrière, hilare.

– Maria n'était qu'une illusion. Dylan a tout orchestré, y compris la technomagie que vous avez attribuée à sa sœur.

Je n'en crois pas mes oreilles. Maria ne serait donc qu'une victime, comme Quinton ? J'interpelle mon partenaire :

– C'est toi qui as désactivé le système de sécurité pour laisser entrer les hybrides ? C'est toi qui as piégé Magnus ?

Dylan refuse toujours de me regarder. Je secoue la tête.

– Mais pourquoi ? Tu n'arrêtais pas de me dire que tu voulais que Maria revienne. En fait, tu savais où elle était depuis le début.

Il me fixe enfin dans les yeux.

– Maria est une lâche ! Comme toutes ces mauviettes de magiciens Van Helsing avant elle. Pendant des siècles, ils ont laissé le Bureau enfermer les magiciens les uns après les autres, sans protester. Je te l'ai déjà dit, Amari, nous sommes exceptionnels. Et nous méritons le respect. On ne devrait pas avoir à cacher ce que l'on est. Moreau m'a aidé à comprendre qu'un vrai magicien ne peut pas servir deux maîtres.

D'un geste, Moreau fait entrer un nouveau chariot dans la pièce. Maria y est étendue, les yeux fermés. La même brume verte l'enveloppe.

Je secoue la tête, tandis que Moreau glousse de plaisir.

– Raconte-lui, mon enfant, ordonne-t-il. Montre-lui qu'elle s'est trompée sur toute la ligne, comme son imbécile de frère.

Dylan me révèle que Moreau et lui se sont rencontrés sur l'Autrenet. Il y a deux ans, c'est lui qui a averti Moreau que VanQuish allait venir l'arrêter. Le magicien a fait capturer un de ses anciens apprentis à sa place, au moyen d'une illusion. C'est encore Dylan qui a organisé l'enlèvement de Quinton et Maria. Enfin, grâce à nos excellents résultats aux épreuves de sélection, il a eu accès au département des Enquêtes surnaturelles et a pu étudier tranquillement le fonctionnement des systèmes de sécurité.

Depuis le début, Dylan a commis tous les méfaits.

Trahir sa sœur ne lui suffisait pas. Il fallait aussi qu'il salisse sa mémoire. C'est tellement cruel.

– Alors, quand les hybrides ont saccagé ta maison… Et la blessure qu'ils t'ont faite… Tout ça, c'était juste pour me convaincre de revenir au Bureau ?

Il hausse les épaules.

– J'ai fait ce que j'avais à faire.

– Tu n'es pas vraiment comme ça, dis-je. Je n'arrive pas à le croire.

– On est en guerre contre le monde surnaturel, répond Dylan avec amertume. Nous nous battons pour que les magiciens aient le droit d'exister, Amari. Nous n'avons pas le choix. Tu devrais participer à cette…

– Trinquons ! l'interrompt Moreau en levant un verre. À Amari Peters, l'illusionniste la plus douée qu'il m'ait été donné de croiser, depuis Vladimir lui-même. Quel dommage de devoir te sacrifier pour faire revenir les Frères de la Nuit !

– Quoi ? s'étrangle Dylan. Vous m'aviez dit qu'elle ne mourrait pas. Qu'elle pourrait se joindre à nous !

Moreau fronce les sourcils.

– Ne sois pas idiot. La fille n'a que faire de notre combat. Tu as eu mille occasions de la convaincre, et tu as échoué. Mais ne t'inquiète pas…

Il s'interrompt le temps de vider son gobelet. Un filet de sang coule sur son menton.

– Elle ira à la mort en sachant que son sacrifice a redressé le monde. Tous ceux qui nous ont maudits et calomniés auront le châtiment qu'ils méritent !

Je tressaille. Ce genre de pensées ne m'est pas étranger. J'ai déjà voulu me venger de tous ces gens qui me haïssaient pour ce que j'étais, alors que je ne pouvais rien y changer. Ces gens qui me lançaient des regards mauvais, les parents qui ont signé la pétition pour m'interdire de passer l'épreuve finale… N'est-ce pas exactement ce que je ressentais juste avant d'agresser Emily Grant, le dernier jour de classe ? J'ai voulu lui faire payer toutes les fois où elle m'avait humiliée parce que je suis une fille noire et pauvre, et que je vis dans un quartier mal famé. La punir d'avoir osé affirmer que Quinton était mort. Et j'ai jubilé de la voir à terre, pendant que les autres riaient.

J'avais tellement l'impression d'avoir raison.

Mais je ne ressens plus ce genre de chose.

– On peut changer l'opinion des gens sans faire de mal à personne, dis-je. Il suffit de leur montrer qui on est vraiment. Si Elsie est devenue mon amie, c'est parce qu'elle m'a laissé ma chance, et réciproquement. C'est pareil pour la garde Becca Alford, durant la deuxième épreuve. Et pour ces gens qui m'ont applaudie à l'épreuve finale. J'ai vaincu leurs préjugés en refusant de me taire. J'ai continué à faire des efforts, malgré mes échecs.

– Comme c'est touchant, ricane Moreau. Mais changer l'avis des gens ne m'intéresse pas. Un lion se moque de l'opinion des moutons. Le monde surnaturel s'inclinera ou périra. Hélas, un grand nombre de personnes devront mourir avant de l'avoir compris.

Sans baisser les yeux, je glisse lentement la main dans ma poche. Si je pouvais envoyer un message à l'agent Fiona...

Je lorgne discrètement l'écran de mon portable et j'ai un coup au cœur en voyant le visage de Moreau s'y afficher. Il pointe un doigt menaçant sur moi, puis le téléphone s'éteint.

Moreau se lève. Il sort le Livre Noir des plis de sa robe, l'ouvre d'un claquement de doigts et le dépose devant lui. Puis il serre les poings et les frappe l'un contre l'autre en sifflant :

– Porte de la mort.

La brume verte qui plane au-dessus de Quinton et Maria se concentre pour former un tourbillon qui se dirige vers le mur du fond, telle une mini-tornade. Elle y dessine une porte d'un vert chatoyant, aussi fantomatique que les tentes du Festival des âmes.

Dans un bruissement de cape, Moreau flotte jusqu'à la porte. Il frappe un coup et appelle :

– Approche, Vladimir !

La porte chatoyante s'entrouvre. Moreau se tourne vers moi, euphorique.

– En se nourrissant de ton sang magique, mon vieil ami retrouvera sa puissance d'antan ! affirme-t-il.

D'un simple geste du poignet, il me soulève de ma chaise et me dépose devant la porte. Un bras squelettique se tend, griffe l'air pour tenter de me saisir. La magie de Moreau est si puissante que je suis littéralement paralysée. Je ne suis même pas capable de produire une illusion.

Non, non, non !

Un éclair d'énergie pure traverse l'air en crépitant et frappe Moreau dans le dos. Les bras du vieil homme retombent contre ses flancs, et il s'effondre. Dylan se penche au-dessus de lui, armé de son Tubefix.

– Tu me défies maintenant, alors que nous sommes au seuil de la victoire ? siffle Moreau.

Dylan ferme les yeux.

– Vous savez ce que nous sommes l'un pour l'autre. Je ne peux pas la regarder mourir sans intervenir.

– Minable ! grogne Moreau. Tu fais passer tes sentiments avant le pouvoir. Tu es indigne d'être magicien.

Dylan grogne en retour :

– Vous avez eu des siècles pour rendre aux magiciens la place qui leur revient. Et pourtant c'est *moi* qui vous ai apporté la Clé Noire. C'est *moi* qui ai volé le Livre Noir. C'est vous qui êtes indigne. Votre heure a sonné, mon vieux.

– Tu n'as pas le pouvoir de me voler ma magie ! crie Moreau.

Dylan prononce une série de mots étranges. Aussitôt, des flammes d'argent jaillissent de ses mains. Quand il serre les poings, des filets de lumière argentée s'échappent du corps de Moreau pour entrer dans le sien.

– Impossible ! gémit le vieil homme.

Alors qu'il tente de se soustraire à l'emprise de Dylan, je me lève tant bien que mal. Moreau se change en cendres sous mes yeux. Le Livre Noir se referme en claquant et la silhouette squelettique est aspirée derrière la porte verte, qui se dissout dans la brume.

Dylan rayonne d'une lumière argentée.

– Je n'aurais jamais imaginé que j'avais ce pouvoir, avant que tu me parles de la vision d'Horus, me dit-il. Peu de gens le savent, mais les serpents à deux têtes représentent les magiciens qui ont volé la magie d'un de leurs semblables. Ils sont deux fois plus dangereux.

Je l'implore :

– S'il te plaît ! Laisse-moi emmener mon frère et Maria. Laisse-nous partir.

Dylan secoue lentement la tête.

– Pas question. Ils ne cesseraient de nous mettre des bâtons dans les roues.

Il cherche mon regard avant d'ajouter :

– Notre heure est venue, Amari. Nous sommes les deux derniers magiciens-nés. J'ai enfin compris que cette époque était la nôtre. Celle des Frères de la Nuit est révolue.

– T-toi aussi, tu es un magicien-né ?

– Je t'ai raconté tant de mensonges que tu n'as plus aucune raison de me croire. Mais sache que nous partageons le lien le plus puissant au monde. À ton avis, où ai-je trouvé assez de force pour voler la magie de Moreau ? Ta magie et la mienne se répondent.

Je me rappelle soudain comment j'ai créé la fleur d'Amari sans le moindre effort. Et l'assiette de spaghettis sur la tête de Lara... Et l'illusion du feu sur la table, pendant la soirée de bienvenue. Même le jour de ma toute première illusion, sur la Boule de Cristal, Dylan était assis au premier rang. Chaque fois que ma magie s'est manifestée par des illusions incontrôlées, Dylan Van Helsing était dans les parages.

– Aide-moi à réussir ce que les Frères de la Nuit n'ont pas pu accomplir, continue-t-il. Le Bureau ne peut rien contre nous. Nous possédons le Livre Noir et sa Clé. Tous les pouvoirs sont entre nos mains. Ce monde pourrait nous appartenir.

L'émotion se lit sur son visage.

– Je ne veux pas être seul.

– Alors, tu ne devrais pas blesser les gens qui

t'aiment. Le pouvoir ne m'intéresse pas. Je veux juste retrouver mon frère.

– Tu ne vaux pas mieux que Maria ! s'emporte Dylan, les joues baignées de larmes. J'aurais dû le deviner en voyant comment tu as réagi à la magie noire. Mais j'avais toujours un espoir...

Son expression devient glaciale.

– Si tu refuses, je serai obligé de te prendre ta magie.

– Même si ça doit me tuer ?

– Tu l'as cherché ! crie-t-il. Défends-toi.

Je secoue la tête. J'ai les larmes aux yeux, moi aussi.

– Je ne sais pas comment faire...

– Dans ce cas, adieu, Amari Peters !

Je dois réagir, et vite ! Je fonce vers la porte, mais Dylan me fait décoller d'un simple geste de la main et m'envoie valser contre le mur. Je me cogne violemment l'épaule avant de tomber à genoux. Il a vraiment absorbé la magie de Moreau.

J'ouvre les bras.

– *Solis !*

Je commence à briller, mais Dylan éteint aussitôt ma lumière. Des flammes d'argent jaillissent de ses mains.

– La magie blanche ne suffira pas à te sauver, me prévient-il. Tu vas devoir faire un effort, si tu veux survivre.

J'ai le sort *Magna Fobia* sur le bout de la langue, mais je ne peux pas me résoudre à le prononcer. Je me suis juré de ne plus jamais faire appel à la magie noire.

Je ferme les yeux. Mon corps est pris de tremblements. « Désolée, Quinton. Ils avaient raison depuis le début. Je ne suis pas à la hauteur. »

Si ! Au diable les doutes et les hésitations ! Je ne suis plus cette fille-là. Je suis une battante, à présent. J'ai confiance en moi. Je suis invincible !

Alors que je rouvre les yeux, galvanisée, quelque chose explose en moi. Mon corps est chauffé à blanc. Le Livre Noir s'ouvre, et des dizaines d'Amari apparaissent, les bras tendus vers le ciel. L'une d'elles, vêtue d'une armure scintillante, se tient au centre de la pièce. Elle me fait un clin d'œil.

Dylan recule en titubant.

– Comment...

C'est très différent des autres fois, quand ma magie a débordé de façon incontrôlable. Je ne me contente pas de réagir. C'est moi qui décide : Dylan ne gagnera pas.

Mon double en armure lève une main et articule :

– *Finis*.

Dans un fantastique grondement de tonnerre, un éclair traverse le toit et vient frapper sa main tendue, emplissant la pièce d'une lumière éblouissante.

Et je perds connaissance.

33

En général, je suis plutôt fan des musiques qui pulsent. En gros, si le rythme ne me donne pas envie de sauter partout, ça ne m'intéresse pas. Mais cette chanson douce est quand même bien agréable. Et sa mélodie est entraînante.

Quand j'ouvre les paupières, des yeux d'un bleu intense scrutent les miens. Je bats des cils plusieurs fois, et l'agent Fiona recule légèrement. Un grand sourire éclaire son visage.

– Vous revoilà !

Elle se retourne pour annoncer :

– Elle est réveillée.

Une seconde plus tard, Elsie apparaît au-dessus de moi. Elle me serre contre elle et m'embrasse sur la joue comme si je venais de ressusciter.

C'est peut-être vrai, en fait...

– Je suis trop contente que tu sois saine et sauve, me dit-elle. Je ne sais pas ce que j'aurais fait, sinon.

– Laissez la petite respirer, s'esclaffe l'agent Magnus.

– Ouais, laissez-moi respirer, dis-je avec un petit rire.

Quand elles s'écartent, je constate que je suis dans une chambre d'hôpital. En tout cas, ça y ressemble. Ma mère travaille dans un hôpital et j'y suis allée assez souvent pour que cette atmosphère me soit familière. Seulement, je ne vois aucun équipement médical. Juste une femme vêtue de blanc, debout derrière un micro. Et soudain je la reconnais. C'est la dame du centre de Santé surnaturelle, qui a fait sortir un type du coma en chantant, le jour de la présentation !

C'est elle qui m'a remise sur pied.

Je cligne les yeux, et tout me revient d'un coup. Je m'affole :

– Moreau ! Le Livre noir ! Dylan ! Vous les avez arrêtés ? Elsie ? Tu as vraiment craché du feu ?

Mon amie éclate de rire.

– Eh oui ! Ce n'est pas encore très spectaculaire, mais je crois que j'ai enfin commencé ma métamorphose.

– Quant à nous, nous n'avons pas eu grand-chose à faire, enchaîne l'agent Fiona. Quand nous avons réussi à localiser le *Jolly Roger*, vous étiez affalée sur le Livre Noir, et Dylan était enfermé dans une cage d'éclairs, inconscient. On a eu toutes les peines du monde à le sortir de là.

– Alors, on a gagné ?

– Oui, confirme Magnus. Grâce à toi.

– Je peux voir mon frère ? Et Maria ?

J'ai tant de choses à leur dire.

– Ils sont toujours entre les mains des briseurs de malédictions, répond l'agent Fiona. Mais on a bon espoir...

Je repose la tête sur mon oreiller et ferme les yeux. « Merci, mon Dieu. »

Même si j'apprécie ce moment, je m'étais toujours imaginé le partager avec mon partenaire.

– C'était Dylan, dis-je. Depuis le début.

Une foule d'émotions me traverse quand je pense à lui. Certaines sont difficiles à identifier. Je devrais le détester pour m'avoir menti, mais, au fond de moi, je suis nostalgique de l'époque où nous étions amis. Le garçon que j'ai découvert dans le cabinet du docteur Descollines était si différent. Je me demande si j'ai jamais connu le vrai Dylan.

– Nous le savons, dit l'agent Fiona. Le docteur Descollines était paranoïaque, ce qui est parfaitement normal pour un Gardien de la Clé. Il avait équipé son bureau de nombreuses caméras de surveillance. Toute la scène a été enregistrée.

– Où est-il maintenant ?

Les agents Fiona et Magnus froncent les sourcils.

– Désolé, c'est une information confidentielle.

– Mais ne t'inquiète pas, dit l'agent Magnus. Tu es l'héroïne du jour. Pas mal pour tes premiers pas d'agent junior.

Ai-je bien entendu ?

– Je suis agent junior ? J'ai droit à la bourse ?

– Absolument ! confirme Mrs Crowe en se penchant vers mon lit. Félicitations !

– Vous n'êtes pas fâchés que je sois allée chercher la Clé Noire ?

– Eh bien, répond Mrs Crowe. Comme vous l'avez expliqué avec tant d'éloquence à l'agent Fiona, vous n'étiez qu'une stagiaire. Dans les faits, vous n'étiez pas encore membre du Bureau. La session d'urgence du Congrès mondial du surnaturel a été houleuse, vous pouvez me croire, mais il ne s'est trouvé personne pour contrer votre logique. Cela dit, j'espère qu'à l'avenir vous ferez appel à un adulte pour régler ce genre de problème.

– Mais qu'est-ce qui t'est passé par la tête ? me demande l'agent Magnus.

– J'ai juste interprété le regard que vous m'avez lancé, dis-je en me redressant. Vous savez, quand Mr Van Helsing vous a accusé d'avoir laissé entrer les hybrides...

L'agent Magnus rougit.

– Ce regard signifiait : « Aide l'agent Fiona à trouver la Clé Noire. » Certainement pas : « Va sauver le monde par tes propres moyens » !

Je me mords la lèvre.

– Dans ce cas, vous devriez peut-être travailler sur votre communication non verbale.

– Je suis d'accord avec Peters, dit l'agent Fiona en tirant sur la barbe ébouriffée de l'agent Magnus.

Plus tard dans la soirée, quand tout le monde a quitté ma chambre, je reçois une visite aussi agréable qu'inattendue.

– Maman !

Elle se précipite vers mon lit et se pend à mon cou.

– Babygirl ! Je suis tellement soulagée que tu aies repris connaissance. Quand ils m'ont appelée pour me dire que tu te remettais d'un grave « surmenage de magie », je me suis fait un sang d'encre.

– Je n'en reviens pas qu'ils te laissent me rendre visite.

Maman se penche légèrement en arrière. Elle a l'air complètement perdue.

– J'avoue que je ne comprends pas la moitié des trucs que j'ai vus en venant. Un type sans visage a pris l'ascenseur avec moi !

Elle secoue la tête.

– Enfin, visage ou pas, ce n'est pas lui qui allait m'empêcher de rendre visite à ma fille chérie !

Je souris. Maman avale sa salive avant d'ajouter :

– Ils m'ont dit aussi que tu avais retrouvé Quinton ?

Je hoche la tête. Elle se couvre le visage.

– Oh, ma puce ! Je crois que je vais pleurer.

Elle me prend dans ses bras et nous nous serrons l'une contre l'autre, mêlant nos larmes et nos rires.

La chambre de Quinton est située dans l'unité des malédictions intenses du centre de Santé surnaturelle. Maman et moi arpentons le couloir main dans la main. Les briseurs de malédictions ont réussi à ranimer Maria, mais Quinton ne s'est pas réveillé. Le spécialiste qui s'est occupé de lui nous a expliqué qu'il avait fait tout son possible. Il n'y a plus qu'à attendre. Mon frère pourrait se réveiller demain, ou jamais.

J'avoue que j'ai eu un peu de mal à encaisser la nouvelle. Mais je dois continuer à espérer qu'il va s'en sortir. Après tout, c'est à force d'espoir que je suis arrivée là où je suis.

J'ai un mouvement de recul quand Lara Van Helsing fonce vers moi et me prend dans ses bras.

Même si ce n'est qu'une étreinte amicale, je ne suis pas rassurée.

– Merci d'avoir délivré ma sœur ! me dit-elle en me lâchant. Je sais que je dois être la dernière personne à qui tu as envie de parler, mais merci quand même.

Je lui fais un petit sourire.

– Tu vois ! Je t'avais dit que j'y arriverais.

Elle acquiesce.

– Pour Dylan...

– Il nous a tous dupés, dis-je.

Lara semble au bord des larmes. Elle remonte le couloir en courant pour rejoindre sa mère. Quand nous entrons dans la chambre de Quinton, il dort paisiblement, la tête posée sur des oreillers moelleux. Maria est assise à son chevet et lui tient la main. En nous voyant approcher, elle rougit et se lève.

– Maria Van Helsing, dit-elle en nous tendant une main tremblante.

Elle est encore plus jolie en vrai. C'est fou !

Maman lui serre la main la première, puis c'est mon tour.

– Merci, me dit-elle. Désolée d'être réveillée, et pas Quinton. D'après les briseurs de malédictions, il a laissé filer plus rapidement son essence vitale, pour économiser la mienne. Ça lui ressemble tellement de vouloir faire mieux que moi...

– C’est tout lui, dis-je doucement. Il ne laisse jamais personne le battre.

Maria sourit et se détend un peu.

– Ne sois pas désolée, la gourmande maman. Je suis sûre que tes parents sont très heureux de ton retour.

Une idée me traverse. J’interroge Maria :

– C’est grâce à toi que maman a pu entrer ici, n’est-ce pas ?

Elle rougit à nouveau et hoche la tête.

– Mes parents ont fait jouer leurs relations pour obtenir une dérogation. Après la trahison de Dylan, c’était vraiment le moins qu’on puisse faire.

– Merci.

– Vous voulez parler à Quinton ? nous propose-t-elle.

– Quoi ? Comment ça ?

– C’est ce que j’étais en train de faire quand vous êtes entrées, m’explique Maria. Ma faculté surnaturelle… Non, pardon. Je n’ai plus de raison de mentir. La magie qui circule dans mon sang me permet de communiquer par télépathie avec les gens que je touche. Si je tiens la main de deux personnes en même temps, elles peuvent se parler à travers moi.

– Toi d’abord, dis-je à maman.

Maria reprend la main de Quinton, puis celle de maman, qui tressaille et fond en larmes. Je me détourne pour leur laisser un peu d’intimité.

Maria capte mon regard.

– Je suis désolée pour mon frère, me glisse-t-elle tout bas. Je me sens coupable de ce qui est arrivé. J'aurais dû le voir tel qu'il était vraiment, et non comme je voulais qu'il soit.

– Tu savais qu'il était né magicien ?

Elle hoche la tête.

– Je lui ai appris à cacher sa magie au reste de la famille. À un moment, il a commencé à me dissimuler des choses, à moi aussi.

– Qu'est-ce qui rend un magicien-né si spécial ? J'ai l'impression que... Dylan et moi sommes liés, d'une certaine manière.

Maria me regarde avec tristesse.

– Certaines règles m'empêchent de te l'expliquer.

Elle claque dans ses doigts, et une carte apparaît dans sa main, comme par enchantement.

– Garde ça sur toi, et surtout ne la montre à personne. Tant que tu la porteras, ils pourront entrer en contact avec toi.

– Qui ça ?

Maria me tend la carte sans répondre.

Ligue internationale des magiciens

– Tu es sérieuse ?

– Même le monde surnaturel a ses sociétés secrètes, dit-elle. Ils te trouveront le moment venu.

Savoir qu'il existe une organisation de magiciens dont le Bureau n'a pas connaissance me donne le vertige. Dylan est-il au courant ? Et, si oui, qu'en pense-t-il ?

Je pense soudain à Elsie, ma *véritable* amie, et je pose la question qui lui brûlerait les lèvres, si elle était à ma place :

– Était-ce vraiment la fin de VanQuish ? Dylan m'a raconté que vous ne vous entendiez plus. Que vous vous disputiez et que tu voulais devenir formatrice, comme l'agent Fiona...

Maria hausse un sourcil. Je soupire.

– J'ai ma réponse. Ton frère a tout fait pour salir ton image.

Maria hoche tristement la tête.

– C'est vrai que j'ai déposé une demande de transfert pour devenir formatrice. Mais Quinton aussi s'apprêtait à demander son transfert. À la fin de notre formation d'agents juniors, nous avions convenu de travailler pendant cinq ans sur le terrain, puis cinq ans comme formateurs, avant de choisir ce qui nous plairait le plus.

Je souris. Ça me semble tout à fait normal.

– Savais-tu que Quinton avait interrogé Horus à ton sujet ?

– Dylan volait des documents top secret en utilisant mes codes de sécurité, et Quinton s'en est aperçu. C'est ce dont on discutait, avec Quinton, quand on a été capturés.

Je secoue la tête.

– Tu ne trouves pas ça bizarre que Dylan me manque encore un peu, même s'il a passé son temps à me mentir ?

– Non. Ou alors je suis bizarre aussi.

Au bout d'un petit moment, Maria ajoute d'un ton enjoué :

– Voyons le côté positif des choses. Dylan ne peut blesser personne là où il va. Et, maintenant que je suis officiellement une magicienne, je te promets que tu ne seras plus jamais seule à te battre. On sera ensemble.

Mon tour est venu de parler à Quinton. Quand je touche la main de Maria, j'ai l'impression que mon cerveau se remplit d'électricité statique.

– Chicken Little ? fait la voix de mon frère dans ma tête.

« *Comment vas-tu ?* » C'est la seule pensée que j'arrive à formuler pour lui répondre.

– Pas mal... Je fais une bonne grosse sieste.

Je ris.

« *C'est comment, là-dedans ? Tu n'as pas mal ?* »

– Ça ressemble à un rêve. Tu te rappelles que je voulais toujours aller pêcher le black-bass ? Tu me taquinais en me disant que la pêche était un truc de vieux.

Je souris.

« Ben oui. Parce que c'est vrai. »

– Bref, je suis allongé dans une barque, au milieu d'un grand lac, les pieds sur le plat-bord. Il n'y a pas plus zen, comme position.

Je secoue la tête.

« Qui pourrait rêver de pêcher, à part toi ? »

– Tu ne sais pas ce que tu manques.

La voix de Quinton se teinte de tristesse.

– Magnus est passé tout à l'heure. Il m'a appris que tu étais une magicienne, comme Maria. Il m'a aussi raconté tout ce que tu as traversé depuis que tu as touché la Boule de Cristal. Si j'avais su que je te mettrais dans un tel pétrin...

« Ne t'inquiète pas, tout va bien. Si je n'étais pas venue au Bureau, je ne t'aurais jamais retrouvé. »

– Je savais que si quelqu'un en était capable, c'était bien toi. Tu as toujours été incroyable. Et tu as fait ça toute seule !

« Je n'aime pas faire les trucs toute seule. C'est terrifiant, et je ne sais jamais si ça va marcher. »

– C'est comme ça qu'on grandit, Amari, me répond Quinton. Tu n'as plus besoin de moi. Il suffit que tu croies en toi, et tu peux tout faire. D'ailleurs, je voudrais que tu me promettes quelque chose. OK ?

« D'accord. »

– Maman m'a dit que tu ne pensais qu'à me retrouver, que c'était devenu une obsession. Promets-moi de ne pas passer ta vie à mon chevet, à attendre que je me réveille. Sors, découvre le monde. C'est ce que je peux te souhaiter de mieux. Grandis et fais des merveilles. Je suis sûr que tu en es capable ! Tu auras des milliers d'histoires à me raconter quand je me réveillerai.

Sur le chemin du retour, maman doit passer à son travail. Elle craignait d'avoir des ennuis pour avoir manqué deux jours, mais Mrs Crowe a appelé le directeur de l'hôpital, et tout est arrangé. On ne lui a fait aucun reproche, et ses journées d'absence lui seront payées.

Je l'attends dans la voiture, mais, sans clim, je commence à avoir très chaud. Pour tromper l'ennui, je m'approche du kiosque à journaux surnaturel, sur le trottoir d'en face. J'espérais que le vendeur me ferait une réduction, vu que mon visage s'affiche en couverture de la plupart des publications, mais non ! Ce charlatan me fait payer le double du prix affiché.

– Vous pouvez vous le permettre, dit-il avec un sourire narquois. Une célébrité comme vous !

Je prends un exemplaire du *Journal du Bizarre* et m'installe sur un banc, à l'ombre d'un arbre. J'ai choisi ce magazine parce que Maria et moi figurons ensemble sur la couverture, sous le titre « Les bonnes magiciennes ? » C'est la preuve qu'au moins certaines personnes réfléchissent aux sentiments qu'on leur inspire.

– Puis-je m'asseoir à côté de vous ? me demande un homme âgé, vêtu d'un costume bleu marine.

Il a des cheveux poivre et sel ébouriffés et une moustache en guidon.

– Bien sûr !

Je me décale légèrement pour lui laisser de la place. Il s'installe et pose sa canne sur ses cuisses.

– Quel temps superbe, n'est-ce pas ?

– Euh, oui...

– Mais quelle chaleur ! Ce serait plus agréable si nous étions à la plage...

L'homme claque dans ses doigts, et soudain le décor change. Notre banc n'est plus à côté de l'hôpital. Il est posé sur une plage de sable blanc, devant l'océan turquoise qui s'étend jusqu'à l'horizon. Le soleil se couche derrière nous et un vent frais me caresse le visage.

– C'est mieux ?

Je regarde l'homme. Est-ce le contact dont m'a parlé Maria ? Je décide d'en avoir le cœur net :

– Vous appartenez à la Ligue des magiciens ?

Il baisse la tête.

– Cosimo Galileo Leonardo de' Pazzi, à votre service. Mes collègues m'appellent Cozmo. Mon ancêtre a aidé Vladimir à créer le sort que vous avez lancé l'autre jour, pour sauver votre vie. Il se nomme « Chevaliers de la Table ronde ».

– Qu'est-ce qui s'est passé ? J'ai lancé un sort sans m'en rendre compte.

– Votre magie a pris les commandes, explique Cozmo. L'instinct a pris le dessus et votre magie vous a protégée.

Je réfléchis à ce qu'il vient de me dire. Et je m'interroge : le petit serpent que nous avons découvert dans ma constellation, avec Mr Horus, ne représentait-il pas ma propre magie ? Un pouvoir que j'ai convoqué inconsciemment, et qui a agi de sa propre initiative.

– Qui êtes-vous ? Existez-vous depuis longtemps ?

Cozmo plisse le front.

– Les redoutables magiciens qui sévissent depuis sept siècles dans le monde surnaturel sont tous des apprentis de Moreau. La Ligue des magiciens, quant à elle, accueille depuis des siècles les disciples de Vladimir. Nous sommes totalement indépendants du Bureau, même si nous avons admis les Van Helsing dans nos rangs. Maria Van Helsing est la dernière en date.

– Risque-t-elle d'avoir des problèmes, maintenant que tout le monde sait qu'elle est magicienne ?

– La Ligue est obligée de revoir ses positions, car Maria et vous-même vous trouvez dans une situation inédite. Si nous sommes nombreux à vouloir révéler notre existence au Bureau, ainsi qu'au reste du monde surnaturel, la majorité d'entre nous estime toujours qu'il est plus sûr de garder notre magie secrète. Mais peut-être nous direz-vous ce qu'il convient de faire.

– Moi ?

Ma réaction le fait sourire.

– Vous, ou Dylan Van Helsing…, ajoute-t-il.

J'ouvre des yeux ronds.

– Pardon ?

– Les deux derniers magiciens-nés ont été identifiés. Nous entrons dans un nouvel âge, mon enfant. Comme pour tous les magiciens-nés qui vous ont précédés, votre relation d'amitié – ou de rivalité – aura le pouvoir de façonner le monde. Considérez ces mots à la fois comme un témoignage de sympathie et un sinistre avertissement.

Je renverse la tête et ferme les yeux. Quand je les rouvre, nous sommes de retour dans la ruelle, près de l'hôpital.

– Nous vous invitons à rejoindre la Ligue des magiciens, Amari Peters.

Sur ces mots, Cozmo se lève en souriant.

– À la lumière de tout ce qui nous attend, j'espère que vous accepterez cette invitation.

D'un signe de tête, il se change en oiseau et s'envole.

Après avoir passé une journée entière à stresser, je décide de ne plus penser à l'avertissement de Cozmo. Pas aujourd'hui, en tout cas. Je me suis détendue en me rappelant ce que Maria m'a dit dans la chambre de Quinton. Dylan est sous les verrous. Avec un peu de chance, le lien qui nous unit sera sans conséquence pendant de nombreuses années.

Pour l'instant, comme la formation du Bureau ne reprendra pas avant l'été prochain, j'ai décidé de consacrer mon énergie à autre chose.

Étant donné que j'ai sauvé le monde surnaturel d'un nouveau conflit avec les Frères de la Nuit, démasqué Dylan, récupéré le Livre Noir et la Clé Noire, le Congrès mondial du surnaturel et le Bureau des affaires surnaturelles m'ont accordé une récompense. Je peux leur demander ce que je veux. J'en ai un peu discuté avec Quinton, mais je n'ai pas eu de mal à faire mon choix.

Maman me tuerait si elle découvrait que je me rends chez un garçon en pleine nuit. Même si je suis une héroïne, elle reste à cheval sur certains principes. Enfin, ce qu'elle ignore ne peut pas la contrarier.

Je descends l'escalier de l'immeuble à pas de loup, jusqu'à ce que j'arrive devant la porte de Jayden. Je cogne énergiquement au battant. Frapper chez quelqu'un à cette heure-ci, dans notre quartier, c'est chercher des ennuis. On ne sait jamais ce qui va arriver. Mais je sais que sa mère n'est pas à la maison.

Jayden vient m'ouvrir en se frottant les yeux.

– Salut ! lui dis-je. Tu peux mettre un T-shirt, s'il te plaît ?

– Mari ? Qu'est-ce que tu fais là en pleine nuit ?

– Je t'expliquerai quand tu seras habillé.

– Il faut que je m'habille ? Pour quoi faire ?

Je croise les bras.

– Tu me fais confiance, non ?

– OK. Une seconde.

J'attends sur le seuil pendant qu'il enfile son T-shirt du fast-food où il travaille depuis la semaine dernière. Jayden est trop jeune pour faire autre chose que balayer les sols, et je suis sûre qu'il gagne moins d'argent qu'avant, mais c'est quand même une bonne nouvelle.

– Désolé, s'excuse-t-il. C'est tout ce que j'ai de propre.

– Ça ira très bien.

– Tu sais que je ne traîne plus avec les mecs de là-haut. J'essaie d'arrêter les conneries.

– C'est pour ça que je suis là. Suis-moi.

Il ne me demande même pas où on va. Il ferme la porte et m'avoue :

– J'ai cru que tu m'avais oublié. Ça fait un moment que je ne te vois plus.

– Ouais. J'étais occupée à sauver le monde.

Il s'esclaffe.

– Si tu le dis... Attends, tu m'emmènes sur le toit ?

– Oui. Mais promets-moi de ne pas flipper.

– T'inquiète... Tu sais que je n'ai peur de rien.

– OK, Superman.

Je sors la première sur le toit et me tourne pour le regarder. Jayden ouvre des yeux comme des soucoupes. Puis il fait demi-tour et redescend précipitamment quelques marches. Je ne peux pas m'empêcher de rire.

– Je ne suis pas bien réveillé, mais quand même ! souffle-t-il. C'est quoi ? Un bateau ?

– C'est ça. Tu viens ou pas ?

– Carrément. Laisse-moi juste une seconde pour me faire à l'idée.

Il respire plusieurs fois, à fond, puis sort sur le toit. Je le fais entrer dans le *Jolly Roger 2.0*.

– Je ne sais pas ce qui se passe, mais c'est hyper cool ! Comment tu as fait venir un bateau jusqu'ici ?

– Disons que je l'ai emprunté à quelqu'un de ma famille. Mais attends, tu n'as encore rien vu.

Sur le pont, je lui tends une enveloppe. Jayden l'ouvre et lit à voix haute :

– « Convocation à un entretien au Bureau des affaires surnaturelles »... C'est quoi, une blague ?

– Non. Écoute-moi, d'accord ? Tu étais inscrit aux cours de soutien scolaire de Quinton. Mais je sais que tu as arrêté l'école après sa disparition. Et j'ai prévu de relancer le programme.

– C'est vrai ? Tu vas faire ça toi-même ?

J'acquiesce.

– Je ne suis pas aussi douée que mon frère, mais ça ne m'empêche pas de vouloir me rendre utile. Et toi, tu es vraiment intelligent, Jayden. Tu as juste besoin que quelqu'un te soutienne, comme Quinton m'a toujours soutenue. Pour l'instant, cette convocation n'a pas vraiment de sens pour toi, mais tu comprendras bientôt en quoi ça consiste. Aujourd'hui, je vais juste t'en donner un petit aperçu...

J'effleure le gouvernail, et le *Jolly Roger* se soulève du toit. La surprise laisse Jayden bouche bée. Je lui décoche un grand sourire.

– Ce soir, je t'emmène voir des trains...

À SUIVRE...

Remerciements

C'est mon livre chéri. Un livre que j'ai mis de nombreuses années à écrire, une histoire qui m'effrayait et me ravissait à la fois. D'innombrables personnes ont permis à ce roman de voir le jour. Elles sont beaucoup trop nombreuses pour que je puisse toutes les remercier comme elles le méritent, mais je vais m'y efforcer.

Avant tout, je remercie Dieu, qui m'a béni bien plus que je le mériterai jamais.

Merci à Gemma Cooper, SUPER-agent et capitaine de #TeamCooper, d'être une personne aussi fantastique. Ton premier coup de fil, quand tu m'as proposé de me représenter, restera l'un des plus beaux moments de ma vie. Ton enthousiasme et tes conseils se sont révélés des atouts précieux dans cette aventure que fut la publication.

Merci en particulier à tous les membres de l'Agence Bent : Jenny Bent, Molly Ker Hawn, Amelia Hodgson et Victoria Cappello, ainsi qu'à tous les assistants et agents associés, dans le monde entier.

Merci à mes brillantes éditrices, Kristin Daly Rens et Lindsey Heaven, qui m'ont aidé à faire de ce livre la meilleure histoire possible. Kristin, tu as été merveilleuse depuis notre première conversation et je ne crois pas qu'il existe une personne plus patiente que toi dans l'univers. Lindsey, ton enthousiasme et ta compétence sont inégalables. J'ai tellement appris de vous deux déjà, et je suis impatient d'en apprendre encore.

Merci à toute l'équipe de Balzer + Bray à Egmont, au Royaume-Uni, et à toute la famille de HarperCollins. À l'équipe éditoriale, aux équipes de vente et de marketing, aux bureaux de création et à tous ceux qui travaillent sans relâche en coulisses pour mon livre et pour tant d'autres. Vous déchirez !

Merci à Mary Pender, mon incroyable agent de cinéma, que je ne remercierai jamais assez.

Remerciements particuliers à Orly Greenberg, Akhil Hedge, et à toute l'équipe d'UTA !

Merci à Estelle Laure, géniale rédactrice indépendante. La première lectrice d'*Amari* qui ne faisait pas partie de ma famille. Et la première personne à m'avoir dit que j'avais « quelque chose ».

Merci à tous les auteurs qui m'ont inspiré et ouvert la voie. J'espère pouvoir vous dire combien vous avez compté pour moi lorsque j'aurai la chance de vous rencontrer. Et merci aux auteurs qui ont eu la générosité de partager leurs connaissances du métier.

Merci à toute ma famille et à mes proches. Surtout à mon frère Steven (qui a hérité de la grande taille et de tous les cheveux) et à sa merveilleuse épouse Stephanie. Merci à Marquise et à C.C. Ramey pour les indispensables soirées de jeux. Merci à Cousin D.J., Oncle Dib et Tante Judy. Un merci tout particulier à Oncle Mel et Tante Carol pour m'avoir soutenu, alors que rien ne les y obligeait.

Merci à mes parents, qui ont toujours été de lumineux exemples de bonnes personnes. Souvent, ce n'est qu'en grandissant que l'on peut apprécier combien c'est difficile d'être un bon parent.

Merci à mon épouse, Quinteria, qui a toujours cru à mes aptitudes, même quand j'en doutais. T'avoir rencontrée, c'est la meilleure chose qui me soit jamais arrivée.

Le Livre de Poche s'engage pour l'environnement en réduisant l'empreinte carbone de ses livres. Celle de cet exemplaire est de :
650 g éq. CO_2
Rendez-vous sur www.livredepoche-durable.fr

PAPIER À BASE DE FIBRES CERTIFIÉES

« Pour l'éditeur, le principe est d'utiliser des papiers composés de fibres naturelles, renouvelables, recyclables et fabriquées à partir de bois issus de forêts qui adoptent un système d'aménagement durable. En outre, l'éditeur attend de ses fournisseurs de papier qu'ils s'inscrivent dans une démarche de certification environnementale reconnue. »

Édité par la Librairie Générale Française - LPJ
(58 rue Jean Bleuzen, 92170 Vanves)

Composition Nord Compo
Achevé d'imprimer en Espagne par Liberdúplex
Dépôt légal 1re publication novembre 2023
78.1916.8 / 01 - ISBN : 978-2-01-724028-0
Loi n° 49-956 du 16 juillet 1949 sur les publications destinées à la jeunesse
Dépôt légal : novembre 2023